黄金塔

TORRE DEL ORO

檀涧 著

沈阳出版发行集团
沈阳出版社

图书在版编目（CIP）数据

黄金塔 / 檀涧著 . -- 沈阳 : 沈阳出版社 , 2020.10
ISBN 978-7-5716-1344-0

Ⅰ . ①黄… Ⅱ . ①檀… Ⅲ . ①长篇小说 – 中国 – 当代
Ⅳ . ① I247.5

中国版本图书馆 CIP 数据核字 (2020) 第 202536 号

出版发行：沈阳出版发行集团|沈阳出版社
　　　　　（地址：沈阳市沈河区南翰林路 10 号 邮编：110011）
网　　址：http://www.sycbs.com
印　　刷：三河市兴国印务有限公司
幅面尺寸：170 mm×240 mm
印　　张：20
字　　数：316 千字
出版时间：2020 年 11 月第 1 版
印刷时间：2020 年 11 月第 1 次印刷
责任编辑：高玉君
封面设计：檀　涧
版式设计：檀　涧
责任校对：张雪丹
责任监印：杨　旭
书　　号：ISBN 978-7-5716-1344 –0
定　　价：68.00 元

联系电话：024–24112447
E – mail：sy24112447@163.com

谨以此书献给全世界所有反恐斗士。愿这世上少一些仇恨与纷争，多一分善意与和平。

传说黄金塔曾堆满了哥伦布抢来的宝藏，塔的里里外外都镀了金；也有人说它堆满了罪恶与秘密，是一座古老的监狱。

"塞维利亚，一座有趣的城市，这里出名的是橘子和女人。没有见过这个城市的人，真是可怜。"——乔治·戈登·拜伦

目　录

第一章

青瓷佳丽

1

布兰卡

三月，中国才刚过完春节，安达卢西亚的阳光就已经把塞维利亚煎成五分熟了。林鼎十五年没有在中国过年了，也有十五年没人叫他这个名字了，这个身材不高、两鬓有点斑白的男人现在叫马雄，西班牙的朋友们喊他马克。

清晨，林鼎刚在 La Barzola 大街上的国家警察局拘留室探望完许天，这个满身酒气的孩子被吓蒙了，呆坐在那里，似乎还搞不清现在他所处的环境是真实的还是幻觉。林鼎跟在冷津楠律师身后："要不是我昨晚溜得快，我现在也得待在里面。"冷津楠律师异常矮小，拎着一个跟他个头很不匹配的大公文包。他额头很高，发际线后退严重，显然是每天处理这种棘手的案子造成的。他是塞维利亚最负盛名的华人律师事务所的合伙人。冷津楠说话和他的名字一样冷静："马克先生，跟我从后门出去，如果你不想上电视的话，前门已经被记者围住了。许天现在不得保释，他涉嫌绑架和谋杀，保持沉默是他现在最好的选择。"

林鼎乖得像个孩子一样跟在冷律师的身后，非常茫然，脑子都不运转了，他这时候只想把动脑的事情都交给冷律师。不单单是因为信任，冷律师在华侨界不仅挽回了无数的损失，还挽救了华人的尊严；另一个原因是他的睡眠严重不足，昨晚从案发现场溜走到今天早上，几乎没有闭眼。他们两个迅速而安静地从后门离开警局，沿着小路走。

冷律师看了一眼手机后就放回了口袋里："我建议你不要去看今天的新闻，

点都不要点进去，光看标题就够耻辱了。"

"现在怎么办？"林鼎双臂抱着，感觉有点冷，状态很差。

"我需要你的帮助，这个案子有很多疑点，我们先去吃点早餐、喝个咖啡。告诉我昨晚到底发生了什么，我需要尽可能多的细节。刚才我问许天，他说的话简直狗屁不通，喝得太多了。"

靠着咖啡因的帮助，林鼎努力回忆昨晚发生的一切。

指针拨回了昨晚 9 点 40 分，此刻林鼎正弓着背，眯着眼，两根手指捏着眼镜框，仔细欣赏着面前一幅巨型古董羊毛挂毯的局部，丝、羊毛、金线和银线编织出了层次细腻而厚重的山岭和湖泊。他上一次来雷老板家时这面墙上挂的还是一幅陈逸飞 70cm×60cm 的油画《弹奏着曼陀铃的姑娘》，换成挂毯后，整面墙都看不到了。林鼎看了半天有些惊诧："雷恩，这挂毯真是出自西班牙？一幅十八世纪英国霸主时期的世界殖民地图？"站在林鼎身后远远看着整幅挂毯的雷老板说："说明西班牙人不缺乏自嘲精神，敢正视这个世界。"雷老板看了一眼手表，又倒了一点威士忌，"那小子怎么还不来？都快 10 点了，我这种年纪现在应该喝完牛奶睡觉了。"

"得了，你真要睡觉就不会这个点儿了喊我过来，还穿着一套西服，打着带花的领带。"林鼎转身望着他。

雷老板，中文名雷崇海，西语名雷恩，刚到四十，比林鼎要小一些。雷吉贸易集团总裁，马德里华人企业联合会主席，庸南省侨商联合会副主席，《环球艺术品收藏》杂志创刊人之一。他身材壮硕，浓眉大眼，有着中年发福的啤酒肚，叼着雪茄咧着一边的嘴角笑是他的标志，有点像伦勃朗的自画像，不过胡子的形状不一样，雷崇海留着一整圈精心打理的胡子。你很难见到一个每天越来越胖的人还有如此优雅绅士的气质。

比起他的资产，他住的房子算很低调了，比许多西甲球星的豪宅都要小。位于塞维利亚南部 Las 3000 viviendas 南边的高尔夫俱乐部附近，邀请了巴厘岛皇家珊特瑞安度假村的设计师来打造八百多平方米的别墅和花园，有着印尼的简约与古朴外观，西班牙古典的室内装潢，可以说非常适合陈列他的珍贵艺术品。林鼎每次来都能发现又新添了几样造型奇异的灯具和艺术收藏品，旧的藏品又被收进了仓库。没有影音室，没有健身房，只有书房、画廊和安保森严的仓库。你都分不清雷崇海到底是商人或政客，还是收藏家，或者说他更愿意用哪个身份。当然，面对林鼎，他最喜欢收藏家的身份，正因为如此，他们才会成为朋友。林鼎是个珠宝设计师，雷老板是他最大的私人客户。

深夜静谧的花园里突然传来了V12引擎的轰鸣声，花园两边的热带植物叶片被车灯照得通亮剔透，轰鸣声持续了几秒后就消失了，花园重归于幽静之中。一辆最新款橘红色阿斯顿·马丁万奎士S停进了地下停车库，旁边还静静地停着十多辆主人的豪车。

为了凸显印尼原始的风情，别墅只有二层楼，分主楼和客楼，由一条木顶的透明走廊连接。花园和别墅的底下是一个很大的停车库，车进了花园大门后，从左右两个弧形小径皆可驶入地下。缓缓的斜坡入口，巧妙地隐藏在中央喷泉的侧后翼。车库至少有三十个车位，还有两部电梯，分别通往主楼和客楼。

"叮！"二楼的电梯门打开了，一个戴着墨镜，一身杜嘉班纳的俊朗少年笑着张开双臂："啊哈，怎么没人出来迎接我！"一边说着一边向雷崇海和林鼎走来，"走，路上再说，今天我请客，去'狂热郁金香'。这两天碰上好多倒霉事，我要喝个爽！你们今晚谁不喝酒？帮我开车，试试我的新车，限量版的！"雷老板一把接过他举着晃了半天的阿斯顿·马丁车钥匙，看了看摸了摸，再转手给了林鼎。

林鼎瞪了一眼雷老板："啊，敢情喊我来是当代驾司机的？"

雷老板和这个叫许天的富二代小子都大笑起来。

许天盯着电梯口的一座希腊女裸体雕塑："你们都别开车了，我这车两门四座的，大不了我坐后面。"

雷崇海往屋子里走："你们等一下，我手机在书房没拿。"

夜色给这个古色古香的城市增添了性感妖魅的气息，如同一名修女化上烟熏妆，换上一件露背包臀晚礼服。

敞篷跑车飞速往塞维利亚市中心西区行驶着，三个人的头发都狂乱地飞舞。

这辆闪闪发光的阿斯顿·马丁像一颗流星，从东南往西北方向斜穿整个市区，完全成为城市的焦点。但司机似乎不太认同，林鼎开着车扯着嗓子喊："敞篷跑车有什么好的，屁股又颠，声音又吵，音乐都听不清！"

"你懂个屁，007开的车，超酷的！我存了几首碧昂丝的新歌进去，你放一下，别听广播啊！"

"007开的是银色的，才不会开橘色的。"林鼎一只手握着方向盘，一只手拨弄了半天媒体按钮，"这破玩意儿怎么搞，哪有歌？放不出来。"

和流线型的车头线条形成鲜明对比的是林鼎脸上棱角分明的线条，他鼻梁高挺，深邃的眼神年轻时一定让很多少女魂牵梦绕。略显消瘦的身材还算匀称，岁月和挫折把他雕刻成一个忧郁沧桑的人，活像一幅凡·高的自画像。光是听说过他经历的人，都会老上三岁。

"狂热郁金香"酒吧是一家中等规模的迪吧，在西区的神奇岛附近，旁边就是塞维利亚大学工程学院，学生给酒吧注入了无穷的活力。酒吧门口站满了排队的人群，很多年轻的男男女女排队的时候就开始喝自带的啤酒了。也许是里面的酒太贵，也许是他们想热热身，早点进入微醺状态。西班牙50%以上的青年失业率可以好好让他们夜晚尽情放纵，白天尽情酣睡。

林鼎把跑车直接停在了酒吧门口对面的马路上，很多西班牙青年往他们这边看，有的拿出手机照相。三个中国人开着英国跑车乱晃，简直像外星人开着UFO一样。许天从阿斯顿·马丁的后备厢里拿出了准备好的一瓶玻尔科夫香槟和一份文档资料，后备厢里就只剩下一瓶小灭火器和一只小急救包了。他让林鼎锁了车，抱着香槟带他们进酒吧。那些当地青年看着这三个中国人径直走进酒吧而不用排队，随即就开始骂骂咧咧了。他们不知道"狂热郁金香"酒吧并不是荷兰人的，大部分的股份已经属于许天的老爸许广昌了。

酒吧非常前卫，墙壁上各种抽象破碎的超大水晶郁金香，在彩色的灯光下光怪陆离。VIP卡座里，三个中国人喝着香槟，看着舞池里绚丽的青春，雷崇海拿着一支香槟津津有味："我年轻的时候有这种地方就好了。"许天把视线从舞池的肉体上移到了雷崇海身上："那雷叔年轻时在哪里？"雷崇海凝视着酒杯里的气泡答道："在海上。"

"这么巧，我年轻的时候在山上。"林鼎在沙发上后仰。

"你说你碰上倒霉的事情了，是不是要我们帮忙？"

"这两天，我女朋友失踪了，她的父母已经报警了，警察昨天还来找我问话了。"许天焦虑地抠弄着桌上的纸杯垫。

听到这个消息，原本心不在焉的另两人突然来了兴致，立即扮演起了福尔摩斯和华生。雷崇海坐直了身子问："哪个女朋友？中国人还是西班牙人？"

"我最近只有一个女朋友，是我大学校友，西班牙人，叫布兰卡，这是她的照片和资料。"许天把打印好的文档资料推给他们看。

两人借着酒吧里又暗又闪的迪斯科灯光仔细端详了一番照片。"真漂亮哎！"雷崇海赞叹，"你是不是虐待她了？你老爸送你去念法律系，就是为了让你懂点法，不要犯法进监狱。"

"我才没有虐待她！我甚至连劈腿都没有，我对她很好，很喜欢她。她不应该不告而别，肯定是出事了！"许天稚嫩的脸上写满了愤怒，把杯里的香槟一饮而尽，又喊服务生要了一杯马蒂尼。

林鼎在喝了一杯香槟后突然想起自己等会儿还要开车，就要了一杯冰可乐。

他在一旁认真翻看布兰卡的详细资料："她失踪几天了？有没有什么征兆？"许天想了想："失踪三天了，三天前她还照常来上课呢，没有什么不正常的地方啊。过两天就是她生日了，这瓶香槟就是我准备好给她庆生用的。"许天拿起布兰卡的照片望着，一脸郁闷。

"她会不会是骗了你的钱跑了？你在她身上花了多少钱？"雷崇海似乎很满意自己的新推理。"不太可能。你看她的资料，家里也是中产阶级，不可能为了谈恋爱的一些钱跑掉。"林鼎摩斯当即驳回了"华生"的推理，他在桌上整理了一下资料，折好放进口袋。

"你这都是第几个女朋友了？你再这样下去只会出越来越多这种乱七八糟的事情。"林鼎站了起来对着许天说，"人这一生不是说谈了多少个女朋友，而是有没有哪怕一次刻骨铭心的爱情。"

"我们会帮你找她，警察如果再找你，你就说什么都不知道，明白吗？"雷崇海说罢，许天无精打采，只点了点头跟着他们往外走。

雷崇海还意犹未尽，没有要回家的意思，他拉着林鼎往舞池里挤。许天靠在一旁扶手上继续喝酒。舞池里有一个挑染了一束粉红头发的年轻女孩，酒精把她的脸颊也染上了粉红色，她的眼神有点迷离，但身体依旧舞动得很有节奏，这是酒精馈赠的最佳状态。她看了一眼雷崇海，雷老板也看着她，她笑了一下，往他身前移动，他一只手搭上了她的细腰，面对面和她跳起了舞。一首曲子结束，放到了 Avicii 的 *Levels*，全场沸腾了，唱到"Oh——Sometimes"的时候，身体轻到极点，就像飘在银河中。林鼎端着可乐，站在舞池里看着他们跳完舞，有一种说不出的奇妙感觉。

粉红女郎离开，林鼎又站回了雷崇海面前，把他从宇宙拉回现实的欧洲："最近风向不太对，欧盟又有两个大的反倾销案，这次制裁不知道要到什么程度。限制越来越多了，你要做好冲击的准备啊。"

"这帮子欧美人就会这么点伎俩，转移自己国内矛盾，什么锅都让别人来背，真是跳梁小丑。自己一口蛀牙，非要来怪中国人种的甘蔗太甜了，不符合欧盟标准。"雷崇海环视了一圈身边的西班牙人。

"对了，你女友的那个项链，我还没设计好，最近在准备一个日内瓦的珠宝展，好不容易混到了亮个相的机会……"

"没事，我和塔西娅又吵架了，她都不肯见我，不急着送，我要的是最好的设计，不要赶工来糊弄我。走吧，这里空气越来越少了。"

不知不觉他们在酒吧里待了两小时了，不知道许天喝了多少杯，已经走不动路了，他们搀着他走出酒吧。刚出门就看到马路对面来了个胖交警，正对着违停的三辆车贴罚单。凌晨 3 点，真敬业，林鼎心想，贴吧贴吧，反正不是我的车，我喝了杯酒也没法上去开走，算我酒驾就不合算了。门口排队的人群早已散尽，只剩三三两两站着抽烟聊天的，躺在地上睡着的，扶着墙吐的。有一个人引起了雷崇海的注意，就是之前和他贴身热舞的女孩正坐在台阶上哭。林鼎也看到了，皱了一下眉，想继续搀着许天走，但搀着许天另一只胳膊的雷崇海停下了脚步。林鼎叹了口气，和许天站在原地，看他们要演哪出戏。

雷崇海弯下腰，用富有磁性的纯正卡斯蒂利亚西班牙语询问："晚上好美女，你怎么了？需要帮助吗？"

美女抬起头看了一眼雷崇海，眼线都哭花了，像只可怜的熊猫。她低下头哭得更起劲了："我男朋友是个畜生。"

"那你为什么不离开他呢？还是你喜欢当动物饲养员？"

"你走吧，你帮不了我的。"

雷崇海正想接着说什么，突然一个大个子西班牙男人冲到了他的面前："嘿，你干吗呢？你把我女友怎么了？"

雷崇海站直了身子，对着面前穿着无袖皮背心的猛男笑了笑："你女友说你不是个男人，哦不，是连人都不算。"林鼎看到这个情况，赶紧扶着许天到一旁靠着墙坐下。猛男不出所料被激怒了，把手里的啤酒杯往前一晃，洒在了雷崇海的胸口。雷崇海盯着猛男的眼睛说："怎么，喝多了酒都拿不动了？"

"请你喝点啤酒，你们国家只能喝到井水吧？乡巴佬滚回自己国家去！"

"你快爬到你老妈的床底下再找找钱，好明晚再来这里排队！"

猛男一把掐住雷崇海的脖子，但瞬间就被旁边快步上前的林鼎一手打掉。再一眨眼，林鼎一脚踢飞了猛男另一只手里的啤酒杯，"啪！"一地玻璃碴，空气凝固了，街道异常安静，都能听到啤酒流进下水道的声音。与此同时，不知什么时候来了辆拖车停在了阿斯顿·马丁后面，交警正准备把车拖走。几个男人对峙着，望了一眼交警，交警也望了一眼他们。然后猛男居然转身走了。雷崇海一看不妙，这车被拖走，他们就没法回家了，立马冲上前去和交警交涉。

"晚上好，长官，抽根烟吧。"

满脸横肉的交警一脸不屑地摆了摆手："这是你的车吗？黄线违停，扣三分加罚款，请出示驾照，驾驶证。"

"是我朋友的，帮帮忙吧警官，你看旁边不是还有两辆车吗，你先拖它们走，我保证立马开走。"边说边往交警手里塞了张一百欧元。

交警一把把钱扔到了地上。"你这是什么意思，驾照，开车门，我要检查车辆。"雷崇海赶快伸手招呼林鼎过来："开门拿驾照给他。"

林鼎用钥匙解锁了车门，车尾已经被拖车吊起了，整个车现在是斜着的，还好是敞篷的，林鼎趴在手套箱上找了一会儿，然后拿了许天的驾照和驾驶证出来给交警。交警用手电筒照了一下驾照内页，回头望了望坐在路边的许天，再照了照车内饰和座椅："这驾照已经过期了，要重新申领，后备厢打开看看。"

林鼎又绕到翘起的车屁股处，打开后备厢。

后备厢里有一只黑色的尼龙布双肩包，林鼎看了看表，很不耐烦，很不情愿地拉开双肩包的拉链，他现在只想赶紧把这见鬼的跑车从拖车上弄下来，猛踩一脚油门开回家睡觉。他打开双肩包，看了一眼，整个人都麻木了，像遭到了晴天霹雳，眼前是噩梦里都不一定会出现的画面：背包里是一颗血淋淋的女孩人头，和他口袋里布兰卡的照片一模一样。交警看了，也愣了一下，然后第一时间掏出了手枪，跑向了路边的许天。林鼎和雷崇海对视了一下，分头逃跑了，他们也不知道为什么，就是人类的本能吧。

林鼎到现在回忆起那个画面还是浑身发抖，不过说完后他长吁一口气，算是完成了一个大任务。

冷律师飞快地在笔记本上记录下林鼎的陈述。等写完最后一个字，看林鼎不说话了。他放下笔，摘掉眼镜，揉了揉睛明穴，沉思了许久，用西语骂了句脏话。

"你现在还能坐在这真是个奇迹，你和雷崇海今天就可能会被捕。"

2

逃离故乡

果然，当天下午林鼎和雷崇海被捕了。林鼎躺在床上补觉，根本就没有反抗，还是被当作变态杀人狂一样被几个警察按在床底下，混乱中后脑勺还被打了一记。讽刺的是上午林鼎在警察局大摇大摆探望许天时，都没有警察看他一眼。

接下来四天没日没夜的审讯让林鼎筋疲力尽，警察从他那并没有得到什么有用的信息，他从警察那里倒是得到了不少许天的供词。

许天坚持称他在进酒吧之前把后备厢清空了，拿出那瓶昂贵的香槟后，后备厢里只剩下灭火器和急救包了，跑车的后备厢本来就小，不可能里面多了一个黑色双肩包自己发现不了。关上后备厢后，林鼎记得他用钥匙锁了车。那就说明黑包是在他们进酒吧之后，有人偷偷放进去的。但根据警方公布的道路监控视频来看，在车停在路边的这段时间里，除了有两个当地学生靠近车头和车自拍之外，没有任何人接近过车尾。这段监控录像证明了许天在说谎，没有人偷偷放包进去，而且其他人也没有阿斯顿·马丁的钥匙，钥匙一直在林鼎的裤子口袋里。让林鼎不解的是，许天为什么要撒谎，又为什么要载着一颗人头斜穿整个塞维利亚市区，这不是神经病嘛。他坚信许天是被陷害的，他如果不帮许天洗清罪名，自己恐怕也要成为犯罪同伙而坐牢。

案件疑点重重，剩下的尸体也还没有找到，警方也没有掌握任何证据指认林鼎和雷崇海参与了绑架和谋杀。哦不，在警方眼里是马雄和雷崇海，林鼎的西班牙居住证和护照上的名字是马雄。马雄和雷崇海被批准可以保释。

从拘留室出来时，林鼎神情恍惚，一直在想那天的疑点。交警查车查出黑包之前，没有人接近过车尾，这该死的黑包是怎么凭空钻进后备厢里的呢？他越想脑子越是一团糨糊，使劲抓了下头发，他已经四天没洗头了，又脏又油。来到物品保管处，当值的年轻女警察看到他，一脸嫌弃，快速找到贴着马雄名字的纸袋子，打发他走了。

林鼎走出警察局，扔掉纸袋子，把钱包塞回他浅蓝色休闲西装的口袋，把手机重新开机，一看，有十几个未接电话，很多是客户的，人间蒸发了好几天，好多生意都耽搁了。其中几个电话号码让他心里猛地一颤，是几个来自中国的号码。这几个号码虽然好多年没有打来了，但是林鼎还是能一眼就认出它们——这些都是他中国老家岩棉县城的公共场所的座机电话。他一个个回拨了过去："喂，是朱家饭店吗？朱老板，我找阿昆啊，我是他朋友小强，他打我电话我没接到，你见到他让他再打我电话……好好，谢谢谢谢，再见！"

林鼎打完一圈电话后很焦虑，既想快点等到阿昆的回电，又害怕听到什么不好的消息。他一路把之前没接到的该回的电话都回了，回到家，冲完澡，躺在床上一直都很紧张不安。这种来自家乡的不安感甚至超越了他得知自己卷入了谋杀案。

辗转反侧中他睡着了，他又梦到了故乡。

岩棉县花贤村，中国南方一个美丽的小山村。绵延的丘陵，孕育出可爱的人们，吴侬软语，又赞颂着酥润的江南。亚热带的季风拥抱着一座座翠绿的山谷，这里被当地人叫作绿谷。绿谷最出名的是一种叫贤玉的玉石，产量极少，脂白色的玉体温润透明，玉体中的云丝像盛开的雪花，也像雨后森林里的蜘蛛网，有着独特的寒冷色调。再配上小镇上玉雕大师罗老的手艺，为一绝。

罗师傅年入古稀，收徒不多，六个封顶，林鼎就是其中之一。林鼎小时候手就很巧，八岁时坐在家门口晒谷场上帮妈妈绣花，被路过的罗师傅一眼相中。"这个男孩和其他男孩不一样，坐得住，好。"罗师傅看着小林鼎，"要不要跟爷爷学手艺？"小林鼎看着这个陌生老头，觉得莫名其妙。林鼎的妈妈听了，什么话都没说，噌地回身进屋，翻找了半天，看看家里有多少存款，有些什么像样的东西可以送给罗老爷子。倒腾许久，林鼎看到妈妈拿着一个厚厚的红包，还有几小坛自家酿的青梅酒、一袋土豆、一筐鸡蛋，都塞到罗老的怀里。这么一大堆，罗老都拿不动，推拒着直往后退。

"这孩子从小不听话，惹您生气了您可别对他客气，抽他丫的。"林鼎妈妈笑着对罗老说，"这些您先拿着，等以后有收成了再给您家里送去。"

就这样，敬了茶、磕了头、拜了师，再跟着师傅去玉石祖山上拜了神，他就开始学玉雕了。上午学校里上半天学，下午在罗老家里学艺。林鼎乡下的家离镇上的小学还不算太远，走快一点，四十五分钟就到了，学玉雕的地方在镇中心河两岸的商业街上，有点像西塘古镇，只是没有那么多人，没有那么喧闹，还多了一些现代的店铺。两岸商铺林立，茶楼酒家、米店肉铺、银行当铺、五金皮具、古董字画，自然也少不了罗师傅的玉器店。

店面很小，毫不起眼，木牌匾上连个字都没有，只在中间嵌了一块小小的正方形贤玉。但当你走进去看一看，驻足停留的时间会超过商业街上任何一家店铺。外间展示了罗老和他徒弟们惊艳的艺术世界。

先抓住人们目光的是几件中型的自然玉雕作品，看着这些栩栩如生的玉雕，你能听到花朵绽放的声音，你能闻到鱼虾鲜活的味道。往里走几步，就能看到镇店之宝《雪崖行》，第一次见到它的人会不敢相信自己的眼睛，颠覆了自己对艺术的认知，玉雕竟可以这样呈现：漫天的大雪，陡峭的山壁上一条窄窄的路，一个中年男人牵着一头驴子在前面艰难前行，后面跟着怀抱襁褓的女人，侧着身子，努力为婴儿阻挡风雪。驴子身上驮满了沉重的行李，艰难的步履在雪地上留下了一个个蹄印。

这戏剧性的场面是在一整块半米高的上宽下窄的圆柱形贤玉上完成的，最令人赞叹的是无数层镂空的漫天大雪，无与伦比的速度、冲击力。上千颗雪花，有的粘连在一起，有的独自悬空，以人类的能力不知是如何做到的。它释放的力量和展现的姿态像极了一团龙卷风。寒冬的树木，山石峭壁的质感和悬崖上凝结的冰锥，罗老用玉这单一的材料，靠雕工硬是完美呈现出了完全不同的材质，不可思议。概括简约的人物造型，在没有细节刻画脸部的情况下，描绘出了男人和女人间质朴伟大的爱与信任。这件作品花了罗老前后十年的时间。很多人听别人对这件作品的描述后，不相信有这样的雕塑存在，必须亲自来看一看，如果贝尔尼尼还活着，他一定会过来看。海内外收藏家不远万里而来，无论开多少价，罗老只是淡然地笑笑表示谢意。大家都知道这是他的"孩子"，充注了他的艺术生命，谁都买不走的。

镇上唯一一座寺庙心归寺里供奉的一尊一米多高的贤玉观音像也是出自罗老之手，是寺庙里唯一一座纯玉打造的佛像，很多外地游客都慕名而来，烧一柱香，瞻仰一下绿谷景点排名第一的玉观音。心归寺香火鼎旺，有的人匆匆跪在垫子上磕三个头，就站起来把垫子让给身后排队等磕头的香客，他们甚至都没看清玉观音的样貌，模糊中只觉得比其他佛像更具有神性的光辉。除了玉器，罗老也精通黄金珠宝。镇上不少姑娘婚嫁戴的都是罗老做的黄金三件套，据说这样出嫁才有排面，风光无限。

走进里间，是一个雅致的小庭院，中间栽种着一株紫色丁香树和一些青竹，两侧是师傅和徒弟的工作间，一件件伟大的作品，小到吊坠手镯，大到"万马奔腾"，都是在这简陋破旧的房间里诞生的。外表慈祥的罗师傅带徒弟时异常严苛。林鼎学习初期就是在枯燥地描图、画图，花鸟虫草、山川流水、凡人神仙，日复一日。

线条的虚实变化，用墨的浓淡流畅，达不到罗老的要求，就会被责罚。干活打杂，端茶递水，擦桌子擦地，擦雕塑擦石头。每天还要帮罗老喂鸡喂鸭，去集市买这买那。有时甚至充当一下小木匠，帮着刨木头，做长凳。林鼎看着师兄们埋头雕玉，非常羡慕。

记忆中的县城小镇，小桥流水，如诗如画。吴冠中笔下的江南丝竹，在眼前慢慢晕染开。林鼎坐在房间里描图的时候，偶尔能听到卖糖葫芦的人在河对岸叫卖的声音，小贩沿着河边走边卖，声音飘得很远，正是这些声音，反而衬得小镇格外寂静。冰糖葫芦，那是仙儿最爱吃的。

林鼎又梦到了仙儿，每次梦到她，他总想让这个梦持续得久一些，不要再醒来。

　　林鼎第一次见到叶馥仙，是在离店铺门口最近的拱桥上，那时他刚替罗老买了一麻袋十斤的米，还有一篮蔬菜。他一只手穿在篮子的提手里，然后两只手拎着沉重的米袋，对于他这样的小孩子来说，这米实在是太沉了。林鼎额角流着汗，咬着牙，心想走过这座桥，就到店里了，就胜利了。"嘭！"的一声，接着是"唰唰唰……"林鼎的小身子被撞翻在地，菜篮子翻了，大米撒落在桥上，米粒像瀑布一样从拱桥上流下。

　　等林鼎站起来，只看见一个和他差不多大的小女孩正往桥下跑，红色衣服，一溜烟就不见了。

　　接下来的日子，这个小女孩见到林鼎就躲着走，有一次，终于被林鼎在小学门口逮个正着。"你！赔我大米！"他一把拽住她的袖子，她看了他一眼，转身就要跑，又被林鼎抓住了辫子。她不跑了，转身面对林鼎，不知所措，长长的睫毛垂了下来，支支吾吾地说："去我家里拿，我赔给你。"女孩在前面走，林鼎在后面一路跟着。女孩的家在镇上，离玉器店不远，她的衣服很漂亮，大红的底色上有淡粉色的花瓣，跟林鼎身上粗制滥造的衣服完全没有比较的必要。

　　叶馥仙的家里一直极力保持着当年大户人家的骄傲。仙儿出生一年后，风云突变，她的父亲遭人陷害，锒铛入狱。她还没有来得及感受富裕的家境，就失去了。妈妈带着她和哥哥搬去了镇上一间小房子。后来她再也没有见过她父亲。

　　林鼎拿着半袋大米回玉器店，路上还想着叶馥仙的样子，她比他小一年级，现在念三年级，她不仅衣服漂亮，家里也很漂亮，院里有棵红枫。重点是人长得也漂亮极了——圆圆的脸蛋，小小的鼻子，肉嘟嘟的嘴巴，眼睛不算大但是晶莹剔透，纯净得像珠峰下的绒布冰川。

　　后来他们经常一起玩，他买糖葫芦给她吃。糖葫芦里总有几颗山楂是坏的，叶馥仙的眉头就皱了起来，怪罪林鼎。林鼎打听到卖糖葫芦的小贩喜欢钓鱼，他就到处挖蚯蚓，把自己弄得脏兮兮的，拿去贿赂小贩，让他每次留一支用最新鲜的山楂做的糖葫芦给他。

　　离小镇不远的河边，有一个凉亭，是他们最喜欢去的地方。亭子中间长着一棵千年古樟，像一把撑开的巨伞屹立在那，根深叶茂，雄伟苍劲，悠悠岁月铸就了它神秘的身世，相传这棵树可以追溯到晋代，村民们把它尊为神树。有了这巨大的树冠，凉亭的顶就显得有些多余，只剩下周围一圈环抱着古树，远看像是给古树穿了个迷你短裙。

田里油菜花开的时候，他们在亭子里吃草莓，田里水稻成熟的时候，他们在亭子里吃柑橘。他们总是把橘子皮乱丢在凉亭老旧的木地板上，引来一排蚂蚁，他们蹲在地上用树叶拨弄它们，打乱蚂蚁们的队形，乐此不疲。当夕阳的余晖快要燃尽，才想到该回家了。

有的名字和记忆，书写在水面之上，随波逐流，无影无痕；有的脸庞和感情，书写在古树之上，花开花落，永生永恒。

读完六年的小学后，林鼎和叶馥仙双双辍学。林鼎家太穷，还有一个弟弟林昆要养，况且林鼎也不爱学习；而叶馥仙家里，妈妈要拿钱供哥哥去省城继续读书深造，说女娃儿不用念那么多书。

林鼎学艺到现在依然没有拿过一次刻刀，但他的画工进步明显，在玉器店的小屋里，他会偷偷在宣纸上画叶馥仙的样子，送给她。她看了傻笑，嘴上说着把她给画丑了，手上却小心翼翼地捧着拿回家，她不愿意折起来，弄出折痕。他偶尔也会拿那些描画的吊坠上的神像图案给她看，她看着这些画问："为什么都是男戴观音，女戴佛呢？"

"可能是男人需要女人的守护，女人需要男人保护吧。"

"那你能保护我一辈子吗？"

"我能啊。"林鼎自信地冲她昂起了头。

叶馥仙转过身去，微笑从那红润的小嘴溢出，顺着嘴角漾开去，到脸上和眼角散开了，空气里飘逸着小女孩的天真烂漫。

他们有时候会去草地上躺着，什么也不做，就看着天上的白云慢慢地移着，闻着身旁野花的芳香，任凭时光流逝。一阵风吹过，草地像海浪一样波动，发出沙沙的声音。他们都没有见过大海，叶馥仙用手遮挡刺眼的阳光，只留一些从指缝洒在脸上，雪白的皮肤闪着金光。"林鼎，你见过大海吗？"林鼎两手枕在脑后，闭着双眼："没有，我妈说海在很远的地方，出好几个县城都到不了。应该就像超级大的湖吧。"

"我在书上看过照片，海特别蓝，还有沙滩，有椰子树。我们以后一起去很远很远的地方，我想看真的大海。你想出国吗？听说三班的那个狄文文初中读到一半就出国了。"

"是吗，但是出国要会讲外语，你会吗？"

"不会。"叶馥仙想了想，她妈妈连初中都不供她念，出国就更不可能了，只想等她长大了，把她嫁出去。想到这里她感到很沮丧。

1985年，邓小平提出了反对资产阶级自由化。同年九月，林鼎最爱的作家古龙病逝。那年叶馥仙十六岁，芳华正茂，她正在蜕变成一个大姑娘，走在小镇上，无数艳羡的目光聚焦在她身上。一条平凡的白色连衣裙，穿在她轻盈娇柔的身体上，无须任何装饰，立刻变得非凡动人。她的脸蛋不再像小时候那么圆，变得盈润典雅。若隐若现的锁骨下，胸口日渐饱满，整个人像一朵含苞待放的山茶花。微风跟着她，轻轻吹起缕缕青丝，久久不愿离去；太阳为追逐她迟迟不肯落幕；月亮早已挂在半空静静守候。后知后觉的林鼎也看到了仙儿身上的变化，心中激起一片涟漪。她是西湖的晨露、海湾的细浪、火山的烈焰，她是林鼎的一切。

在大家的心中，叶馥仙才是真正的绿谷景点排行第一名，她是可以让整个小镇心跳加速的人。这对林鼎来说可不是什么好事，他吃了不少苦头，三天两头有男孩找他比画比画，林鼎成了跌打药铺的常客。

小镇上有了第一家商业电影院，上映的是根据曹禺的话剧改编的电影《日出》。林鼎和仙儿不是很能看懂这部电影，大城市的声色犬马，让他们既向往又害怕。在黑暗的电影院里，他们学着电影里的男女主角，获得了彼此的初吻。

仲夏午后的乌篷小船上，天气异常闷热。

经过多年的刻苦努力，手上无数道刻刀造成的伤疤老茧，林鼎的玉雕已经学有所成，能够独当一面了。他借了艘乌篷小船，带仙儿到湖上钓鱼，还准备了礼物送她。硕大的湖面上只有他们一艘小船，他们娴雅地泊在湖心，聆听蛙鸣，待鱼上钩。

"好热，好多蚊子，怎么一条鱼都没钓到。"叶馥仙一边抱怨一边喝着璃瓶里的凉白开，手中的蒲扇不停挥动。她和林鼎肩并肩一起坐在船头，船头一截短短的半圆形篾篷并不能完全遮挡住阳光，她额间的细发和领口已经被汗水浸湿。林鼎手握鱼竿，全神贯注盯着水面的浮标，而她悠闲地把双脚放进湖水里。

"急什么，要有耐心。你脚不要一直涝水玩儿，鱼都被你吓跑了。别动了，我有礼物给你。"林鼎从水桶边的小包里拿出一个小巧精致的红丝绒首饰盒递给仙儿。

"哇哦。"仙儿看着盒子，眨巴眨巴眼，再看看林鼎。她往后坐了坐，两只手小心地打开盒盖，生怕里面的宝贝飞出来掉进河里。里面是一颗贤玉刻成的项链吊坠，正面刻了株水仙花，纤长舒展的叶片，亭亭玉立；微微垂下的花朵，美丽含蓄，如凌波仙子。

"在中国，水仙代表思念和团圆，在我眼里，它代表你，仙儿。"

林鼎含情脉脉地看着仙儿，他把所学技艺和对仙儿的感情全部倾注进这件作品里，达到了"料、工、艺"三者合一，完美平衡。

仙儿翻过来一看，乐了！反面居然刻了一只兽面纹方鼎。

"傻子，哪有人在玉坠上雕一个鼎的。"

"你别管我雕的是什么，喜欢吗？"

"这算是……定情信物吗？"仙儿轻声说，两颊泛红。

林鼎帮她戴上玉坠，仙儿低头看着脖子里的玉坠，默默不语。

太阳躲到云后不见了，蜻蜓在他们身旁掠过。水桶里仍旧一条鱼都没有。

"滴答。"

过了一会儿落雨了，雨滴落在湖面上，起了一层雾。篾篷顶上滴滴答答，没有被半圆形顶篷遮住的木甲板被雨打湿，颜色渐渐变深。

他们钻进小船中间的船舱里避雨，船中连接船尾的竹顶篷又长又扁，空间非常狭窄。坐在船底凉席上，头发离篷顶只有两三寸，两个青涩的男女，四目相对，他们的脖颈能感受到对方的呼吸，闷热潮湿的空气中，汗珠缓缓顺着胸口流下。外面乌云密布，响起闷雷声，雨越下越大。空气里混杂着雨中的泥土、汗水和荷尔蒙的味道。

"我喜欢你。"雨太大了，打得顶篷噼啪作响，掩盖了林鼎的声音。仙儿没有听清楚他说什么："你说什么？"林鼎鼓起勇气，双手按着她的肩膀，把她推倒在船舱里大声地说："叶馥仙，我爱你！我要娶你！"他呼吸急促，紧张地发抖。仙儿被按在舱底，昏暗的光线下，只能看到林鼎脸庞的轮廓。她靠身体去感受他，感受他的温度。

林鼎用力地吻仙儿的嘴唇，像一只饥饿的鹈鹕妄图吞掉整个湖中的鱼群。她的眼睛睁得大大的，竹编的篾篷缝隙中，透进一丝斜光，点亮了仙儿的乌黑瞳孔，一团爱欲之火在黑暗中燃烧了起来。她的两只胳膊抱紧了他的脖子，她的嘴唇在他的嘴唇下颤抖。他继续向黑暗中的未知探索，褪去她的薄衬衣，解开旧式的抹胸，又火急火燎地脱下鹅黄色的长裙和衬裤。眼前是他从未见过的叶馥仙，他几年前就想认识的叶馥仙，玲珑的曲线，白皙的身体，散发出幽幽的光芒。他一边脱去自己的衣服，一边揉捏亲吻仙儿的胸部，他闭上眼感受那柔软芳香。接着他整个人压了上去，两个人紧紧缠绕，汗水让肌肤又黏又滑。叶馥仙有些害怕，又无法不倾听内心深处的渴望。她不能承受的轻微的叫喊声，一次又一次升起，浪潮一波又一波冲击着小船。

多甜美的梦，不要醒，不能醒。

风越来越大，小船摇晃得很厉害，外面的雨水都飞溅了进来，船舱里进了很多水，但里面依然如仲夏般炙热，船外暴雨的寒意似乎都是梦中的假象。躺在船舱底就像躺在水面上，船两边的水平面与他们沉醉的脸平齐。他们似乎在下沉，他们毫不在乎，沉入湖底又怎样，他们在最美好的时光，拥有最美好的彼此。

一叶扁舟，沧海桑田。

罗师傅已经患病在床很久了。艰辛困苦的岁月带给他许多疾病，最令他痛苦的是，他不能再雕刻了，他的艺术生命结束了，他不能再突破自我，攀登至更高的境界。罗老年轻时正处在民国时期军阀混战的年代，坊间传闻罗老作为国民革命军的一员，参加了1926年开始的北伐战争。罗老在部队攻克长沙时英勇无比，与北洋军阀激烈厮杀，战功赫赫……

几年后的一个寒冬，罗老带着浑身的伤病和妻女辗转回到了故乡岩棉县。

卧床不起的罗老，又回想起了那一次大雪纷飞的山路攀登，那是罗老人生的转折点，新生命的开始。现在，他只是静静等待自己人生的落幕。

得知林鼎和叶馥仙要结婚的消息，病床上的罗老唤来仙儿，送了她一只刻着龙凤呈祥的黄金手镯。"仙儿，要出嫁的女孩应该最漂亮，这个……送给你。"仙儿跪在床边握着罗老的手。罗老的气息很弱，一个字一个字说得很慢："师傅太老了，不能再教林鼎什么……我希望，你能为自己……的人生感到骄傲，如果你发现自己还没有做到，我愿……你有勇气，从头再来。"

他安然地离开了这个世界，这个冬天他终究没有熬过去。

窗外飘着雪，叶馥仙和站在房门口的林鼎早已泪水纵横。

二十五岁时的林鼎真是个清秀的小伙子，有着农民的质朴和艺术家的灵气。自己都稚气未脱，就已经和叶馥仙生了一个女儿，取名林祖儿。三年后，他们又有了一个男孩儿，叫林冠玉。

幸福的时光总是过得很快，小儿子冠玉两岁了，会到处跑了，总是跟在爸爸和姐姐屁股后面玩。林鼎乡下房子的后头，有一片竹林，他喜欢带孩子们去那里打猎，大多数时候是打麻雀。他有一支步枪，还是罗老打仗时用过的，偷偷带回来藏着，后来就送给了林鼎。罗老不仅教给了他精湛的雕工，还教会了他精准的枪法。

郁郁葱葱的竹林里，光影斑斓，不时会有鸟儿飞上枝头，竹子微微晃动。林鼎和孩子们缓步前行，蹑手蹑脚，像是进入了一片雷区。

发现目标，林鼎目光不离麻雀，一只手往背后下压，示意身后的孩子们安静不要动。林祖儿拉着林冠玉的手蹲下，一只手指在自己嘴巴上竖起："嘘！"冠玉看着姐姐咧开嘴笑了，姐姐瞪了一眼弟弟，捂住了他的嘴。他们半蹲着，抬头看着远处树枝上的麻雀，双手捂住耳朵，屏住呼吸。林鼎娴熟地上膛，抬枪瞄准，"嘭！"1924 年式标准型德制 7.92㎜毛瑟步枪的枪口冒出一瞬火光，远处一个小小黑影从高处应声坠落。孩子们惊喜万分，像挣脱链条的小猎犬飞奔了过去，搜寻猎物的下落。不一会儿，姐姐或者弟弟就会手举着战利品来到爸爸的身边邀功。

嫁给林鼎后，生活一直很清苦但也很甘甜。

叶馥仙生了小儿子冠玉后，身体就一直不太好，月子里落下了病根，每月在中药上开销很大。林鼎虽然有着高超的玉雕技艺，但自从师傅去世后，玉器店的订单一直被五个师兄霸占着，林鼎只能捡些剩下的小单子，收入微薄。林鼎性格耿直，一直心存不满想和师兄们算账，但妻子叶馥仙总是劝阻他。她是一个柔情似水，与世无争的女人，林鼎总能从她身上得到内心的平静。他们一起种种田、养养鸭，日子也算过得去。

村里同一条石基上，林鼎的邻居赵阿八，在村口开着一个小杂货店，卖日用品、食品饮料等小玩意儿。这是村里最近的小卖部，不愿跑远路到镇上去采购的人，都会去赵阿八那儿买东西，所以赵家生活还算富足。赵阿八有一个儿子，和五岁的林祖儿差不多大。

赵阿八在很小的时候，居然跑进猪圈里玩，然后很不凑巧地震了，简陋的猪圈塌了，他和一群猪一起被压在了下面。地震威力很小，大家都忙着查看自己的房屋，除了几间实在破旧的老屋塌了，大家进去救人外，村子没有别的破坏。可怜的是直到五小时后，村民才在救猪时发现赵阿八在里面，他浑身是泥巴和猪屎，几小时的猪叫和挤压把他彻底吓傻了，后来他就一直不会说话，只会说"啊吧啊吧"。之后他就有了这个绰号，有的也喊他猪阿八，他又无法反驳，气恼了几年后也就习惯了。

风和日丽的一天，赵阿八的老婆气势汹汹地在屋外喊林鼎，她是村里出了名的泼妇，也只有赵阿八这样的哑巴才能忍受她的辱骂而不还嘴。林鼎正在厨房里生火烧柴准备烧中饭，好不容易把火弄旺了些，听到有人喊他，手忙脚乱地又把粗木条都掏了出来，把火拍小。出了屋门，只见赵阿八的老婆站在晒谷场中间一通骂，像一个早该退休的意大利女高音在舞台中央卖力演出。赵阿八气鼓鼓地拉着满身是泥水、哭哭啼啼的儿子，在一旁拼命附和老婆："啊吧啊吧，啊吧。"

听了一大段不堪入耳的辱骂后，林鼎大致搞清了状况，他看了一眼站在不远处的女儿，大喊："林祖儿你给我过来！"祖儿双手背在身后，低着头，慢慢走过来。"说，你干了什么？"林鼎指着她。祖儿偷瞄了一眼赵阿八的儿子，不说话。赵阿八的老婆继续开骂：“这死丫头整天在外头疯，有人养没人教吗？像只野猴子一样，欺负到我儿子头上来了，我儿子招谁惹谁了？骑个新脚踏车，惹你这野猴子眼红了是吧，有本事让你爸给你买啊，买得起吗？哼！”

林鼎严厉地冲着祖儿说：“你怎么能把人家小朋友踹到田沟里？弄伤人家怎么办？快跟人道歉！”

祖儿噘着嘴，长长垂下的睫毛下，泪光闪烁。

林鼎此时恼怒又羞愧，不仅仅是对女儿，也是对自己。他推了一下祖儿的肩膀：“快道歉！”看祖儿还是咬紧嘴唇。赵阿八的儿子委屈地哇哇大哭，一旁的赵家泼妇又开腔了：“自己的女儿都教训不了，当什么爹啊。”林鼎彻底毛了，一记响亮的耳光把祖儿扇倒在地，回声在晒谷场上久久不散去。祖儿捂着满是泪水的脸，站起来，狠狠地瞪他们，瞪了林鼎，瞪了赵家泼妇，瞪了赵阿八，瞪了赵家儿子，一个都没落下，然后转身走到田边，把之前一起被她踹翻进田里的三轮脚踏车拽了出来，重重地扔在田间的小路上，一个人独自远去。

那是林鼎第一次扇祖儿耳光，他和叶馥仙花了两天时间才把祖儿找回来。找回祖儿的那一晚，叶馥仙终于可以好好躺在床上，她的脚都肿了。祖儿离家出走的这两天她没有和林鼎说一句话。“你明天去把那条该死的弄堂清了。”临睡前叶馥仙终于开口和林鼎说了一句话。那条弄堂指的是林鼎的屋子和隔壁赵家的屋子之间的缝隙，那里常年被隔壁赵家当作自己的空间，堆满了杂物，让林鼎他们很难穿过。

第二天一大早，林鼎就起床拿了个大铁锤，把弄堂里的各种杂物，水泥板啊、砖头啊、旧家具啊、竹篮啊，等等，全部砸了个稀巴烂，响声吵醒了整条石基的人。隔壁赵家泼妇跑出门一看，满眼怒气，但看到林鼎的气势，她只是努了努嘴，什么话都没说，回身进屋了。

这件事情传开去后，赵家也很没有面子，背后都在议论赵家的儿子，和赵阿八一样就是个怂蛋，女孩子都能欺负他。赵阿八的儿子后来都不敢在外面骑车了，关起大门在厅堂里骑着玩，每次祖儿和冠玉还有其他家的孩子路过他家大门，都要在外面笑话他好一阵。

没几天，林鼎和老婆咬咬牙买了辆还算新的脚踏车给祖儿。每天将它擦得锃亮，她也不高兴去骑，似乎这个脚踏车上有一层灰笼罩着。

不知是不是真的好运气来了，玉器店接到了一单利润颇丰的生意，有一个外地富商花大价钱定了一整套玉雕的满汉全席，预备送给京城的某个大爷中的大爷，为其贺寿。一比一的比例，一百零八道菜都要用贤玉雕出来。光是定金就已经接近玉器店一整年的收入了，师兄们和林鼎都振奋不已。

回到家，林鼎把钱给老婆，叶馥仙吓了一跳，"哪来这么多钱？"

"这还只是老板付的定金分到我头上那份儿。哈哈！有个大老板定下了全套的玉雕满汉全席。我们六个人一年内要完成，时间特别赶，终于也轮到我大展拳脚了。"林鼎兴奋不已，"老婆，我们要过上好日子了。等这批玉雕做完，我们就能把房子重新整修一下，把破烂家具都换了，还能买好几件漂亮衣服给你。"

"我等会就去镇上把这些钱存了，再买条鳜鱼，买个西瓜，再给孩子们买包奶糖，他们吵着要吃好几天了。"叶馥仙微笑着把钱用纸包了好几层，再塞进包里，捏了捏后才出门。

林鼎喊来祖儿，给了她两块钱："去带弟弟买点零食吃吧。去吧，去玩吧，晚上有鱼吃，早点回家。"祖儿拿了钱，屁颠屁颠出门了。

正值初夏，青山翠谷，云淡风轻。

林祖儿和弟弟冠玉来到村口的赵家杂货店，店面很小很破，但对于小孩子来说，是个天堂。中间是一张长方形的大桌子，上面用大大小小的塑料筐摆满了各种零食。三面墙上钉了一排排木架子，摆放着廉价的生活用品和小玩具，其中一面墙下面摆着一个玻璃柜台，里面陈列着香烟、酒、文具。这个柜台同时也是收银台，后面懒洋洋地坐着赵阿八，摇头小风扇正对着他无力地吹着。他们揣着两块钱，东看看西瞧瞧，一开始祖儿想买奇多吃，奇多里面有奇多圈可以玩，但冠玉又觉得口渴，想喝饮料。他们掀开店门口冰柜上盖着的棉被，看到赵阿八新进了一种柠檬味的汽水，卖一块五毛一瓶，他们决定买汽水喝，剩下五毛钱买一包咪咪虾条。

姐姐和弟弟拿着汽水和虾条，上山去玩，姐姐手里还挎着一个竹篮子，是准备装山上采到的药材的。这个季节的山上有好几种妈妈可以吃的药材，祖儿努力记住了它们的样子，好在山林里探寻。

山林里有着巨大的树木，遮天蔽日，真是世外桃源。九十年代中国快速的工业发展和城市化进程尚未波及绿谷，人类总是妄图要征服自然，但对大自然来说，我们只是学步的孩子、拙劣的模仿者，我们发明了各种工具，贪婪地挖掘大自然用亿万年的时间积累下来的宝藏。当踏入山林，无数生灵、无数双眼睛就注视着我们，只有怀着敬畏之情，我们才能继续走下去。

他们边玩边找草药，挖草药。突然，在一棵腐朽的枫树根旁边，祖儿发现了什么。"快看！灵芝，这里有颗灵芝！"姐姐惊呼到。

弟弟蹲到地上仔细观察那颗灵芝："这个好吃吗？"

"一篮子的草药都比不上一颗灵芝。吃了很补的，对妈妈的身体好。"祖儿小心地把它挖出来，不弄断一点点根，轻轻放进篮子里。

虽然不太懂姐姐在说什么，但是看到姐姐很开心，弟弟也莫名地很开心。不知不觉走了好多路，一瓶汽水都快被他一个人喝光了。祖儿走累了，坐在一棵断木根上休息，津津有味地嚼着咪咪虾条。越小的孩子似乎越有用不完的体力，弟弟仍在树林里不知疲倦地玩耍，一会爬上一棵矮树，一会儿又摘了一把桑葚塞进嘴里，一会儿趴在地上，在石头缝里翻弄着什么。小手到处乱摸，脏兮兮的，只看到他站起来，把手指含进嘴里。

"姐姐，那里有个洞，有刺。"弟弟苦着脸说。

"别玩了，把空汽水瓶给我，等会还能拿去退两毛钱。"

姐姐的篮子几乎装满了，可以满载而归了，她带着弟弟下山。边玩边闹，走走停停，他们在山林里又泡了个把小时。

下到半山腰的时候，弟弟突然不走了，他全身肌肉颤抖，倒在地上惨烈地呻吟，口吐白沫，额头两侧的青筋暴起，皮肤通红。

"你怎么了，冠玉，啊？！"姐姐大喊。

弟弟呼吸困难，说不出话，痛苦地在地上挣扎。姐姐惊恐万分，额头冒汗，她知道弟弟出了大问题。她尝试背起地上的弟弟，但她娇小的身躯实在是背不起弟弟，只能把他挪到比较阴凉的地方，篮子丢在地上，独自跑下山。一个小女孩，哪里见过这种场面，她害怕极了，她疯狂奔跑，她要去找爸爸，要跑得比死神快，让爸爸赶在死神之前救弟弟。崎岖的山路，泪水和速度使得眼前的景象剧烈抖动，两旁的树木，银杏、南洋杉、马尾松通通变得模糊不清。

祖儿跑下山后继续往镇上跑，在穿过一个鱼塘的时候，终于碰到了第一个人。养鱼的何大伯接过祖儿的接力棒，骑着自行车去玉器店找林鼎。祖儿透支了全部体力，面色惨白，大口喘气，随即昏倒在鱼塘旁。林鼎听过大伯的话，骑上师兄的摩托车，子弹一样射了出去。他先来到鱼塘找祖儿，想问清冠玉的详细位置。一个老奶奶听到他的大声呼喊，把他招呼进一间小屋。刚才昏倒的祖儿已经躺在床上，老奶奶一边用浸过冰凉井水的毛巾给她擦脸，一边摇着蒲扇帮她降温。

祖儿终于恢复意识，林鼎急切地问她冠玉具体在山上哪里。一分钟后他再次拧紧油门轰隆隆地朝山脚进发。

等把冠玉送到镇上的医院，他已经断气了。当班的年轻医生说他是中毒了，很遗憾，再早送来半小时可能就不一样了。林鼎眼神空洞，刚才抱着冠玉狂奔下山导致他的大脑缺氧，一片空白。林鼎不敢相信，中午还活蹦乱跳的儿子，现在居然冰冷地躺在那里。绝望和无力侵蚀了林鼎，他看上去也正在失去灵魂，如一具行尸走肉。

几个师兄和林鼎的弟弟阿昆围在林鼎身边，唉声叹气。

林鼎突然想起山林里找到冠玉时，地上的篮子旁边有一个空玻璃瓶，里头还插着吸管。"他妈的，他是被汽水毒死的！"林鼎一边说着一边跑出医院，师兄们和阿昆也跟了出去。

一行人风风火火来到村口的赵家杂货店。林鼎一把掀掉棉被，打开冰柜，从里面抽出一瓶柠檬味汽水举到眼前仔细端详。大家都不说话，静静地看着林鼎。坐在里面藤椅上的赵阿八，伸出脖子看了看外面的几个人，一帮人围着冰柜不说话，又不进来，气氛很奇怪。这时，林鼎走了进来，背光的脸更显得阴沉。他把汽水啪地放在玻璃柜台上："这种汽水，下午有卖给过我儿子吗？"

赵阿八看了一眼汽水，疑惑地点了点头。

林鼎用凄凉沙哑的嗓音说："他现在死了，被毒死了。"

赵阿八张大了嘴巴，发出了一声"啊吧。"

林鼎把汽水往赵阿八面前轻轻推了一下，听得出他正压抑着怒火，声音低沉："把这瓶喝了，证明你的清白。"

赵阿八吓得一哆嗦，腾地站了起来，两只手还抓着身后藤椅的扶手不住颤抖。林鼎两步迈进柜台，赵阿八脸色煞白，嘴唇发青，一边往墙角退，一边朝着林鼎不停地摇手。"啊吧，啊吧啊吧！"林鼎一把揪住赵阿八的衣领，把汽水瓶顶到他的脸上："怎么，不肯喝？你害死了我儿子，自己又不敢喝？"林鼎手上青筋突起，抓着汽水瓶往柜台边缘猛地一砸，"嘭！"瓶颈被砸碎，玻璃飞溅，汽水的泡沫从尖锐的瓶颈口喷出。柜台台面经受不住冲击，整块碎裂坍塌。赵阿八倒吸一口冷气，眼睛瞪得滚圆。

林鼎手里的玻璃瓶让人不寒而栗，碎裂后锯齿状的瓶颈像无数把尖刀直指赵阿八。赵阿八并不瘦弱，但是比林鼎矮了半截，身上的肉也松松垮垮，此时他双手抓着林鼎的手臂往外扯，想要挣脱。面对恶魔般丧失理智的林鼎，一切反抗都是徒劳的。林鼎左手抓住赵阿八的右手手腕，往外用力一扭，"咔嚓"一声响。赵阿八"嗷"一声惨叫，接着林鼎一脚踹在赵阿八的胸口上，把他踹翻在地。赵阿八往旁边翻滚了两圈，林鼎追上去，用脚胡乱地踢踹他的背和头，赵阿八疼得闷哼几声，像虾一样蜷缩起来。林鼎的右手还紧握着汽水瓶，他骑到哑巴的身上，左手闪电般猛击赵阿八的脸，不过几秒，他脸上多处飙血。

林鼎发狂地把玻璃瓶往赵阿八的嘴上插，想要把汽水灌进他的嘴里。赵阿八的脸已经害怕得变了形，他咬紧牙关，牙齿都快被自己咬碎。破碎的瓶颈很快把赵阿八的嘴唇和脸插得血肉模糊，柠檬汽水和满脸的鲜血混合在一起，从牙缝中流了进去，又被赵阿八吐出来，林鼎的白汗衫被染得粉红。一瓶汽水倒光，林鼎用空瓶身砸碎了他的几颗牙齿。赵阿八无力地躺在店角落里的血泊中，两眼昏黑，动弹不得。

杂货店的动静引来了村里的群众，门口围了好多人，错愕地看着这无比暴力的画面，林鼎身上散发出的可怕气息像一面无形的能量屏障，牢牢地把村民们阻挡在店门外。林鼎站起身来到冰柜，又拿了一瓶新的汽水，几个村民甚至被林鼎的气场逼得微微后退，冰柜的门完全被打开，寒气直往外蹿，没有人敢去关上。林鼎用牙齿咬掉新瓶子的瓶盖，走回赵阿八身边，把瓶子放进他手里，再抓住他的手，把整瓶汽水灌进了他的嘴里。赵阿八再也无力反抗，歪着头，眯缝着眼，绝望地看着门外村民们的身影，口中的汽水和鲜血不停地往外涌。

事已至此，师兄们似乎还没有解气，看戏看了半天觉得不做点什么就白来了。他们把整个冰柜掀翻在地，砸光了里面所有的汽水和冰棍，再进到店里砸烂了所有的商品、桌椅、货架，像一支高效的金牌拆迁队，走过赵阿八身边时，都不约而同地朝他吐口水，并踩他几脚。特别是二师兄，之前和赵阿八有矛盾，结婚办喜宴从他这买了酒，结果喜宴办完剩了很多瓶酒，二师兄拿去退，赵阿八竟然不肯退钱。此时他趁着机会，狠狠地往赵阿八的胸口和腹部踢了几脚，好是解气。大师兄和阿昆把林鼎从店里拉了出来，快步离开人群往外走。"这下糟了，你惹了大祸了，你这样会打死人的。"大师兄焦虑地说，"警察马上就来了，你快跑，躲到没人的山里去。"

林鼎还有点恍惚，他的弟弟拉着他："哥，你千万不能被抓啊，千万别回家，趁晚上走那条水路，出村子避避风头。"

大师兄想了想，报了一个电话号码给林鼎："这是我在东北一哥们儿，叫曹斌。如果情况不妙，你坐火车去湄冰市找他，他会帮你。"

他们俩把身上的钱都摸出来给了林鼎。阿昆把自己的衬衫脱下来给他，林鼎这才回过神来，他觉得自己完了，木讷地脱掉染血的汗衫，换上弟弟的衬衫。"号码背出来没有？多背几遍。记住，湄冰市，曹斌！"师兄双手拍打了一下林鼎的脸，林鼎点了点头，背了一遍号码给他听。"阿昆，照顾好爸妈和嫂子，对不起。"阿昆赤着膊，流着泪点点头："放心吧，快跑，藏好。"太阳还未完全下山，仅剩的一丝光线虚弱地照着林鼎的背影，粉紫色的天空像一张叹息的面纱。

一个下午，两条人命，整个绿谷炸开了锅。

李大娘在路上找到了刚买完菜的叶馥仙，一把将她拽到身边，告诉她出大事。叶馥仙听完目瞪口呆，手上的西瓜和鳜鱼滑落到地上，西瓜摔得粉碎。她呆立在原地，思考了一下，拔腿就往银行跑。她把刚才下午存进去的钱全部取了出来。快步往村子方向跑，快到家的时候远远看到自己家门口聚集了好多人，她心里一沉，回身快步离开。

警察和一些村民四处搜寻林鼎的下落。

在杂货店里，往日骄横的赵家泼妇跪在赵阿八的尸体旁，撕心裂肺地哭着，声音响彻整个村子。

叶馥仙来到医院，见到了儿子冠玉的尸体，她才不得不接受现实，李大娘跟她说的事都是真的。她凝视着儿子烟灰色的面孔，泣不成声。

林鼎并没有跑进山里躲起来，他还想再见妻子最后一面。他宁愿冒被抓的风险也要赌一把，他来到了唯一有机会安全见到妻子的地方，那也是他们从小最喜欢去的地方，千年古樟下的凉亭。一轮残月照亮了凉亭的轮廓，地面变成了银色。四下无人，林鼎把身影隐藏在雄壮的树干后面。河对岸，农房的灯光星星点点，和天上的零星一起倒映在河面上，大家应该都已经吃完晚饭了，林鼎却再也回不去他的家了。

月色中，一个熟悉的身影悄悄靠近，林鼎轻声呼唤："仙儿。"

叶馥仙听到林鼎的声音，连他的脸都还没见到，就强忍着怒火，压低声音说："你怎么这么傻啊！你看看你都干了些什么！"林鼎一把抱住妻子的腰，自己背靠着大树，仙儿愤恨地双手捶打他的胸口。"我们的儿子死了，活不过来了！你杀了赵阿八他也活不过来！"

叶馥仙不再打林鼎，她瘫倒在他的怀里，低声呜咽。

"我没想杀他。师兄们也打了他，不止我一个人。"

"现在警察都在找你，他们把责任都推到你身上了，变成你一个人打的了！谁让你带头的？脑袋被驴踢了？啊？！为什么上天那么残酷，一夜间要夺走我两个家人，为什么啊……"

夏夜凉爽的风从河面吹来，他们拥抱在一起，许久不说话，珍惜最后每一秒的温存。仙儿把身上的女士单肩包给林鼎："这里面是你今天中午给我的钱，我还多取了些存款，你都拿着！去很远很远的地方生活，从头再来。"

林鼎把包斜背到身后，紧紧抱住妻子，深深地吻她。

"老婆我爱你，照顾好祖儿。你们是我的唯一，没有你们我不知道能不能活下去。"林鼎哽咽地说道，流下了悔恨的眼泪，"老婆，一定要让祖儿念书，一直念下去，念大学。我……我对不起你们。"

"快走，我要你活着。"仙儿一把推开他。

林鼎走出凉亭，又回头看了一眼妻子。

"我爱你，别再回头了，走吧。"叶馥仙捂着脸，向林鼎挥手，示意他赶紧走。

林鼎在去往那条鲜有人知的隐秘小河时，因躲避了三次警察和村民的搜捕，他离目标越来越远。误打误撞来到了归心寺，大门早就关了，他想再看一眼玉观音，索性从侧院翻墙进去。走进圆通宝殿，月光从窗外透进来，观音身上像结了冰的水塘，似乎真的散发出神性的光芒。它拥有一切佛的慈悲心，大悲心，忽明忽暗的烛光里，那悲悯祥和的目光，很像罗老的眼神。林鼎跪在垫子上，磕了九个头，他没有祈求。

他起身离开圆通宝殿，准备继续逃亡，刚走到寺院里，发现面前站着老方丈须正，一袭蓝灰色的僧衣，形容枯槁，正仔细地审视着他。

"施主这么晚了还来大悲坛，老衲胡乱猜测，施主是否贵姓林？"

林鼎看着方丈那双看破一切的眼睛，点了点头。

方丈走向门口，抽开厚重的木栓，为林鼎打开了寺庙的大门，银色的青石板路呈现在林鼎眼前。方丈看着门外，用浑厚稳健的声音说："一步一罪化，一步一莲花。"

在夜色的掩护下，林鼎划着小舟，顺流而下，村子里一切熟悉的事物都褪去了一层色彩，回望村口高耸的青檀树，缓缓沉入地平线。

人何处，连天芳草，望断归来路。

三天后，冠玉的法医尸检报告出来了，致死原因是由神经性毒素导致的呼吸肌麻痹，这种毒素通常由金环蛇或银环蛇分泌。林冠玉右手中指指端处有一细小伤口，鉴定为蛇咬创伤。

柠檬汽水的化验结果显示，除人工色素添加微量超标、糖分超标外，并无其他危险的有害成分。警察在林祖儿的协助下，在山林里检查祖儿和冠玉当时停留玩耍过的区域，发现了一块大石头下藏有一个蛇洞，里面有蛇蛋和已孵化的小蛇。冠玉当时对姐姐说的"那里有洞，有刺"指的就是这个。

赵阿八的尸检报告称，他的致命死因是由于脾脏破裂。肋骨多处粉碎性骨折，腹部位置断裂的肋骨刺穿了脾脏。同时头部和面部遭受较严重创伤。据此，公安部发布了 A 级全国通缉令，抓捕逃犯林鼎。

林鼎逃走后，叶馥仙和女儿在小镇上迅速被孤立。无论她们走在哪里，侮辱、嘲讽、谩骂总是形影不离。家里的窗户总是在寒冬的夜晚被人砸破，墙壁和大门经常被人泼粪，庄稼无缘无故被大火烧毁。在啤酒厂工作的叶馥仙和在学校念书的祖儿是所有人排挤、欺凌的对象，她们的生活陷入困境。杀人犯的丈夫是罪过，犯政治错误的父亲也是罪过，但其实叶馥仙的美貌才是最大的原罪，小镇上男人们的垂涎不得转而愤怒唾弃，女人们的妒忌变成歹毒的诅咒。恶的源泉不枯竭，叶馥仙母女的日子就越悲惨。

一步一莲花，一步一轮回。

3

梦幻欧洲

手机铃声把林鼎惊醒，林鼎看了一眼号码，紧张地坐了起来。是老家朱家饭店打来的，电话里传来弟弟阿昆的声音。

"喂，哥。终于打通你电话了，这两天你怎么都不接电话？"

"怎么了？家里出什么事了吗？"

"嫂子的事情，嫂子和祖儿搬到省城去住之后，我也有三年没去看过她了。她电话里总说她挺好的，不用去看她。我上个礼拜坐火车去看她，发现她身体很糟糕，走路都走不稳，我带她去省城的医院检查，医生说她可能得了脊髓性肌肉萎缩症，也可能更严重，叫什么肌萎缩侧索硬化，也叫渐冻症。"

"我知道这个病，霍金得的就是这个，是绝症。"

"省城的主治医生说这里医疗条件不行，最好是去北京或者上海的大医院。我跟嫂子说带她去上海，她死活不肯去，说太远不方便，她要陪祖儿在省城念大学，在省城的医院治就行了。你说怎么办？"

林鼎沉默了许久，他早就打算今生再也不见仙儿和祖儿了。现在这个局面，似乎不太行了。

"这样，你帮她们两个先办旅游签证来西班牙，越快越好，我要让她在西班牙治病，后面的签证我来搞定。"

"我跟她们怎么说啊，说你还活着？"

"对。她们的签证、机票航班办好后打电话告诉我。让她们什么行李都不用带，带好证件就行。"

挂了电话后，林鼎打开电脑，敲击键盘，屏幕上维基百科显示出渐冻症的信息："……运动神经元控制着人体运动、说话、吞咽和呼吸时的肌肉活动，无神经刺激运动神经元，肌肉将逐渐萎缩退化，表现为肌肉逐渐无力以至瘫痪，说话、吞咽和呼吸功能减退，直至呼吸衰竭死亡。"他打开另一个网页，"'渐冻人'直至死亡意识都无比清晰，在当今的医疗条件下尚无有效的治愈药物和方式，患者只能看着自己死亡，所以常被认为是'比癌症还要残忍的绝症'。"他又去搜索脊髓性肌肉萎缩症的资料。他在电脑前查了整晚的资料，并打了好几个医院的电话咨询。

林鼎盯着电脑屏幕，不停地摇头，无力感吞噬了他。这世界上真的有上帝吗，为什么不幸的人越发不幸，林鼎努力说服自己，不会是渐冻症，一定是轻度的脊髓性肌肉萎缩症，总还能治一下的吧。他用力地关上笔记本电脑的屏幕，把笔记本甩到地上，房间陷入一片漆黑。

马德里巴拉哈斯机场，林祖儿扶着妈妈叶馥仙出了海关检查口，去转盘处取行李。周围熙熙攘攘的外国人让母女两人很不习惯，这是她们第一次出国。祖儿二十岁了，已经比妈妈还高挑了。她长得很像妈妈年轻时的样子，脸上线条柔和，精致的五官稚气未脱。下飞机后，她没想到三月的西班牙已经这么热，她把羽绒服脱了搭在手臂上，剩一件略微宽松的淡紫色毛衣，青春袭人。看着她走过，给人很舒服的感觉，像是在午后品味一杯仕女伯爵红茶。

四十三岁的叶馥仙则憔悴了许多。独自一人，在充满恶意的小镇带大女儿，受尽了无数常人根本无法忍受的苦楚。此刻她仍面带微笑，眼角的细纹却述说着她的心酸。精神和身体的双重折磨，没有击倒她，只因她心中留有一个执念：她还会再见到林鼎。

刚走进接机区，一个年轻的西班牙男子迎了上来，用喜感十足的中文说："您好儿！是'耶—夫—仙'和'拎—租—呕儿'吗？"她们半天才反应过来是在叫她们的名字，都被逗乐了。在机场休息了一会儿，吃过中饭后，他带她们上了一辆 GMC 保姆车，向塞维利亚进发。出了马德里，车窗外他们看到的是从未见过的西班牙郊外风光。一只黑色的大公牛招牌矗立在远处的山顶，让她们确信已经置身于西班牙。

和中国南部乡村风光不同，这里没有绿色的田、绿色的山，这里更多的是粗犷裸露的泥土和岩石，褐色是道路两旁山麓的主色调。白墙红瓦矮房，星罗棋布于山坡之上，它们和华丽火红的枫叶、婀娜多姿的栎树、地中海永恒的橄榄树构成了一幅佩德罗·罗尔丹的油画。西班牙是一个多山高海拔的国家，北有坎塔布里亚山脉和比利牛斯山脉，南有内华达山脉。

十多个小时的飞行让她们相当疲劳，没一会儿她们就在车上睡着了，汽车则继续盘旋于崇山峻岭之间。

四小时后，到了塞维利亚，车在一个格外安静的古老住宅区停下。

他们下车走进一栋大楼，中间是一个很大的庭院，庭院中央有一个长方形喷水池，两侧是矮矮的灌木，充满阿拉伯风情。庭院四周是公寓，结构有点像北京四合院，只不过这里有六层楼。

西班牙男子拖着祖儿的行李箱，带她们来到底楼的一个公寓门口，按了一下门铃，便离开了。

门打开了，里面出现了一张熟悉而陌生的脸，是林鼎紧张的脸。六目相对，林鼎看着叶馥仙和祖儿，她们看着林鼎，许久。

"仙儿你瘦了……祖儿这么高，这么漂亮了。" 林鼎戴了眼镜，样子和过去有些不一样了，"快进来。"

公寓的装修和家具都比较老旧，但是特别干净明亮。窗帘、桌布、靠枕看得出来都是新买的。灰白色的实木家具搭配鲜艳的波希米亚风格布艺软装和地毯，很温馨靓丽。客厅里摆满了鲜花，各种颜色的虞美人，赤红、粉红、亮黄，和当年林鼎和叶馥仙躺在山坡草坪上的时候身边盛开的一模一样。叶馥仙看着这些鲜花，惘然若失。

"这套房子离医院近，旁边不远还有语言学校和大超市，生活比较方便，你们就先……"

"啪！"叶馥仙上手就是一耳光，瞪着林鼎："骗子！"

　　林鼎扶正被打歪的眼镜，开始向她们介绍公寓里的设施。林鼎专门在墙壁上定做安装了扶手，卫生间也装了扶手，淋浴房里装了折叠长凳，防止叶馥仙腿部肌肉无力导致摔倒。叶馥仙抓起一个花瓶就往墙壁的扶手上摔去，砸了个稀巴烂。冰箱里摆满了食物饮料，被叶馥仙胡乱地扔到地上。衣橱里林鼎买了很多新衣服给母女俩，她伸手去抓，通通扯到地上。

　　林鼎一把抓住叶馥仙的手腕，她猛地挣脱开来。

　　"够了仙儿，你既然那么恨我，为什么还肯来见我。"

　　"你不是死了吗？我好奇，想看看死人长什么样子。"

　　"我当时和死了没什么区别。"林鼎低头看着地板。

　　祖儿坐在客厅的沙发上，一言不发。林鼎让她们先休息，明天下午来接她们去医院检查，吃晚饭。他安排了一个会说西班牙语的中国阿姨每天来家里照顾她们。出了门，林鼎长吁一口气，终于安顿好了老婆和女儿，林鼎只想暂时逃离那尴尬的气氛，和母女俩有千言万语，但又不知道该怎么开口。

　　次日下午，在一家高级疗养医院里，医生帮叶馥仙做了全面的检查，包括肌电图神经源性损害检测，基因检测。确诊为脊髓性肌肉萎缩症 IV 成人型（SMA）。早期表现为疼痛性痉挛，下肢肌无力等。经过完善成功的治疗后，可以令行走能力保持终生。

　　治疗手段是给予神经营养因子、神经保护剂，有规律的恢复性锻炼，可以提高患者运动神经的生存能力。

　　林祖儿也做了基因筛查，没有被遗传到该疾病。林鼎听了医生的确诊报告后很高兴，原本悬着的心放了下来，祖儿也很高兴，妈妈的病有希望可以治好，并不是渐冻症那样残酷无情的绝症。林鼎和医生讨论治疗方案，选择药物，签订合同，看了无数的材料，签了无数个名字。与此同时，叶馥仙和祖儿在医院的花园里散步，这个医院更像是一个私家豪宅。医院很小，只有三幢小高楼，主楼门诊部像一座瑞士小教堂，焦糖色的尖顶配上奶油色的墙面，精致可爱。另外两幢洋气的小楼是疗养部和住院部，从房间的窗户都可以看到花园景观。夕阳下，经典的欧式花园里，母女俩漫步在精心修剪的锥形柏树间，看着彩虹横跨在女神喷泉上，蝴蝶在玫瑰花间起舞，在这样的地方，什么病都能好得快一些。

离开医院时天色已暗，林鼎驾驶着自己的白色梅赛德斯 CLS 级轿跑载着母女来到一家"新大陆"西餐厅。

"这个餐厅的老板是个疯狂的美食旅行家，一年有一大半的时间在世界各地寻找新奇的美食，然后再带回自己的餐厅。"林鼎翻看着菜单，看看有没有什么新菜色。

祖儿也翻看着英文版菜单，而叶馥仙看不懂西语和英语，就把点菜的任务交给了他们，转而欣赏餐厅的环境。

这里拥有一切高级西餐厅所拥有的，奢华水晶吊灯，气派的装修，意大利新古典的桌椅，帅气端庄的侍者。餐桌上高低错落的杯子，大大小小的刀叉，全都亮晶晶的。面前的林鼎已经不是当年那个乡村小伙子，一身银灰色的迪奥西装，没有打领带，黑色边框的万宝龙眼镜映出了叶馥仙的身影，她穿着林鼎给她准备好的香奈儿春装，米色的过膝裙配上一件浅枣色的针织小外套。日本"御木本"的白珍珠耳环衬托出了叶馥仙温婉动人的气质。

"仙儿你今天真漂亮。"林鼎温柔地望着她。

"都是托了你名牌衣服的福，我都四十多了，漂亮不起来了。"

"胡说，你永远漂亮。这些衣服只是勉强配得上你。"林鼎转而看看祖儿，"祖儿你怎么还穿着国内带来的衣服，我给你买的衣服不合身嘛？过些天我再带你去店里逛逛，买些你看得中的衣服、包包。"

前菜和例汤已经上来了。侍者往后梳的头发油光锃亮。

"不用了，我自己的衣服穿着比较习惯。看来你一个人在西班牙过得很滋润啊，怎么突然想到接我们过来了。"祖儿冷冷地说。

"祖儿，这些年我也很挣扎。我不知道该怎么跟你们解释。"林鼎手里紧握着叉子，"逃出国后我在摩洛哥差点死掉，我苟活在贫民窟里整整三年，像一个乞丐。那个时候我就让阿昆告诉你们我已经死了的消息。后来我来了西班牙，慢慢赚了点钱，生活才好起来。"

叶馥仙看着面前好几把叉子，有点茫然，不知道该用哪一把来吃蔬菜色拉。林鼎挑了一把冰过的叉子，放进仙儿的手里。

祖儿继续低头吃着蔬菜色拉："那你后来怎么不说你还活着？"

"我也考虑了很久，我觉得不应该给你们一个没有梯子可以爬的空中楼阁。警察一直在追捕我，这么多年他们一直在监视着你们的一举一动。我不能接近你们，我不知道这样的日子什么时候到头。与其让你们抱有希望，不如让你们彻底忘记我，重新开始。"

林鼎望了一眼叶馥仙："而且我知道你妈妈的性格，她一旦知道我还活着，她就会等我回来，不管等多久，多么不可能。我只是个逃犯，我没有信心给你们幸福……直到阿昆给我打电话说你病了。"

叶馥仙听了眼眶发红，流下两行眼泪。

"那还真要多谢我得了这个病，不然就永远见不到你了。"

侍者端着菜看到叶馥仙在哭，想过来又不敢过来，呆立在原地，林鼎朝他挥挥手，接过盘子放到桌上。"来，试试这个，我点的'蜗牛子酱'，这是餐厅老板从巴黎的蜗牛养殖场引进的。俄国佬发明了鱼子酱，法国佬发明了更牛的蜗牛子酱，这玩意儿一公斤要一千五百美金，口感一流，味道鲜美。"

一个大碟子里盛着一小堆晶莹的蜗牛卵。祖儿握着勺子，盯着看，不知道如何下手。林鼎做了示范："舀一勺，放进嘴里，用舌头顶到上颚，顶爆蜗牛卵。"祖儿闭上眼，仔细感受了数十颗蜗牛卵同时爆裂对味蕾的冲击。"有点腥味……不过挺好玩的。"叶馥仙也停止流泪，好奇地尝试了一下，吃完吐了吐舌头。一家人都笑了。

多么温馨的时刻，这是十五年来，一家人第一次重聚在一起吃饭。

"我知道你们在镇上受尽刁难，我到西班牙后攒了三年的钱，都托人带回国给了阿昆，然后阿昆再给你们，骗你们说是阿昆自己赚的。至少能帮你们远离小镇，去省城生活，祖儿也能去省城念初中。"

"呵，我就知道阿昆他哪能莫名其妙冒出那么多钱。"

"我现在的证件名字叫马雄，台湾的护照。记住，千万不要再叫我林鼎，我是马雄，一般用西语名马克。"

"那你能跟我们一起住吗？"叶馥仙问道。

"暂时不行，太危险，我还要观察观察。我会经常来看你们。生活上有什么问题，就问蔡阿姨，她人很好。"

　　吃完晚饭时间还早，对于欧洲人来说，夜晚才刚开始。林鼎带她们来到老城区的"回忆之家"（Casa de la Memoria）看一场弗拉门科表演。夜晚的塞维利亚是个激情四射的西班牙南方城市，小巷、酒吧、剧场人声鼎沸。小麦肤色，热情奔放是安达卢西亚人的代名词。快乐是西班牙人生活的原动力，只有这样的民族才能发明"珍宝珠"棒棒糖，"高乐高"饮料，还有数以千计的"Tapas"小吃。塞维利亚作为弗拉门科的起源地，拥有大大小小无数的演出场所，大剧院、舞蹈博物馆，而更受大家喜爱的是各个餐馆小剧场里的演出，吃着当地的美食，喝着饮料，看着精彩的表演，生活还有比这更惬意的吗？

　　"回忆之家"里和很多拥有小剧场的餐馆一样，带有浓浓的西班牙乡村风情，明黄色的土砖墙上挂着木吉他，大陶瓷盘。刷成粉绿色的木椅子搭配红棕色的木桌子，简单粗暴，够乡野。说是小剧场，其实只有能站下五六个人那么大的一块半圆形舞台。"回忆之家"是不能一边吃饭一边看表演的，前几排座位已经坐满了人，林鼎他们挤进去，抢到了第六排的位子，等着表演开始。第四排的一个胖胖的长头发西班牙男人回头看到了林鼎，高兴地和他打招呼，叶馥仙和祖儿都听不懂他们在说什么，只能从肢体动作看出来他们是好朋友，还有林鼎介绍了一下仙儿和祖儿，祖儿依稀听到类似"帕仁塔"和"瓜帕"发音的西班牙语单词。

　　演出开始了。看过弗拉门科表演的人无一例外都会爱上它。小小的舞台上，音乐时而忧郁哀伤，时而狂热奔放。弹奏吉他的人经常望着歌者，歌者经常盯着舞者的脚。仿佛是舞者的情绪带动歌者，歌者的情绪又带动着伴奏者，他们的感情是融通在一起的。他们要么一起快乐，要么一起悲伤。

　　可以看出女舞者的眼神里透出的骄傲，她现在就是整个"回忆之家"的女王。观众们都被她的魅力吸引。她像黑色舞台中央的一团火焰，她的黑发向后梳成光滑的发髻，紧身胸衣和千层饰边的裙摆里是她矫健修长的身姿。舞者随着吉他音乐和歌者的吟唱，调动起全身的各个部位翩翩起舞，袒露的颈项忽而高昂，忽而扭头凝视，舒展的双臂变幻出无穷的姿态。舞者或用脚快速踏击，或捻动手指发出响声，充分表达自己的情感，诠释舞曲的悲欢离合与跌宕起伏。

林祖儿从没见过弗拉门科舞蹈，看得入迷。

"新家住得惯吗？你们这些年在老家受了不少苦吧？"林鼎看着身边的妻女。

叶馥仙望着舞女淡漠地说："我不想再回忆那些。我一直在等你，我等你等得好辛苦。"

林鼎握住她的手："对不起，让你们等这么久。"

叶馥仙虽然听不懂歌者唱的歌词，但大意是能从曲调唱腔中感受到的。喑哑磁性的嗓音述说着吉卜赛女人流离失所的悲惨命运，叶馥仙感同身受。

满头银发的歌者深沉地唱着 Un Amor："Un amor（一份爱），Un amor vivió（一份曾经的爱），Llorando y me decía（她哭着告诉我），Las palabras de dio（那些神的话语），Llorando por tio（为你而泣），Es con amor（是与爱同在），Ey para ja vivir A cunta ti（我曾与你共同生活），Me en amoré yo de ti（我曾陷入你深深的爱），Y sin tus besos yo no puedo Vivir y recordar（没有你的亲吻我不能活下去并回忆），Yo quisiera（我祈求），Para tenderlo un amor y saber（去理解一份爱并明白），Que me quería y a tormentado（她那么爱我却受尽了折磨）．"

上午，宽敞明亮的浴室，叶馥仙优哉地躺在浴缸里，轻轻划动手臂，任由温水溢出。和林鼎重逢，不用再自己一个人苦苦支撑这个家，叶馥仙紧绷的弦终于断了。她现在无比轻松，就像一名刚获得高台跳水奥运金牌的老将，将在这一届奥运会后圆满退役。

林鼎来了，他来接她们去景点逛逛。祖儿在自己的卧室里翻看旅行手册。找了半天不见老婆的身影，从浴室里传来了叶馥仙的声音。

"老公，你来了。帮我拿毛巾和内衣进来，我忘了拿。"

林鼎愣了一下，去房间里拿了毛巾和内衣进了浴室。看到赤身裸体的叶馥仙，林鼎双颊有些发热，虽说他们是夫妻，但毕竟时隔了十五年未见。叶馥仙向他伸出手臂，自然得像林鼎从未离开过她。他把她慢慢从水里扶起，一只手搂着她的腰，一只手仔细地帮她擦干身上的水。岁月虽然是残酷的，但还是手下留情了，叶馥仙身材依然曼妙娇柔，她风韵犹存，散发着成熟的魅力。她抱紧了他，胸口还没擦干的水珠洇湿了林鼎的衬衫。毛巾掉落到地上，他给了仙儿一个深深的、迟到了许久许久的吻……

一家三口像初次到来的外国游客，游览着美丽的塞维利亚。放眼望去，整个城市全是土黄色的古建筑，没有一座现代化的摩天大楼，这浓厚的古典艺术气息让人沉醉。英国诗人笔下的《唐璜》，法国作曲家比才的歌剧《卡门》，意大利作曲家罗西尼的歌剧《塞维利亚的理发师》，故事都发生在这里。西班牙著名作家塞万提斯的青年时代也是在这座城市度过的。

塞维利亚和托莱多、卡塞雷斯一样饱经沧桑。被不同的民族先后统治使得塞维利亚有着多重杂糅的建筑风格，这是它区别于欧洲很多城市的独特之处。古老的塞维利亚从一个瓜达尔基维尔河畔的小渔村，发展成西班牙南部第一大城市的岁月长河中，先后被罗马人、西哥特人占领，在公元712年又被阿拉伯人统治。之后，来自非洲北部的摩尔人取代了阿拉伯人统治塞维利亚。在阿拉伯人和摩尔人长达四个世纪的统治中，他们在这里修建了众多伊斯兰风格的建筑。摩尔人在瓜达尔基维尔河边建造城墙时，还建造了堡垒。黄金塔就是一座与沿河城墙相连的堡垒，用来瞭望并守护瓜达尔基维尔河。1246年，费尔南多三世率领基督徒大军水陆齐发攻打塞维利亚。舰队驶经黄金塔时，不仅遭到摩尔人的炮轰，而且受到水下铁链的阻拦。长达两年的攻坚战，胜利终于到来，摩尔人打开塞维利亚城门，向卡斯蒂利亚王国投降。

塞维利亚市区比起纽约或者北上广这样的大城市来说还是很小的，林鼎开着梅赛德斯CLS带着她们不一会儿就兜了小半圈。他把车停在玛丽亚路易莎公园，带他们去游览西班牙广场。这是叶馥仙和林祖儿第一次在白天好好感受这个异国城市。林鼎挽着妻子的手，慢慢地和她走在公园大道上，两旁参天的树木，蔚蓝的天空让人心旷神怡。叶馥仙的下肢肌肉力量不足，有点萎缩，接下来要开始漫长的治疗康复过程。祖儿仍旧穿着国内带来的衣服，一身薄荷绿三叶草运动装，她扎着可爱的马尾辫，戴着耳机跟在爸妈身后走。

就像中国每个城市都有一条中山路一样，西班牙每个城市都有一个西班牙广场和马约尔广场，而塞维利亚的西班牙广场，绝对是最大最漂亮的。它是为了迎接 1929 年"伊比利亚美洲博览会"而专门建造的。当时的西班牙国王阿方索十三世就想借助于举办此次博览会，把"伊比利亚美洲"这个牌子打出去，借以联络伊比利亚美洲成员国之间的感情。国王高度重视在塞维利亚举行的博览会，要求精心打造此次博览会的主会场——西班牙广场以及对面的玛丽亚路易莎公园。

他们穿过公园，来到了这个露天的巨大圆形广场，整个广场气势非凡。广场边沿矗立着黄色的主楼、长廊和尖塔。主楼是三层典雅大楼，底层的拱门是入口处。主楼两侧是长廊，如同圣母张开的双臂，拥抱着圆形广场。圆形广场的中央，是一个巨大的喷泉水池，许多各国的游客在水池前自拍。再往里走，一条细长的环形人工河阻隔在广场和主楼长廊之间，河上架着一座座精巧华美的桥梁，游客划着白色小船徜徉在碧波粼粼的河面上。林鼎和仙儿、祖儿站在小桥上小憩，桥下不时传来欢声笑语。

"看这里桥上的扶手和围栏圆柱上，贴满了青花瓷砖，西班牙瓷砖也很出名的。欧洲人很痴迷中国的瓷器，把它们叫作'白色的金子'，好多欧洲人对中国的第一印象就来源于他们小时候见过的瓷器上的中国风景。"林鼎当起了她们的导游。

"没想到这里还能看到中国的影子。"游客叶馥仙对导游说。

哥特风格和摩尔风格结合的土黄色砖石建筑表面，镶嵌着许多带有欧洲古典花纹的青花瓷砖装饰。他们穿过小桥，走到长廊里，透过旁边的罗马拱柱，可以欣赏开阔的广场美景。拱柱、喷泉和远端的尖塔，组成了明信片上经典的构图。

"这里是不是很漂亮？这里是我最爱的西班牙城市，你们以后就在这里生活吧。"

叶馥仙略有所思，祖儿先开口了："我还要回省城念大学呢。这次请了这么长的假跑出来，课程都跟不上了。"

"不要回国念了，我帮你报了语言学校，你先学西班牙语，然后我帮你申请这里的大学，这里的大学计算机专业很好的。你这么聪明，英语也好，学西班牙语一定很快。"

"那我的朋友们怎么办？我就这么突然从中国消失了？像你当年一样人间蒸发？"祖儿皱紧眉头，停下脚步。

林鼎转身看着祖儿："虽然西班牙经济这几年不太行，但欧洲国家有更好的社会福利，更好的教育医疗资源。这里有十几万中国人和留学生，你肯定很快能找到新的朋友的。"

"是你毁了我们的家，现在又像个救世主一样出现，说这个好那个好，好个屁啊！"祖儿越说越激动。

"我们是一家人啊，不应该在一起吗？你要为妈妈想想，她留在这儿才能得到更好的治疗。你也不想离开她吧？"

"消失了十五年，我都快不认识你了，你凭什么来安排我的生活，我为什么要听你的？现在想起来要做一个爸爸了？"

"你在国内是不是有男朋友了？"

"关你什么事！"祖儿很愤怒，快步向前走，穿过林鼎身边。

"祖儿你慢点走，等会我们还要去坐马车呢。"

"都是马粪味，我才不要坐。我要回家了，你们玩吧。"

"你真的不坐吗？那你认识回家的路吗？"

祖儿没有回答，向他们挥了挥手，快步离去了。

林鼎和叶馥仙只好两个人坐马车游玩，坐上华丽古典的马车，有一种童话里王子和公主的感觉。叶馥仙喜欢这种感觉，她喜欢这里的各种新鲜事物，早已厌倦了国内枯燥的生活，从小镇的啤酒厂，到省城的玻璃厂。两点一线的生活，日复一日的家务。欧洲对于叶馥仙来说是梦幻的。林鼎让马车夫驾驭马车去塞维利亚大学附近转一转，让妻子看一看以后想让女儿念书的地方。

林鼎有些郁闷地叹了口气，心想着祖儿还在生他的气。

叶馥仙安慰他："别担心，祖儿会想通的，你是为她好。"

"她还是很恨我，讨厌我。"林鼎很沮丧。

"你离开中国的时候她才五岁，现在你和她之间也只剩血缘了，但血缘不会自动让感情变深厚，付出和爱才会。你缺失了她几乎整个童年。她的成长环境里你是个邪恶的杀人犯，在电影里可是个反派。"

"我希望弥补，她也应该给我一个弥补的机会。"

"有点耐心，她还是个孩子。"

接下来每隔两天，林鼎都会陪妻子去疗养医院进行治疗和康复训练。前两年百健公司花费五千万美元从 Lonis 制药公司购买了一种名叫"Spinraza"的新药的控制权，这种针对 SMA 疾病的新药非常昂贵，治疗费用第一年高达七十五万美元，随后每年的治疗费用为三十七万美元，这还不包括医院里医生护士、康复训练等其他的费用。这些林鼎都瞒着叶馥仙，虽然这些年他开珠宝公司赚了很多钱，但是一下子拿出一整年治疗费用的现金，林鼎根本没有。当初来西班牙开珠宝公司，他已经向桑坦德银行贷了款，现在还没还清。他只好先问好友雷崇海借了一些，然后用自己在塞维利亚的房产向 BBVA 银行申请抵押贷款。众多的债务压在林鼎的肩膀上，加上他错过参加日内瓦国际珠宝展，失去了一个品牌形象增值的良机，他真有些喘不过气。

好在祖儿总算答应留下，开始去语言学校学习。从 A1 初级班开始学习，学霸型的祖儿当然不在话下。也不知道是谁说的话："法语是世界上最浪漫的语言，而西班牙语是最接近上帝的语言。"

语言学校里有很多语言狂人，不少学生都会说多国语言。祖儿的班里就有一个女生名叫中田莉央，二十岁出头，是个在日本出生长大的混血儿，会说中文、日语、英语和法语四国语言，现在在学西班牙语。她父亲是日本索尼的高管，经常入驻各国的索尼公司开展工作，所以她在很多国家都居住过。祖儿和莉央语言相通，又聊得来，很快成为好朋友，总是出双入对，上个厕所都要一起去。

班里还有好多有意思的同学，一名来自日本的球员 Takashito，加入了塞维利亚一支丙级联赛球队，每次吃饭要吃四大碗米饭。来自哈萨克斯坦的艾丽娜，有着绿色的瞳孔，她的老公是新晋驻西大使，她跟过来一起生活，总是抱怨她老公没时间陪她。冰岛的金发大个子乔森，旅游从来不坐飞机，大家都在猜他是害怕坐飞机还是没有合法的证件坐飞机。总是迟到的美国同性恋小哥丹尼尔，上课爱偷吃零食。还有两个讨厌的葡萄牙大姐，总是叽叽喳喳的，说西语语速超快，其他学生根本听不懂。

自从被老爸带去看了一场弗拉门科表演后，祖儿就迷上了，她的老师就帮她报了一个舞蹈班，不过不是学弗拉门科，那个太难了，是学当地的舞蹈——塞维亚诺舞（Sevillano）。祖儿每天除了上西语课，还会学跳一小时的塞维亚诺舞。而叶馥仙的西班牙语，目前是蔡阿姨负责偶尔教一下她，每天不管是在家还是在医院，蔡阿姨都悉心地照顾她，她们经常聊各自的生活和经历。

三月是每年的斗牛季开始的时间。林鼎带叶馥仙和祖儿来感受一下西班牙斗牛的刺激。海明威称斗牛为"死亡的舞蹈"，他在《死于午后》中写道："我觉得除了勃朗库西的雕塑作品之外，现代的雕塑艺术无论如何都不能与现代斗牛这门雕塑艺术同日而语。它能使人陶醉，能让人有不朽之感，能使人入迷，换言之，这入迷虽则短暂，却如同灵魂离开躯体似的深刻。待到斗牛终场，死留给了这场表演的主角即公牛，那种陶醉与入迷如同任何激烈的情绪一样，又使你感到空虚，感到失落，感到悲伤。"

很多国家和地区都已经禁止斗牛了，像葡萄牙的里斯本斗牛场和巴塞罗那斗牛场都已经改造成了商场。今天塞维利亚斗牛场里除了两名年轻斗牛士的表演外，还有一场传奇斗牛士博杨·奥多涅斯的告别演出。同时也会预告在五月份，这位传奇人物的女儿格萝莉娅·奥多涅斯，将接过他的衣钵，在这里作为主斗牛士进行她的世界首秀。初次走进斗牛场的人，双眼立即会被耀眼的黄色侵略，巨大的圆形场地地面铺满了鲜艳的黄沙。环顾四周，斗牛场分为上下两层看台。上层看台有顶，顶部有无数根圆柱支撑，形成了360度的回廊，可以遮阳挡雨；下层看台是用砖砌的露天座位，十分简陋。不过，大家都密切注视着精彩紧张的斗牛，也不在乎屁股下面硬邦邦的座位了。场面惊心动魄，每一次公牛的冲击都令叶馥仙和祖儿屏住呼吸，矮马骑士、长矛手、花镖手轮番上场和公牛较量。黑色的大公牛背上挂着好几只花镖，鲜血直流，狂怒不已。此时，主斗牛士一手执剑，一手握红布闪亮登场，最后的决战一触即发。也许是由于太过血腥残忍，叶馥仙感到头晕胸闷，林鼎和祖儿扶着她匆匆离场。

林鼎一路疾驰带叶馥仙去医院检查，柳叶形的尾灯变成了一道长长的红线。

叶馥仙躺在病床上，身体很不舒服，她感受到了斗牛场里死亡的气息，她讨厌那种气息。

4

仇视

在许天租住的学生公寓里警察搜查出一把菜刀，刀柄上有许天的指纹，刀刃上有和布兰卡 DNA 相同的血迹残留。厨房的地板上也检验出曾经有布兰卡的血迹，后被擦除。布兰卡尸体的其余部分均未发现。经过对头颅的尸检，布兰卡的死亡时间推测为发现头颅那天三天前的夜晚。当时许天并没有有效的不在场证明，他说他在自己的公寓里玩 PS 游戏机里的实况足球，警方检查了硬盘里的存档，确实有当晚的游戏记录，但并不能证明就是许天玩的。而且玩一会儿游戏和杀人抛尸并不冲突。案情进展让冷津楠律师非常被动。许广昌非常焦虑，不停通过关系打探塞维利亚检察院的最新动态。

许天已经被关了快三个星期了。这段时间媒体疯狂渲染中国富二代留学生的种种不堪行为，像是在比赛谁把他写得最像魔鬼，谁就能拿走一座奖杯——"最佳喷子奖"。"炫富、糜烂、吸毒、性爱趴、绑架、性奴、谋杀！"这些字眼一次次出现在大写的新闻标题上，加粗，加黑。冷津楠律师接受媒体采访时一再强调许天到目前为止也只是个犯罪嫌疑人，没有一项罪行被证实，希望媒体停止侮辱性的不实报道，否则将追究其法律责任。许天是被人陷害的，他会继续坚持无罪辩护。从电视新闻上能看到数十只麦克风像刺刀一样指着冷律师的脸，冷律师的银边近视眼镜反射着蓝色的寒光。

欧洲和日本相似，人口老龄化，越来越少的年轻人在工作、纳税，而越来越多的老年人则从社会福利体系中受益。阶级固化，贫富差距越来越大。西班牙糟糕的劳动保障制度更是让就业市场两极分化严重。改革势在必行，但没有一个想要赢得选举的政党敢于公开拿有很大选民基础的社会福利项目开刀。

值得自豪的是 2002 年之后，中国对世界经济增长的贡献已经远超美国。随着俄罗斯和欧洲的衰弱，世界的格局正在改变。

糟糕的经济和就业环境使得游行示威成了当地人的日常健身活动之一。而这种健身往往一不小心就变得过于剧烈，打砸抢店铺时常发生。许多华人商铺惨遭波及，被逼无奈只得停业，拉紧卷帘门。

林鼎在马德里和塞维利亚的两家珠宝店也都暂时关门了。他坐在沙发上看着 RTVE 的新闻报道，祖儿坐在一旁戴着耳机听着音乐看着书。

"天天插着耳机，你在听什么歌呢？"

"听恩里克·伊格莱西亚斯，莉央推荐的性感男神！还可以练西语听力。我其实更喜欢听阿黛尔和泰勒·斯威夫特的英文歌。老爸你喜欢听谁的歌？"

"我啊……我喜欢听李宗盛和莱昂纳德·科恩。"

"怎么都是些老男人啊。"

"你没听说过一句话吗？'年少不听李宗盛，听懂已是不惑年'。"

说完，林鼎突然想起许天喜欢听碧昂丝的歌，那天他说车里存了碧昂丝的歌，但是林鼎没有找到。林鼎上网查了一些阿斯顿·马丁万奎士 S 的信息。然后出门赶往最近的一家有出售其他型号的二手阿斯顿·马丁车的店，坐进车仔细操作一番车载系统。发现当天晚上他的操作是正确的，多媒体系统里并没有拷进去任何歌曲。一个念头在林鼎脑海里闪了一下。他被他自己的推理吓了一跳，他赶紧打电话给冷律师。

"喂，冷律师吗？我想到这个案子是怎么回事了。那辆跑车现在在哪里？"

"嗯？就停在警察局的车库里。你找到什么证据了？"

"证据需要去车里找，我怀疑这辆车不是许天的那辆，是假的，被调包了。"

"你是说有人花了几百万去买了一辆和许天一模一样的车，然后偷偷换掉了？为什么呢？"冷律师很吃惊，他想不通这么做的意义，"就算许天开的不是自己的那辆车，但头颅是怎么在你们进酒吧那段时间被放进后备厢的呢？监控都拍到了，并没有人碰那辆车啊。"

"不，有人碰过那辆车。"林鼎肯定地说。

"我知道，有几个小屁孩在车前面自拍过。"

"不止他们，这就是这个案子的盲点，我们全都无视了一个人。"

电话那头的冷律师沉默了很久，然后倒吸了一口冷气。

"那个交警！还有交警碰过车，在他和拖车司机把车尾钩上拖车的时候，监控上的画面跑车是被拖车挡住的。"

"对！只有他有机会，在把车尾钩上拖车的时候，悄悄把包放进了后备厢。他有这辆假阿斯顿·马丁的车钥匙，这就是花这么多钱费力把车调包的意义，让交警有假车的钥匙可以轻松打开后备厢。"

"这么说来，许天的车被调包的同时，车钥匙也一起被调包了，他一直用着假阿斯顿·马丁的钥匙，开着假车，浑然不知。然后另一把假车的备用钥匙就交到了交警的手里。那个交警不知道是真是假。"

"那个交警是个超级大胖子，他事先把黑包藏到衣服里了，天黑顶着大肚子看不出来。"

"我的天，是谁做了这么大的局陷害许天。马克，我们的对手非常可怕啊。"

"那把菜刀也是栽赃嫁祸。冷律师，你要小心，我怕你会有危险。"

经过冷律师多天的努力，终于证实了这辆车并不是许天买的那辆。虽然车里面的各种证件、墨镜盒、纸巾、充电器等杂物是许天本人的，但那些肯定是把车调包的时候一起转移到假车上的，里程数也被调过。车辆的车架号有被修改的痕迹，轮胎的磨损程度也太轻微，不符合许天已经暴力驾驶两周后的磨损状态。最可疑，也最能证实林鼎推理的一点，这辆车的车灯线路被暗改过，在用车钥匙解锁车辆后备厢的时候，车头灯和尾灯都不会亮起，这给交警偷偷开后备厢提供了便利。同时，经过冷律师调查，许天在购买这辆车的第一周，把车借给女友布兰卡和一个留学生朋友开过，但车钥匙上并没有找到这两人的指纹。

那个胖交警被停职调查，拖车司机被审讯。他们都不承认自己把黑包放进跑车的后备厢，坚持咬定是许天撒谎，头颅在许天进酒吧之前就一直在车后备厢里。许天完全不知道自己的车是什么时候被调包的。检察院也一直没有新的有力证据。这个绑架谋杀案陷入了僵局。

案情有了如此大的反转，西班牙的媒体都惊呆了。各大新闻网站又被这个案子刷屏了，前几天还被媒体称作"撒旦的帮凶""华人律师界头号蠢货"的冷津楠，今天又变身成了"中国大侦探波罗""唐人街第一律师"。新闻节目上几个嘉宾教授就案件争论不休，有的说是许天在撒谎，有的反驳是交警和拖车司机在撒谎。然后对谁是陷害许天的人进行了一番推测，很有可能针对的是许天的父亲，鏊江省首富许广昌，通过陷害他儿子来打击他。

四月初，许天终于被准予保释，案子由于案情复杂，证据不足，被延期审理。从警局出来的那天，好多朋友赶来迎接许天，这段拘留的经历给他造成了很大的创伤，他目光暗淡，精神萎靡。看到林鼎，上前抱住了他："谢谢你，马克，多亏你发现车是假的。谢谢。"许天的眼泪止不住地涌出来。

只要不死，任何的磨难都能让人成长。

据阿斯顿·马丁官方证实，他们一共卖出了三辆限量版橘色漆面万奎士S，一辆卖给了许天，一辆卖给了卡塔尔的阿卜杜拉·乔巴辛，一辆卖给了伦敦的珍妮佛·克兰茜。阿卜杜拉的那辆不久前在摩纳哥高价转手给一位匿名买家，应该就是换给了许天这辆。卡塔尔警方联系了阿卜杜拉，花了半天时间才把他的车为什么现在在塞维利亚解释清楚，谁知人家正在洛杉矶开泳池派对呢，听了自己的车卷入的案件，表示不清楚自己把车卖给了谁，买家当时是通过代理人现金交易的。

警方找不到许天买的那辆跑车的下落，就干脆把这辆阿卜杜拉的车还给了许天，并向许天收取了高额的停车费。许天越看这辆假车越郁闷，就开去送给林鼎。林鼎表示自己不能收这么贵重的礼物，许天坚持要给他，他只好硬着头皮先收下，算借给他开，放在他这里。

林鼎看着这辆跑车，也很不顺眼。就开去修理厂，贴了银灰色的全身改色车膜。然后往车里拷了些阿黛尔和泰勒·斯威夫特的歌，感觉稍微好些了，就停进自己塞维利亚别墅的车库里，不去动它。

林祖儿的西语进步神速，学计算机的她竟然语言天赋也超群。她已经和莉央一起升到了 B1 中级班了。而有几个同学只勉强升到了 A2。课上老师让同学们轮流读西语文章，西班牙语有一个好处就是它的发音规则是固定的，不同字母和重音符号构成的单词，不知道意思也可以准确地念出发音。不像英语，每个单词的元音字母发音都可能不一样，还要查音标。听到一个陌生的西语单词，也可以背下发音，拼出字母，然后查字典。西班牙语比英语难的是动词变位，一个动词在不同的情况下可以变得连它妈都不认得。

搞笑的是西语里的名词还有阴性阳性之分，以 o 结尾的是阳性，a 结尾的是阴性，guapo 帅哥，guapa 美女，ojo 眼睛是阳性，luna 月亮是阴性。Pollo 鸡肉是阳性。莉央问老师："那 polla 是不是母鸡肉的意思？"老师是个和蔼可亲的中年女人，她戴着大框眼镜，留着中长发，名叫卡门。她听到莉央问出这种问题，笑得合不拢嘴，她拿起一个矿泉水瓶，顶在自己的小腹下面，竖着水瓶说："Polla 是这个东西，男生才有的这个，哈哈哈哈。"边笑边左右扫动矿泉水瓶，模拟男生尿尿的动作。班里的同学狂笑不止，莉央和祖儿脸都红了。

每个小班级，一名老师教七个左右学生。下半堂课老师让每个学生到黑板上去画出自己国家的地图，并介绍一下各个省。英国、日本、葡萄牙、新西兰、冰岛的同学很快就画完说完了。轮到祖儿了，凭借超强的记忆力，她在黑板上仔仔细细地把中国的 23 个省、5 个自治区、4 个直辖市、2 个特别行政区都画了出来。祖儿还不过瘾，不忘把南海的群岛用记号笔点了很多点点示意出来。画了很长时间，然后开始介绍。几个同学听得很认真很感兴趣，但是卡门老师却很不耐烦，不停地催祖儿快点。祖儿只说了几个主要的省份就悻悻然下台了。完了老师还说知道你们中国很大，人很多了。

下午 3 点上完课回家，今天老妈和老爸都在家，没有去医院。林鼎已经和妻子女儿住在一起一个多星期了。祖儿看到老爸在厨房打电话，老妈在房间里午睡。祖儿看到林鼎神情严肃，说西语的速度很快。祖儿故意去厨房，打开冰箱，拿了一小瓶桑格利亚果酒。林鼎看到祖儿进厨房，便压低了说话的声音。虽然没学多久西语，但她已经能听懂一些简单的单词和语法了，她依稀听见老爸说他正在塞维利亚机场，刚从日内瓦回来。等等，他在骗谁？他明明一直在塞维利亚啊。电话另一头是一个女人的声音。祖儿想起老爸第一次带她们去"回忆之家"看弗拉门科表演时，老爸向他朋友介绍叶馥仙和祖儿时用的单词是"帕仁塔"parienta，后来她查了单词是亲戚的意思，虽然也有妻子的意思，但西班牙人普遍用 esposa 或者是 mujer 来表达妻子的意思。这让祖儿心生怀疑。她看到老爸进了房间，过一会儿拿了个拉杆箱出来。"祖儿，爸爸有事先走了，过两天再来看你们。"祖儿有了一个念头，心里怦怦跳，但嘴上漫不经心地回答："哦，好的。"她决定跟踪老爸，她从来没去过老爸在塞维利亚买的房子，老爸也没带她们去过，她想去一探究竟，想想还挺刺激。

她带上钱包、手机，等老爸前脚出门，她后脚跟上。圣十字区的路都很窄，住宅区也没什么停车位，林鼎步行去找自己停在附近街边的车。祖儿跟在林鼎身后保持二十米的距离，一边找有没有路过的出租车。眼看老爸上了奔驰车启动引擎，祖儿急眼了，路上一辆空的出租车都没有经过，她的跟踪之旅还没开始就要结束了。林鼎的车已经发动离开了，这个时候，她看到迎面来了一辆福特深棕色厢式货车，车头上有几个中文字，她想都没想就直冲到马路上，挥舞双臂拦车。货车司机把刹车都快踩出火星了，伸出头刚想骂，祖儿抢先开口："帮帮忙！救命啊！"司机还在莫名其妙，祖儿已经坐进了副驾驶，"快调头，快快快！追上那辆白色的奔驰！"

笨重的棕色货车来了一个迅猛的原地掉头，像一只愤怒的比特犬，转身直冲目标，身后留下一团尘土飞扬。

祖儿长这么大从来没有干过这么刺激的事情。她冲司机大喊："加速啊，踩油门，追不上了！"

"哇哦，搞什么，碟中谍吗？"司机被她的大喊大叫传染，深踩油门，福特的发动机轰隆隆，整个人兴奋起来，"追它干吗啊？"

"那是我男友，他劈腿了，正要去找小三！"愤怒可怜的小姑娘，让男人们甘愿担任护花使者。

林鼎车开得很快，在老城区的小巷里像贪食蛇一样七拐八弯，穿梭自如。小巷里都是十八至二十世纪的古老住宅，家家户户的欧式小窗台上都摆满鲜艳的盆栽。货车吃力地紧跟在后面，在崎岖不平的路面上颠簸得很厉害，车窗嘎嘎异响，挂在后视镜上的红色平安符不停甩动。货车看起来挺新的，但是缺乏保养，换挡的时候顿挫严重，刹车也不是很给力。

驶出老城区，梅赛德斯开上太阳大街 (Calle Sol)，车速又加快了。货车司机刚加速几秒，就一脚急刹，差点追尾奔驰，司机和祖儿吓得脸色发白。一个小孩儿骑着滑板车在林鼎车前慢悠悠滑过，林鼎的目光也跟着他慢悠悠移动。祖儿随手抓起副驾的一幅地图遮住脸，被老爸从后视镜里发现，她就惨了。这个时候祖儿才看清货车司机的样子，很年轻的小伙，二十六七岁左右，戴了个黑色 Vans 鸭舌帽，黑色的短袖 T 恤上印着白色的骷髅和褪色红玫瑰，右手臂上有 Old School 风格的十字架文身，手上戴着类似克罗星的银手链和戒指。穿得痞气十足，但是长相却很干净，甚至有点阳光运动男孩的帅气。

他们很快进入了赏花大道 (Avenida de Miraflores)，司机看了一眼祖儿："这是要去哪儿啊？他去哪儿见小三？"

"我也不知道，反正就在塞维利亚，你是不是有货要送啊？"

"那倒没有，车里已经空了，我下班了。"司机有些犹豫，想了想问，"那个……你抓到小三准备怎么办啊？不过大白天的你也抓不到他们干啥啊。你准备打她一顿吗？看你这么瘦，小心吃亏哦。"

祖儿心里好笑："我要把她的头打进肚子里。"

货车始终和奔驰车保持着一定的距离，每到红灯停下时，祖儿都要把地图举起来挡在脸上。林鼎一路往东北方向开，穿过 Avenida de Pino Montano 后，拐进了圣迭戈区的一个小型别墅区。就是这里了，祖儿的心跳加速，就快接近真相了。她总是觉得这个消失多年的父亲藏了很多的秘密，她仍然无法完全接受他，她更习惯和妈妈两个人一起生活。

别墅区在赏花公园附近，远离闹市区，环境清幽，路上都没什么车，货车司机只好远远地跟着。祖儿拿出手机开始录像。

林鼎把车停在一栋两层的独栋别墅门口。

"不能再往前了，会被发现的。就在这儿看得到。"司机把车停在路边一辆玛莎拉蒂身后，离林鼎大约四十米远。

祖儿远远看着老爸下车，走进别墅的花园。花园的车库里停了两辆车，一辆是火蛋白石红的梅赛德斯 E 级 coupe 轿跑。祖儿不是很懂车，但看车的颜色，估计是他情人开的车。另一辆车用黑色车罩整个罩起来了，车身很低，应该是辆跑车。

还没等老爸走进门，一个外国女人穿着亮黄色睡衣从别墅里走了出来。祖儿看不清她的长相，她可能是南美人，棕色长发蓬乱，小麦肤色，感觉像三十五岁左右，身材和祖儿此刻的目光一样火辣辣的。

这个外国女人看来对老爸非常不满，见到他回家就是劈头盖脸一顿骂，林鼎极力解释着什么，还伸手去拉女人的手，被她无情地甩开。女人重新扎紧真丝睡衣的腰带，双手交叉在胸前，又和林鼎吵了几句，转身踩着拖鞋"嗒嗒嗒"回屋了，林鼎也跟了进去，关上门。

"啧啧，你男朋友岁数这么大啊。那就是他的小三吗？老外哦。"

祖儿关掉手机录像，闭着眼，咬着牙，气得够呛。

"美女不要冲动，冷静冷静。这种渣男，老流氓，不值得你去爱，让他去死吧。"司机小伙很担心祖儿冲过去打人。

祖儿坐在那儿，脑子一片空白，她也不知道该怎么做，嘟着嘴发呆。

"我还是先送你回家吧。"司机小伙赶紧启动汽车加速离开。

天瞬间黑了下来。一路无语，小伙看祖儿那么伤心，也不知道该怎么安慰，谁都无法接受被自己最爱的人背叛。什么"天涯何处无芳草，好男人多了去了"这种话说出来真的好蠢。快回到之前祖儿拦住他货车的地方，他知道她的家快到了："那个，你叫什么名字？"

祖儿垂着头，红着眼说，"我叫林祖儿。你呢？"

"我叫姚炜，别太难过了。以后选男人眼睛要擦擦亮啊，有句话怎么说的来着，恋爱后流出来的泪，就是选对象时脑子里进的水啊。"

"我脑子没进水。那不是我男友，是我爸。我们跟踪的是我爸，他出轨了……对不起骗了你，让你开了半天车。"

"呃，没事儿，我先回去了。我 Facebook 名字是 Wayne Yao，蝙蝠侠那个韦恩，记得加我好友。别加错人，里面有我照片的。"

"好，谢谢你。"

回到家，蔡阿姨已经烧好了晚饭。叶馥仙问她下午去哪了，祖儿含含糊糊地回答去和同学逛街了，然后匆匆吃完饭就回房了。

很奇怪这段时间叶馥仙肌肉的病并没有好转，反而继续恶化了。之前在斗牛场险些晕倒后送医，又查出叶馥仙患有心源性脑缺血综合征（Adams-Stokes），会引发突然的心律失常。医生要求叶馥仙住院接受治疗，全面诊疗她的心脑血管和心脏，以防意外再发生。

祖儿独自一人在病床旁陪着妈妈。她现在很挣扎，犹豫要不要把手机里的视频放给妈妈看，她非常郁闷，上一个说自己很挣扎的人恰好是自己出轨的老爸。

病房的电视机放着西班牙美食厨房节目，叶馥仙看得很认真。"蔡阿姨教了我好多西语，我现在能说出好多蔬菜水果的单词了，看做菜的节目都能听懂了。你爸在西班牙待久了，我也要学几道西餐做做，等我病好了，就可以去菜场买菜做饭了。像什么海鲜饭、墨鱼饭、土豆饼啊，都不难做的。"祖儿在一旁刷着手机："也就火腿比较好吃，其他的都比不上中餐。"

"每个人口味不一样。你喜欢中国男生还是外国男生？班里你有没有喜欢的男生呀？跟妈妈说说。"

"都不喜欢，男人没一个好东西。"

"胡说，你爸就挺好的。你现在不谈恋爱也好，先安心把大学念完吧。"说着她抬起手，手上明晃晃的钻戒差点闪瞎祖儿的眼。"祖儿你看，这个钻戒好看吗？你爸前几天送我的。那么大岁数了，还浪费钱。死活硬要我，说是年轻时候穷，现在一定要补上。"

祖儿没有仔细去看那个戒指，只看得出来挺大，至少三克拉以上，按照老爸的尿性，一定是他自己亲手做的好货。祖儿越想越生气，觉得老爸恶心，一边搂着情人小三，一边送给老妈钻戒，哄骗老妈。祖儿敷衍了一句："挺好看的。"搭配一个皮笑肉不笑的表情。

"游行都一个多星期了，这帮人累不累啊，害得你老爸的珠宝店都没法开门做生意，少赚好多钱啊！"

看着妈妈戴着钻戒的手上插着输液管，布满针孔，脸上却是甜蜜的笑容，祖儿心里很不是滋味。妈妈现在病魔缠身，爸爸是这个世界上除了祖儿外仅剩的依靠。决定来西班牙，妈妈显然已经原谅爸爸所做的一切，拼命去融入欧洲的生活，把自己的后半生都托付给他。祖儿不忍心亲手戳破母亲美好的幻梦。

祖儿强迫自己不要哭出来，不能哭，妈妈还在生病。

"妈，不管发生什么事，我永远陪在你身边。"

"傻孩子，妈能有什么事，你早晚也要结婚嫁人的呀。"

祖儿拿起脸盆往洗手间走，假装给妈妈打洗脸水，偷偷抹去控制不住的泪水。

在为数不多的 Facebook 好友中，Wayne Yao 是和祖儿聊天最多的。姚炜的脸书上有好多他自拍的唱歌视频，非常搞笑。他好像结婚了，能看到不少他和孩子的合影。这几天祖儿心情很差，多亏了姚炜开导她，逗她开心。他十七岁就跟着叔叔来到西班牙，他叔叔开了个箱包公司，后来破产了，去了非洲，而姚炜继续留在西班牙打工。他酷爱开车，在雷吉贸易集团旗下的尼欧皮鞋厂做货车司机，梦想是攒钱买一辆保时捷跑车。他开车去过西班牙大部分城市，跟祖儿讲了很多有趣的见闻。这个周末是一个三天的小假期，姚炜正好要送一车货去阿利坎特，邀请祖儿搭他的车一起去玩。祖儿原本想喊上莉央一起去，可惜她要回一趟日本参加她表哥的婚礼。

去阿利坎特路途遥远，他们一路上聊了很多。姚炜介绍说阿利坎特是西班牙东南部的著名港口和旅游城市，南部富饶的沿海平原出产高品质的葡萄酒、橄榄油、水果蔬菜和海鲜。美丽的白色沙滩，蔚蓝的地中海吸引了很多英国富豪在海滨投资建造了超多现代化的五星级酒店和餐厅酒吧，那里被当地人叫作"小香港"。小城里有很多华人开的工厂、仓库，自然也包括姚炜所在的尼欧皮鞋厂。

坐在车里，祖儿发现内饰座椅比上次坐的时候干净了许多，明显是精心打理过。姚炜仍旧戴着一顶鸭舌帽，这次换了顶白色的，比上次多戴了一副炫蓝色墨镜。他看着祖儿笑，牙齿闪耀洁白："我这车难得有幸迎来大美女赏脸乘坐，说真的，要不是我早就结婚了，一定追你。像你这样有气质的中国女孩，在西班牙太缺了。"

祖儿打开遮阳板的化妆镜，美美地照了照："哈哈，这不废话嘛，这是欧洲。你每天开那么远的路不累吗？"

"我喜欢在路上的感觉，不想回家。我劝你不要那么早结婚，就算结婚了也千万别那么早要孩子。"

"为啥呀？你老婆是个土肥圆吗？"祖儿咯咯笑。

"哎，我二十岁的时候不是穷嘛，一无所有，被叔叔扔在这儿。然后一次KTV里聚会唱歌认识了现在的老婆，我唱歌那可是独一档啊，一下就把我老婆迷倒了。我老婆家有钱，他爸妈很早就来西班牙开了家百元店，每年能有十几万欧元的利润。我就稀里糊涂做了上门女婿，生了两个孩子。第一个儿子跟老婆姓，第二个是女儿，跟我姓。"

"不是挺好的嘛。"

"好啥呀，她妈爸一直看不起我，从我和老婆谈恋爱时就百般阻挠，从没给我好脸色看过。我老婆也是一身公主病，脾气爆炸，不知道的还以为她是个格格呢。"姚炜语气里透着恼火，"这就算了，儿子跟他们姓，他们天天抱在手里也不嫌累，就是个小祖宗。女儿跟我姓，生下来我岳父岳母就说他们身体不好，带不了两个孩子，还要开店，太吃力。我只好把女儿送回国，让我爸妈在老家带。害得我到现在只回去见过女儿一次。"

"这真有点过分了，区别对待啊。你女儿多大了？"

"一岁半了，过两天我妈带她来西班牙住两个星期，我总算能再见到她啦。"

"那不错，一家人就是要团团圆圆。"

这是祖儿第一次去别的城市玩，比起第一次来西班牙时从马德里坐长途车到塞维利亚一路蒙头大睡，这次的她兴致盎然，看着车窗外迷人的风光，她渐渐对这个国家有了些好感。

朝圣者们说安达卢西亚是被上帝亲吻过的地方，这里萌发出了毕加索的狂野与柔情。车开了两个多小时，不同于塞维利亚市内高耸的棕榈树和娇小的橘子树所营造的阿拉伯风情，安达卢西亚郊外呈现的是浓浓的地中海风情，烈日下的红土山丘像一个被晒伤的性感猛男。货车往瓦伦西亚自治区方向一路开去，一片片浓绿的葡萄种植园从眼前飞速掠过。

开过一座小桥，下坡后路的两旁是一片洼地，前面一辆黑色丰田普拉多SUV歪停在路边。有一个男人站在路边朝姚炜和祖儿挥手大喊，满是碎石土坑的洼地里翻倒着一辆破旧摩托车，有一个男人躺在地上。姚炜看情况不对，靠边停车后下去问那个男人："怎么了哥们儿？"那个西班牙男人身材魁梧，剃个平头，戴副大黑墨镜，还戴着口罩。他把口罩从下撩起对姚炜喊："嘿！帮帮我，他被我撞倒了，腿被压住了。"地上的摩托车手一条腿被压在摩托车下，他还戴着头盔，双手抓着头盔想脱下来，但脱不下来，头盔上有凹痕，可能是摔到地上的时候变形了。他似乎很痛苦，发出"嗯，唔，嗯"的声音。

祖儿也走过来帮姚炜一起把摩托车抬起来。戴口罩的普拉多司机往姚炜的货车跑去："你车里有急救包吗？他需要包扎。"摩托车真是很重，费力搬开后，姚炜跪着小心地把摩托车手的腿往旁边空地上挪。祖儿蹲在旁边检查他腿上的伤势，除了小腿上裤子撕破了一个口，腿似乎没有什么外伤，一点血都没有，祖儿又摸了一下骨头，发现也没有骨折。她正觉得奇怪，想问他有没有其他地方受伤了。她好像听见什么声音，转头一看，被眼前的景象惊呆了。

姚炜的棕色福特货车尾部窜出熊熊的火焰，黑烟滚滚。祖儿冲了过去，她记得货车的副驾驶座位下面有一瓶灭火器。她打开车门，刚拿出灭火器，就被平头西班牙壮汉一把拽住，整个人被甩到地上，灭火器滚了老远。

姚炜还在错愕中，身旁的摩托车手不知什么时候已经坐起来，从身后用双臂紧紧勒住他的脖子。姚炜抓着摩托车手的胳膊，使劲想要掰开，他呼吸困难，涨红了脸，额头的青筋暴起，发出一声低吼，用右手肘猛击身后摩托车手的脸，"砰！砰！"攻击都被头盔格挡住，头盔的玻璃都裂了。日常往货车上搬货、卸货使姚炜的肌肉力量强劲，他转而用手肘猛烈攻击摩托车手的肋部。

疼痛中躺在地上的祖儿望向姚炜，发现他被勒住了脖子，她奋力爬起，顾不上内心的恐惧，捡起灭火器瓶，跑过去拼命砸摩托车手的头和背，摩托车手终于被砸翻在地，祖儿也累得瘫坐在地上。与此同时，平头壮汉还在继续往车厢上浇汽油，火势越来越大，一车的皮革和胶水燃烧发出刺鼻的气味，炙热让空气都扭曲了。姚炜奔向货车驾驶室，居然从座位底下抽出一把窄刃砍刀，他一刀砍在平头壮汉的背上，鲜血喷进身旁的火焰中，瞬间蒸发。平头男忍着剧痛，转身一脚结结实实地踹在姚炜的肚子上，姚炜向后跟跄着退了两步，咬着牙没有摔倒。他挥刀去砍平头男的胸口，被他侧身躲过，这一躲也让他的脸进入了姚炜左手的攻击范围，姚炜一记蓄满力的左勾拳，把平头男的大墨镜和口罩全都打飞了。平头男不甘示弱，狠命踩了一脚姚炜的膝盖，姚炜痛得跪在地上。

平头男没有武器，选择逃进主驾驶座，关上车门。姚炜使劲拉了两下没拉开，他杀红了眼，在热气腾腾下绕过车头，钻进副驾驶座，挥刀砍向平头男，谁知平头男拉开车门又跳了出去，姚炜腾地跃起，想要去刺他，被平头男"啪！"地用力甩上车门，刀尖都被夹断。

姚炜手握砍刀趴在主驾座位上喘着粗气，刚想爬起来，背后突然一阵剧痛，"啊！"的一声哀号，摩托车手早已钻进副驾，手持匕首捅进了他的后背。祖儿钻进车里，死命拽摩托车手的腿，想把他拽下车，把他的裤子都快扯掉了。摩托车手又往姚炜的后背猛刺两下，然后转身去刺祖儿，祖儿头一偏，闪避了致命的一击。摩托车手左手用力扯住祖儿额头上的长发，把她的头往副驾的中控台上砸，再抓着她的头把她甩了出去。瘦弱的祖儿跌倒在马路上，满头是血，她再也爬不起来了，眼前只剩下红色和黑色，地狱的颜色。

火势蔓延得非常迅速，整个货车车厢都烧了起来，黑色的毒烟有五层楼高。驾驶室里越来越热，摩托车手还戴着笨重的头盔，他喘不过气，汗流浃背，车厢燃烧的浓烟加上头盔的玻璃面罩起雾，让他看不见东西。姚炜躺在主驾座位上，身上的鲜血不住地涌出，浸透了座椅，他知道自己就要死了。火焰的魔爪已经从车厢伸进了驾驶室，两个人的耳畔都是轰轰的声音。摩托车手想要下车，姚炜用尽平生最后的力气，伸手抠住他的手臂，五根手指都抠进了肉里，猛地一拉，另一只手一刀捅进摩托车手的胸口，摩托车手绝望地瞪大双眼，可惜他什么都看不见，一片烟灰色是他死前最后的画面。几秒钟后，他们一起被烈焰吞噬。平头男在车窗外看着里面的一切，无能为力。

路上远远开来一辆皮卡车，平头壮汉看到后，赶紧跑进自己的丰田普拉多，野狼一样逃离。皮卡在火光冲天的货车后停下，司机飞奔下来，抱起躺在地上的祖儿。

　　令人意想不到的是，这起烧车死亡事件，仅仅是一个序幕。当天晚上，一艘满载中国货物，刚刚驶进巴塞罗那港口的中国货轮，被不明身份的匪徒烧毁，消防队用了四个小时才彻底扑灭了大火……

第二章

朋克天使

1

人证

纯白的病房里，祖儿睁开眼睛，她的头很痛，用手一摸，头上已经包着几圈纱布。祖儿的手心里捏着一张残破的餐巾纸，上面有一个卡通 LOGO，是一头被绿布蒙着眼的野猪。她看看病房里的陈设，发现很简陋，这里不是妈妈住的那个医院。她不知道现在身在何处，她突然想到那一团大火，姚炜就这么死了，过两天他妈妈就要带着他的女儿来看他了。祖儿异常悲伤，她实在无法接受这个现实。

现在已经是上午了，昨天连续两起案件，引起了全世界的关注，而林祖儿是唯一幸存的目击者，全世界都想知道到底发生了什么。

检查了一下没有大碍后，祖儿就立刻被送到了瓦伦西亚市警局。在翻译的帮助下，祖儿向警方述说昨天下午的经过，她到现在都心有余悸，回忆的过程中几度哽咽。她的状态很糟糕，像一只惊吓过度的小鸭子，有明显的 PTSD 症状。回答了几个问题都语焉不详，许多字眼儿翻译都听不懂。警察花了很长时间询问祖儿有没有看清逃跑的嫌犯长什么样子。祖儿努力控制，抹了抹眼泪："这一切……太快了，那个……那个坏人戴着墨镜和口罩，他让我们帮他……救人，一眨眼这样。怎么会这样？"沉默许久后她接着说，"姚炜后来和他打起来，墨镜和口罩打掉了，他一直跑来跑去，我大致……看到了他的……脸。"

"如果我们抓到嫌犯，或者给你看照片，你能认出他吗？"

"应该可以吧。"祖儿显得信心不太足，抽象地描述了一下平头壮汉的样子。

"那好，你有监护人在西班牙吗？你住在哪里？"

"我妈妈在西班牙，我们住在塞维利亚。我爸爸……在我小时候就死了。"之后瓦伦西亚的警察把祖儿送回塞维利亚，由塞维利亚警方安排警力保护祖儿的安全。

回程的路上，坐在警车里，窗外的景色像倒带一样在祖儿眼前回放，祖儿闭上眼，不再去看。她多么希望时间也能倒带，姚炜就不会死了。

林鼎得知自己的女儿也在那辆被袭击的货车上，还是从电视新闻上看到的，他怎么也想不到把女儿接来西班牙，会碰上这种事情。所有的频道都在报道这两起袭击事件。据媒体报道，西班牙政府把这两起事件定性为恐怖袭击，目前还没有恐怖组织站出来为此事负责。中国政府强烈谴责，希望各国政府积极合作，彻底打击恐怖主义。北京的西班牙驻华大使馆被抗议的人群团团围住，消耗了许多臭鸡蛋和烂菜叶。在欧洲的华人现在人人自危，陷入了前所未有的恐慌。

两个事件造成的损失惨重，影响恶劣。烧车事件中造成司机姚炜和一名匪徒死亡，烧货轮事件中造成七名中国船员死亡。经济损失不可估量，除了价值六万欧元的皮鞋，以及两千万欧元的货物被烧毁外，大量的中国资本撤离欧洲，华人在欧洲的投资热情正在被速冻。

西班牙警察疲于奔命，却收效甚微。货车烧毁的那个路段没有监控，逃走的丰田普拉多不知去向。遗留在现场的摩托车并没有车牌。法医鉴定后确认死掉的匪徒名叫安德烈·图雷，出生于萨拉戈萨，尚未查明他和哪个恐怖组织有联系。至于烧船案的凶手，警方连是男是女都不知道。警察局长几乎回答不了记者的任何问题，不停地用手帕擦汗，只说已经掌握了线索，正在全力调查。

网上不少人对货车司机是否防卫过当讨论得热火朝天。有人发帖认为匪徒原先可能只是想抢劫货车，没想到司机拿出一把刀拼死反抗，引来杀身之祸。这些"键盘侠"的言论很快遭到另一部分网友抨击，很多人表示这分明就是组织严密的恐怖袭击，看看那艘货轮上的惨状就知道了。货车司机就算放弃抵抗，也不一定能全身而退，他死前至少还拉了个垫背的，这波操作不亏。要不是路上来了一辆别的车，那个中国女孩能不能活下来可够呛。大多网友表示非常愤怒，同胞在国外遭受如此可怕的袭击。也有人冷嘲热讽，资本主义世界水深火热，还是快回国吧，别忘了自己头发和皮肤的颜色。难得意见一致的是，所有人都鄙视了西班牙警察的办案效率，并担忧唯一目击证人林祖儿的安危。

林鼎更是忧心忡忡，他赶到圣十字区租借的公寓，门口站着两个警察，盘问了林鼎一通，看了看他的证件，又问了问祖儿，才让他进去。看到祖儿身上多处的摔伤、擦伤，再看到她头上缝了八针，一时间竟说不出话来。

"那两个警察负责保护你吗？"林鼎看了眼门外的警察，然后关上门。

"对。一共有四个人，白天两个晚上两个轮班。"

"你为什么会在那辆货车上？你去瓦伦西亚干什么？"

"我还想知道我为什么会在这里呢，这是什么鬼地方？一天里死了八个中国人！八个！天呐。"祖儿抓着自己蓬乱的头发嘶吼。

"我帮你买机票回国。这里不安全。"

"西班牙警方不让我回国，他们让我留在这里配合他们调查。说这样有利于尽快破案，救下更多无辜的人。"

"狗屎！妈的。"林鼎猛捶了一下门口玄关处的边柜，上面放钥匙的水晶碟子都跳了起来。碟子里面一小张皱巴巴的餐巾纸引起了林鼎的注意，他拿起来看了看，问祖儿这是什么。祖儿给他说了纸巾的事，应该是案发那天摩托车手裤子口袋里的。林鼎对着纸巾拍了一张照片："你有给警察看吗？"

"好像……没有，我忘了。"祖儿一脸憔悴地说。

林鼎打开门，把纸巾给了门口的警察："嘿伙计，看这个，这是死掉的摩托车手身上的，快找人查一下这是哪个餐馆，调他们的监控看看有没有拍到摩托车手同伙的脸，他们可能在一起吃过饭。"说完林鼎又关上了门，仰头叹了口气。

"唉，希望早点抓到那个畜生。你是唯一的目击证人，他们可能会对你下手，太糟糕了。烧船的那个案子连个目击者都没有。"

"我累了，你走吧，别在警察面前晃来晃去。"

"祖儿，对不起，我没想到会这样，这场风暴来得太突然了。"

"对，这场风暴很突然，那这个事情没那么突然吧？"祖儿拿起手机，打开了一个视频，放到客厅的茶几上，自己坐到沙发上。

林鼎走近茶几，拿起手机，看到视频里自己开车回到别墅和那个哥伦比亚女人的画面。他面色铁青，站在茶几前沉默不语。

"那天我坐姚炜的车跟踪你，他就是被杀死的货车司机，我的朋友。"祖儿冷冷地说着，看都不看林鼎一眼。

"我以后跟你解释，好吗？"

"我不需要你的解释，别费劲编你的故事了。我现在算是明白你为什么要装死了，什么让妈妈忘记你，从头开始，哼，我看是你早已经从头开始了。你要解释就去跟妈妈解释，跟死去的弟弟解释。"

"不是你想的那样，太复杂了，等有时间……"

"你走吧，我要休息了，等会还要去医院陪妈妈，她很担心我。"

林鼎很尴尬，他又害怕，他怕叶馥仙已经看过这个视频，他动了一下嘴唇，想说点什么，但始终没有发出任何声音，转身离去。

西班牙警方派了四名国家警察日夜保护林祖儿的人身安全。祖儿的公寓大门和窗户都有摄像头二十四小时监控，NTP 局有专人负责监视是否有可疑人物接近。（NTP 局是负责打击恐怖组织和恐怖分子并处理与之相关事件的部门）小伙安东尼奥和大叔因凡蒂诺先轮到值白班，祖儿不管去哪，他们都开警车护送，为了低调安全，他们穿的都是便衣，但便衣里穿了防弹背心，腰间别了紧凑小巧的 USP-COMPACT 半自动手枪。他们的警车是一辆没有任何警察标记的黑色宝马 5 系轿车，车牌也是普通市民车牌，但后备厢里可就不是普通市民的行李了，武器箱里静静躺着两把 SIG SAUER P226 手枪和两把 P90 冲锋枪。

祖儿不愿意让案件打乱自己的生活，她需要继续去学校学习西班牙语，以能及早入读大学。她才不要每天待在家里，像蹲监狱一样。安东尼奥和因凡蒂诺整个白天和祖儿形影不离。祖儿上课，他们就在教室外守着，祖儿去医院看妈妈，他们就在病房外守着，祖儿去商场，他们就在试衣间外守着，祖儿上厕所，他们就在厕所门口守着。祖儿一开始觉得特烦人，他们像两个阴魂不散的跟屁虫，走哪跟哪，后来渐渐也就习惯了，开始跟他们一起吃饭，甚至看电影。

因凡蒂诺大叔长得很像《这个杀手不太冷》里的杀手雷昂，长长的脸上有着长长的鼻子，眼皮厚重地耷拉着。他不修边幅，满脸胡茬儿，他和安东尼奥穿同款的藏青色西装和白色衬衫，却能穿成完全不同的风格。安东尼奥每天西装笔挺，一丝不苟地打着领带，像个时装模特，而因凡蒂诺大叔的胸毛都露在了外面，西装外套也脏兮兮的。因凡蒂诺总是醉眼蒙眬，郁郁寡欢，他对什么事都提不起兴趣，除了喝酒这个多年来唯一的爱好，这项任务还给他带来了一个新的爱好，就是看林祖儿跳舞。他总是在祖儿练塞维亚诺舞的时候从门外偷偷看，祖儿跳舞的样子让他想起了自己的女儿，如果她还活着，应该和祖儿差不多大了。他从小就教会了自己女儿跳塞维亚诺舞，她跳着跳着就长大了，然后他和女儿一起跳双人舞，直到有一天，她再也不能陪他一起跳舞，一起欢笑。

白天吃饭的时候因凡蒂诺总是偷偷喝酒，点一杯可乐，然后从怀里掏出一小瓶朗姆酒，自制一杯"自由古巴"。执勤时候规定不能喝酒，但安东尼奥总是对他睁一只眼闭一只眼。他无法让因凡蒂诺走出过往的阴影，他也就没有资格阻止他跳入酒精。因凡蒂诺喝着"自由古巴"，但他早已把自己的心禁锢，套上一层又一层锁链，然后把钥匙丢进虚妄的大海。他在晚上喝得更多，与其说他在喝酒，不如说是酒淹没了他。第二天早上来祖儿家里换班的时候，他就像一个酒坛子做的不倒翁，摇摇晃晃，散发酒气。

有一天，安东尼奥陪祖儿逛Fnac书店的时候偷偷告诉祖儿几年前的惨剧。"因凡蒂诺曾经是一个风光无限的人物，在警局刑事罪案科屡屡斩获最危险最残暴的罪犯，跟他交手的罪犯，非死即残。无论是国际大毒枭还是腐败堕落的警局高官，在他面前都像芭比娃娃般柔弱，不堪一击。不断的胜利使他野心勃勃，他被调到NPT局参与打击欧洲的恐怖分子。六年前，2007年9月的时候，他带队突袭了北西班牙恐怖组织'埃罗塔'在马拉加的一处基地。双方激烈交火，伤亡惨重，在长达四十多分钟的战斗后，最终恐怖分子被歼十人，被俘三人，其中一人是该组织的重要领导人'黑鲨'。反恐部队则有三人牺牲，多人受伤。在他们开车将三名恐怖分子押往马德里的途中，因凡蒂诺接到了'埃罗塔'组织成员的电话，要求原地释放'黑鲨'和另外两名恐怖组织成员，不然就会惨遭不幸。据同行的反恐小组队员回忆，在因凡蒂诺队长听完恐怖分子的威胁后，只回复了一句话就挂断了电话。"安东尼奥讲到这里，顿了一下。

"我们不和恐怖分子做交易。"安东尼奥郑重地重复了一遍因凡蒂诺当天说的那句话。

"多么沉重的一句话，带来的是对恐怖分子永久的震慑，也带来了因凡蒂诺永生的悲剧。"安东尼奥站在一排书架前，食指触碰着一本书的书脊，低沉地对旁边的祖儿说，"挂断电话后，坐在他身旁的'黑鲨'笑着对因凡蒂诺说：'没关系，还有很多小鱼会长成黑鲨，很多小鱼会长成黑鲸，我的事业会由他们继承，但你的人生马上会被摧毁。哈哈哈哈哈……'"

祖儿想象着当时车里的画面，眼神里充满了恐惧。

"听完这句话，因凡蒂诺才意识到，这才是真正可怕的对手，他的职业生涯从此将跨上一个新的台阶。'黑鲨'凝视着前方，坐在两个反恐队员中间，嘴角微微上扬着。被抓后的这一分泰然自若，令因凡蒂诺脊背发凉。"

"后来呢？发生了什么事？"祖儿紧张地问。

"第二天，因凡蒂诺刚刚跨上的新台阶就坍塌了。五名'埃罗塔'恐怖分子下午闯入了因凡蒂诺女儿泰丽的高中。在体育馆的室内泳池里抓走了包括泰丽在内的三名女学生。后面的事情，你确定你要听下去吗？"安东尼奥看着祖儿，又看了看远处在电影手办区巡视的因凡蒂诺。祖儿稍有迟疑，但仍对着他点了点头。

"恐怖分子一下子就绑架了三名女生，然后不知去向。几小时后，他们向政府要求释放三名昨天被抓的组织成员，然后才会释放三名女学生，一命换一命，公平合理。政府拒绝和恐怖分子谈判。随后恐怖分子宣称每五小时杀死一名人质，并网络直播，因凡蒂诺在反恐作战指挥中心的大屏幕上看着一间破屋子里，自己的女儿和另外两个女生被绑在椅子上，身上只穿着泳衣，恐怖分子随意地扇她们耳光。他不知道该如何面对，他是一名反恐斗士，他也是一名慈爱的父亲。他全身愤怒地颤抖，握紧拳头，手指甲都捏进了肉里，血都滴了下来。他的妻子打电话给他，拼命地喊让他救救他们的女儿，救救她。他无言以对。他冲到关押'黑鲨'的牢房，隔着铁栏杆质问他他的女儿泰丽现在被关在哪里。'黑鲨'不紧不慢地抬起头回答：'我亲爱的队长，我现在只是被关在监牢里的一名卑微的死刑犯，我知道的消息并不比你多。我理解你的感受，你想立刻飞到那间屋子里，拿着M16打爆我兄弟们的头，再一次成为大英雄。真是可惜，你昨天就应该听我兄弟们的劝告，把我放了，你可爱的女儿就不用受苦了。她们现在可能在德国，也可能在印度，在世界上任何地方。''黑鲨'黝黑苍老的皮肤，消瘦凹陷的眼睛，蔑视地看着因凡蒂诺。因凡蒂诺狂怒地敲打着栏杆，对他怒吼：'我要杀了你，我他妈要把你砍成一万片！'因凡蒂诺辱骂着世界上最肮脏的字句，口水远远喷到坐在牢房中间地板上'黑鲨'的脸，他闭上眼一动不动。

"时间一分一秒过去，情报中心一直没能找到三个女生被绑架的地点，无法营救。五小时已过，第一个女生即将被枪决，恐怖分子的公众网络直播信号被政府切断。指挥中心的大屏幕上还可以看到直播画面，三名十四岁的高中少女，她们原本无忧无虑地享受着最美好的青春，这些刚准备盛开的花朵就要被折断。她们坐成一排瑟瑟发抖，像三只被拔光了毛的天鹅。两名头戴头套的恐怖分子把一名女生连人带椅子一起拖到旁边，离开另外两个女生一段距离，摄像机单独对准了她一人。这名女生意识到了什么，开始发疯般尖叫，四肢用力扭动，身上的绳子绑得很紧，无法挣脱，她开始胡乱地晃动身体，椅子向后翻仰，整个栽倒在地上。求生的欲望无比强烈，她用光着的脚后跟在粗糙的沙土地上不停地蹭，想将自己挪动到门口去。视频上能看到几秒后地上出现两道血痕。尖叫声中夹杂着绝望的哭喊，视频中还能听见旁边泰丽和另一个女生的哭泣声。恐怖分子把那个女生的椅子从地上扶起来摆正，地上黄色的沙土都沾到了女生的头发、身体和天蓝色比基尼泳衣上。他们受不了女生的尖叫，把一团白布塞进她嘴里，让她闭嘴。女生满脸的泪水和鼻涕瞬间浸湿了嘴里的白布。

"'你叫什么名字？'一名恐怖分子问她，然后抽掉了她嘴里的白布。'阿莉西亚！不要杀我！我叫阿莉西亚！你们搞错了，为什么要杀我？！'随后她的嘴里又被塞进白布，只剩'呜呜'的声音。恐怖分子站到她背后，举起手枪瞄准她的后脑勺，阿莉西亚瞪大眼睛，拼命摇头，黏腻的长发左右甩打着自己的脸。'砰'！"

此时祖儿的表情和当时盯着大屏幕的工作人员们如出一辙，双手捂住自己的嘴巴，大气都喘不出一口。

"同在指挥中心的NTP局局长胡安·马丁内斯和首相两人神色凝重，一直在激烈讨论着什么，最后也没有释放囚犯的意思。他们让因凡蒂诺回家休息，他的精神状态已经无法执行任务，他们表示会尽力拯救人质。因凡蒂诺几近崩溃，被同事拖出去后，瘫坐在NTP局门口的台阶上。又一个煎熬的五小时过去，因凡蒂诺的手机收到了恐怖分子发来的视频，第二个女生也被枪决。在最后黑暗的五小时里，因凡蒂诺收到了好几段女儿被恐怖分子强奸的视频，几个恐怖分子脱掉……"

"好了！够了！不要再说了……够了。"祖儿双手抱头，向后撸自己的头发，两眼含泪望着天花板。安东尼奥站在原地，沉默了一分钟，为死去的三个女生默哀。

"后来因凡蒂诺从NTP局辞职，他的妻子和他离了婚，他的家庭和事业就在一夜之间被恐怖分子撕得粉碎。这是反恐斗争不得不付出的代价：残酷、无情、牺牲。"

祖儿望向因凡蒂诺大叔，这个深受心理创伤的酒鬼现在又回到了反恐的事业中来，已经很不容易，值得尊敬。他曾经质疑自己的事业，他连自己的女儿都救不了，又如何救别人呢？不知道他现在会如何回答这个问题。

高冷小伙安东尼奥非常学院派，从小成绩优异，喜欢听古典音乐，看侦探小说。平常话也很少，只有推荐自己喜欢的书给祖儿的时候话最多。他从小的梦想就是成为一名警探。他父母都是公务员，想让他也做一名公务员，在办公室里做文职。而且安东尼奥很瘦，并不适合做警察出外勤，但他偏要做警察，他想正面打击罪犯，他最期待的就是小说电影里激烈的火拼场面。他付出了巨大的努力，每天天没亮就外出跑步，锻炼身体，狂吃食物，增肌增重，终于如愿以偿考入警校。

在祖儿待在家里的时候，他喜欢坐在门外的椅子上看小说。阳光洒在十八世纪的阿拉伯风格庭院里，喷泉水池里流水潺潺，安东尼奥是个安静的男生，虽然他向往刀光剑影的刺激生活，但大多数时候他都是用他聪慧的头脑去破案。他年纪轻轻，就已经解开了警局里的很多疑难案件。他一头棕黑色的短卷发，干净利落，脸庞修长，皮肤白得像个女孩子。任何类型的犯罪侦探小说他都看，从柯南·道尔到阿加莎婆婆、奎因兄弟、岛田庄司、宫部美雪，这些推理小说他喜欢，像雷蒙德·钱德勒这样的硬汉侦探小说以及丹尼尔·席尔瓦这样的悬疑谍战小说，他也爱不释手。祖儿听安东尼奥说，他的女朋友也是警察，明年他们就要去希腊圣托里尼岛结婚了。

晚班执勤的警察是桑迪和哈维，桑迪是个愣头青，而哈维是个超级吃货。哈维特别爱吃东西，无论西餐中餐日料零食饮料，在他面前渣都不会剩，他所到的餐厅，桌子都有被啃掉的风险。他家的每个房间，包括厕所里，都能找到吃的东西，他妈妈不得已只能买了两台大冰箱来塞食物。哈维的手里总是拿着吃的，如果没有，那就是刚好吃完了，或者有紧急任务，他暂时把吃的放进裤子口袋里了。如果执勤时不用带手枪，他会选择在枪套里放一只烤鸡腿。之前他一路胖到了九十公斤，被整个警局嘲笑不能再出外勤，追不上任何罪犯，他才下定决心减肥。后来虽然勉强减到了七十五公斤，但胖子这个深入人心的外号是甩不掉了。

他们两拍档靠在门外墙上抽烟。桑迪二十四岁，和安东尼奥差不多，当上警察没多久，年轻气盛。哈维的岁数要大一些，三十岁了，在警局混了多年也没啥成绩，整天傻乐。

"胖子，NTP 局是不是已经接手这个案子了？会不会把我们换了？"

"没接到新的命令，这段时间应该还是我们负责保护那个女孩。"

"还是白班好，下星期我们换到白班去，夜班太他妈无聊了。"

哈维咬了一口手里的芝士火腿比萨，边嚼边说："夜班轻松啊。只要没有恐怖分子打过来，我们只要坐在这就行了。你有没有听说烧货轮的案发现场？"

桑迪吐了一口烟，摇了摇头。

"听局里人说，那艘货轮从上海过来，航行了快一个月，离驶进巴塞罗那General Cargo 码头就剩最后三百米了，结果被袭击了。两艘小快艇一左一右夹击货轮，往上发射燃烧弹。货轮载的集装箱里都是杂货、小商品、服装这种，很快整艘船就烧得特别旺。好几个中国船员被逼得跳到海里，然后那些恐怖分子就把他们的头再按进水里，淹死他们。码头上的人远远能听到他们的求救声。"

"上帝啊！太他妈变态了。"

由于被袭击的货车属于雷吉贸易集团旗下的尼欧皮鞋厂，各大媒体事发后对雷吉集团总裁雷崇海进行了围追堵截。雷崇海老板避无可避，拉着尼欧皮鞋厂的老板米子昂接受采访。

"为什么您旗下的皮鞋厂首当其冲遭到袭击呢？"

雷崇海一脸无奈："这个我也想知道。我们旗下的皮鞋厂无论是生产还是销售都是合法合规的。我们兢兢业业生产大众喜爱的产品，提供本地大量就业岗位，为社会做出贡献，我们不应受此待遇！"

"您觉得是谁策划发动了这两轮恐怖袭击呢？"

"具体是谁我不清楚，你们应该去问警察。我只想告诉这帮恐怖分子，我们不会退缩。背地里的下三烂永远是下三烂，是阻止不了世界经济贸易一体化的！我鄙视这帮恐怖分子，他们终会受到正义的制裁！"雷崇海言语间充满了愤慨的情绪，显得异常激动。

"今天下午我会和雷崇海先生一同前往不幸遇难的姚炜先生的家，去慰问他的家人们，并给予经济上的补偿。同时，我们也对在货船袭击中遇难的同胞们致以哀悼。"米子昂老板真诚而悲痛。

被烧毁的货船所属于中国女富豪董舒俪的振画集团，事发后她一直都不接受媒体的任何采访。

媒体同时报道了最新的调查进展，NTP局情报人员根据案发时祖儿从恐怖分子安德烈·图雷裤子里扯出来的纸巾，找到了一家位于特里亚纳区的叫作"小绿猪"的烤肉餐馆，老板是一个盲人，名字叫罗伊斯·加西亚，在当地街区小有名气。情报人员调查了餐馆所存储的近一个月的监控视频，并没有发现安德烈·图雷或者形似案发时和他在一起的同伙的身影，询问了餐馆的老顾客，也没有人对安德烈有印象。情报人员找到了图雷生前在塞维利亚租住的房屋，正在分析所搜集的线索。

四名国家警察已经保护林祖儿五天五夜了，虽然语言交流有些困难，但他们还是结下了深厚的友谊。圣十字区的老居民区道路本来就很狭窄，还碰上祖儿家附近一段路正在修，铺设光缆，路面都被挖开，路被封了一半。市政建设的规划总是这么的随心所欲，今天挖开来铺煤气管然后填平，下个月挖开来铺水管然后填平，突然发现网线又要更新成光纤了，只好再挖开。下午祖儿上完课，安东尼奥和因凡蒂诺开车送她回家，把车停在离公寓一个路口的路边，然后一起和祖儿散步回家。这个街区已经有几百年的历史了，怀旧而惬意，路边时不时会出现一小块广场，有着小喷泉、路灯、长椅和漂亮的绿化。路两旁开着一些小小的沿街商铺，面包店、肉店、花店等，像是欧洲经典爱情电影里的场景。

祖儿家门口几步路就有一个水果店，老板是个和蔼的智利移民老太太，祖儿经常在那里买水果。今天水果店门口多了一个地摊，一个七八岁的吉卜赛小姑娘在卖金鱼。小姑娘眼睛大大的，睫毛和头发一样浓密，穿着旧旧的黑底白色波点连衣裙坐在小板凳上，连衣裙的蕾丝边都有一点钩丝了。看着地上鱼缸里游动的小金鱼，祖儿回忆起了小学的时光。

那天吃完仅有一个白馒头的早饭，祖儿背着书包走出自己乡下残缺的家，背后的墙壁上被人用红油漆涂着"杀人偿命！不得好死"几个大字。祖儿早已习惯了，看都不去看一眼。真正让她感到郁闷的是昨天老师布置了一项任务，让小朋友自由组成三人小组，养一个小动物带到学校里。幼儿园时的祖儿人见人爱，又可爱又聪明，但她爸爸犯案逃走之后，她上了小学，一个朋友都没有，自然没人和她组队。班里小朋友们都三人一小组组好了队伍，只剩下祖儿和另一个智力有问题的同学没有人要。祖儿家里没有钱，她找了一晚上也找不到哪有什么小动物。

上课前，所有小组都带了小动物来，教室里异常热闹，后面黑板报下的长柜子上被摆满了各种容器，笼子啊鱼缸啊等等，上面贴着各个同学的名字。祖儿坐在自己的座位上低头看书，感到很难堪。旁边的智力有问题的那个同学倒是很开心，咯咯直笑。老师一个个小组点名，检查小动物，有的带来的是仓鼠，有的是小白兔、八哥鸟、小金鱼，最不济的也有几只小蝌蚪。点到祖儿名字的时候，祖儿仍旧低头不语，整个教室的人都望着她，哧哧看她的笑话。祖儿能听到几个同学轻声说着祖儿的坏话，她真想快点上课，结束这个狗屁活动，狗屁的小动物。这时，隔开一条过道的鹏新贵同学高喊："老师，祖儿说她也带了小动物。"说着就跑去打开了祖儿有点掉漆的美少女战士铅笔盒，里面飞速跑出一只大蟑螂，在祖儿的课桌上呈无数个连续的"S"型爬动。祖儿吓得惊声尖叫，鹏新贵和其他几个男生哈哈大笑。祖儿把书胡乱地砸到桌子上，但是没砸中，蟑螂一眨眼爬下桌，在祖儿脚下打转，祖儿飞奔出了教室。附近的几个女同学也吓得不轻，都大喊大叫起来，引得其他同学哄堂大笑。

那一个上午祖儿都没有再走进教室上课。过了几天，鹏新贵那个组养的八哥鸟不见了，鸟笼子不知道被谁打开了。老师和同学一口咬定是祖儿放走了八哥鸟，让祖儿一个人在教室后面罚站了一整天。放学时老师还喊来了叶馥仙把她接走。可怜的祖儿在妈妈面前被老师劈头盖脸骂了一顿，她的腿都肿了，咬着牙一言不发。叶馥仙的脸上写满了屈辱，她多想骂回祖儿的老师，但她不能。这些回忆已经不是小动物了，它成长为一只困兽，蜷缩在林祖儿和叶馥仙的脑海里。

祖儿后来一直都没有养过任何小动物，她看着眼前的吉卜赛女孩，觉得她有点像自己。她向她买了两条橙色的小金鱼，选了一只可爱的圆形小鱼缸，里面铺好了漂亮的砂石和水草。祖儿又在水果店里买了些水果，今天水果店里人很多，生意很好，祖儿挑了几个橙子和三只小甜瓜。老板要帮前面的顾客削菠萝皮，祖儿等了好一会儿才结到账，还和旁边的顾客用西语聊了一会儿，外国人对亚洲人也充满了好奇，见面会问你是日本人还是中国人呀。很多欧洲人之前完全不了解中国，有的甚至以为中国人还穿着唐装，留着长辫子。直到2008年北京奥运会的开幕，让全世界看到了现代化的强大中国。

陪祖儿回到家，安东尼奥和因凡蒂诺一人抱着鱼缸去客厅，一人拎着水果去厨房，他们成功接替了蔡阿姨，成为祖儿的男保姆。蔡阿姨现在已经专职白天在医院里照顾住院的叶馥仙了。因凡蒂诺把鱼缸先是摆在了客厅的茶几上，然后审视了一下，觉得和茶壶茶杯混在一起不太好看，他问祖儿意见，祖儿让他放餐桌上试试。他移开餐桌中间的花瓶，把鱼缸放到餐桌中央，鱼缸被大叔挪东挪西，缸底的砂石都松动了，里面露出一丝红光，一闪一闪的。祖儿和因凡蒂诺面面相觑，因凡蒂诺伸手进去，拨开一些红点边上的砂子，里面露出了黑色的类似电子设备的东西。

"天哪！"因凡蒂诺张大了嘴巴，抓起鱼缸就往外跑，一下子就消失在祖儿的视线里。祖儿呆站在餐桌旁，脑子里嗡的一下之后，只冒出两个字："炸弹！"因凡蒂诺像阿甘一样狂奔，以他的年纪，他的速度像是吃了兴奋剂，大长腿快速交替奔跑，快到看不清他穿的什么颜色的裤子。他双手捧着鱼缸在小巷里"哒哒哒哒哒"地跑，炸弹随时会爆炸。"埃罗塔"组织夺走了他女儿的生命，他不能再让他保护的人死掉，他边跑边想："这次换成是我了，我来了！妈的来吧！"他记得前面修路的那段路，那里地面被挖开了，有一个窨井盖都挖穿了，他可以把鱼缸扔进去，扔进下水道爆炸，这样死伤能降到最低。

他已经用极速跑了一百五十米，不停喘着大气，汗水和鼻涕都流出来了。往前还剩最后一个上坡就到那个坑了，他瞄了一眼鱼缸，鱼缸里的水和鱼都没了，剩下乱糟糟一团金属和砂石水草混在一起，红灯还在不停地闪烁，看得瘆人，因凡蒂诺的心脏要跳出来了。他鼓足最后的力气，奋力跑上斜坡，一边对着修路工人大喊："快跑，闪开，闪开，炸弹！有炸弹！"工人们回头看到一个样子十分狼狈的人抱着一个奇怪的东西，并且以这种非人的速度跑上来，都非常害怕，四散而逃。终于快到达坑的边缘，因凡蒂诺飞身一跃，把炸弹远远抛进坑里，自己重重地摔在地上。成功了！他脑子里只剩下成功的喜悦，完全忘记了自己全身的痛楚和自己离炸弹只有一步之遥。他这一下摔得不轻，胸口着地，根本爬不起来，他闭上眼睛，刚才的狂奔和身体的疼痛让他眼前天旋地转。路上没有一个人，几个工人把前后的路都堵住了，远远看着因凡蒂诺躺在地上，不敢靠近。他静静等待着自己的死亡。

刚才呆站在客厅的祖儿，回过神后走向厨房，去找安东尼奥。安东尼奥正在里面切水果。刚跨进厨房一步，祖儿迎面撞上一片火光，半秒后是"砰！"的一声巨响，祖儿整个人被爆炸的冲击波震飞。伴随祖儿一起飞出来的还有无数的残渣碎片，橱门木屑、锅碗瓢盆、蔬菜水果、砖石灶台。爆炸都冲破了厨房的窗户到了外面的马路上，整个厨房一片狼藉，四处都在燃烧，惨不忍睹。

因凡蒂诺躺在马路上的坑旁边，听见了远远的爆炸声，自己面前的炸弹却一直没有动静，他的心里一沉。

因凡蒂诺拖着受伤的身子，走回祖儿的公寓，他站在客厅里，望着里面一片废墟，他觉得脚下根本不是一个和平的西方发达国家，更像是一个混乱不堪互相屠戮的非洲原始部落。他忍着疼痛，使出吃奶的力气把祖儿拖了出来，至于安东尼奥，只有上帝出手才能救他了。

公寓附近，一辆圣邦蓝的奥迪 RS7 轿跑加速离开，一不小心车尾擦到了修路的地方围起来的黄色路障。

林鼎赶到医院，好在祖儿没什么大碍，身上只是些擦伤。炸弹体积很小，藏在甜瓜里，影响了威力，但安东尼奥就没那么走运了，他离炸弹太近了，被救出来时身上多处炸伤和大面积烧伤，在重症监护室里生命垂危。警察和 NTP 局封锁了整个街区，派拆弹部队清除了坑里的鱼缸，发现里面并不是真的炸弹，他们还抓走了水果店的老太太老板。林鼎来到事发街道，看到了坑旁边的一个黄色路障，有被撞到的痕迹，上面有一块铁皮凹进去了一点，留带有一点蓝色油漆。

2

地狱重生

公寓爆炸袭击事件后，有一个声称叫"黑荧"的恐怖组织站了出来，发布申明，承认了对中国货车、中国货船以及对目击证人林祖儿公寓的袭击都是他们组织所做，"黑荧"对以上袭击负责。他们还公开声称："我们的目标只是中国人，公寓爆炸案特地在鱼缸里做了一个假炸弹，就是想引走西班牙警察，我们不想伤及西班牙或者其他欧洲国家的人民。凡是想要阻止我们行动的人，凡是帮助保护林祖儿的人，我们最后一次发出警告，我们不会再留情，会一起消灭。"

世界各国都在研究这个闻所未闻的"黑荧"组织，并怀疑其是某最具危害性的恐怖组织的一个分支。从二十世纪九十年代开始，该恐怖组织成员与国际恐怖组织相互勾结，在中国及其周边多个国家和地区制造了多起爆炸、投毒、暗杀、绑架和抢劫等暴力恐怖案件，造成了大量无辜平民的死伤和财产损失，对世界安全构成了重大威胁。现在，全世界都想知道"黑荧"这个神秘的新恐怖组织到底是哪里冒出来的。专家分析称，从目前掌握的线索来看，"黑荧"的大本营应该就在南部某省，他们的目标并不像自己声称的只针对中国人。目前各国反恐部门正联合对已掌握的某组织成员名单进行比对。

圣十字区的公寓被炸得面目全非，林鼎要赶紧帮祖儿再找一个住的地方。

NTP 局的后勤部临时给祖儿提供了一间安全屋，他们带林鼎和祖儿去看。

林鼎看了一圈，摇着头很不满意："你们的特工就住这种破地方？热水器都坏了不知道多久了，到处都漏水，马桶圈都掉下来了，太烂了！家电都不全，家具也太旧。"他对着破旧的沙发踢了一脚，"这里看起来也没有啥安全设施啊。你记不记得恐怖分子炸掉的公寓是什么样的？比这里好十倍！"

"我们暂时只有这里可以提供。其他的安全屋保密级别比较高，需要向领导申请，你有需要可以去申请。"

"怎么申请？"

"去 NTP 局安全中心的服务处递交材料。最快也要一周时间走完完整程序拿到钥匙。"后勤部的特工不耐烦地回答。

林鼎气得牙痒痒，他让桑迪和哈维送他和祖儿去老城区一家酒店。公寓爆炸后，桑迪和哈维换到了白班。他们来到犹太人之家酒店，这里更像是个民宿，林鼎住过，环境很好，有很多小庭院，房间也挺多。林鼎把祖儿的护照给前台，前台看了看林鼎，看了看面无表情的祖儿。祖儿的脸上、手上贴了好几个创可贴。前台的西班牙老阿姨戴上老花眼镜，仔细看了看护照上的名字和照片，然后说："真不巧，我们这没空房间了。"

"怎么可能一个房间都没有？你再好好查一查，阁楼也可以啊。"

"不好意思，最近游客比较多。"

林鼎给了桑迪和哈维一个眼神，想让他们命令酒店，征用一个房间。谁知桑迪和哈维只是站在一旁，耸耸肩。

他们又换了一家酒店，这次是珀蒂宫卡纳莱哈斯酒店。结果是一样的，前台一看到是林祖儿要入住，就表示没有房间了。林鼎用手机 App 下好了房间的订单，拿给前台看，都被前台拒绝了。桑迪对林鼎说："估计酒店都不行，祖儿现在太出名了，没人敢让她住，都怕被炸死。"

"一群怂包。"林鼎开始打电话给华人朋友，问他们有没有空余的房子可以租给他住，也不知道是真没有还是假没有，最后就是没有一个人借房子给他。天色渐暗，真是世态炎凉，人人自危，林鼎郁闷极了，一种无力感遍布全身。

胖子哈维这时候说话了："唉，大哥，为什么不让你亲戚住到你家里去呢？你不是在塞维利亚也有房子住吗？"林鼎愣在原地，不知道该怎么回答这个旁

74

人看来很简单的问题。总不能回答说祖儿其实不是自己的远房亲戚，是自己的亲生女儿，自己家里有了别的女人，不能让祖儿看见吧。不过话说回来，祖儿已经看见了，不如乘着这个机会给祖儿好好解释。但是这样会不会对祖儿打击太大，让她承受不了呢，毕竟祖儿刚刚死里逃生。林鼎犹豫了半天，始终无法下定决心。桑迪和哈维都看不懂他到底在干什么。

"对啊，为什么不带我去你家住呢？"祖儿看着林鼎说。

林鼎看着祖儿，祖儿的眼睛里充满了愤恨，而林鼎的眼睛里都是愧疚。祖儿故意这么说，让他下不来台。

"祖儿……你是……认真的？"林鼎觉得这实在是天方夜谭。

"对，走吧。"祖儿的葫芦里不知卖的什么药。

黑色宝马5系一路沿着熟悉的路线通过赏花大道，当时祖儿坐在姚炜的货车上跟踪林鼎，也是同样的路线。继续往东北方向开，来到圣迭戈区的一个小型别墅区，那里有林鼎的家。祖儿很紧张，她终于要揭开谜底，见到爸爸的情人了。而林鼎更紧张，他不知道能不能控制住接下来的场面，不知道祖儿见到她，她见到祖儿，会不会打起来。桑迪和哈维浑然不知接下来要面对的家庭大战，他们一边开车一边津津有味地点评着这个别墅区，感觉很开心，接下来要在这里保护祖儿。

一行四人穿过小花园，进了别墅的门。客厅里亮着灯，整个别墅装修充满希腊雅典风情，搭配时髦的后现代风格家具，简约大气。除了客厅的部分墙壁是樱花粉色的，其他地方几乎是全白的，雪白的墙壁，石膏雕花的壁炉，珍珠白的实木家具，米白的大真皮沙发上点缀着几只深浅不同的真丝绿靠枕。沙发旁摆着一盆高高的龟背竹，随处可见许多有设计感的抽象摆件，还有好几个精巧的玻璃花瓶，里面是新鲜的兰花和紫罗兰。每个细节都透露着这个家的主人年轻时尚，热爱艺术，喜欢高雅但绝不俗丽，而且，是个女人。

此时，这名女主人正在餐桌前收拾吃完的晚餐，她穿着焦糖色的紧身吊带裙，看着一群人进了家门，那群人也都看着她。林鼎不好意思地对她打了个招呼："约兰达。"桑迪和哈维也傻傻地和她打招呼："晚上好，女士。"虽然他们根本不知道这个女人和马克是什么关系。

"马克，这帮人是谁？"约兰达问的是这帮人，但她眼睛只忙着在林祖儿身上扫描，"她……好像是电视上的那个……"祖儿总算近距离看清了这个女人的样子。她看着林鼎故意用西语问："爸爸，这个女人是谁啊？"林鼎没有回答，给她找了双拖鞋。

"什么，她刚才喊你什么？！你带这个女人回家干什么？那两个男人又是谁？"约兰达有点恼火，提高了嗓门。

"我们是警察，女士。"哈维露出粗腰，亮了亮警徽。

听到外面客厅的嘈杂声，一个十七八岁的女生从楼上的房间里走了下来，她穿着白色短袖 T，金色的长发湿漉漉的，刚洗完澡。看到那么多陌生人，有点蒙。

"这又是谁？"祖儿没想到林鼎家里还有一个女人。

"咦，你又是谁呀？"那个女生感到很奇怪。

"萨拉，这是林祖儿。祖儿，这是萨拉。祖儿遇到了恐怖袭击，现在需要我们的帮助。"

约兰达两步走到林鼎身前，伸手扯住他的领子，怒气冲冲："你怎么也卷进恐怖袭击了？为什么要带这个女人来我们家里？！"祖儿不甘示弱，抓住约兰达的手臂："我是他女儿，你个贱人待在我爸家里干什么？"约兰达听了怒目圆睁。林鼎赶紧把她们分开，他心想一定要稳住稳住，不能打起来。约兰达想往祖儿身上扑，桑迪和哈维吓了一跳，慌忙把祖儿保护到身后，把约兰达当作是恐怖分子。

"不要动！住手女士。"桑迪大喊。

祖儿和约兰达恶狠狠地看着对方，像是要活吞了对方。

林鼎张开双臂，站在人群中间："嘿！都不要激动。都停手，别激动。"他转头对萨拉说，"萨拉，帮大家泡壶茶去。"萨拉往厨房走去，脱离了战场。"好了好了，大家都坐下好吗，都坐下，听我解释。"说完，大家慢慢往沙发上挪动，坐上去。

"不好意思，这是家务事，你们能不能……"林鼎看着警察。

桑迪和哈维看了看对方，有点不情不愿地从沙发上站起来，走出大门，到外面守着。

约兰达和祖儿分坐在长沙发的两端，林鼎把侧面的一只单人沙发移到了她们的正对面，坐上去。等萨拉沏好一壶阿拉伯薄荷茶放在茶几上，坐到另一边的单人沙发上。林鼎又起身去把餐厅和客厅多余的灯都关掉，留一盏长沙发旁边的落地台灯，拉上客厅巨大落地窗的窗帘。做完这些准备工作，林鼎才开口。

他先用西语对约兰达和萨拉讲述了自己在中国的过去，坦白了自己在三十岁逃离故乡岩棉县时，他的女儿已经五岁了。现在祖儿的母亲叶馥仙正在塞维利亚的梅林疗养医院里住着。萨拉听完后相当震惊，颠覆了林鼎在她眼里的形象。约兰达脸色很难看，林鼎和叶馥仙的那些记忆碎片像冰雹一样砸到她的头上。约兰达相当不喜欢这个故事，不是因为里面的甜蜜，也不是因为里面的悲伤，而是这故事里没有她。

别墅屋外，桑迪正靠在落地窗的角落偷听林鼎说话。他可不想错过如此精彩的剧情。哈维搬了个凳子坐在门口执勤，晚饭没吃饱，他正吃着烤肉味的薯片。夜色正好，林鼎的故事还很漫长。接下来林鼎用一段西语，一段中文的方式，向祖儿、萨拉和约兰达讲那些不曾知道的过往。

十五年前，1998年那个躁动不安的夏天，林鼎根据大师兄的忠告，先藏在了一辆货运卡车里出省，然后坐火车去东北。那时的火车不比现在的高铁，铁皮火车车票只要十块钱，车厢里设施简陋，拥挤闷热，到处散发着霉臭和酸味。身边的乘客们讨论最多的话题就是世界杯决赛法国队齐达内的头球破门还有罗纳尔多决赛前神秘病倒抽搐。林鼎戴着一顶棒球帽，缩在座位的角落里，看到有乘务员来了，就马上趴桌子上装睡。他火车上吃得很少，一方面由于紧张没有胃口，另一方面他想尽量省点钱，不知道跑路去国外要花多少钱。他的包里有四千块钱巨款，差不多是他两年的收入了。

在火车上焦虑不安，长时间的失眠，使林鼎整天昏昏沉沉。有时抬头看一眼窗外，是白天，下一眼就变成了黑夜。哐当哐当声伴随着身边乘客们的各种方言，他离家越来越远了。他很害怕，看到穿制服的人经过都会一哆嗦。比被抓更可怕的是未知的前路，孤独与无助。 总共转了两趟火车，浑浑噩噩中不知道到底过了多少天，终于马上要到湄冰市了。他光是听身边一拨一拨的乘客讨论世界杯的阴谋，就听了好几个版本，有说巴西被法国买通的，罗纳尔多吃禁药副作用发作的，也有说他压力太大引发癫痫的，更夸张的是说法国人给罗纳尔多下毒，耐克公司逼罗纳尔多带病上场，等等。

下了车，他的脚有点软，整个人很萎靡，身上臭烘烘像个讨饭的。他找到火车站的公用电话，打了曹斌的电话。然后就坐在候车大厅里等。一个小时后，曹斌来了，远远看到就知道他就是东北大哥错不了，光头，虎背熊腰，一身肥膘，脖子里硕大的金链子，穿白色赤膊背心，脚下一双人字拖。身旁跟着两个高个子保镖，大摇大摆走近林鼎身边。一个保镖凑近问林鼎："你是林鼎吗？阿豪的老乡？"林鼎点了点头，阿豪是他大师兄的小名。

光头大哥曹斌走了上来，一张嘴一口被烟熏得黑黄的牙："你想去欧洲吗？"

林鼎又点了点头。

"你有多少钱？"

"三千五。"

"你丫傻啊？！带这么点钱跑路。"大哥一脸不屑，转身准备走了。林鼎急了，追上去，把钱都掏了出来。

"四千！大哥，我全部的钱了，帮帮我吧。"

大哥停下脚步，接过钱数了数，然后递给旁边的小弟收好。一只手臂搂住林鼎肩膀，另一只手轻轻拍了下他的脸。

"看你那抠样儿！就这还是少了你知道不？欧洲那可老远了。大哥勉强帮你一回，这钱我先收了，到了外国都得用外国钱了，那边的蛇头会帮你换钱的。你这点钱吧，本来只够去奥地利，大哥我帮人帮到底，送佛送到西，送你去意大利！"

林鼎有点怀疑，但又不得不信这个东北大哥。全部的身家都给了他，心里实在没底。一个保镖从手提包里拿出一顶红白相间的鸭舌帽，戴到林鼎头上。"我们先送你去俄罗斯。这个要一直戴着，该下车的站要记得下车，一只手举高，有人会接应你。等会给你下车车站的名字。"就这样，一名保镖开着吉普车把林鼎送到了中国边境，进入俄罗斯。然后林鼎换了一辆车，另一个人把他送去了俄罗斯的火车站。

俄罗斯的火车一路向北，气温明显越来越低。随后火车开始向西方长途跋涉，换了几趟车后到了乌克兰，再往西南方向进入斯洛伐克，接着是奥地利，进入欧洲。这中间各站的蛇头都安排衔接得很好。最后到了意大利北部。连续的行程让林鼎筋疲力尽。意大利的蛇头接到林鼎后，开车把他带去了一个小旅馆，旅馆的老板不仅没有收钱，还反过来给了那个蛇头几张钱，这让林鼎感到很奇怪。林鼎都顾不上吃东西，碰到床倒头就睡，睡了足足一天一夜。还没等他好好思考接下来要干些什么，就有人来旅馆房间把他接走了。驱车来到码头，他们把林鼎送上一艘渔船，转头就走了。

这是林鼎第一次见到大海。起初他以为只是要去意大利南部一点的城市，但是渔船开了很久很久，三天都不靠岸。林鼎觉得不太对劲，说好的终点是意大利呢，这到底是要去哪里？茫茫的大海上，一袭单衣，身无分文，他不知道身处何方，没人认识他，他也不认识船上的任何人，他像是被这个世界遗忘的人。他回想起在意大利旅馆的情形，那个蛇头拿过旅馆老板给的钱，露出了邪恶的笑容。他被卖了！准确地说，他花了四千块钱把自己给卖了，卖到了这艘船上，他只能苦笑。除了他之外，船舱里还有三个没买票的乘客，一个越南人，一个黑人和一个阿拉伯人。通过费劲的肢体语言，他们确定了彼此都是被骗来这艘船上的，不知道要被送去哪里。每天会有船员给他们送两顿饭，其余时间他们还要帮忙搬刚捕上来的鱼，把一桶桶鱼都倒进船身的冰库里。整个船舱弥漫着鱼腥味和海水的咸臭味。同行的越南人晕船，每天都在呕吐和昏睡中度过。

第六天的时候，渔船靠岸了。林鼎兴奋不已，总算不用在大海上摇摇晃晃了。高兴得太早了，他们四人一上岸就被塞进了一辆破旧的面包车里，更糟糕的是，面包车里的人有枪。

车窗外天空蓝色特别深，天气异常炎热干燥，路两旁的山丘光秃秃的。一路上还能看到路边牵着羊走过的人。那些人肤色都很黑，裹着头巾，林鼎知道这里已经不是欧洲了。车开了很久，有人用英语问司机和押送的人问题，没有人回答。远处山脚下出现一大片蓝白色的房子，密密麻麻往山坡上蔓延。他们往小镇方向驶去，和小镇擦身而过来到附近的一个农场。很久之后林鼎才知道，他们来的这国家叫摩洛哥，那个蓝白的小镇叫舍夫沙万。

车往农场深处开，外围的葡萄园消失了，出现了一大片葱绿色的大麻种植园。再往里开，是一个赛马场。他们四人被送进了马厩旁边的一间农房里，里面简陋无比，只放了四张破旧的单人床。是要在这个农场里干农活吗？林鼎心想，条件是差了点，但眼下能活下去就好。他们累得不行，吃过稀饭和蔬菜肉渣汤就都睡去了。

天还没亮他们就被喊了起来，一个老农带着他们干了一大堆农活，喂马、刷马、清理马粪，然后挑去葡萄园和大麻园里施肥。虽然没有养过马，但是田里的农活林鼎年轻时经常干，也算得心应手。其他几个同伴学着林鼎的样子，也勉强能完成任务。越南小伙的身体还没有从晕船脱水中恢复，本身就很瘦小，干不动体力活，林鼎和同伴就帮他分担，让他多休息。到了吃中饭的时候，熟悉的面包车又送来了两个"奴隶"，一个韩国人，一个白人。发饭的时候，林鼎发现还有两名"奴隶"比他们先来这里，一个白人，一个黑人。他们上午在跑马场里面不知道干些什么活，他们和新来的两个人住在林鼎他们隔壁的一间农房里。新来的六人向更早来的两个人打听消息，早来的一名白人会说英语，他和新来的另一个白人交流了一番，其他人都听不懂。看那个更早来马场的白人说话时的神情，他也不是很清楚现在的状况。

下午一个穿着沙漠迷彩军装的阿拉伯人来到马场，他身材健美，肌肉结实，戴着墨镜，留着胡须，威风得像个将军。三个他的手下把林鼎他们八个人带到了赛马场的跑道上，站成一排。他先自我介绍了一番，说的是阿拉伯语，八个人中只有一个阿拉伯人能听懂，这个"将军"也不在乎大家能不能听懂，自顾自说着。林鼎只听明白了他叫哈里发，他似乎要训练他们。他们在烈日下站得笔挺，哈里发从他们面前一一走过，仔细审视他们，像是在观察他刚买来的赛马。哈里发给八匹"赛马"起了名字，异常简单，就是阿拉伯数字 1－8，分别是"万黑德，伊斯南宁，戴莱哒，阿勒巴，哈姆沙，西哒，沙巴，瑟麻尼亚"。按身高排列，越南人最矮是 1 号"万黑德"，接下来是林鼎，获得了 2 号名字"伊斯南宁"……每个人都记住了自己的新名字后，训练开始了。

先是跑步，赛马场的椭圆形沙地跑道很长，一圈有一公里多。教官哈里发把手高举，伸出一根手指，示意大家先跑一圈。大家站成一排，哈里发一声哨响，大家蹿了出去。舟车劳顿加上伙食很差，所有人的身体状态都很糟糕，到后半圈时只能苦苦支撑。两个黑人身型矫健，一马当先，把所有人远远抛在后面，阿拉伯人引领着第二阶梯，其中林鼎跟在一个高大的白人身后，韩国人紧紧粘着林鼎。第三阶梯的两人跑得很慢，一个是白人胖子，跑起来浑身的肥肉一甩一甩的，早已气喘吁吁。落在最后的越南人快支撑不住了，他病重的身体透支严重，脚步沉重，每跨出一步都要付出极大的艰辛，他越跑越慢，脚步开始歪斜。教官哈里发冲到越南人身边对他怒吼，双手不停鼓掌让他继续跑。越南人没有去看教官，他面色发白，半睁着眼睛，嘴唇干裂，张大的嘴巴哈着气，他努力保持着跑步的姿势，但速度已经跟走路无异。耳朵里鞋子摩擦沙地的"沙沙"声逐渐消失，只剩心跳声越来越清晰。

其他七个人都跑完一圈了，坐在地上大口喘气，而越南人万黑德摔倒在终点线前。教官上去一脚把他踢得仰面翻了过来。越南人面无表情，眼睛微微睁开一条缝，上下眼皮在颤抖。看得出来哈里发非常不满，他一边脸上的肌肉抽动了一下，从后腰拔出一支金色的伯莱塔手枪，对着越南人的脑门就是一枪，"砰"！枪声回荡在空旷的赛马场里，马厩里的汗血宝马们都一惊。另外七个人被眼前的景象吓得都不敢喘气了。这他娘是什么训练，林鼎心里只想逃跑，但看看教官身旁的三个大兵手下，胸前都挂着乌黑闪亮的以色列产乌兹冲锋枪，把他的念头在虚空中射得粉碎。

数字1万黑德的尸体已经被清理出了马场，跑道上还留着一摊血迹。恐惧和求生欲像一针兴奋剂，注射进了七个数字"奴隶"的身体里，助他们在接下来的"死亡训练"中超常发挥。赛马场椭圆跑道中间的草地上是骑师和马儿们练习马术的地方，里面有很多的跨栏、斜坡、水塘和障碍物。上午天还没变得很热时，林鼎望见几个有钱的公子哥和美女在赛马场中间骑马溜达，练习马术。此时烈日当头，场地中间只剩下他们几个，障碍跑和攀岩是他们后面的训练项目。"千万不能最后一名，会死！"这个念头扎在他们每个人心中。

教官一声哨响，他们争先恐后，把自己撞了出去。赛马腾跃的跨栏，人类是跨不过去的，他们都要爬上去才行，两个黑哥们依旧领跑，高大的白人第三，第四名在林鼎、韩国人、阿拉伯人之间激烈争夺，白人胖子刚苦苦跑完一圈赛道，已然没有体力，毫无悬念地垫底。在爬一个跨栏的时候，林鼎和韩国人几乎同时向上爬，韩国人用手肘顶了一下林鼎的腰，林鼎疼得松开手，摔了下去，韩国人乘机反超了他。林鼎跃过后面的障碍物时不慎跌进水塘，里面满是泥浆，林鼎奋力爬出水塘后，一只鞋子陷进水塘里不见了，他不敢回水塘里去找鞋，他怕后面的胖子赶上来。"千万不能最后一名，千万不能最后一名！"他不停默念。他光着一只脚疯狂地奔跑翻越，顾不上脚底被小石子刺破的疼痛，以倒数第三的成绩完成了比赛。阿拉伯人倒数第二抵达终点线，开心地痛哭，比拿了奥运冠军还激动。

完赛的六个人此时都望着还在跑的白人胖子。白人胖子满身脏污，肥大的身躯要攀爬实在太困难了，他的脸上露出了绝望的表情，他看到其他人都在终点线上等他，对他来说，那就是他生命的终点线。他开始转身往回跑，用尽他最后的力气朝马场的出口方向跑。哈里发望着他，摇了摇头，抬手指向逃跑的白人胖子，6号西哒。三名手下中的一名追上西哒，举起乌兹朝他的背部扫射，"哒哒哒哒哒！"6号面朝下，趴倒在草地上，一动不动。现在只剩下"234578"六个受训者了。现场鸦雀无声，生命像地上的沙子般脆弱渺小，一阵风就消散不见。

在这样一个法外之地，林鼎已经做好了思想准备，什么事都可能发生。傍晚吃过饭后，受训者们被带上了两辆面包车，离开了马场。受训者们坐在车里，没人再有逃跑的念头，大家都接受了现实。他们在车上抓紧时间休息，下午的训练累得够呛。车开了大约半小时，到了之前路过的蓝白小镇上。他们被带进一间刷成天蓝色的平房里，屋里是个毛坯房，空落落的，地面连水泥都没有，直接就是泥土。教官给他们一人发了一把铁锹，用铁锹头在屋子中间的地上画了一个大圈，示意他们开始挖。六个人挖了好几个小时，也不知道到底要挖出什么，后来才明白教官是让他们挖出一条地道。教官搬了个凳子看着他们挖土，时不时催促咒骂几句，修正地道的方向角度。难道要挖地道去抢银行？林鼎心里想着。深夜11点，教官才收工，载他们回马场睡觉。

这是林鼎所经历的最黑暗的时光，恍如身在地狱，成为撒旦的奴隶。上午伺候马匹、干农活，下午训练，晚上挖地道，这样的日子持续了三天。只要谁干活或训练时稍有松懈，就会被哈里发下令脱光衣服，在大家面前被狠狠鞭打。几乎每个人的背上都皮开肉绽，好在没有人再被打死了。第四天有了新的训练项目：射击。分为冲锋枪和手枪的移动打靶射击。当然受训者的子弹被换成了仿真训练用子弹，弹头是十字形塑料制成，打在身上会产生一定的痛感。受训者们使用的是 MP5 冲锋枪和伯莱塔手枪，教官给他们演示的是由 Paul Castle 创造的"CAR"近距离"枪斗术"，这套融合了持枪射击和近身格斗的技术充分发挥了 MP5 射击精准、后坐力小、适合近距离作战的优点。训练场地从赛马场移到了空置的粮仓里，仓库里用铁皮片和架子搭出了一格格迷宫一样的室内练习场。哈里发从来不让他们练习远距离定向射击，而是一直在练习室内近距离枪战。这让林鼎更加确信，他们是要去抢银行了，他们六人马上会变成黑帮手里的致命武器。

林鼎的心里很不好受，他杀了赵阿八，饱受负罪感的折磨，一心只想要赎罪，现在却又要替黑帮犯罪。晚上睡觉时，闭上眼，总是浮现出罗老雕的那尊玉观音的脸庞。他暗暗下定决心，绝不能再滥杀无辜，等行动的那天，如果真的是去抢银行，他就调转枪头，和哈里发拼了。

在休息的时候，时常能看见阿拉伯人阿勒巴拿出自己妻子儿子的照片看。他有一头卷发，留着络腮胡子，面容却很年轻。他的眼睛很大很圆，伴有消不掉的黑眼圈。照片上他的儿子只有两岁左右，也有一头卷发，他看着看着照片，然后默默地擦眼泪。他想回家，无论让他做什么，他都要离开这个鬼地方。林鼎也想离开这里，但他的家已经回不去了。

枪械训练时，林鼎的表现最好，得益于罗老在他很小的时候就教他打猎了。而 7 号黑叔叔沙巴的表现极为糟糕，他已经五十岁了，稀疏的头发有点泛灰。虽然身体硬朗体能好，但患有眼疾，很难瞄准目标，每次打靶成绩都是垫底，自然少不了教官赏的皮肉之苦，每天郁郁寡欢。训练时表现最好的人可以在吃饭时多分到一些炖肉。韩国人即 3 号戴莱哒很不服气，每次射击训练林鼎都是第一名，他两次都是第二名。戴莱哒身高和林鼎差不多，但第一天列队时硬要排在林鼎后面，长得一副讨人厌的样，绿豆眼、蛤蟆嘴、鼻梁塌陷，脚盆般丑陋的短发，比林鼎壮一些但没什么肌肉。后来训练时，戴莱哒总是故意挡在林鼎身前，让林鼎无法射击活动靶。林鼎很恼怒，在 3vs3 分组对抗时，专门盯着戴莱哒射击，戴莱哒也火了，冲上来和林鼎扭打在一起。大个子白人 8 号瑟麻尼亚是个老好人，他金发碧眼，像北欧神话里的角色，高大威猛却有着憨厚善良的心。他上去劝架，费了好大劲才把他们俩分开。训练结束后林鼎依旧是第一名，他把自己晚餐的所有炖肉，分给了其他队友，唯独没有分给戴莱哒，气得他勺子都要捏断了。5 号，年轻的黑人小伙哈姆沙是个乐天派，每天避免不被鞭打是他最大的快乐，每项训练都混个中游，从来没被奖励过，他接过林鼎给的炖肉后，开心无比，又唱又跳。几个不同国家的人，由于不同的原因，被困在这里。他们开始轮流唱起各自国家的流行歌曲，互相打气，用他们的方式证明自己还活着。

这天晚上，是他们挖地道的第七天，今天教官示意他们轻轻地、慢慢地挖，不要发出响声，马上就要挖通了。每挖十多分钟，教官就进入地道测量一下，地道已经有将近四十米长了，穿过了好几栋房子。临近夜里 12 点，教官终于示意收工，队员们的头顶就是要攻击的目标了，再挖就挖穿了。晚上，队员们都睡不着，他们知道明天就是进攻的日子了，明天是生是死，只能听天由命。大个子瑟麻尼亚和黑人哈姆沙紧紧捏着他们项链上的十字架向上帝祈祷，阿拉伯人阿勒巴亲吻妻儿的照片，久久跪拜在地上向真主安拉祈祷。

次日上午，教官让队员们多睡了一会儿。吃过早饭，晨跑一圈后，他们到谷仓集合。今天，在他们训练了四天枪斗术的迷宫里，被贴上了一些标记。根据哈里发的讲解，这些标记标注的是一幢民房二层楼的各个房间的部署。有一个最里面的房间被贴上一张画有女人和孩子图案的纸。其他房间贴了数量不一的大胡子恶魔图案。哈里发端着冲锋枪，在房间里带队演示了一番进攻流程，强调了有女人和孩子的房间是他们的最终目标，要把人质救出来。并特别强调他们总共只有十五分钟进攻时间，超过时间，对方的援兵就会赶到，大家必死无疑。这场行动任务出乎了林鼎的意料，他们是去救人的？为什么不让警察去救？林鼎思索着，说明这是黑帮和黑帮之间的冲突。自己估计活不过今天了，他出奇地平静。在法外之地，活着真是奢侈。

　　教官哈里发在一张大桌子上摊开一张住宅区地图,他让队员们救出人质后,按照他画的路线把人质带回之前挖洞的起点,那幢浅蓝色的毛坯房里。地图上还画出了十个盟友的位置,在林鼎他们六人敢死队从敌方室内一楼发动突袭时,盟友们会在这栋建筑外围进行火力支援。等他们带出人质后,盟友会掩护他们一起撤退回浅蓝房子。说完,哈里发拿出六本假护照放在桌上,展示给大家看,里面有每个人的照片和全新的身份。他的意思是今天的行动完成后,就可以拿着假护照离开,重获自由。这让大家燃起希望,决战,为自由而战!

　　下午两点,午睡的黄金时间。三辆黑色本田吉普车和两辆面包车组成的车队浩浩荡荡来到舍夫沙万。六个人穿好防弹背心跳入地道,教官从洞口发放一枚塑胶炸弹、六支MP5冲锋枪、六支伯莱塔手枪和数个弹匣下去,然后用一个木圆桌的桌板盖住洞口。地道很窄,只能爬行,林鼎排在最前面,借着MP5上的战术手电筒的灯光匍匐前进。在快抵达出口时,林鼎身后的阿拉伯人阿勒巴拉住了他的手,他闭着眼,嘴里念叨着什么,应该是在给林鼎祈福。许久,阿勒巴才松开手,睁开眼凝视林鼎。林鼎往头顶的出口粘上了塑胶炸弹,后退了几步,回头看着阿勒巴,给了他一个坚定的眼神,点了一下头。

　　"嘭!"一楼的地板被炸出大洞。六个人快速钻出洞口,射杀一楼两个敌方守卫后,他们迅速沿着楼梯冲上二楼。林鼎率领A组队员,阿勒巴和瑟麻尼亚向二楼左边进攻;韩国人戴莱哒率领B组队员,沙巴和哈姆沙向二楼右边进攻。这场从一楼内部发起的突袭让敌人措手不及,好几个原本在房子外面的守卫匆忙往屋内赶时,被外围策应的哈里发手下开枪射死。

　　二楼房间众多,结构复杂,有的房间互相连通,有的独立。至少有二十名以上的守卫都在二楼。一楼房间也有敌人源源不断冲上来。二楼反应快的几个敌人从房间里冲出来反击,都被林鼎他们消灭。反应慢的守卫刚从午睡的美梦中惊醒。敌人也都是阿拉伯人,有的穿着橄榄绿的短袖军装,有的则只穿着白色汗衫或者来不及穿衣服,直接赤裸上身。这是林鼎第一次开枪杀人,他感觉手里的枪异常沉重,不再是简单的冰冷金属的重量,还充满了死去的亡魂。整个大房子充斥了枪声、尖叫和惨叫声,场面混乱不堪。敌人火力凶猛,AK47和乌兹冲锋枪的枪林弹雨向林鼎他们飞来,A组小队一步一杀,踏着敌人的尸体艰难突进，脚下的地板都被染红了。

一开战，之前训练的种种配合早被忘得一干二净，敌人的数量比预计的多了太多，大家只能靠着本能各自为战。戴莱哒率领的B组很快陷入重围，他们在二楼的走廊上腹背受敌，只好退进一间房间内。这是一间会客室，有一圈大沙发。戴莱哒和哈姆沙躲在大沙发背后，喘着粗气，换弹匣的手都有点抖。沙巴蹲在房门背后，射杀进来的敌人。戴莱哒和哈姆沙一左一右蹲在沙发背后，向门口射击。一个敌人都没有能够冲进来，门口敌人的尸体都叠了起来。十多秒的寂静，没有人再攻进来，进来的是一颗手榴弹。冒着烟的手榴弹滚进了镶着金边的玻璃茶几下边，戴莱哒和哈姆沙噌地站起来，用冲刺的速度往身后阳台方向跑，"嘭轰！"一屋子奢华的家具灰飞烟灭。戴莱哒和哈姆沙被冲击波震到了阳台的护栏上。此时沙巴仍旧缩在房门背后的角落里，五个敌人一窝蜂冲进屋内，向阳台上的两人射击。虽然沙巴有眼疾，但是在这么近的距离，沙巴偷袭他们，一下干掉了三个，另外两人这才发现角落里的沙巴，转身向他射击。沙巴的头上中了好几颗子弹，B组失去一名队员。

眼看更多敌人就要杀过来，戴莱哒和哈姆沙只好跳下阳台，摔落到下面的庭院里。哈姆沙一声惨叫，他摔断了左腿。敌人从阳台上往下射击，哈姆沙侧身翻滚躲开。戴莱哒从他身边跑过，进了一楼室内。哈姆沙挣扎着站起身，拖着断腿，一瘸一拐躲进一楼的一间厕所。戴莱哒不知去向。

A组的形势因为B组的溃败离散而更加严峻。二楼的敌人现在都往A组逼近。A组队形前后脱节，二楼左侧的房间基本都连通在一起，林鼎冲在最前面，一间间屋子扫荡过去，瑟麻尼亚和阿勒巴在他后面掩护。有个房间里有敌方的女性家属和女用人，吓得抱成一团，林鼎经过她们身边，看她们一眼后，继续前进。他踢开下一个房间的门，刚跨进半步，就被身侧突然冒出的敌人一脚把枪踹飞，敌人高举手枪，顶住林鼎的脑门。林鼎闭上眼："真的活不过今天了。"死亡向他逼近，他不自觉地后退，退出门框，回到了之前的房间。几个阿拉伯女人惊恐地看着自己的亲人用枪顶着林鼎这个恶魔的头，她们怎么也不会想通为什么一个黄皮肤黑眼睛的人会来杀她们全家。阿勒巴和瑟麻尼亚还在后面的房间和敌人鏖战。敌人扣动扳机，嘴角露出胜利的微笑，林鼎再向后退了一步。

"啪!"玻璃碎裂的声音,敌人的脑袋开了花。子弹从窗户对面的房子里射出,林鼎最后向后退的一步,敌人向前刚好走进了狙击手的射界。子弹从几个阿拉伯女人的头顶飞过,破碎的玻璃飞溅到她们身上,眼前的这一幕让她们呆若木鸡,狙击手出色地完成了致命一击。

再次进入面前的房间之前,林鼎先往门两侧的墙壁扫射,他扫光了冲锋枪仅剩的子弹,掏出伯莱塔手枪,捡起地上敌人手里的手枪插入腰后。这是最里面的房间了,就是哈里发标注的关押人质的房间,但是房间里没有人。这个小房间是豪华套房里的套间中的套间,只有一个小单人床和一张单人沙发椅。面对空空如也的房间,林鼎慌了,都杀到最后关卡了,难道就这么功亏一篑?

源源不断的敌人像马蜂一样涌向A组小队,一栋楼里怎么能塞得下这么多的人!断后的瑟麻尼亚手里早就换成了AK47,他的手臂和大腿都中弹了,他斜靠在墙上,不停射击,苦苦支撑。要不是穿了防弹背心,他早就死了。B组剩下唯一有行动力的戴莱哒悄悄从一楼上了二楼,绕到了敌人的背后,远远地放冷枪射杀敌人。

林鼎转身跑回外面的房间,向那几个阿拉伯女人做着一个女人的手势,问她们最里面房间的人呢?那几个人只是害怕地连连摆手,求林鼎不要杀她们。林鼎四处看这个房间,突然发现几个女人坐的床底下有一个折叠的扶梯。他拖出扶梯,拉到最里面的房间里,伸展开来,扶梯的高度刚好可以够到天花板。他抬头仔细观察天花板,是好几块长方形的木板拼接的。从开始突袭到现在,时间已经超过五分钟了。林鼎又跑到外面房间,冲向坐在床上的女人们,他抓起一个女人的头发就往外拽,女人吓得跪地求饶。林鼎把她强行拖到里面的房间,指着天花板对她大喊:"人质呢?女人和孩子呢?哪里可以上去?"他掏出手枪指着女人的脑门,女人抬手指了一下天花板中间偏右侧的一块木板。林鼎拿梯子对准那块木板捅了上去,木板果然被捅开,他架上扶梯,爬上去,用手推开那块木板的一瞬间,一个陶瓷罐子狠狠地砸在林鼎的头上,他差点掉下扶梯,用手捂住头,鲜血从指缝里漏出来。阿勒巴此时赶了过来,一看情况,立马用阿拉伯语朝上大喊:"我们是来救你的!不要打我们,快出来!"过了几秒钟,半张女人的脸庞从天花板里探了出来,和抬着头的林鼎四目相对。她的眼睛里写着希望和惊喜，还留有一丝怀疑与犹豫，深邃闪亮的黑色里有银河在缓缓移动，她慢慢穿透了林鼎的眼睛，从他坚定的神情中感受到了那分真实。林鼎伸出手臂，她握得很紧。天花板上面是一间阁楼密室，人质被关押在里面快一个月了。除了这个女人，林鼎还抱下来一个三岁的女孩，是她的女儿。确认过阁楼里没有其他人质后，林鼎和阿勒巴带着她们逃出去。

刚跑出两个房间来到走廊，他们就碰上了大麻烦。躺满敌人尸体的走廊上，瑟麻尼亚被人用手枪指着太阳穴，勒着脖子顶在身前。那个敌人激动地朝他们大喊："快放下武器，不然打死他！老子打死这个'白种猪'！"林鼎用伯莱塔，阿勒巴用MP5指着对面的敌人。此刻整栋房子异常安静，双方僵持着，可以听到自己的呼吸声。时间一分一秒流逝，快要十分钟了。挡在他们面前的，似乎只剩下这一只拦路虎。走廊密闭，没有窗，狙击手也无能为力。穷途末路，不知应该用来形容林鼎他们，还是这个敌人。瑟麻尼亚满头大汗，手臂和大腿处的卡其色军装已经变成暗红色。

"北欧战神"维护着自己最后的尊严，他冲林鼎和阿勒巴高喊："别管我，杀了他！"林鼎心里暗骂：妈的，B组的人呢？难道死光了，该死，废材！此时的戴莱哒正在一间间房间清理，寻找漏网之鱼，而断了腿的哈姆沙还躲在一楼的厕所里呢。阿勒巴抬头向上看，嘴里念念有词，在和真主对话。林鼎心如死灰，慢慢蹲下，准备把手枪放到地上。突然，阿勒巴停止碎碎念，眼里露出可怕杀气，他瞄准射击敌人的小腿。

"哒哒哒哒！"敌人和瑟麻尼亚的小腿都中数弹，瑟麻尼亚支撑不住，向下跪，敌人勒不住北欧战神庞大的身躯，露出了头部。林鼎见状又举起手枪向敌人头部瞄准，敌人惊恐地张大嘴巴，对身前跪下的瑟麻尼亚射击。敌人的额头和瑟麻尼亚的后脑同时中弹，他们一前一后重重倒下。人质捂住了她女儿的眼睛。阿勒巴扔掉冲锋枪，双膝跪地。他精神彻底崩溃，闭着眼痛哭流涕。

戴莱哒姗姗来迟，他看到林鼎他们救出了人质，非常高兴。他做梦都没有想到，整栋楼都被他们几个新手肃清了。他看了一眼倒在地上的瑟麻尼亚，抿了下嘴，然后走向人质。当他一看到人质的样貌时，视线就离不开她了。她披散着波浪卷的长发，伤痕布满憔悴的脸，但掩盖不了她美丽的容颜。人质是个典型的拉丁美女，骄傲立体的五官，小麦的肤色搭配火辣的身材，很像影星伊万·门德斯。她闪躲开戴莱哒的视线，但戴莱哒抓着她的胳膊就把她往房间里拽。

林鼎来到阿勒巴的身边，他仍旧痛苦地跪在地上，他太想活着回家了，他害死了瑟麻尼亚，他在忏悔。林鼎尝试把他拖起身，但失败了，他对他说快振作起来，还没有结束，赶紧撤离。他听不懂也不愿意听。林鼎很急躁，他们得赶快撤离，只剩五分钟了，他抓住阿勒巴的衣领，重重地给了他一耳光。

这时，旁边的房间里传来女人的尖叫声和小女孩的哭声。林鼎放下阿勒巴，跑进房间，看到不堪入目的画面。戴莱哒把人质压在地上，一只手捂住她的嘴，另一只手撕扯她的内裤。人质上半身的连衣裙已经被撕裂，露出一边的胸部。人质拼命抵抗，打戴莱哒的头，裸露的双腿在空中乱蹬。人质太虚弱，被戴莱哒牢牢压制住。她的女儿站在一旁，吓得哇哇大哭。林鼎大骂一声，扑上去抱住戴莱哒的双臂，把他翻了个身。两个人在地上滚了好几圈，戴莱哒挣脱开林鼎，坐起身，一个直拳打到林鼎的脸上。坏了他的好事令他怒火中烧，一边破口大骂一边狂打林鼎的头。林鼎被压制在他的胯下，只好用两只前臂挡在脸前抵挡攻击。他抓住对方猛击的空隙，一只手快速抓住戴莱哒的半张脸，用大拇指抠进他的一只眼睛。戴莱哒惨叫一声，眼睛喷出鲜血。他一只手捂住眼睛，另一只手从后腰掏出手枪指向林鼎，林鼎起身把他掀翻在地，他一枪落空。林鼎再扑到他身上，抓住他的手，"砰！砰！砰！砰！"戴莱哒连续射击，子弹飞向屋内各个方向。

子弹射光了，林鼎压在他身上，双手掐住他的脖子。两个人发出野兽的嚎叫。戴莱哒也伸手掐住了林鼎的脖子，两个人脸都涨得通红，青筋暴起，咬牙切齿。"砰！"戴莱哒的脑门被击穿，整个世界安静了。林鼎回头一看，衣衫不整的人质不知从哪捡了一把手枪，杀死了戴莱哒。林鼎坐在地上，累得满头大汗，他喘了几口气，脱下防弹背心穿到半裸的人质身上。他扒下戴莱哒的防弹背心穿到自己身上，然后把自己的中国身份证放进戴莱哒的裤子口袋里，在房间里找来一个铜器，猛砸戴莱哒的脸，一直砸，砸到血肉模糊无法辨认，自己的脸上都溅到不少血。

时间已经超过十五分钟，敌方的援兵随时都可能赶到。A、B两组共六个人，现在只剩下一半。哈姆沙在厕所躲了半天，用毛巾把几支牙刷、梳子绑在自己断掉胫骨的左小腿上，作为简易的固定支撑。他听到没有枪声了，才出了厕所，来到二楼和林鼎他们会合。林鼎不准备按照哈里发的撤离计划走，哈里发想要在外面接到人质后，让大部队掩护林鼎他们撤退。好不容易踩着敌人总共三十多具尸体活到现在，林鼎想把命运掌握在自己手中，他在一间没有窗户的房间里聚拢大家，迅速重新制订了一个撤离计划。

一分钟后，他们冲出了这座修罗场。林鼎跑在最前面，他拉着穿长袍裹头巾的人质，跑在最后的是哈姆沙，他瘸着腿，用非人类的动作，拼命跟上林鼎的速度。他们往哈里发的援军方向跑，他们在前面的十字路口等林鼎他们。看见援兵后，林鼎边跑边向他们挥手，并示意自己带出了人质。林鼎把他们带到了最近的一辆吉普车前，人质从副驾驶处上了车，大兵司机看到人质露出的半张脸后，瞪大了眼睛。"尝尝这个。"一个低沉的嗓音用阿拉伯语说着，"嚓"的一下，一丝寒光划过，司机的脖子涌出鲜血。"人质"扯下自己的面纱和头巾，露出的是阿勒巴的脸，他冷冷地看着司机："让你爸爸我做替死鬼，看看谁先死。"林鼎和哈姆沙分别绕到吉普车后排两侧，朝车里后排的大兵连开数枪。他们迅速把车里三具新鲜出炉的尸体扔下车，然后朝身旁的两辆吉普车轮胎开枪射击。等坐在车里的哈里发手下反应过来，朝林鼎他们开火，阿勒巴已经一脚油门让他们吃土了。总共五辆车的车队，被抢走一辆吉普车，打爆两辆吉普车轮胎，只剩两辆破面包车了。哈里发只好命令大家乘两辆面包车追赶。

真正的人质等林鼎他们出门一分钟后才下楼，此时整栋楼里楼外已经没有一个活人。她自己裹了件长袍，把硕大的防弹背心罩在女儿的身上。她非常紧张害怕，她按照林鼎的指示，带女儿跑到一楼的地洞前。她往洞里看了一眼，确认了一下高度，把女儿先抱了进去，自己再跳下。一大一小两个身影在地道里往前爬，前面一片漆黑，当初挖出这个地道的六个人，已经死了三个。被关押了一个月，没想到会有人拼死救她们，她连他们是谁都不知道。人质和她的女儿不清楚这个地道到底有多长，通向哪里。她的心怦怦跳，地道的尽头就是她奢望的自由，黑暗中她又看到了林鼎坚定的眼神，充满了人性最灿烂的光辉。

阿勒巴开车超暴力，一路尘土飞扬。破旧面包车的速度根本追不上他们。这条路他早就烂熟于心，每天都要经这条路往返小镇和马场。他们现在要回马场，他们离自由仅一步之遥。

人质和女儿爬到了洞口，抬手费劲挪动压在顶上的圆木桌板。木板被缓缓挪到一边，光线慢慢洒了下来，照到她们脸上。人质探出头，紧握手枪扫视了一圈，屋里没有一个人。她们终于逃出生天。人质拉着女儿跑到外面，挤进街上的人群中，消失不见。

阿勒巴没有从正门驶进马场，他抄了条近路，直接撞破铁围栏，冲入大麻种植园，强行碾过一大片一米多高的细长大麻树，横冲直撞来到粮仓的大门口下车。门口有一个守卫，看到下车的三人一齐拿枪指着他，吓傻了。这个守卫之前可没有少替哈里发卖命，鞭打了林鼎他们好几次，现在直接跪在地上把身上的枪扔得老远，再把粮仓的大门钥匙高高举起，头都不敢抬起来。林鼎接过钥匙，快速进入粮仓。部署作战计划时，连同地图一起静静躺在桌子上的，还有那六本假护照，林鼎拿起护照往外跑。哈姆沙捡起守卫的枪，抽出守卫的鞭子，狠狠抽了他几鞭。林鼎招呼他们两个上车，把两本假护照发给他们。

"狗屎！"阿勒巴大骂一声，车子刚才撞坏了，发动机发动不了。远处马场的正门方向，隐约传来汽车的引擎声，哈里发追来了。林鼎他们急忙下车，狂奔到马厩里。他来到一匹纯白色的阿拉伯骏马面前。那些农夫用阿拉伯语叫它"绿洲"。被抓到马场后，林鼎每天都喂食，刷洗绿洲。他看着绿洲的眼睛，抚摸它的鼻梁，低声呼唤它的名字："绿洲，带我走吧，带我逃出地狱。"绿洲也看着林鼎，两个大鼻孔哼哼了一声，低下头。林鼎打开栅栏，绿洲走了出来，他骑上马背，把哈姆沙也拉了上来。阿勒巴骑上另一匹棕栗色的纯血赛马，冲出马厩。

哈里发他们的车已经到了粮仓门口，下车查看吉普车，不见林鼎他们踪影。只听到耳边不远处传来两匹马呼啸蹄飞的声音，转头望去，林鼎他们三人骑着马钻进大麻园里，以世界一级跑马竞赛的速度消失。哈里发站在原地没有掏枪，用眼神目送他们。他阻止手下射击，生怕射伤绿洲，那可是老大的心肝宝贝。

手下们又去发动面包车，哈里发向他们摆摆手，不必再追。

　　两匹骏马肆意驰骋，面前是无限广阔的土地，林鼎放声狂笑，热泪飞出他的眼眶，像是在空中弄散了一串珍珠项链。在一个分岔路口，阿勒巴向他们挥手告别，他去了另一个方向，那一定是他家的方向，他妻儿的方向。

　　摩洛哥，舍夫沙万，地狱重生。

3

撒哈拉

故事讲到这里，林鼎歇了下来，喝几口阿拉伯薄荷茶。大家被深深震撼。祖儿没有想到父亲经历过如此的九死一生，比自己遭遇的烧车案和公寓爆炸案还要凶险万分。但她还是不知道这段往事跟眼前的约兰达和萨拉有什么关系。萨拉坐在沙发上低头拨弄她的发梢，惘然若失。约兰达站起来，去吧台倒了一杯威士忌给自己，大口喝了起来。桑迪坐在落地窗外的地上，望着月光感叹，这个假马雄真林鼎，看起来个子不高，也不壮硕的男人，原来是如此强悍。林鼎被卷入如此惨烈的火拼，他只有在警校学习的教材里才见过。

等约兰达拿着酒杯坐回沙发上，林鼎才又缓缓开口，把大家带回那个烈日灼心的摩洛哥。

记不清他们在滚烫的大地上策马奔腾了多久，他们到了一个公交站，把骏马绿洲放生回去。绿洲是一匹聪明又通人性的好马，它会沿着来的路跑回马场。林鼎和哈姆沙上了一辆公交车，继续往北前进。日落后他们来到了摩洛哥西北部的历史古城得土安（Tétouan）。十六世纪时摩尔人居住于此，1860 年和1913 年两度被西班牙人占领，1956 年归还给了摩洛哥。

哈姆沙沉重的伤腿赶上了夜幕悄然的步伐。

林鼎扶着一瘸一拐的哈姆沙找到一家小诊所，医生看了一眼他们肮脏邋遢的样子，挥手赶他们出去。他们苦苦央求医生未果。林鼎掏出他的手枪放到桌上，医生吓了一跳，盯着手枪咽了口口水。哈姆沙也掏出手枪放到桌上，然后躺上病床。哈姆沙解释说这两把枪抵作他的治疗费用，医生点点头。他们就在诊所里度过了这晚。

打着石膏，挂着拐杖的哈姆沙和林鼎第二天继续赶路。他们要尽快远离舍夫沙万，越远越好。他们从医生那讨到了一些路费，坐火车前往西海岸的摩洛哥第一大城市卡萨布兰卡。火车上欣赏着沿途的风景，他们从未如此轻松，享受自由的微风，呼吸自由的空气。

住进卡萨布兰卡老城区的贫民窟里，他们也依然很高兴。哈姆沙二十岁出头，出生于古巴的圣地亚哥，从小是个孤儿，被一名天主教神父收养。他教林鼎说西班牙语和一点简单的阿拉伯语，在卡萨布兰卡很多人都会说西班牙语。之前哈姆沙听说自己的亲生父母在卡萨布兰卡，就来摩洛哥找他们。后来稀里糊涂被人骗到了马场，成了"奴隶"。

在陌生的非洲城市，林鼎身无分文，他空有一身艺术才能，却无处施展。他想去珠宝工作室打工，可哪怕是拖地扫厕所，也没有人要他，没有人信任一个陌生的黄种人。当地人连一颗葡萄都不会给他，更别说拿一颗宝石给他加工了。他只好和哈姆沙去港口码头做搬运工，出卖体力和汗水，赚取微薄的收入。他干了大半年，积攒了一些钱，搞了些不值钱的破烂宝石、彩色玻璃和金属，把它们加工成廉价的珠宝首饰，拿去中央市场摆摊卖。而哈姆沙开始在沙滩上兜售冰汽水、冰啤酒给游客。他们经常被竞争对手驱逐，避免不了的地盘纷争。林鼎和哈姆沙，还有几个一起住在贫民窟的兄弟，总是互相帮助，在群殴中还算胜多输少。

两年的时间过去。在中央市场，林鼎的摊位已经小有名气。他制作的首饰又便宜又漂亮，还具有当地民族特色，深受游客欢迎。林鼎也逐渐适应穆斯林世界的风俗习惯。他的西班牙语、阿拉伯语和法语水平已经可以让他从容应对各国游客的讨价还价。

中央市场如同一个小世界，里面应有尽有。迷宫般破旧脏乱的小商品市场里，商品琳琅满目，让人眼花缭乱。游客可以在海鲜摊买新鲜的鱼虾、生蚝，拿到旁边的餐馆加工。海鲜配上各种水果、当地特色调料，绝对是吃货们的福地，所有的感官都会在这里被唤醒。市场里没有叫得上牌子的东西，都是当地小作坊手工制作的商品，铜盘、器皿、灯具、编织品、大袍子、羊皮拖鞋等。这里是摩洛哥文化艺术的很好展现，是视觉和嗅觉的盛宴。

林鼎的珠宝摊位在一个不起眼的角落，他对面有一个卖乐器的老人，总是用竖琴弹奏悲伤的乐曲。熙熙攘攘的游客脸上，挂满了兴奋与快乐。每天置身如此多的人群中，林鼎反而倍感孤独。他有时候能碰上亚洲的游客，一家人手拉着手逛市场。他们让林鼎想起叶馥仙，想起祖儿和冠玉。

晚上回到贫民窟，房间内空无一人。窗外的月亮格外圆，林鼎躺在嘎吱作响的木板床上，抽着水烟。两年的时光，这是他来到摩洛哥的第二个中秋节。没有月饼，没有团圆。酒入愁肠，化作相思泪。月亮的边缘变得模糊不清，仙儿此时会不会也抬头看这朦胧的月色呢。林鼎思考在这个世界继续存在的意义，还有什么属于他永久的期待。悔恨、寂寞、思念、哀伤化作几条恶虫，撕咬着他。这虚度的光阴，要不要自我了断。

秋冬在日复一日的清醒与迷醉中交替。林鼎在动荡不定中又苟活了半年。一个春天的午后，和平常一样，林鼎百无聊赖摆着摊。他仔细地用布擦拭银器，去除上面的黑色锈迹。等所有首饰都闪闪发亮，林鼎开始看法语版漫画书《丁丁历险记》。一名女游客驻足挑选首饰，然后站在那里半天不动，也不说要买哪个。她穿着大袍子，应该是当地人，林鼎也没理睬她，奇奇怪怪的人多了，他继续低头看漫画。翻了两页，他瞥了一眼，发现这个女人还站在他摊位前。那种被人注视的感觉让他很难受，手里虽然继续翻着漫画，但心神早已飞走。会不会是哈里发派来找他复仇的人。他略微抬头看向那个女人，她闪躲开林鼎的眼神，扭头走了。切……真是怪人。

吃过晚饭，市场里没什么客人了，林鼎收拾摊位，准备回家。他把比较值钱的珠宝首饰都装进一个带锁的小铝合金拉杆箱里，每天晚上拉回家，第二天早上再拉过来。他走到市场大门口，发现下雨了，他没有带伞。正在考虑要不要冒雨跑回家时，头顶突然出现了一把撑开的黑伞。是下午的那个女人。林鼎看向她的脸，她带着黑色的面纱，只露出一半的鼻梁和一双乌黑闪亮的眼睛。

是她！"当他把眼睛沉入她的眼睛，他瞥见幽深的黎明，他看到古老的昨天，看到他不能领悟的一切。他感到宇宙正在流动，在她的眼睛和他之间。"阿多尼斯诗句里的场景在此刻浮现。林鼎又看到了从那座修罗场的阁楼里探出的那双眼睛。是那个人质！她现在又活生生站在他的面前。

"你……还活着，我好高兴。"人质用阿拉伯语说，她的眼眶有些湿润，"另外两个和你一起跑出去的还活着吗？"

林鼎点了点头，也用阿拉伯语说："你女儿呢？"

"她很好。我们从地道出来就逃走了。对了，你叫什么名字？"

"马克。"林鼎欣慰地笑了，他真的成功了，她们都逃走了。

"我叫约兰达。"

故事讲到这里，另一名女主角华丽登场了。她其实在"蓝白小镇"已经亮过相，没想到还能和林鼎在卡萨布兰卡重逢，续写篇章。世间所有的相遇，都是久别重逢。祖儿总算明白了约兰达和萨拉是哪里冒出来的了，她朝约兰达冷哼一声。约兰达没有搭理她，点起了一根香烟。萨拉认真聆听着马克和约兰达的过去，自己的童年。

约兰达说想买一些首饰，带着林鼎去她家里。两人在雨中撑伞并肩步行，拉杆箱在不平又泥泞的地面上发出"噔噔噔噔噔"的声音。一路无话。来到约兰达家，她家比起林鼎住的贫民窟，简直是皇宫。一栋靠近海边的别墅，门口低矮的白色围墙顶端，盖满了从围墙后蔓出的红色九重葛，叶片在雨中滴着水珠。中间厚重的木质大门，有着一条条的大斜向纹理，像箭头般直指幽深的天空。那是林鼎第一次在外国见到豪宅里面的样子，而且是阿拉伯风格的豪宅。外面细雨绵绵，天色昏暗，进屋后约兰达没有开灯。林鼎也没有怎么看清楚她家的具体装潢，只记得面积很大，有两层楼，地板上有复杂漂亮的几何形图案。萨拉已经在二楼的房间睡觉了。约兰达拉着林鼎悄悄进到一楼的一间客卧里，关上门，点亮一盏小台灯。

"给我看看。"约兰达拿掉头巾和面纱说。

"什么？"

"你卖的珠宝啊。"

"哦对对。"林鼎都忘了到底来干吗的了，把拉杆箱从房外抱进来，放到梳妆台上打开。

借着微弱的灯光，一箱子的珠宝首饰发出荧荧之光。约兰达拿起这个试试，拿起那个看看，又看了眼林鼎："你衣服都湿了，先去洗个澡吧。"她从衣橱里拿了一套客人用的浴袍丢给林鼎，"隔壁第二间就是浴室，我去楼上洗，等会下来。"

林鼎好久没有洗个像样的热水澡了。巨大的雕花浴缸，镀金的水龙头，奢华的大理石瓷砖令他啧啧赞叹。连洗手台的四只脚都是镀金的豹子雕饰。浴室里到处都香香的，大镜子下的台面上摆满了一瓶瓶高档的护肤品、香水、洗浴用品，看得林鼎眼花缭乱。他找不到肥皂，只能用清水用力搓洗。林鼎看着到处都闪亮无比的浴室，心里暗暗感叹，离贫民窟仅仅几条街的距离，居然是这样一番天地。

出了浴室，林鼎觉得有些别扭，浴袍里没有穿内衣。回到亮灯的客卧，约兰达已经在里面等他了，她也穿着浴袍，身上散发着蜜橘、苹果和兰花的香气。她微笑着对他说："你帮我选一个吧。"林鼎看着她，她的眼里反射出台灯暖黄色的光彩。他仔细看了下箱子里的首饰，翻动片刻后，拿出一个波浪形的镀金手镯放到台灯下。

"这个手镯很适合你，上面镶嵌了紫罗兰色的宝石，像你的名字，约兰达。热烈的红色和冷静的蓝色拥抱在一起，幻化成神秘魅惑的紫色，像你的样貌。"林鼎偷瞄了一眼她仅穿着单薄浴袍的婀娜身姿。

约兰达伸出手臂，指尖指向林鼎。他给她戴上手镯后，她一把握住了他的手。林鼎有些不知所措，问她："这个……喜欢吗？"

她靠近林鼎，左手握着林鼎的手，另一只手轻轻解开自己浴袍的腰带，"唰"地一下，整个浴袍从她身体的一侧滑落下去，仅剩一个袖口还穿在左手腕上。昏暗的灯光下，二十三岁的约兰达赤身裸体，贴近林鼎，一对坚挺的乳房赫然在目。她身体的香味愈发浓烈，阿拉伯香水散发着中调里的茉莉花、玫瑰花香和麝香，唤醒了林鼎心中的激情。她小麦的肤色在灯光下像奶油般诱人，腹部的肌肉线条非常漂亮，两条马甲线清晰可见，她的双腿修长健美，迸发活力。约兰达也脱去了林鼎的浴袍，两个人身上除了那支手镯，一丝不挂。她的黑眼瞳里火辣辣的，棕色的头发在锁骨上微微卷曲，身体曼妙的曲线可以激发肖邦创作出无数的夜曲。

约兰达轻抚着他胸前的一道道疤痕，那些是在马场被鞭打造成的。她温柔的手指慢慢往下抚摸林鼎坚实的身躯，一路到他的腹部之下。约兰达的双唇不断游移轻触他的脖颈。林鼎再也按捺不住欲火，抱紧她，亲吻她。像裁判突然吹响了摔跤比赛开始的哨音，屋内的空气沸腾了。他在她耻骨的草原上纵情奔腾。刚洗完澡的他们又已经大汗淋漓。林鼎压抑了两年半的黑暗生活，此刻彻底释放。

两个不同国家，不同肤色，不同信仰的人，此刻融为一体。约兰达关掉梳妆台上的台灯，烟蓝色的月光从窗外透入。雨已经停了，他们急促的呼吸声变得清晰。床头柜剧烈地抖动，上面的护肤品都纷纷跌倒。他们尽情燃烧着上帝赐予的生命。

虽然约兰达已经有了孩子，但她未曾有过真正的爱情。也许一个快要熄灭了的火把，和一个不曾点燃的火把并在一处，会放出极大的光芒。

从晨露中醒来，林鼎看着华丽的房间和身边的女子，觉得非常不真实，肯定还在梦里。他坐在床上惆怅良久，想起了叶馥仙和祖儿，不知道她们现在在哪里，过得怎么样……

他回了回神，准备起床去中央市场摆摊，约兰达突然抱住林鼎。她睡眼惺忪，傲娇地说："别去摆摊了，你那些首饰我全买了。"

阳光明媚，约兰达带着林鼎和萨拉坐到室外庭院里的餐桌上，在清新的花香和动听的鸟叫声中，她们一起吃了早餐。萨拉很惊喜，居然能见到两年多前在舍夫沙万救她们出来的人。现在她已经五岁，越来越可爱了。林鼎这才发现她们会说西班牙语，就也跟她们说西班牙语，他的阿拉伯语实在差劲。萨拉亲了一下林鼎的脸颊："马克叔叔，要常来看我哦。"林鼎也在她的小脸蛋儿上亲了一口。

约兰达带着他们来到一个类似幼儿园的地方，把萨拉送进去后，她带林鼎去了卡萨布兰卡的海滩。这是林鼎第二次见到大海，第一次是在意大利被绑上渔船的时候，那时林鼎眼里的地中海危机四伏，波涛汹涌。而此刻和约兰达坐在粉色的沙滩上，面前蔚蓝的大西洋美得令人沉醉。

卡萨布兰卡的海滩，白天的纯净透彻与黄昏的壮丽彩霞，像红白玫瑰一样，让人难以抉择，无法忘怀。

躺在细软的沙滩上，约兰达告诉了林鼎她的身世。她出生于哥伦比亚一个黑帮家族，父母在黑帮和警察街头火拼时中弹身亡。十七岁的时候认识了从美国来的大毒枭劳伦斯。劳伦斯对她一见钟情，花言巧语把她骗到手。后来约兰达渐渐发现他暴戾粗俗的本性。她想离开他，他自然不会答应，用家暴和毒品控制她，禁锢她，之后将她带到摩洛哥生活。约兰达十八岁时就生下了萨拉。她从天使坠落成了笼中鸟。劳伦斯用狡猾卑劣的手段周旋于摩洛哥的两大黑帮之间，暗中操纵部分美国、哥伦比亚和摩洛哥的毒品交易。他榨取丰厚的利益，和约兰达以及另外的情人们过着奢靡的贵族生活。

三年后他的伎俩终于败露。"三头鹰"黑帮的老大发觉了劳伦斯的背叛，派人去他家杀他。他听到风声早已跑路，黑帮就抓走了他妻子约兰达和女儿萨拉。另一个黑帮"天马"的老大一直认为劳伦斯是自己的人，自己手下的老婆孩子被死对头抓去做人质，感到很没面子，就派手下大将哈里发想办法去救出她们。直到林鼎他们 AB 两组敢死队出现把她救走，她都没有再听到任何劳伦斯的消息。

林鼎并没有告诉约兰达叶馥仙和祖儿、冠玉的存在。眼前这朵美丽的红玫瑰，已令他鬼迷心窍。约兰达信奉天主教，她并不是穆斯林，她和林鼎在一起时打扮得和欧洲女人一样时尚，风情万种。

他们来到里克咖啡馆吃饭聊天，电影《北非谍影》里鲍嘉和褒曼来的咖啡馆。二战时期，卡萨布兰卡是困在欧洲的人逃往自由之地美国的重要中转站。很多人必须通过艰苦迂回的路线来到北非的卡萨布兰卡，幸运儿可以凭借权力、金钱等取得离境签证前往葡萄牙里斯本，再从里斯本飞往未经战火摧残的美国。而卡萨布兰卡，也是林鼎和约兰达人生最重要的中转站。

约兰达出手阔绰，像一个阿拉伯公主，恶棍前夫给她留下了巨额财富。林鼎吃到了很多他来了两年半都没有吃到过的摩洛哥美食。当地美食文化起源于柏柏尔人，融合了犹太、阿拉伯和法国的风味。他们吃了塔基锅慢炖出来的肉丸和蔬菜，这种锅子的盖子像个三角形的高帽，很有特色。还吃了叫库斯库斯的手抓饭、蜗牛汤以及法式甜点。吃饱喝足，约兰达卷了一支大麻给林鼎，林鼎在贫民窟常见到有人抽，也试了一下。约兰达从她的 LV 包包里掏出一个迪奥的粉底盒，打开后倒了一点白色粉末到餐桌上，用一个纸卷自顾自吸了起来。林鼎看了眉头一皱："你不该碰这些害人的东西。"约兰达倒是不以为然，伸了个懒腰："这是宝贝，让我快乐让我飞。可惜我的荷兰毒蘑菇吃光了，不然可以给你试试，那真是妙不可言的幻觉。"林鼎吹飞了餐桌上残留的粉末，掐灭手里的大麻卷，拉着她走出里克咖啡馆。

林鼎陪约兰达买了好多奢侈品，珠宝首饰、衣服包包、鞋子手表，她也给林鼎买了很多高级服装，意大利的、法国的，哪个新潮买哪个，哪个贵买哪个，把家里房间都堆满了。林鼎不让她吸毒，约兰达总是躲着他偷偷吸，她的毒瘾很深，已经有了六年吸毒史。

他们日夜出入高级餐厅、酒吧、舞会，参观各处景点，寺庙、皇宫，过着纸醉金迷的日子。从中国农村过来的他，哪里抗拒得了这些欧洲上流传过来的声色犬马。他深陷其中，从贫民窟的贱民一跃成了挥金如土的公子哥。他们用不太流利的西语交流，他们用流利的性爱交流，享受着从上帝那偷来的欢愉时光。

他们带着萨拉坐火车去马拉喀什旅游，亲如一家人。1549 年，阿拉伯人建立的萨迪王朝（Sa'ādī dynasty）统治了摩洛哥，重新定都马拉喀什。巴迪皇宫和萨丁墓地就是王朝的见证，在萨迪墓地中埋葬着萨迪王朝最著名的苏丹艾哈迈德·曼苏尔。在他统治的年代，是大航海时代，西班牙和葡萄牙从美洲夺取了大量财富，于是曼苏尔摒弃了敌对欧洲的态度，开始和他们贸易往来。扩张，摩洛哥军队穿越撒哈拉沙漠，征服了西非最大的帝国松海帝国，萨迪王朝达到鼎盛时代。从 1659 年开始，持续至今的阿拉维（Alaouite）王朝建立，但是之后的摩洛哥始终在部落纷争与短暂的统一两者间切换，再也没有恢复昔日的强大，长年沦为列强争夺的殖民地。

人们所有对摩洛哥的想象，都在马拉喀什的德吉玛广场。这个曾被用作刑场的广场，渐渐活成了人们心目中的"天方夜谭"。

傍晚，广场上搭满了无数的帐篷摊位。约兰达穿着长袍，戴着面纱和林鼎一起拉着萨拉的手在里面闲逛。这里人声鼎沸，商贩的叫卖声不绝于耳。一千零一夜故事中的场景，在他们眼前呈现。各路杂耍艺人各显神通，吹笛舞蛇的、驯猴的、喷火的，艺人们一会儿让小萨拉惊讶害怕，一会儿又逗得她哈哈大笑。萨拉看不清楚前面，林鼎就把她高举到自己肩上，让她坐在上面看。他们买了一大堆有用没用的小玩意儿，只要好玩的，都买给萨拉。七十多家大排档让他们大饱口福。烧烤的白烟夹杂着香味，冲破绿色的顶篷飘向火红的天空。他们不知疲倦，累得快趴下了才想到回酒店睡觉。

林鼎和约兰达如同小情侣般整日腻歪在一起，甚至比蜜月的爱侣还要甜上几分，犹如蜂蜜上再撒层砂糖。

旅途中的一个下午，他们在酒店房间里，白色的薄纱窗帘随着微风起伏，一会儿鼓起来，一会儿瘪下去。林鼎躺在约兰达身边，萨拉在另一张床上小憩。约兰达穿着性感的蕾丝胸罩和内裤，林鼎也只穿了条短裤。她闭着眼睛，睫毛长长的弯弯的。林鼎用手指轻轻摩挲她耳边的头发。她被他弄得心痒痒的，用手背打掉他的手。他的手转移阵地，来到她光洁可人的脚踝处游荡。她的心肝酥麻极了。没过多久，他的手又伸进她丝滑的内裤里。约兰达半睁开眼睛，脸色渐渐泛红。他们尽力不发出动静，翻云覆雨起来。

当四腿交错在一起时，萨拉听到轻微的响动，从床上坐了起来，看着他们。他们惊慌失措，吓得大叫。才想起要拿被子遮一下，两人的手又抢到一块，太狼狈了。萨拉吃惊得瞪大眼睛，不明白他们光着身子到底在干什么。约兰达急匆匆套上一件吊带裙，跳下床，一脸尴尬地来到萨拉面前："宝贝，这天实在是太热了不是吗。妈妈很喜欢马克叔叔，你喜欢叔叔吗？"

萨拉看了一眼躲在被子里的林鼎，笑了："我也喜欢马克叔叔。"

"那你愿意我们以后一起生活吗？"

"好啊好啊。那他是不是会变成我爸爸呀？"

"那要看他表现好不好了。"约兰达回头给了林鼎一个坏笑。

约兰达在城里租了一辆梅赛德斯 G 级越野车,载着林鼎和萨拉冲向撒哈拉沙漠。无垠的沙漠,大气磅礴,黄色和橙色的波浪线勾画出原始荒蛮的景色。充沛的四驱动力让他们有恃无恐,攀上一个个沙峰,再俯冲而下,过山车般惊险刺激。林鼎从来没坐过这么牛掰的汽车,也从来没有见过这么彪悍的女人。仙人掌从林鼎眼前一闪而过。萨拉对着一队骆驼兴奋地惊呼。海洋和沙漠距离如此之近,真是神奇的国度。一下午的疯狂后,约兰达开车回了酒店。晚上,等萨拉睡着,他们两个又溜了出来,偷偷驾车开出城市。

林鼎想试试开车,他觉得很好玩,让约兰达教他。她教他如何换挡,教他什么时候该踩离合器,最关键的是分清油门和刹车。一路无人,不知不觉他们又驶进了撒哈拉沙漠。皓月当空,他们像身处在波澜壮阔的蓝色海洋中。当他们深入沙漠腹地,林鼎已经敢把速度提起来了,3挡,4挡,5挡,6挡!他们俩抽着大麻烟,在梦幻中飞驰。

约兰达解掉安全带,一手夹着烟,一手搂住林鼎的脖子,亲吻他的侧脸和脖颈。林鼎双手仍紧握方向盘,眼望前方。约兰达解开他的皮带,伸手进去,他的方向盘一抖,看了一眼约兰达,她回给他一个妖媚的笑。皎洁的月光下,梅赛德斯越野车的路线变得七扭八歪,随后停了下来⋯⋯车灯被熄灭⋯⋯

两个人躺在车顶上,聆听遥远的风中驼铃,伸手触摸璀璨的星空。这是他们一生中最难忘的奇幻浪漫经历。因为约兰达和萨拉,摩洛哥从地狱变成了天堂。

他们继续挥霍着一切能挥霍的。在各种上流社会的宴会,舞会上,一开始大家都人模狗样,谈论经济政治艺术,等喝醉之后,就变得粗俗不堪,男人女人、钱、性、毒品。约兰达也经常请大家到自己家开派对。她是派对中的女王,穿着炫丽的晚礼服,一颦一笑,魅力四射。她的舞姿在卡萨布兰卡称第二的话,没人敢称第一。所有男人都想得到她的青睐,但都铩羽而归。约兰达总是开玩笑地跟大家说马克是她的男神,然后向角落里喝着香槟的林鼎眨眨眼,送出一个飞吻。大家艳羡的目光跟着这个飞吻划过亮着水晶吊灯的天花板,来到林鼎身上。他们想不通约兰达为什么要和一个大她十岁的中国男人在一起,这个讨厌的家伙到底是什么来头。

关于毒品，萨拉和林鼎结盟，与约兰达展开了持久战。约兰达有大量的毒品，藏在房子里各个角落。林鼎和萨拉总能在奇奇怪怪的地方找出毒品，钢笔里、钢琴里、高跟鞋里、玩具里、果酱里……林鼎和约兰达为这事吵了好几次架，打碎了无数套碗碟。

生活中除了欢笑和音乐，渐渐加入了刺耳的杂音。

住在他们隔壁的邻居，是一对法国夫妇。丈夫贝尔纳是外交官，妻子阿黛尔是国际医药集团高层，身世显赫，标准的贵族阶级。他们和约兰达、林鼎总是一起玩儿，富人区里的一个网球场经常能见到他们四个人的身影。夫妇俩总是介绍一些冷门的投资项目给林鼎他们，或是推荐他们购买一些古怪前卫的艺术品。约兰达总是照单全收，眼皮子都不眨一下。结交新朋友的同时，林鼎也没忘记他在摩洛哥的老朋友哈姆沙。他赞助了哈姆沙一笔钱，让他在海边开了一家卖泳衣、纪念品和冰镇饮料的小店。哈姆沙也终于离开了贫民窟的生活。

快乐的时光过得特别快，半年过去。一天约兰达出门逛街买衣服，结果空手而归。她眼神涣散，惊慌失措，看样子又偷偷吸毒了。

"马克……马克，我们破产了，我卡里的钱刷光了，没了，全没了。"

"不会吧，你卡里明明有很多钱啊。"林鼎以为她在开玩笑，她之前卡里的钱够他们在摩洛哥挥霍二十年的了。

"我……"她的睫毛低垂了下来，像在脸上打开了两把小扇子。

林鼎看着她的脸，严肃起来："我什么我，说！你是不是把钱都拿去买白粉了？"

"对不起，我控制不住自己。对不起。"约兰达哭了，像个孩子。

林鼎把她抱进怀里："我们去戒毒所吧，亲爱的。"

"我不要去，我不要离开你和萨拉，我不要！"她哭得更凶了。

他们问身边的贵族朋友们借了一圈钱，好继续生活。这个骄傲又敏感的圈子很快感觉到了约兰达和马克的落魄，开始排挤他们。以前玩得很好的朋友都渐渐疏远。原来一周好几次的盛宴、舞会邀请都消失了。一起做头发、做美容的贵太太，好姐妹们也都不见了。

富人区的网球场里，只剩哈姆沙陪林鼎和萨拉打球。刚巧邻居外交官夫妇也来打网球。贝尔纳上来热情地打招呼："嗨，这不是我们东方的朋友马克吗，这位新朋友是？"哈姆沙上前伸出手想和他握手："你好，就叫我哈姆沙吧，这个名字能给我带来好运。"贝尔纳侧身走到边上的长椅上放包，没有和哈姆沙握手，哈姆沙尴尬地缩回手，在裤子上擦了擦汗。

"奇怪了，我好像没有在这里见过你啊，这里是富人区的网球场，不住在这里的人其实是不能进来打球的。莫非你是刚搬来的？"

哈姆沙有点生气，他看了一眼林鼎，林鼎闭上眼，微微摆动了一下下巴。哈姆沙没有理睬贝尔纳，继续回到场上和林鼎打球。谁知贝尔纳又来到坐在长椅上的萨拉身旁，跟她聊天。

"我可爱的萨拉啊，你见过骆驼吗？"

"见过，妈妈开车带我们去撒哈拉沙漠的时候有见过。"

"乖乖，这么厉害。那你知道骆驼的背上为什么有两个鼓鼓的驼峰吗？"梳着光滑的大背头的贝尔纳嘴角上扬。

"是用来储存食物的！"

"真聪明，我的小宝贝。有的骆驼呢，没有驼峰了，它就不能进沙漠了，太危险了，会饿死的哟。"

林鼎一把拉起萨拉的小手："太阳太大了，脑子都被烧坏了。走，我们回家了。"他们三人离开了网球场，从此再也没有来过。海市蜃楼崩塌，糜烂奢华的日子终结了。看看身边的所谓朋友，林鼎想到罗老教过他的《增广贤文》中的句子："人情似纸张张薄，世事如棋局局新。贫居闹市无人问，富隐深山有远亲。"

林鼎提议为了告别过去的日子，大家去索维拉旅游一趟。"风城"索维拉位于摩洛哥西南部大西洋沿岸，是一个常年气候温和、风景迷人的港口小城。蓝色渔船繁忙地穿梭于渔港，千百只海鸥包围着一艘艘晨捕而归的渔船。渔港附近的沙滩上铺了一张张巨大的暗红色渔网，老渔夫们正在精心修补它们。在十几年前的欧洲，人们喝着咖啡思索着美丽的异域时，索维拉把其他地方都甩到了身后。自从二十世纪七十年代以 Cat Stevens 和 Jimi Hendrix 为代表的嬉皮士们寻到了这片"乌托邦"后，众多的游客涌入这个避世小城，构筑起自己的想象。

索维拉沙滩是摩洛哥最美的沙滩之一。林鼎和萨拉坐在沙滩上堆沙雕城堡，尽力还原出索维拉古老炮台的模样。约兰达还是个冲浪高手，她那曼妙的身姿忽而在浪尖上滑行，忽而在浪卷中穿梭。林鼎从未见过活得如此洒脱的人。她从不为明天忧虑，明天自有明天的忧虑。

他们来到麦地那中心的一家著名餐厅 Taros 吃晚饭，顶层的露台是欣赏港口和 Moulay Hassan 广场的绝佳位置。他们看着日落美景，吃着美味的海鲜烧烤。辣沙丁鱼、狗爪螺是林鼎第一次吃，不过他有点心不在焉，小口喝着啤酒。他不敢看约兰达的眼睛，他很担心今晚之后的"计划"。吃过饭后，约兰达依然兴致高昂，她拉着他们来到广场上的一家露天酒吧跳舞。

这个酒吧装潢带有粗犷的加勒比海风格，草棚顶、厚木板和粗麻绳，让约兰达回忆起哥伦比亚的故乡。随着欢快的音乐，她旋转着，头顶挂着的长串彩灯也旋转着。她摆动身体，每一寸肌肉都迸发出激情。她靠近林鼎，发梢触碰到他的前胸。她醉眼望着他，彩珠灯串的映射下，约兰达的黑眸五彩斑斓。她踮起脚尖，突然往后笔直挺倒，林鼎不得不接住她，把她揽进臂弯。她咯咯笑，紧贴住他的身体。在一旁看的萨拉也乐了，咧开嘴笑。

"你一定会接住我的，你不会让我坠落的，对吗？"

林鼎抱紧她，不让她身体往下滑。她的头发蹭到他的胸口。

约兰达深情地看着林鼎的眼睛："你爱我吗？"

"小傻瓜，我当然爱你。"

"你只许爱我一个人……"

回到他们租下的民宿时，约兰达已经烂醉如泥。林鼎把她抱上床，然后让萨拉回另一个小房间去睡觉。林鼎脱掉约兰达的裙子，只剩下内衣，然后给她肚子盖上被子的一角。他趁她熟睡，翻查她的行李箱，搜遍每一个角落，把白粉都找了出来，每一件衣服的口袋，每一样东西都不放过。他把它们统统冲进水池，他知道如果它们不彻底消失，就算扔到狗屎里，她也会趴到地上去吃。他流了一头的汗，确认再也找不出毒品后，他才躺上床，吹着电风扇。

第二天早晨，宿醉的约兰达躺在床上，被耳边的"沙沙"声吵醒了。她努力睁开眼一看，吃了一惊。林鼎正在把她的手腕绑在床头的栏杆上，等她反应过来，双手都已经被绑牢了。

"你要干什么？"她看了看四周，差点没想起来她在哪儿。

林鼎双膝跪在床上，双手握住她的小手臂。

"你还喜欢这种玩法？够可以啊。"约兰达高高抬起修长的双腿，勾住林鼎的腰："萨拉会听见的，不行吧？"

"确实不行，属于你的斋月开始了。"林鼎放下她的腿，往后退。

"你变态吗？什么斋月？快松开！"她怒瞪着他，双手用力晃动。

这时，敲门声响起，林鼎开了门，进来一个穿着整齐的白衬衣，咖啡色西裤的中年欧洲男人。他的手里拉着一个大拉杆箱。林鼎亲切地和他握手。他看了一眼床上的约兰达："这位就是约兰达女士吧，你好，我叫雅尼克。"随后他看着林鼎问，"可以开始了吗？"林鼎深呼一口气，朝他点了点头。

"你是谁啊？神经病吧你，开始什么？"

林鼎来到床边，轻轻抚摸她的脸："别怕，亲爱的，这是雅尼克博士，他来帮助你戒毒。"

"滚，你们两个混蛋，快滚！"约兰达大叫着，双腿乱踢，床单都被踢到地上。林鼎按住她的双腿，示意博士开始。

博士从拉杆箱里拿出一套庞大的仪器，通上电，调试了片刻。

"马克，那是什么鬼东西？快让他住手！"

"请冷静女士，这是戒毒的第一步，我要用仪器清除你体内残留的毒素，让它们不能再侵害你的身体。请你配合我，非常感谢。"

萨拉在自己卧室的门缝里偷看，然后听了整整五个小时妈妈的惨叫声。医生走了之后，妈妈还在不停地咒骂马克。萨拉跑到妈妈床边："妈妈，不要骂马克叔叔了，这是我们两个人的主意。"约兰达吸着腮帮子，哼着气。萨拉充满稚气的脸认真地说："我们会照顾好你，这段时间我们就待在索维拉，直到你戒毒成功。"约兰达哭惨了。

他们就这样每天把约兰达绑在床上，给她喂饭，给她端屎端尿。每当约兰达毒瘾发作，林鼎都要紧紧抱住她，怕她太用力，把手腕勒出血。选在这小城偏僻的民宿里，附近的居民很少，任凭约兰达鬼哭狼嚎，也没几个人听见。偶尔会有人投诉噪音，都被林鼎用一点小钱打发走了。不得已时，林鼎只好把布团塞进她嘴里。

严重时的戒断反应，约兰达会眼泪鼻涕一大把，手脚激动得颤抖，在极度恐慌中呼吸变得很困难，发狂般用头撞床头的栏杆。她哀求着林鼎给她再吸一点，就一点点。"没有了，全被我冲进下水道了。"随后她会破口大骂，甚至恶心呕吐，床上地上全是污秽。她一会儿浑身燥热、大汗淋漓，一会儿又全身冰寒、打冷战、起鸡皮疙瘩。林鼎有时候看着她的惨状会不忍心，想要放弃。但不行，没有回头路了。

他每天都会给她念圣经，给她信仰的力量，让她战胜自己。

"你要进窄门。因为引到灭亡，那门是宽的，路是大的，进去的人也多；引到永生，那门是窄的，路是小的，找着的人也少。"

一个多月的痛苦折磨，约兰达如同又生了好几个孩子，有顺产的，有难产的，还有剖宫产的，惨绝人寰，泯灭人性。林鼎安慰了她无数遍，鼓励了她无数遍。看着她如此痛苦，他也暗暗流泪。他总是让她再坚持几天，对她说："每一样值得拥有的东西，都是来之不易的。我想你拥有健康的身体，不再是一条虚弱的毒虫。"

两个多月，他们成功了！约兰达戒毒成功。他们回到了卡萨布兰卡。这一次，他们真的要彻底和过去的生活告别了。他们抛售掉豪宅，以及所有的奢侈品、服装首饰、债券和艺术品，只留下了几套最爱的衣服，还有他们重逢那晚的紫宝石镀金手镯，一对梵克雅宝的铂金对戒。他们拿着钱把欠的巨债一家一家都还清了。那些贵族上流们很惊讶，失踪了两个多月的他们居然没有跑路，还还了钱。拖着三个箱子轻轻地告别了卡萨布兰卡，这个他们人生的中转站。

他们辗转来到了葡萄牙辛特拉的罗卡角（Cabo da Roca）。从里斯本开车来罗卡角其实并不太远，但辛特拉山脉的山路蜿蜒曲折。那里的天气也变幻莫测，那天他们运气不错，阳光普照，但风非常大，把很多游客的裙子都给吹到脸上了。他们到达红白相间的灯塔，停下车。和他们同行的，还有一名当地的神父。

海边悬崖上的一座灯塔，一个方碑十字架，简简单单就构成了罗卡角的美妙景色。大西洋上，狂风卷着巨浪以千钧之势袭来，冲击着罗卡角的悬崖峭壁。在这个孤独的海角上，一座十字架石碑临海而立，上面刻着葡萄牙诗人卡蒙斯的名句："Onde a terra a caba e o mar começa."——大陆的尽头，海洋的开端。罗卡角是欧洲大陆的尽头，也是大西洋的起点，这里是葡萄牙远航梦开始的地方。向前一步，就是未知的浩瀚与凶险。当年，一艘艘远航的风帆从里斯本起航，经过罗卡角一路向南，驶向非洲、亚洲和美洲大陆。

西装革履的马克牵着身披婚纱的约兰达下了车，年迈的神父拉着萨拉的小手跟在后面。四人朝着十字架的方向走，一路上引起了所有游客的注视。约兰达和马克走过游客群的瞬间，原本对着大海的相机镜头全都对准他们，或者说全都对准约兰达一个人，"咔嚓，咔嚓"。时间像是静止了，风也停歇了，眼前的画面美得令人窒息。约兰达挽着马克的臂弯，像慢动作一般踏着脚下成片盛开的莫邪菊，缓缓朝大海的方向走去。

穿着一身纯白西装的马克侧头凝视约兰达，她头戴轻薄的白纱，海角上空金色的阳光穿透进去，能隐约看到她动人微笑的五官。海风轻拂，吹起白纱的一个小角，微微露出一抹红唇。马克有些恍惚，眼前的一切都美得太不真实，像是幻境。她穿婚纱的样貌既像大地的公主，也如海洋的女神。小圆领的白色蕾丝长袖婚纱，袖口和胸背上蕾丝镂空的地方，是半透明的纱，细腻的肌肤若隐若现。她一只手里握着一小束月芽黄的马蹄莲，上面绑着一根苹果绿的丝带。修身的婚纱完美展现了她的身材，下半身白色缎面的鱼尾裙如同大西洋激起的浪花。长长的裙摆所及之处，春暖花开。

游客中不时有人发出赞叹声。马克如痴如醉地看着约兰达，那是他第一次看到她穿婚纱的样子。在十字架下掀起她头纱的那一瞬，是他们今生最动容的时刻，耳边响起游客们自发的鼓掌声。

马克和约兰达手牵手站在石碑下，头发花白的葡萄牙老神父帮他们主持了婚礼。他们在萨拉和陌生游客的见证下，念出了爱的誓言。老神父慈祥浑厚的嗓音，圆满了这对传奇浪漫的佳人。"你往哪里去，我也往哪里去。你在那里住宿，我也在那里住宿。你的国就是我的国，你的神就是我的神。根据圣经给我们的权柄，马克先生和约兰达女士，我宣布你们结为夫妻。"

他们交换对戒，相拥而吻。萨拉看着他们，喜极而泣。

马克心想着："从此以后我只是马克，约兰达的丈夫。从今天开始，从这里开始。陆地的尽头，海洋的开端。"

在葡萄牙完婚后，他们一家人在卡斯凯什（Cascais）市短暂停留。随后便前往西班牙塞维利亚。这座城市有一些似摩洛哥的亲切感，而且经济更发达，教育资源也更好，对萨拉的学习成长有利。他们决定在塞维利亚创业，用在卡萨布兰卡变卖的资产开了一家小珠宝店，还买了一间小公寓。林鼎去新配了一副黑框平光眼镜，留长了头发，让自己看起来更像一个成功的艺术家。他将用马雄这个身份，在西班牙开启新的人生。

4

堡垒

那天半夜，大家听完林鼎的故事后，都惘然若失，一下子难以消化。各自无言，回房睡觉了。这根导火线不长，很快迎来了爆炸。

早餐时，林鼎歉意地对约兰达说："我知道我不该瞒着你，但我希望你能理解我，祖儿现在卷进这个麻烦里，谁也没料到。"

"你不带她来西班牙不就好了？"

"可叶馥仙她……"

"你要照顾的人还真多啊，那我算什么？！"

"你知道……每个人都有过去。"

"是啊，但我的过去可没有来我们家搅乱我们的生活。"

这时，祖儿说话了："你们的生活？拜托，是你后来出现，搅乱我们的生活才对吧？你们的狗屁婚姻有效吗？你和那个毒贩劳伦斯离婚了吗？我爸和我妈离婚了吗？他真的是叫马雄吗？可笑。"

"你爸爸林鼎他已经死在舍夫沙万了。他回国也是死，你们的生活早就结束了，你还不明白吗傻孩子？"

"好了，都闭嘴！"林鼎站起来，捶了一下桌子。

约兰达翻着白眼，把头扭向一边。祖儿气得嘴唇发抖，她把面前吃到一半的餐碟一推，站起来就要往门口走，被林鼎一把拉住胳膊。

"干什么？坐下！"

"我不要住这里，你已经是马克了，我不认识你。放开我！"祖儿看着林鼎，眼神里都是怨恨。

"我们没有更好的选择，你必须住这里。"林鼎转头朝约兰达说，"约兰达，你和萨拉这段时间先去外面租房子住吧，让祖儿住这里。这对大家都好，对你们也更安全。"

"狗屎，这是我家，我为什么要搬走。你想得真美啊！过几天是不是再去医院把叶馥仙接来一起住啊？做梦吧你，呸！"

林鼎把祖儿拉离餐桌，拉上楼，进到祖儿的房间，关门。祖儿噘着嘴，眼眶里的泪珠不停地打转。林鼎不知所措地咂巴嘴，哀求道："祖儿，对不起，求你了听爸爸话，待在这里，我会把这里打造成最坚固的堡垒。相信我好吗？"

"你怎么想得出来？让我和你另一个妻子孩子一起住，你是不是疯了？"

"我答应你，等恐怖分子被抓住，你想去哪里就去哪里，我再也不拦着你，你不认我都可以。但是现在，我不能让你走，太危险，我已经失去了冠玉，不能再失去你。求你了！"林鼎抱着祖儿的肩膀，快要哭出来。她的下巴架在爸爸的肩膀上，流下眼泪。

就这样，一群人强行住在了一起。警方加派了保护祖儿的人手，现在变成三人白班，三人晚班了。他们在殉职的年轻警察安东尼奥的葬礼上见面。安东尼奥死后，他的未婚妻警察玛蒂娜接替他来保护祖儿。现场，NTP局局长胡安发表了悼念致辞。面对安东尼奥的棺材，玛蒂娜站得笔挺，敬了一个长长的军礼。托马斯又高又瘦，外号油条，加入了因凡蒂诺和玛蒂娜的小组。另一名经验老到的警察华金则加入了桑迪和哈维的小组。

祖儿所在的语言学校的校长顶住内部巨大的压力，决定不劝退祖儿。老校长面对媒体发表了讲话："我的父亲母亲都是犹太人，二战时我们被纳粹关押在波兰的奥斯威辛集中营，他们一直劳动劳动，也没能逃过毒气室的'淋浴'。那里有间大仓库，被屠杀的犹太人留下的鞋子堆得高到了屋顶。很幸运我活了下来，而且我不再惧怕这世上的一切。我和全体师生都不会对恐怖主义低头。林祖儿是我学校的学生，我们会保护她。我们学校的大门永远敞开，欢迎全世界的朋友来这里学习西班牙语和西班牙文化。哦，对了，我还要说一句。恐怖分子，我鄙视你们！"说完他对着镜头双手都竖起了中指。

一辆辆装满建筑材料的卡车开到林鼎家的别墅门口，施工队按照林鼎的要求在很短的时间里改造了房子。所有的窗户玻璃都换成了强化的防弹玻璃。地下室做了加固强化，储存了很多食品和应急品，并装了一扇比银行保险库还牢固的门，核战争来了都不怕。别墅的花园周边都安装了监控摄像头和报警装置。别墅的大门也换成了一扇坚不可摧的钢板门。施工完成后，林鼎很满意，对桑迪他们说："看看这个，这才叫安全屋，不是NTP局的那些热水器都坏掉的临时公寓。"现在一家人所有的食物，蔬菜水果，生活用品，一律由NTP局采购，仔细检查后由专员直接送到别墅。

还有一名重量级的好友被林鼎请来帮忙，林鼎来到西班牙后没多久，就邀请了他一起来，他就是黑人哥们儿哈姆沙。他放弃了在摩洛哥继续寻找亲生父母的念头，来西班牙开了一家小型的私人安保公司。他现在可是专业人员了，在这行也有了十年的丰富经验。林鼎带大家认识哈姆沙，哈姆沙和约兰达、萨拉也是老朋友了。这是他第一次见到祖儿，以前只在贫民窟里听林鼎说起过。听说祖儿需要保护，哈姆沙二话没说，自告奋勇要求来帮助林鼎。哈姆沙会带着两名手下在外围暗中保护祖儿他们，让警察们负责近距离保护他们。

玛蒂娜成了六名保护祖儿的警察中唯一的女性，她自然更贴近祖儿的生活，自由出入她的房间。她其实并不是外勤人员，未婚夫安东尼奥被炸死这件事彻底激怒了她。她强烈要求上级批准她接替安东尼奥，去保护祖儿，并以辞职来威胁，如果不批准就自己以普通公民的身份去保护祖儿。因凡蒂诺理解玛蒂娜的心情，他替她向上级求情，终于让她如愿以偿，加入了因凡蒂诺的小组。

玛蒂娜非常年轻，比祖儿大不了几岁，这般年纪就经历这些，实在很残酷。她留着和下巴平齐的干练短发，肤色白皙，黑发黑眼，神情里透着倔强。个头和祖儿也差不多，有着智慧型的美貌，和文质彬彬的安东尼奥真是天生一对。

看到祖儿书架上的几本书，都是安东尼奥生前喜欢的侦探小说，她的思绪一下子飘远了。祖儿看着站在书架前发呆的玛蒂娜。

"真是悲剧，安东尼奥人真的很好。这些都是他推荐我读的小说，好几本是他借给我的，只可惜我一本都还没读完……"

"少假惺惺了。你懂什么叫爱吗？你谈过恋爱吗？别以为你有多重要，我们都要来保护你。我是来找出凶手，为他复仇的。"

"我不知道，对不起……我……"

祖儿嘴唇动了下，最终还是没有再说什么。她低下头，戴上耳机，继续看她的教科书。

最近的日子不太平，有人想让雷崇海闲着，可他不想闲着。他开着他勃艮第红的保时捷卡宴来到塞维利亚郊区的一座山上。上山没多久就能看到路边竖着一块大牌子，写着"私人领地，非请勿入"。雷崇海很不高兴来这里，光是上山开进他府邸就很费劲。山路陡峭，树林浓郁。虽然阳光猛烈，但是透不进层层叠叠的遮蔽。一路都是树荫，反而有点阴冷。开进前院停下车，他看了一眼里车中控台上的表，约了 10 点半和西班牙一位资深的政坛高官加里奥·席尔瓦见面，来早了半小时。这半山腰上巨大的山庄别墅是加里奥的别院，他官方认证的家在塞维利亚 Nervion 区的一座普通公寓楼里。

正坐在车里看着喷泉的雷崇海，突然看到从后面开过一辆温莎兰的宾利飞驰。他认得这辆车，是鉴江省首富许广昌的大公子许弋的。宾利很快开出了前院，往山下离开。

山庄大得夸张，像极了阿尔梅里亚城堡。管家领着雷先生穿过大堂，在城堡里走着，雷崇海轻车熟路，迈着大步。步子小了走到加里奥的书房又要花好长时间。这里光是采购用人擦地用的洗涤剂，就得花掉普通人半年的生活开销。加里奥抬脚坐在大书桌后面，两条腿交叉搁在书桌上。他穿的西装很考究但不浮夸，在家里也打着红色的领带，像是西班牙政府的一面旗帜。他看到雷崇海进来，收起双腿，端坐起来。席尔瓦五十岁左右，发际线有些后退，黑色的直发都往后梳。他眼窝深陷，目光狡黠，鼻梁细挺。双手支撑着下巴，食指轻轻抚弄自己剑刃般的嘴唇。他身材修长，透着一股哲学家的气息。

"早啊雷恩，喝点什么？"席尔瓦远远抛给他一根特立尼达雪茄。

"不用了。现在喝酒太早了。"雷崇海点燃雪茄，躺进沙发里，"刚才是不是许广昌的大儿子许弋来见你了？"

加里奥露出一个刁滑的笑容："商务洽谈。"

"没想到你和那小子也有联系。他什么都不懂，你和他谈什么啊。"

"政府决定把那块地批给他了。"

"哪块地？"雷崇海歪着脑袋看着他。

"当然是你要的那块地了。"高官轻描淡写地说。

雷崇海一把拿开嘴里的雪茄："什么！你们脑子有病吧？"

"注意你的言辞，雷老板。"

"你们有没有逻辑？我好好的影视城不批，批给许弋开赌场？真是好厉害呀，下一个拉斯维加斯呀。"雷崇海站了起来，走近他，"你们就不怕市民游行抗议？在这个节骨眼上让中国人开赌场？"

"我怕什么？他承担风险，我享受利益，岂不美滋滋。"

"好啊，牛啊许弋，比他老子还会玩。他到底给了你多少好处？"

"这个项目还有转机，只要你帮我做一件简单的事。"

加里奥笑着走到雷崇海身旁，搂着他的肩膀，一起走到窗边，拉上窗帘……

开车下山时，雷崇海拨了一通电话。"喂，小P啊，我之前让你查的事情怎么样了啊？……好的，太好了。按我的计划办，要快。"

塞维利亚大学附近的一间公寓楼内，林鼎敲开了一间房门。一个酷似模特的中国女生看了看林鼎："你找谁啊？"

"你好，我就找你，顾盼同学。有时间吗？我想和你聊五分钟。"

"我不认识你啊？我正要出门。"她甜美可爱的脸蛋上化了一个精致的妆，还戴了一副淡黄色的大墨镜，手上一串彩色的水晶手镯。

"我是许天的朋友，他托我来跟你说几句话。"

听到许天这个名字，女生的眉头皱了一下，她摘下墨镜："就给你五分钟时间。"林鼎跟着她的超级长腿走进客厅。客厅乱糟糟的，典型的女生寝室的样子，堆满了高跟鞋、化妆品、衣服、包包。顾盼收拾走了沙发上的脏胸罩和外卖的纸袋子，腾出了一块区域，让林鼎坐下。她照了照镜子，好像对自己的发型不太满意，坐到客厅的书桌前，开始重新编辫子。"说吧，什么事？"

"之前布兰卡是跟你一起住在这儿吧？她失踪的那天晚上你在哪里？"

"我跟警察都说过了，我那天晚上不在家，没见到她。"

"是吗？大美女的记忆都不太好。你再好好回忆一下？"

"大叔，你还有别的事吗，没有就走吧。五分钟快到了。"

"那天晚上许天和在家里的布兰卡视频聊天，布兰卡就坐在你现在的位子上。然后视频里还拍到了你，你敷着面膜走过，还骂布兰卡太吵了，让她去房间里视频聊天。你对警察撒谎了！为什么？"

"因为警察和你一样烦人，我又不喜欢惹麻烦。"

林鼎从沙发上站起来，双手插进裤兜，在客厅里来回踱步。"还有一个原因，是因为你是许天的前女友，而你的室友布兰卡抢走了你的许天。你恨他们，所以你撒谎。"

顾盼停下编到一半的长辫，站起身看着林鼎，她比林鼎还高。她愤恨地说："电视里都说是许天杀了她。他罪有应得！"

"许天是被陷害的，他没有杀人！你新闻看得不全啊，他的车子被人调包了。快说吧，后来布兰卡到底去哪儿了？"

顾盼漂亮的红唇迟迟没有动作，只有牙缝里轻微的嘶嘶声。林鼎走到她身旁，坐到书桌的椅子上，抬头对她说，"顾盼，我知道你是个好女孩，许天那小子是个渣男，但他没有那么坏，没有杀人。陷害他的人有可能是恐怖分子，他们正在威胁我儿的生命。你看最近的新闻了吗？林祖儿的公寓被炸。我是她父亲。"

顾盼看着他的眼睛："那天晚上也没有什么特别的，是许天的哥哥许弋来家里把她接走了。"

"许弋？他把布兰卡接去哪里？"

"我当时在房间里，没听得那么清楚，许弋好像说接她去参加派对，许天给她准备了惊喜。"

"好的，谢谢你顾同学。为了表示感谢我送你一个忠告，来留学呢，书桌上的化妆品最好不要比书还多。"

"你可真是比警察烦多了。"顾盼又往手臂上抹了点防晒霜。

林鼎给许天打电话问他知不知道那晚是他哥哥把布兰卡接走了。许天表示不知道。"你哥哥以前认识布兰卡吗？"

"平时我和我哥几乎不见面。只有一次我爸组织的家庭聚餐上，我带布兰卡到家里和家人一起吃饭。"

"你和你哥关系不好吗？"

"好个屁咧，我和他不是亲兄弟，我们同父异母。我爸在和他妈妈生下他的第十年爱上了我妈，然后生下了我。因为这件事，他妈妈疯了，被送进了精神病院。我哥对我和我妈都怀恨在心。其实，早在我爸认识我妈之前，我哥的老妈就疯了，一直瞒着外人不说而已。我和我妈很早就来欧洲生活了。我爸和我哥之前一直在国内运营产业，前两年才把业务重心转移到了欧洲。"

"布兰卡会不会是你哥哥杀的？许弋他报复你？"

"这……这也太恶毒了。布兰卡是无辜的啊！关她什么事啊！"

许天的声音变得异常痛苦，像是突然吞咽了几块碎冰碴："我要报警，让警察抓他！"

"没用的，我们只是猜测，没有证据。没有第一案发现场，没有尸体。我们现在报警，只会打草惊蛇。"

"那怎么办啊？我们去找他的证据！去查他！"

"那天酒吧里里外外至少有四个人是帮凶。舞池里的那对狗男女，在酒吧门口拖延我们时间。然后那个肥交警和拖车司机跑过来，偷偷塞头颅进跑车后备厢。我们得找到这四个人。"

塞维利亚圣巴勃罗机场，好天气让一切井然有序。没有因航班延误好几小时而大发雷霆的乘客，大家的脸上都很轻松，即便是吃着机场里又贵又难吃的三明治。唯独一个大胖子和其他旅客有些不同，他神情透着一丝不安，虽然穿着短袖衬衫，机场的空调很足，但他的额头还是流着汗。

他叫塞尔吉奥，体重达到一百公斤的混蛋交警，航空公司应该规定他一个人买两张成人票，至少也不能买打折机票。他坐在候机大厅的椅子上，大屁股上的肉都压到他两边的椅子上了。塞尔吉奥戴着雷朋墨镜，手里拿着一张飞往特内里费岛的机票，他低头看手表，下巴的肉都叠了起来。广播通知他的航班延误了，特内里费岛有暴雨，从那里过来的空客 A320 飞机迟了四十分钟。他很郁闷，刚想起身去买杯咖啡，有一名空姐朝她走了过来。

她盘着秀发，穿着伊比利亚航空公司的深蓝色制服。黑色高跟鞋踩出的悦耳声音之后，是她温柔酥软的嗓音："您好，您是塞尔吉奥先生吗？"她稍稍弯下腰，对塞尔吉奥露出一个职业而迷人的微笑。他看着她娇媚的脸，咽了口口水，点了点头。

"很抱歉您的航班延误了，为了表示歉意，我们甄选您成为 VIP 会员，这也是向警察、军人的致意。我叫卡洛塔，由我带您到贵宾休息室好吗？"

大胖子二话没说从三个椅子上站了起来，跟着前面这位穿着包臀裙制服的空姐走了。空姐用卡刷开了贵宾休息室的门，宽敞的休息室内只有一对浑身爱马仕的俄罗斯夫妇，躺在沙发上喝着伏特加。塞尔吉奥拿了一些自助甜点桌上的小蛋糕，给自己倒了一杯红酒，然后把自己塞进一个豪华的真皮按摩沙发里。

半小时之后，美丽的空姐又来了："您好，塞尔吉奥先生，您的航班已经可以登机了。我们现在有一个特别优享服务，尊贵的客户不用坐接驳车，而是乘坐保时捷帕纳梅拉行政版抵达停机坪。"

"太好了，我给你们公司点赞。"塞尔吉奥起身出了休息室。那对俄罗斯夫妇依依不舍，又抱在一起亲了一会儿之后才分开。俄罗斯男人拎着旅行包踉跄地跟上空姐和胖交警的脚步。

空姐卡洛塔亲自驾驶黑色的帕纳梅拉，坐在副驾驶的塞尔吉奥很高兴，不时偷瞄她穿着黑丝的大腿。卡洛塔看了他一眼，笑着问："您是去特内里费度假吗？准备待几天？"保时捷在飞机场上疾驰，经过一架又一架停着的客机。躺在后座的俄罗斯人醉得很厉害，一声不吭。

"可能会蛮久的，几个月吧。"肥腻的大脸憨笑着，令人恶心。

卡洛塔猛踩油门加速："刺激吗？"她的舌尖舔着自己的上嘴唇。她摘下头上空姐的小帽子扔到塞尔吉奥身上，放下盘起的一头金色长发，甩了甩，洗发水的清新香气在车厢里荡漾。她解开上衣领口的两颗扣子。胖子的小眼睛从他满脸的横肉中扒拉出来，使劲盯着她看。不知不觉保时捷穿越了整个机场跑道。卡洛塔把她的包臀裙向上提了一点，露出更多的大腿，望着胖子嘴角扬起。塞尔吉奥满头大汗，胸口都被汗水浸湿，他壮起胆子，伸手去摸卡洛塔的大腿。他没有意识到车已经开出了机场。忽然"喀哒"一声，摸着大腿的手被闪着寒光的手铐铐住，塞尔吉奥的后脑勺被手枪顶住。"不许动，欢乐时光结束了。"后座的俄罗斯人说。胖子吓得一动都不敢动，只看到眼前的路已经是机场外的高速公路。卡洛塔单手把胖子的另一只手也铐住，然后扯低短裙，重新调整了一下坐姿。"唰"，俄罗斯人往塞尔吉奥的头上套了一个黑头套。卡洛塔大声笑着，不断超车："这样才刺激，哈哈哈……"

塞尔吉奥看到的下一个画面，是一间古董收藏品仓库，他被绑在椅子上，坐在仓库中间。

"你好啊，我敬业的交警塞尔吉奥，路上愉快吗？"黑暗的阴影中走出来一个西装革履的中国人，"很抱歉您的航班已经取消，您的假期结束了。"

塞尔吉奥定睛仔细看了眼前的人："你是谁？这是哪儿？你个婊子养的找死吗，我可是警察！"

雷恩摁下墙壁上对讲机的按钮："约瑟夫，帮我拿根背带来，我要换一根皮带，晚餐吃得有些多了。"他不去看胖交警，就那么站着静静地等待他的管家送来一根背带。他脱下午夜蓝的西装外套，解下他的皮带，换上背带，把外套挂好。他手握着皮带，走到塞尔吉奥跟前，狠狠地往他脸上抽了一鞭。"啪！"一道红印，胖子疼得嗷嗷直叫。

"我是个有修养的人，不喜欢听到脏话。这里是个有品位的地方，让你进来已经很糟糕了。当有人把我的生活搞得很糟糕，那就不太妙了。"

"你把我抓来干什么，放开我！"胖子已经浑身是汗。

"那颗女孩的头！在老子坐过的车里！还是你放进去的！老子差点被当作帮凶去坐牢，你还问我为什么抓你过来？"

"那女孩不是我杀的，我只是替人处理尸体。"

"是谁杀的？为什么要陷害许天？"

"知道那么多，对你有什么好处？"

"对我有什么好处不用你操心，你只要知道告诉我之后，对你有什么好处就行了。"雷崇海从油画收藏架上抽出两幅油画，摆到地上。"你不说出真相，那你只能在这艺术的殿堂好好品味人生了。我可以给你上上鉴赏课，吃吃精神食粮。在我这堡垒里，收藏了很多秘密，我喜欢听秘密，也喜欢制造秘密。"

说完他抽掉了两幅油画的保护罩，露出来的是戈雅黑色时期的画作《吞食其子的萨图恩》和弗朗西斯·培根的《委拉斯凯兹的教皇英诺森十世肖像画研究》。委拉斯凯兹原作中的教皇满面愁容，而培根笔下鬼魂般的教皇坐在王座上恐怖地尖叫，样子很像正被绑在椅子上的塞尔吉奥。胖交警看着眼前两幅毛骨悚然的油画，脸上的肉不自觉地震颤。他环顾了四周，密闭的仓库里死一般的寂静，无数艺术品、雕像、油画上的脸在阴暗的角落里盯着他。

塞尔吉奥犹豫了一会儿，支支吾吾地说："我……我告诉你，但你得答应放放……放了我。"

"太棒了，终于想通了。是谁杀了布兰卡？"

"是许弋，还有他的管家，一个南美人，我忘了名字。"

听到许弋这个名字，雷崇海很吃惊，他继续听胖交警说："我当时接到电话，赶到许弋自己住的小别墅里。看到他卧室的床上，躺着一个全裸的女孩，已经断气。他的管家也在场。他们割下她的头，装进一个双肩包里。他让我帮他们把尸体装进我的警车后备厢里。然后他们坐上我的警车，我们一路开，许弋一路上跟我讲他陷害弟弟的计划。只要哪天许天开那辆跑车约你去酒吧喝酒，就可以实施这个计划。我当时听了就在想，哎，怎么会有这么可怕的人，太没人性了。"

"尸体运到哪里去了？"

"我们一路开到了一个建筑工地，是许广昌的酒店项目，还在打地基。我们就在那里把尸体处理了。"

雷大收藏家看着一座古董英式座钟，陷入沉思。他手摸自己下巴的胡子喃喃自语，似乎完全忘了塞尔吉奥的存在。

"大……大哥放了我吧。我可都告诉你了。"看雷崇海不理睬他，他接着说，"这样，我再告诉你一个秘密，你一定满意……"

第三章

渔夫俱乐部

1

游艇出海

自从林祖儿搬进这栋别墅后，这里一直弥漫着冷战的气氛，大家都剑拔弩张。林鼎为了查案子和管理珠宝店，经常深夜才回家。祖儿和约兰达水火不容。她们各过各的，各自给警察清单采购食材等生活用品，分开烧饭，分开吃饭，洗手间也是各自一间，绝不越界。西门子对开门冰箱里面，都被标签划分了领地，大约 1/3 的区域属于祖儿，还是最下面需要蹲下拿的位置。别墅一层的开放式厨房里没有集成灶，约兰达写了张便签贴在灶台旁边："禁止炒菜！"不过没过多久，这张便签上就蒙上了一层油渍。

约兰达每天出门前都会打扮得时髦又贵气，身上绝对少不了林鼎设计的珠宝首饰。她的工作和在摩洛哥没工作时差不多，在上流社会中穿梭玩乐。结交各路富豪太太、社交名媛，向她们推销自己家的珠宝品牌。萨拉从小受到后爸林鼎的熏陶，学习绘画艺术，她正在高三的最后阶段，准备报考马德里的美术学院。

家里墙壁上有不少萨拉的画作，楼梯间的墙壁上有一幅水彩画，画的是林鼎和祖儿的家乡。是林鼎给她讲述江南水乡的样子，她靠着想象画出来的。祖儿很喜欢这幅画，把它挂到了自己的卧室里。

一家人的生活笼罩在阴霾之下。祖儿觉得这个别墅的风水不太好，有缺陷，就弄了一些弥补的摆件，放在各处角落里。屋子几个缺角的地方各放了一块小泰山石，几个朝向不好的窗口放了几个铜葫芦。虽然体积很小，但和约兰达设计装修的现代风格非常冲突。约兰达回家后看到这些东西非常厌恶，觉得破坏了她家的时尚美感，就把那些东西全扔了。祖儿晚上问约兰达："我摆的那些东西呢？"

"噢，那些又丑又烂的东西我都扔了。"

"这个房子风水不好，我那些是消灾降福的。这房子还克男主人。"

"听说你在中国是个大学生？没搞错吧，我看你就是个乡下村妇。你那些东西指不定是摆着用来克我的呢。"约兰达一脸鄙夷地说。

"我这是为你好，不领情就算了。"

"家里风水不好也是因为你这个灾星。弟弟死了，妈妈病了，爸爸跑了，现在住过来祸害我们，引来恐怖分子。"

"你比我好到哪里去？老公跑了，把你丢给黑帮自生自灭。根本没人要你，你个毒虫。"祖儿不甘示弱。

林鼎听到她们的吵架声，赶紧跑来分开她们："听着，你们不能这样仇恨对方。我也没指望你们成为相亲相爱的一家人，但请你们克制一点，不要整天吵架。让我们安安稳稳度过这特殊的时间。明天我要去和'渔夫俱乐部'的人一起出海，你们不要再闹矛盾。"

第二天等大家出门后，祖儿把家里摆着的好几个相框都扔了，里面都是林鼎和约兰达、萨拉甜蜜的合影。他们的卧室里还摆着罗卡角拍的结婚照，祖儿抽出照片，用打火机烧成了灰。

加迪斯港口，林鼎开着他的 CLS 停进了一个私人停车库，里头停满了豪车。董舒俪的迈巴赫 S600、雷崇海的保时捷卡宴、富商南淮谨的劳斯莱斯幻影和顶级投资人戴彩云的法拉利恩佐。林鼎走出车库时，还看到了一辆温莎兰的宾利飞驰。

步行在码头上，一眼就能看到停泊在港口的超级豪华游艇，这艘巨无霸由荷兰制造，长度七十八米，共四层。越走近它就越壮观，外形设计前卫，漂亮简洁的线条，纯白的船身配上浅橡木色的尾甲板，让人有开着它探索世界的冲动。

　　许广昌和德国商人保罗是一起坐贝尔 407 型直升机从法兰克福赶来，直接停在了游艇前甲板上的停机坪上。这艘游艇是十位"渔夫俱乐部"的成员合资从摩纳哥的 Edmiston 游艇管理公司购买的，花费了三亿英镑。俱乐部的其他九位成员都是在商界呼风唤雨的人物，林鼎的那份"入会费"是雷崇海和许广昌帮忙付的。每年俱乐部都会有两三次集体出海活动。往常大家都带着家眷一起乘游艇旅行，去各国的岛屿玩，约兰达也来过好几次。这次气氛显然不太轻松，欧盟的高压政策和华人企业遭受的恐怖袭击让大家神色凝重。这次有七位成员都是独自前来，许氏则带了他的管家，另外有两位成员缺席。

　　就在昨晚 6 点，一个噩耗传来，震惊世界。科技界领军人物南淮谨先生位于比利时的 CCA 新能源汽车研发中心遭遇恐袭。一辆载有爆炸物的货车冲进了研发中心的一层实验室并爆炸，造成六人死亡，十二人受伤。讽刺的是这辆货车行进的最后五百米是通过 CCA 公司研发的无人自动驾驶程序完成的，袭击者目前仍然在逃。这是继西班牙的三次恐袭之后，欧洲发生的又一起针对华人的恐怖袭击。"黑荧"的恐怖魔爪已经从西班牙延伸到了其他国家。南淮谨连夜通知"渔夫俱乐部"的成员今天到游艇集合，商讨如何应对眼下这场灾难。

　　走上船舷，美女们穿着比基尼卖力地列队欢迎。每个人都接受了比以往严格得多的安检，没收了所有的电子产品，手机、电脑、平板、ipod、相机、智能手环等。

　　等大家都上了游艇，西班牙老船长和大家见面："欢迎光临'皮皮虾号'，我是船长佩佩。此次旅程目的地是地中海西部美丽的福门特拉岛（Formentera），它属于西班牙巴利阿里群岛，被称作最后的'伊甸园'。预计航行两天就能到达，祝大家旅途愉快。"大家先互相寒暄问候了一下，然后就各自去船舱负一层的房间里休息。已经临近傍晚，很多人是从欧洲其他国家飞过来的，很劳累，晚餐就不安排集体晚宴了，由侍者送到各自房间。世界顶级游艇里的套房，比林鼎自家别墅的卧室都要大许多，内部设计装点着各种现代和新古典风格的家具。

　　吃过简单的晚餐后，林鼎去游艇三层的按摩浴池里待了一会儿。然后他去二层的室内泳池里逛了一圈，发现没有人。他们以前经常在这里开泳衣派对，这个十五米长的泳池深度还是可以调整的，在排空水之后，它能立刻化身为一个巨大舞池。他又去到了二层船尾甲板的露天泳池，泳池四周围绕着哈瓦那酒吧，在夜色下正放着古巴音乐，他在这儿总算找到了几个人影。雷崇海、保罗和戴彩云正躺在泳池边的躺椅上，吹着海风，喝着鸡尾酒，身边都有美女相伴。林鼎走过去和他们打招呼，他们也和他问好："嗨，马克，好久不见，来这躺会儿。"林鼎躺到保罗身旁的空椅子上。保罗穿着一件印花的短袖衬衫，扣子一个都没扣，健美的胸腹敞开着，身旁一个金发女郎正在帮他按摩肩膀。一位穿着比基尼的亚裔美女来到林鼎身边朝他甜美地微笑，轻声细语地问他要喝点什么，然后走去吧台。没多久，她就走着猫步，提着两杯干型马提尼回来了。"聊什么呢？"林鼎接过酒杯问他们。

德国人保罗用标准的普通话说："我们刚才在猜，这个'黑荧'组织到底是什么目的。"

"谁知道，也许是家里人去长城旅游被偷了钱包或者不小心摔下去了吧。"大家听了林鼎的话都笑了。

"'黑荧'有对中国政府提什么要求吗？"保罗问。

"北京没收到过谈判请求。私底下如果联系我们，敲诈我们怎么办？"戴彩云问大家。

林鼎果断地说："不能谈，今天你给他一个亿，下个月呢，下下月呢？永无止境。只能找出他们，干掉他们。"

"这次很麻烦，董小姐和南淮谨好像都要暂停欧洲的开发项目。我的德国朋友们不想失去那么多合作机会，你们要帮我挽留他们。"保罗的话里透着忧虑。

雷崇海又抽起了一根雪茄："腿长在他们身上，真想跑，大西洋也没加盖，拦不住啊。不过他们会损失惨重。我们顶多并购一些他们的企业，你觉得呢，老戴？"

戴彩云戴着一顶草编小圆帽，一副圆框近视镜，连肚子也是圆的。他看了一眼雷崇海："可惜他们的优质资产并不多啊。"他望着夜幕下，明月如镜，大海和云缓缓流过。"对了，雷恩，听说你准备买下冈萨洛·毕尔保的《塞维利亚的夏夜》？"

"是啊，美妙绝伦的画，马克正在帮我和卖家谈。"

那名亚裔美女正坐在林鼎身旁，仔细地帮他按摩腿部。林鼎闭上眼，回忆那幅油画："十七世纪的塞维利亚街头，月光下树影斑驳，那漂亮的蓝色调。男人和女人们穿着弗拉门科的服饰，在彻夜狂欢后，就那么坐着，躺着睡着了。他们的脸上还带着笑意。"

"也像是死了，快乐地死去，值得羡慕。"雷崇海补充道。

戴彩云高兴地说："太好了，等你买到手，我一定要登门拜访，合影留念。我也很喜欢那幅画，以前在塞维利亚美术馆看过。这次许广昌没有来抢你的猎物吗？"

"他不会买这幅画的，对他来说太贵。许广昌个老顽固太保守了，他很多公司的负债率都低于10%，不可思议。他根本不懂艺术，他买艺术品只为投资，而我买是因为喜欢。我懂得珍惜身边的美！"说完雷崇海搂着身旁的西班牙美女跳下泳池，激起一阵浪花。水有些凉，他们"嗷"地大叫，然后放声大笑。

林鼎站起身，活动了一下胳膊，也跳下了泳池。他游到雷崇海身边，轻声贴着他的耳朵说："许天的案子，我有线索了。布兰卡失踪的那天晚上，她的室友看到是许弋接走了她。可能……"

雷崇海的眼睛里快速地闪过一丝光："你有其他证据吗？"

"暂时没有，我还在调查。噗……"池水扑打到他嘴里了。

"你要小心，许弋可能已经知道你去见了她室友。在船上不要喝许弋给你的任何东西。"雷崇海用关切的眼神看着林鼎。林鼎朝他点了一下头，然后转身游上岸。池边那位亚裔美女马上帮林鼎披上浴巾，他往船舱里走，美女跟在他身后。

下楼走了一段，林鼎回头看她，她朝他眨了眨眼睛："要不要去我房间坐坐，休息一下？"

"呃，谢谢你，你真是个小甜心。还是不去了，我家里已经有四个女人，够麻烦了。"林鼎给了她一个歉意的微笑。

翌日上午，地中海上阳光明媚。大家吃过早餐后，聚集在二楼的露天泳池晒太阳。海面上传来快艇马达的轰鸣声，林鼎靠着栏杆往下望去，是雷老板在开快艇玩。他热爱大海，从小在浪花里翻滚，十四岁出海跑船，一路成了现在的贸易大亨。雷老板也是俱乐部的发起人，是他提议大家买下这艘顶级豪华游艇的。他会开各种船，是"皮皮虾"号的名誉船长。几年前游艇到港交货的那天，他开心得像个孩子。

这艘游艇就像是雷崇海的妻子，他对每一个房间，每一个机械系统都了如指掌。他和游艇公司商讨定制了很多个性化的高科技豪华设备、影院系统、舞池系统、淡水净水系统、恒温恒湿系统。他带大家去了好多美丽的海岛，度过了许多舒适的假期。

雷崇海驾驶着快艇破浪疾驰，快艇的尾部拉了一根牵引绳，绳的另一头是一位性感火辣的西班牙女郎，脚踏冲浪板，在海面跳跃滑行。时不时能听到她刺激的叫喊声，游艇上靠着栏杆的人们纷纷为她的精彩表演欢呼鼓掌。

过了一会儿，海面上多了一艘快艇，定睛一看，是许弋在驾驶。副驾上坐着一位美少女，后排坐着他的管家，管家似乎和许弋形影不离。许弋戴着红色的墨镜，把快艇开得飞快，超过雷崇海的时候差点撞到了他。他大笑着，头发都被海浪打湿，往脑后甩。许弋完美避开了他父母样貌的所有优点。他长相粗犷，宽脸斜眼歪鼻梁，再配上五短身材，和他帅气的弟弟完全不像是兄弟俩。他在生意场上表面装得谦和有礼，骨子里简直腐烂透了。

许弋甩甩手示意副驾的女生也到船尾去玩冲浪板，女生不太情愿。许弋有些恼怒，指着她骂了几句。她站起来想往船尾走，但是许弋没有减速，快艇异常颠簸，女生不小心跌到了海里。管家没有片刻迟疑，扑通一下扎进海里，用坚实有力的臂弯架起了落水的女生。游艇上看到这一幕的人们都惊呼起来。许弋的快艇终于停了下来，管家从容地带着女生游回快艇，把她抱了上去。他的管家叫阿历克斯，是来自智利的退役军人，高大精壮，无所不能，长得像个印第安人。可怜的女孩，上了游艇还在颤抖，两眼无神。许弋觉得她扫了他的兴，看都没有再去看她一眼。

有惊无险的一幕过后，就到了午宴时间。一道连廊横跨整艘游艇，把主客厅和宴会厅贯通。一层船尾的宴会厅里装有弧形观景玻璃窗，提供270度无敌大海景，中午大家就在这里正式用餐。餐厅的顶就是二层的露天泳池的透明玻璃底部。大家都很喜欢这个天才般的设计，用餐时可以欣赏头顶美女们游泳的身姿。

游艇一共有三套厨师班底，都来自米其林三星餐厅，这次来的是中餐厨师班底。他们并没有选吃中餐常用的圆桌，而是选了靠海景玻璃窗的一张长桌。八位俱乐部成员落座，一边坐四人，管家阿历克斯则站在一旁待命。大家都盛装出席，特别是在座的唯一女士董舒俪，成了全场的焦点。一身雪纺商务套裙，淡橘色的鸢尾袖上衣上，点缀着优雅的白色和黄绿色刺绣，纯白色的齐膝裙下是漂亮的小腿曲线，再往下是一双透明水晶高跟鞋。董舒俪虽然不再年轻，但是皮肤保养得不错，身材也依旧很好。她是中国最成功的女商人之一，举手投足都很有女王的气场，只可惜这次恐袭给她带来了很大的刺激，她显得焦虑不安。菜系是以粤菜为主，改良创新的江浙菜为辅。搭配精致菜肴的是戴彩云自己在西班牙里奥哈产区的庄园里酿的白葡萄酒。

发起这次游艇聚会的南淮谨先发言了。他是一名年轻的计算机天才，汽车和航空智能驾驶系统的设计大师。他戴着眼镜，留着平头，不修边幅，西装也有许多褶皱。今天他很紧张，失去了往日自信到自负的风采。

"感谢大家在这么短的时间里能抽身来到这里。小弟我遇到了危机，恰巧也是在座所有人的危机。"南淮谨环视了一下大家，"雷先生的运货车、董小姐的货轮和我的研发中心都遭到了可怕的攻击。目击了一名恐怖分子的林祖儿还被炸弹袭击，而她和在座的马克先生也有很密切的关系。出席的八名会员，已经有一半的人被卷了进去。谁会是下一个？我们该怎么办？"

顶级投资人戴彩云摸着他的络腮胡："确实早就该聚在一起商量一下了，我们已经晚了一步。现在所有人都人心惶惶，不知道哪天就被炸上天了。股票跌得一塌糊涂，就这样的游艇每天要蒸发好几艘。保险和航运的成本剧增，旅游业也严重受挫。"

保罗熟练地用筷子夹了个鱼丸，嚼两口咽了下去："我这边有情报显示，现在大量投资商的热钱在往美国、澳洲和发展中国家流动。"

"切，搞得美国没有恐袭似的，那里可是鼻祖。"许弋说。

"但美国至少现在没有什么动静。人们总得找相对安全的投资环境。"保罗回应。

鎏江省首富许广昌放下葡萄酒杯，用丝巾擦了下嘴："德国人辛德勒说成就非凡的事业需要三个人的帮助，高明的医生、宽大的牧师还有聪明的会计。我看现在不够了，还需要一支军队。"

大家都不解地看着许广昌，他那郑重的语气不像是在开玩笑。"经济损失也就算了，人身安全才最重要，我可不想活了五十多岁，莫名其妙就死了。我要雇佣一只武装部队，保护我欧洲的所有企业。想干倒我，没那么容易。我还要组建一个特工队，调查这个恐怖组织，消灭他们。"许广昌狠狠地把自己餐盘里的一块潮州黑沙鹅肝夹成两半，放进嘴里。

"但是这不太合法吧？"雷崇海问。

"不合法总比被人搞死好吧。"许弋不屑地说。

眼前缤纷诱人的美食没有激起董舒俪的半点儿食欲，她几乎都没有动筷子："真是糟透了，为什么我们要被袭击，我们做错了什么？而且我从小就是法国人啊，我有1/4的法国血统，我甚至都没去过几次中国。"

"虽然你法语说得确实比中文好，但很遗憾你依然是中国人的模样。"南淮谨无奈地说。

董舒俪有些神经衰弱，话语里充满了苦涩："我要离开欧洲，我不想再看到我的员工惨死了。"

"你要跑路？跑哪去，回家带孙子？"许广昌问她。

"我有那么老吗？！你都没孙子，我哪来的孙子。"

"董美女，淡定一点，我们能挺过去的。历史经验告诉我们恐怖袭击对经济的影响宏观变化不大，市场有足够的弹性来快速恢复。再说跑得了和尚跑不了庙，哪个经济发达的国家没被恐袭过？"雷崇海努力安抚她的情绪，"放轻松，只要你能狡兔三窟，不会那么倒霉的。"

董女士茫然地看着雷崇海，似乎没听懂他的话。德国人保罗帮她解释："狡兔三窟就是说你不要老是住在巴黎，其他城市的房子也要住住，比较安全。"

南淮谨惆怅地说："我也想跑，但那样会损失惨重。很多项目会违约，银行也会找我麻烦。而且托许大公子的福，我的新能源汽车公司已经陷入财务危机了。"他颓败地看着许弋，"两个月前你答应要注资我，帮我改造扩建厂房，并还掉一批供应链的欠款，后来你又出尔反尔。"

许广昌听后盯着许弋："他说的是真的吗？你毁约了？"

许弋轻描淡写地说："拜托，那只是口头协议。后来我看他的新款量产车型的测试成绩不太突出，就放弃注资了，有什么不可以吗？"

众人都不满地看着许弋。许广昌感到很不悦，大骂道："畜生！"

许弋翻了个白眼，不再看任何人。

许广昌克制住怒气，对南淮谨投去歉意的目光："没事，我可以帮你渡过难关。"

保罗诚恳地对大家说："我希望大家都能把资本继续留在欧洲，这也是我背后的人赋予我的最大使命，欧盟需要中国的资本来持续保持活力。当然了，如果董女士和南先生执意要走，我觉得其他人可以帮助……呃，中文那个词怎么说来着……"

"接盘。"雷崇海斜了一眼保罗。

戴彩云说："董女士的振画集团旗下的电器、通信、商贸公司，市值蒸发得很厉害。特别是电器公司，之前并购德国的芯片公司失败，不太妙啊。"

"优质资产还是有值得收购的，比如伦敦的 Fan Hills 酒店，巴黎的写字楼 Vision Tower……"雷崇海补充道。

许弋冷笑一声："你们还真会捡便宜啊。"董舒俪咬着牙，一言不发，低着头脸色铁青。

"怎么捡便宜了，伦敦的酒店我的出价至少能给她换来二十六年的租金回报。你出更高你拿去啊，我看是你想打劫吧。"雷崇海挑衅地看着许弋说。

林鼎终止了他们的争论："不要再谈生意了，这不是生意的事。这是恐怖袭击！是残暴的屠杀！求求大家动用所有的资源，揪出这个恐怖组织，一切就恢复平静了。"

午宴进行得差不多时，许弋吩咐管家上茶。俱乐部有个传统活动就是品茶大会，在游艇上时每天都由一个不同的会员拿出自己珍藏的茶叶供大家品茗。

今天出场的是许弋天价竞拍而来的极品"大红袍"乌龙茶叶，产自武夷山九龙窠景区的三棵大红袍始祖树。大家都饶有兴趣。管家阿历克斯自从进了许弋家，也成了茶道高手。品饮大红袍，必须按"工夫茶"小壶小杯细品慢饮的程式，才能真正品尝到岩茶之巅的禅茶韵味。林鼎注意到管家的手表很漂亮，是Richard Mile RM055 黑色传奇，非常贵。

一番细腻讲究的茶道操作之后，阿历克斯一共倒出了八小杯，由于是长桌，他站在桌子的顶端，分两排让大家一杯杯传递下去。面朝大海的一排按顺序就座的是雷崇海、戴彩云、保罗和许广昌；而背靠大海的那排是林鼎、董舒俪、南淮谨和许弋。大家拿到茶后，都闭上眼睛，把茶杯靠近鼻息去欣赏香味。大红袍品质最突出之处就是香气馥郁并有幽幽的兰花香，香高而持久，"岩韵"明显。背靠大海的那排是林鼎第一个接到管家递上的茶，靠近鼻子闻了起来，眼镜都起雾了。他想到昨晚雷崇海在泳池里的耳语警告，他忙说："我忘了我的肝脏不太好，不能喝乌龙茶，真是可惜。我闻闻便算过了瘾吧。"然后他把茶杯递给他身旁的董舒俪。她也仔细闻了闻香气，再传递给下一位——南淮谨。南先生端着茶杯，请现场的侍者用游艇专用的相机给他和这杯茶一起拍了合影。他们所有人的手机和电子产品上船时就都被没收，和外界的通信只能通过船上的卫星电话。南淮谨拍完照后将茶杯再传递给这一排的最后一位——许弋。然后南先生再从董女士手中接过自己的那一杯品了起来。很快除了林鼎，其他七人都有了茶。

许广昌有些不高兴，他很清楚许弋买的这些茶叶的价格，每二十克就要二十万人民币以上，他开始痛骂这个败家子儿："我说你这小崽子钱没赚到多少，这个奢侈的派头倒是一等一啊。你那个影视娱乐公司，还有意甲的球队，业绩就是一坨屎啊。等你弟弟毕业了，我要好好让他来分担一些产业。"

许弋刚才还在闻着茶香，一下子脸色就黑了下来，他放下茶杯问："许天他出了这种丑闻，还让他参与家里的产业？"

"马克不是破案了嘛，许天是被人陷害的。他的车都不是自己的，那个交警已经跑了，谁都找不到他，肯定是他干的。怎么，你这么希望你弟弟坐牢吗？"许广昌质问许弋。

"这案子只要一天没有查出真凶，许天就不能完全脱罪，他没法赢得投资商的信任，怎么代表我们家族做生意？"

"这不关你的事，我有我的安排。"

许弋很生气，他站起身，把腿上的餐巾抓起来用力扔到餐桌上，酒杯都被碰倒了。他大步往外走。管家跟着他走出了餐厅。

董女士接过了给大家泡茶的任务，大家继续喝茶聊天。戴彩云这只老狐狸酒足饭饱之后就开始聊起了各种八卦。然后他问林鼎："哎，对了，马克，听说那个被袭击的林祖儿现在住在你家里，是真的吗？"林鼎点点头。戴彩云对林鼎露出一个淫邪的笑容："那是你的小情人吗？跟大伙儿说说呗。"大家看着林鼎都笑了。

"你这话千万不能被约兰达听到，我怎么可能让老婆和情人住一起呢？动动脑好不好。她只是我的远房亲戚，正好来西班牙留学的。"

"你在大陆也有亲戚，你不是台湾来的吗？"保罗问。

"我小时候一直在大陆，工作后才去了台湾。"林鼎流利地解释。

这时大家发现头顶的露天泳池里，许弋已经穿着金色的泳裤，独自游泳了。保罗望着许弋的身体苦笑着摇了摇头，本来是用来欣赏美女游泳的，没想到现在要看着许弋那粗短的身躯。美女们都还在别的餐厅用餐呢。

董女士喝了很多酒和茶，不得不去了一趟洗手间。南淮谨问林鼎："跟我们详细说说那个许天的案子吧，你是怎么发现他的车被调包了的？"等董女士回到座位，林鼎就跟大家讲了一下自己破案的经过。董舒俪非常赞赏林鼎："马克你的眼睛真是太犀利了，能注意到那么小的细节，这大概是艺术家的职业带来的吧。许天的妈妈可是我的好朋友，他出了这事可吓坏我们了，她妈妈整天在家哭得稀里哗啦。还好你帮许天洗掉了冤屈。"

林鼎说："不过洗得还不够彻底，我还在继续追查线索。"

雷崇海这时打断了林鼎，并用眼神提醒他不要透露："怎么甜品还没上来？太慢了，我去厨房催一下。"他起身走向餐厅外面的厨房。

大家急切地追问林鼎是不是知道谁是杀害布兰卡的凶手了。林鼎瞄了一眼头顶上游得正欢的许弋，卖了个关子："这个暂时保密，我还需要找更多的证据才行。"

不一会儿雷崇海就亲自端着一大盘甜品回到餐厅。"按大家的要求，甜品是法式的，所以慢了一点。"雷崇海体贴地把甜品分发给大家。七个俱乐部成员继续商讨如何应对这场恐袭危机。

等大家把甜品吃得差不多了，餐桌上杯盘狼藉。保罗突然抬头用德语大叫："噢我的上帝啊，快看他！"大家不明所以，纷纷抬头往上看，发出惊呼。通过透明的天花板，看到泳池里许弋张大嘴巴脸朝下，表情狰狞可怖，眼睛瞪得滚圆，四肢张开，一动不动地飘在水里。董舒俪吓得大叫，昏倒在自己的座位上。几个侍者看到这种情况，都愣在原地，不知所措。南淮谨大喊："我来照顾她，你们快上去看看！"

剩下的五个人一窝蜂跑上了二楼，当他们来到泳池边时，正看到管家阿历克斯跳进了泳池，泳池水不深，他又高大，水位只到他的胸口，他大步走向飘在水里的许弋，把他抱上了岸。旁边吧台的酒保蹲在他们身边想帮忙。阿历克斯神情紧张，他拍了拍许弋的脸，摸了下他的脖颈，摇了摇头。大家凑上前一看，许弋的脸已经铁青发紫，显然是死了。许广昌怒吼："这是怎么回事？我儿子怎么了？！"他过于激动，一个趔趄，保罗赶忙搀扶住了他。戴彩云不停挠着自己的秃头。雷崇海喊来了船上的驻船医生。林鼎报了警，海岸警卫队会乘快艇赶来。医生检查了许弋的尸体，告诉了大家他惊人的结论，"许公子不是溺水死的，而是溺水前已经被毒死了。"

"又一起谋杀案，居然在这里发生。"保罗非常不满地说。

看着甲板上的尸体，午后灼热的阳光令林鼎有些晕眩。在这么豪华的游艇上，发生了如此恶毒的谋杀，真是阳光下的罪恶，如此赤裸、张狂！不知是太热还是紧张，林鼎的衬衣的背部都湿透了。

众人正难以置信时，林鼎说话了："怎么会这样，明明是他想毒死我，怎么他自己死了。"

许广昌不敢相信自己的耳朵："你说什么？马克你再说一遍！"

林鼎看了看一头雾水的人们，坦白说："我之前查到了线索，许天的女友布兰卡失踪的那晚，是被许弋和管家接走的，有证据表明许弋有绑架谋杀的嫌疑。"

"你胡说些什么！"许广昌怒不可遏。一旁的酒保默默地给许弋的尸体盖上了一块大毯子。

"然后我告诉了雷崇海，他让我小心，许弋可能已经知道我掌握了些线索，会在游艇上暗杀我。"林鼎一边说着一边沉思。"许弋派他的管家在茶里下毒，给我喝，我没有喝，传给了下一个人，一路传到了我这排的最后一人手里——许弋。可能……他自己不小心喝了，然后死了。"

戴彩云眉头紧锁，产生了疑问："但这说不通啊，许弋又不傻，他怎么会去喝自己命令下过毒的那杯茶呢？"

"那就说明是管家自己的主意，要下毒杀死马克，结果不小心毒死了主人。"保罗果断地说。

管家阿历克斯辩解道："我没有下毒，你的推理简直可笑。你们怎么知道毒一定在那杯茶里？就算在那杯茶里，传递过那个茶杯的人，都有机会下毒，不是吗？马克、董女士和南淮谨。"

林鼎突然想起了什么："糟了！茶还在下面，我们快下去，保护现场！"五个人加上管家又匆匆下楼，回到餐厅里。看到董女士已经苏醒了，手里握着一个玻璃杯喝着水，一个女侍者正在给她扇扇子。董舒俪喃喃自语，魂都丢了："太可怕了，没有地方是安全的，太可怕了……"南淮谨正拿着游艇专用的相机给餐桌拍照。

雷崇海问他："你在干什么？"

"我在拍案发现场的照片啊，许弋明显是被毒死的，不是吗？像他这种游泳健将，怎么可能会在一个淹不到脖子的泳池里溺水。毒一定就在这些菜、酒或茶里。"

林鼎看了一眼桌上的茶杯，非常不解，他问南淮谨："有没有人动过桌上的杯子？"侍者们都摇摇头，南先生也说："没有人碰过任何东西，除了那位女侍者拿了桌上的一个空玻璃杯给董女士倒了杯矿泉水。"董女士完全没有在听别人说话，一个人呆呆地坐着。

林鼎露出了迷惑的神情，他招呼大家来看他面前的茶杯——许弋的茶杯。大家凑上来一看，都迷茫了，许弋茶杯里的"大红袍"依旧是满的，他在和许广昌吵架后就离开了餐厅，那之前他还没来得及喝一口茶。管家看了也很惊讶，半天说不出话来。

所有人都陷入了沉思。桌上的菜，由于是中餐，大家都是夹的同样的盘子里的，茶和甜品许弋都没有吃。南淮谨问："会不会是餐前的白葡萄酒？"戴彩云说："但酒是我带来的，全新未开封的。是侍者给大家倒的酒。除非有人提前在许弋的酒杯里下毒。"

雷崇海推翻了他的推理："我觉得不是葡萄酒的问题，餐前许弋喝了至少两杯酒，用餐的过程超过了一小时，中间他一点异样都没有。应该是他离开餐厅前不久的时刻中毒的，要么是这个茶，他确实喝了，然后被人偷偷又加满了，要么是……"

"要么是毒根本不在这个餐厅里，而是在许弋上楼后中的毒。"董舒俪仰靠着椅子，闭着眼虚弱地说。

大家听了董女士的思路，又都跑上了二楼，来到泳池边。他们问泳池边哈瓦那酒吧的酒保，有没有给许弋做什么饮料或者吃的。酒保是个老实的西班牙小伙儿，他指着阿历克斯说："他的管家给他做了一杯雪利甜橙鸡尾酒。我没有做饮料。"

"你撒谎，你这个狗娘养的骗子！"管家恶狠狠地冲着酒保说。

"杯子在哪儿？"许广昌气喘吁吁地问。

酒保指着远处的一个躺椅说："在那个躺椅边的地上。"

南淮谨跑过去找到了那个杯子，杯里还剩一半的饮料，飘着一块橙子皮，冰块早已融化光。他把杯子拿回吧台阴凉地方放好。"大家都不要再碰了，就放这里。等警察来化验。那除了管家，许弋游泳的时候还有其他人上来过吗？"

"没有，没其他人上来过。"酒保肯定地回答。

雷崇海自信地对大家说："这事实已经很明了了，许弋在楼下吃的食物都和我们一样，那杯茶也没喝过。然后他上到二楼游泳，游泳期间只喝过管家做的饮料，接着不一会儿就死了。下毒的唯一机会就在管家的手里。"

管家阿历克斯张大眼睛，脸色突变："你？！你他妈陷害我！鸡尾酒不是我做的，是酒保做的。鸡尾酒没有毒！一定是有人在茶里下毒，许弋喝了后有人偷偷添满了。或者……或者是许弋自杀的！一定有遗书，找找，肯定能找到。"

"你疯了吧，许弋这种人哪里像是会自杀的人。"林鼎说。

阿历克斯跑到吧台里翻许弋的衬衫和西装外套找遗书，他翻遍了所有的口袋。"不可能，应该就在他身上的啊。"由于慌张，他的声音都变了调。突然，他撒腿就往楼下跑，速度奇快，大家都没反应过来，就没影了。许广昌大吼："抓住他，别让他跑了！"拔腿就追，速度完全不像是五十多岁的人。雷崇海边跑边喊："分头跑，马克你去左舷，保罗去右舷，看住两艘快艇，别让他开走！小南跟我追他。"

船的一楼是主要的公共娱乐空间，有影音室、棋牌室、桌球乒乓室、KTV等，房间众多。戴彩云年纪最大，和董女士仍旧待在餐厅休息，其他"渔夫俱乐部"的会员分头追寻管家。吵闹声惊动了午休的女孩子们，她们跑出房间看看发生了什么事，场面非常混乱。许广昌问她们："有没有看到那个南美管家往哪跑了？"

有个女孩子回答："我看到他穿过影音室，往楼上跑了。"

许广昌跑上二楼，看到阿历克斯正往船头的方向跑，他奋力追赶，雷崇海紧随其后。而南淮谨已经迷失在一楼的房间迷宫中。阿历克斯跑到了二楼的尽头，然后翻下栏杆往下跳，两步就到了一楼船头的甲板上，那里正是停直升机的地方。他进了直升机，钥匙还留在控制台上，他发动引擎，螺旋桨缓缓转了起来。许广昌痛失儿子，不顾一切也从二楼跳下。管家还没来得及做下一步操作，就被许广昌拽下了飞机。他们扭打在一起，许广昌从背后拦腰抱住管家，拼命大喊。

听到喊声和直升机巨大的轰鸣声，林鼎从一楼的左舷处赶去船头。他远远看到雷崇海已经赶到直升机旁，三个人正大打出手。管家人高马大，一个过肩摔把老迈的许广昌摔在地上，随后一脚飞踹，把雷崇海也踹倒在地。许广昌不依不饶，又站起来抓住阿历克斯一只手臂，被他一记勾拳打到腹部，许广昌踉跄地后退两步，背撞栏杆。雷崇海过去扶了一下他，许广昌表情痛苦万分。雷崇海从侧面扑向管家。谁知没等雷崇海碰到管家，管家就闪电般出拳，一记爆裂无比的上勾拳结结实实击中许广昌的下颚，许广昌被打得向后飞起，翻出栏杆，"扑通"一下掉进了海里。雷崇海看到这一幕，愣了几秒，从栏杆上扔下一个救生圈到海里，但是许广昌没有接到。然后他跑向林鼎："快！放下快艇，救人！让船长停船！"

林鼎又回头跑，手忙脚乱地帮雷崇海放下快艇，花了不少时间，满头大汗。游艇越开越远，离许广昌越来越远，过了一会儿才急停了下来。等其他人赶到船头想要抓住管家，阿历克斯早就驾驶直升机飞走了。大家看着天空中的直升机越来越小，真是望洋兴叹。再看着雷崇海驾驶快艇奔向许广昌，在碧蓝的海面上留下一条白线。等回到许广昌落水的地方，早已没了人影。雷崇海呼喊着，开着快艇一圈圈地打转。

众人站在船头，海风狂乱地吹打他们，他们亲眼见证了又一场噩梦。一天之内，死了两个人，嫌疑人还跑了。海岸警卫队来了之后，几艘快艇一起搜寻许广昌的下落，从白天搜寻到晚上。同时，许弋死亡的案件也在调查中，警官收走了所有的杯具、餐具、食物残渣，还有泳池边的雪利鸡尾酒。游艇上每一个人都被单独问了话。每一个人的房间都被仔细搜查，包括所有的船员、侍者、用人和厨师们。警官觉得这个案子很奇怪："应该是管家阿历克斯在茶里下毒，想毒死马克，因为马克掌握了一些许弋和管家共同绑架谋杀犯罪的证据。林鼎很小心，没有喝茶，毒杀失败了。许弋知道传递到他面前的那杯茶里有毒，所以没有喝。但想不通的地方来了，管家为什么要上楼毒死他的主人许弋呢？"

林鼎想了想说："可能管家一开始的目标就是毒死我，或者毒死许弋，都行。毒死我，让我永远闭嘴；毒死许弋，让许弋永远闭嘴。如果他们被警察抓住，许弋一定会把绑架谋杀的罪行都推到管家头上，想办法让自己脱罪。"

警官思考片刻说："有些道理。但是在一楼餐厅里毒死人，还能嫁祸给其他的三个人，他们也有机会下毒，而在二楼泳池边下毒，管家只能嫁祸给酒保了，酒保完全没有犯案的动机啊。"

雷崇海说："人在绝望的边缘，哪能做出完美的犯罪。他做到这一步已经不错了，竟然让他在我眼皮子底下跑了，真是耻辱！妈的，许广昌也没有救上来。"雷崇海非常郁闷自责，他坐在椅子上，双手掩面，无法面对众人。

第二天黎明，游艇抵达了福门特拉岛，暂时停靠封存在这里。大家从岛上的机场各自坐飞机回家。林鼎在回家的路上，接到了警局的通知，尸检报告和食物餐具化验报告出来了。结果让他大跌眼镜，推翻了这个案子之前的所有推论和逻辑。警方化验了游艇上的食物和餐具，那杯许弋面前的茶里含有提炼过的生物碱毒剂，而其他所有食物和饮料都没有毒，包括那杯被认为是毒死许弋元凶的鸡尾酒，也是无毒的。许弋体内致死的毒药成分和茶里的生物碱毒剂是一样的。经过彻底的搜查，并没有在游艇上找到下毒的器具和毒药。

林鼎心里很郁闷，许弋喝的鸡尾酒没有毒，毒确实在茶里，那么管家、他自己、董舒俪、南淮谨都是下毒的嫌疑人，他都无法自证清白。这一连串的杀人案件什么时候是个头，重重密布的疑云何时才能被正义之风吹散。

2

四个女人

才离开两天，家里就变得一团糟。祖儿和约兰达都来找林鼎告状。她们两个争得面红耳赤，互不相让。祖儿对林鼎说："昨天晚上我回家，发现她偷偷把门锁的密码换掉了，我不停地敲门，她都不肯开门，装作没听到！"约兰达气焰嚣张："这是我家，你不听话我就不让你进门，怎么了？"林鼎感到很疲惫，他无力地看着她们。

祖儿反击："我怎么不听话了，是你先把我的风水摆件都扔了！"

约兰达说："那我的相框和照片呢？还有我的结婚戒指呢？"

"你的结婚戒指关我屁事，我难道从你手指头上拔下来了？"

"我今天醒来就发现不见了，肯定是你偷走了！你个小贱人。"

她们还在继续吵吵嚷嚷，林鼎屏蔽了她们的声音，自顾自走到客厅，躺到了沙发上。桑迪跑到林鼎面前："幸好你回来了，这两人简直水火不容。昨晚要不是我求约兰达帮祖儿开门，祖儿就跑了。现在外面那么危险，乱跑很容易出事。"林鼎拍了一下他的肩膀："谢谢你桑迪，辛苦了。"

吃完晚饭，林鼎把约兰达、祖儿、萨拉都喊到客厅来。今天晚班执勤的是因凡蒂诺、玛蒂娜和托马斯。林鼎把因凡蒂诺也请到了客厅，让玛蒂娜和托马斯留守在房门外。

林鼎让大家在沙发上坐好，发布了信息："昨天中午，在游艇上，又死了两个人，许广昌和他的大儿子许弋死了。一个被毒死，一个追嫌疑人时被打落到海里。"

大家都觉得不可思议，在海上的私人游艇居然也会出这种事。

"现在形势非常严峻，没有任何地方是安全的，我们一定要保护好祖儿。昨天……"林鼎把游艇上的案情详细地讲给他们听。

"你们怎么看这个案子？真相到底是什么？"

萨拉首先发言："我觉得许弋还是因为喝了茶中毒的。爸爸你说你们下楼后问了侍者们，董女士还有南淮谨，他们没人动过许弋茶杯是吗？"

林鼎点点头："对，他们都说没看到有人动过。"

萨拉分析说："可能是有人在许弋喝了一口茶上楼后，在大家吃甜品那段时间里，就在你们面前，偷偷加满了那杯茶。而不是在你们查看许弋尸体，再下楼之后。你回忆一下，许弋上楼后，你们喝茶聊天，吃甜品那段时间，有人站起来经过许弋的位子吗？"

"我记不清了，雷崇海给大家分发甜品盘，经过每个人身边。保罗去过观景窗前看了看风景，也路过了许弋座位，其他人我没有留意。"

约兰达不解地问："为什么有人要偷偷加满那杯茶呢？"

祖儿嘲笑她："你好蠢啊，我的天！当然是让人以为许弋没有喝那杯茶了。把大家的注意力都引向二楼，许弋喝的鸡尾酒上面，就可以陷害管家啦。"

约兰达对祖儿翻了个白眼，反驳她："那在茶里下毒的人，怎么能确定许弋游泳的时候还要喝鸡尾酒呢？如果他什么都不再喝，怎么陷害管家呢？"

因凡蒂诺见过无数悬案，林鼎把他留下来就是想问他的意见，他说："如果真的鸡尾酒里没有毒，毒在茶里，管家为什么要急着逃跑？有四个人都有在茶里下毒的可能。难道只是因为他心虚？就承认了罪行？我有另一种解释，这茶里的毒只是个烟幕弹，根本没毒，是后来许弋上楼后有人偷偷加进去的毒，只是为了陷害你们几个人。茶本来不满的，许弋确实喝了一小口。等罪犯加了毒进去以后，茶就变满了，罪犯可能没有注意到这一点或者是没有机会再去倒掉一点。而真正的毒在鸡尾酒里，管家在许弋死后拿走了有毒的鸡尾酒杯，换成了没有毒的半杯鸡尾酒。但是这个操作需要酒保配合才行，杯子和酒都在他的吧台里，他们两个是同谋。"

"这样就变成了警方的化验结果是茶有毒，鸡尾酒无毒；而事实是茶无毒，鸡尾酒有毒，都是伪装得巧妙的欺诈！"约兰达恍然大悟。

"这个双重伪装的操作是很妙，可以让管家洗脱罪名。但是有一个问题，许弋上楼时，管家是跟着他上去的，那么在茶里加毒加满的人，就是楼下餐厅的几个人之一。在泳池边的鸡尾酒里下毒给许弋喝，然后换掉杯子的是楼上的管家和酒保。你们不觉得这两拨人是矛盾的吗？楼下的人为什么要配合楼上的管家，让管家脱罪，而把嫌疑放到自己身上呢？"林鼎又对因凡蒂诺的推理提出了逻辑上的质疑。

"不矛盾，只要楼下餐厅里的同谋是坐在面朝大海的那一排，逻辑就对了。那个同谋不需要第一时间在茶里下毒，等许弋上了楼，大家喝茶聊天，吃甜品时再偷偷下毒进去。这样更大的嫌疑就落到了背对大海的那排人身上。"因凡蒂诺解释说。

林鼎还是觉得不对劲："这样的话，罪犯就直接放弃了在午宴上毒死许弋的机会了啊。这合理吗？这么自信管家能在泳池边成功毒死许弋？面朝大海的那一排四个人，雷崇海、戴彩云、保罗和许广昌，似乎都没有参与谋杀许弋的动机啊。最大的问题仍旧是这番诡计完成后，管家完全可以等警察来，化验鸡尾酒杯，进而脱罪，不需要驾直升机逃跑。"

"真是乱套了！也可能是楼下的那个罪犯在茶里下毒，许弋喝了，然后偷偷加满了茶，以此来陷害管家；而楼上的管家在鸡尾酒里下毒，然后换掉酒杯。茶里和鸡尾酒里都有毒，许弋喝了两份毒，两帮人互相陷害。他们不是一伙的。"因凡蒂诺补充说。

"这么多人要杀死许弋？这是多遭人恨啊。"祖儿说。

"尸检报告说许弋中的毒只有一种生物碱。两帮人互不知情，然后恰巧在同一天，用同一种毒药去谋杀许弋？这不太可能。"

萨拉眼睛一闪，有了新的灵感："我觉得还有一种可能性，毒死许弋的既不是茶，也不是鸡尾酒，而是其他吃的。许弋有没有生什么病？每天需要吃药。那时正是午餐后，管家拿着主人平时要吃的药片给他吃，然后许弋就着鸡尾酒把药片吃了下去。当然药片是假的，管家给他吃的是毒药。"

讨论了半天都没有结果，大家就回房睡觉去了。

躺在床上，林鼎不停地在想，那么多种可能性，但没有任何一种有确凿的证据证实。这个案子实在是太复杂，太诡异了。林鼎总觉得哪里不对劲，他回想起管家的状态很不正常，居然喊许弋是自杀的，还在那疯狂地找遗书。如果管家真是凶手倒还好，最令人担忧的是凶手是"渔夫俱乐部"的成员之一。

约兰达洗完澡后进了卧室，非常不满："我受够了这种日子。杀人犯无处不在，你们的内部都被渗透了！我们天天提心吊胆，就为了保护你的中国女儿，她就是颗炸弹。马克，我真想回到只有我们的日子，可以吗？"

"我早说了让你带着萨拉搬出去住，更安全些。"

"凭什么我要搬出自己的房子，休想！我问你，那个叶馥仙的病好了以后，她住哪里？"

"她康复还需要很长时间呢，康复后肯定是和祖儿一起住了。"

"那你呢？你是和我住，还是去和她们住？或者一三五这里，二四六那里，礼拜天随机？你只能有一个妻子，那就是我！你到底爱我还是她？"

林鼎沉默不语。"啪"的一记耳光火辣辣地抽到了他脸上，约兰达开始歇斯底里："滚！滚出我的房间，我不想见到你！"林鼎想去拉她的手，被她一把甩开，"别碰我！快滚，给我睡外面去。"

抱着被子，灰溜溜地走出房间，整栋房子早已浸入黑暗之中。房子里有很多人，外面还有好几个警察，但林鼎觉得特别孤独，只剩他自己。他只能去客房睡觉了。客房常年空着，疏于打扫，到处都是灰尘。床上只有乳胶床垫，没有床单。他躺在裸露的床垫上，整夜无眠，心想着："如果真能回到过去，我应该会回到冠玉离开我的那个中午。如果不能回到那么远，我就回到祖儿坐那辆姚炜的货车之前，去阻止他们上路。"

一大早就听见约兰达在骂娘了。"马克，快过来看啊！"约兰达的嗓门高得离谱，可以去唱歌剧。林鼎寻着声音，来到厨房，只见约兰达指着厨房墙上的一排空插座说："都被拔下来了，微波炉、面包机、咖啡机插头都被拔掉了，就连热水器和洗衣机也拔了。客厅的电视、音响、空调也是这样。真是太恶心了！我每天起来做早饭，还得一个个电器插上插头。灶台也是，用之前还要打开煤气阀，你说麻烦不麻烦！"

林鼎跑去问刚起床的祖儿为什么要这么做。

祖儿很淡定自若地回答："这样省电啊，而且安全。"仿佛全世界的家庭都是如此。林鼎耸耸肩，扁了扁嘴，竟无言以对。

约兰达听到祖儿的回答，跑过来说："省电？无聊！好啊，那你以后洗自己的衣服不要用洗衣机，全部手洗。夏天到了，空调电扇都别用，扇扇子就好了。好笑了，电源关了不就好了，电器都没运转，能费几毛钱的电？你知道你老妈住院治病一年要花多少钱吗？"

"够了，别说了，开源节流，中华传统美德。"

"美个屁，白痴！乡下地方来的，连垃圾分类都不会，社区警告我好几次了。搞得像我的错一样，你好好教教她吧！"说完约兰达就拎着她的克洛伊包包，气汹汹地出门了。林鼎透过窗户，看到她驾驶的火蛋白石红的梅赛德斯E级 coupe 轿跑飞快地远去。

今天是周末，祖儿上午洗完大家的衣服，拿着大盆子来到花园里晒衣服。林鼎的别墅跟雷崇海那些富豪的宅邸比起来，算是很邻家的感觉。200 平方米的花园里植被以草坪为主，整个四边是由半人高的绿色小灌木围绕成的天然护栏，它们都被修剪成了整齐的长方形。北边中间是花园的矮铁门，进门两边，各有一株可爱的小树，是日本红枫和紫丁香。一条细细的鹅卵石小路通向别墅房门。后院还有一个门，车从这个门停进西侧的车库。花园靠西侧是一棵大罗汉松，姿态很美，像宫崎骏动画片里的样子。它的高度稍微超过了两层的别墅，可以给花园带来一大片树荫。别墅的外墙壁有一些爬藤植物，增添了岁月的美妙痕迹。林鼎和约兰达带着萨拉来到西班牙的第三年，贷款买下了这套别墅。萨拉八岁之后的时光都是在这里度过的。她小时候在花园里种过各种各样的花花草草，给它们取名字，看它们开花结果，她经常一待就是一整天，乐此不疲。现在花园里的植物种类很少，很简单干净，主要是林鼎和约兰达也没有时间打理。约兰达有空闲时间会去逛街，做头发，美容，参加上流聚会，而林鼎则把大部分时间投入到珠宝工作室中。

花园的东侧用两根铁杆儿拉了一根晒衣绳，祖儿把洗好的衣服一件件挂上去。萨拉也在花园里，她在房门口偏东侧摆了一把躺椅，躺在上面晒日光浴。她觉得很神奇，在这里住了那么多年，突然家里多了一个来自中国的"姐姐"。祖儿看萨拉躺着在看书，走到她身旁问她："萨拉你在看什么书呀？"萨拉蓝色的墨镜下，俏皮的眼神看着祖儿："噢，我在看《时间的针脚》，最近很火的，一个西班牙女裁缝变成二战间谍的故事。"

"听起来很有意思呐。"

"我还看过中国的小说呢，你猜猜是哪本？"萨拉笑着说。

"嗯……有点难……《红楼梦》？"

"哈哈，是《绝代双骄》，西语版的。小时候一直听爸爸讲中国的武侠故事，他说他最喜欢的作家就是古龙。"

听了萨拉说起父亲的事情，祖儿有点惆怅，她发现萨拉比她这个亲生女儿更了解她父亲。祖儿对父亲的记忆只停留在五岁，那个挥之不去的下午。她只能从她三岁起才建立的模模糊糊的记忆中，努力搜寻父亲和她的快乐时光，少之又少。现在祖儿二十岁了，与她相比，林鼎也更加了解萨拉。祖儿小时候在家里就发现了好几本古龙的小说，她还以为那是妈妈爱看的。十多岁的时候，她偷偷拿来看，她最喜欢的就是《多情剑客无情剑》了。

"昨天我看到你做了鸡翅，黑黑的，闻起来好香。"萨拉的话又把发呆的祖儿拉回到了现实。

"那是可乐鸡翅，我最喜欢吃鸡了，我还会做三杯鸡，下次做给你吃啊。"

"你做的菜名字都好搞笑。可乐鸡翅加可乐我能理解，三杯鸡是什么意思啊？"

"'三杯'指的是做这道菜用到的三杯调料，米酒、酱油和麻油。"

"中餐有好多奇奇怪怪的调料哦。家里的烤箱你有用过吗？"

"没有呢，我以前家里没有。都不会用。"

"我可以教你，我喜欢做蛋糕啊、饼干啊之类的。"萨拉的脸上露出纯真的笑容，祖儿也对她会心一笑。

"你妈妈约兰达好像很讨厌我，但你还挺好相处的。"

"她讨厌的是你妈啦！你又不是我情敌，哈哈！我老爸是个中国人，但我从小没有中国的同学和朋友，一直想有个同龄的中国朋友。"

这时桑迪和哈维凑了过来，加入聊天。桑迪问她们："早上好啊美女们，你们在聊什么呢？"

萨拉对他说："我们在聊做菜，你会吗？祖儿会做好多很棒的菜。"

一听到吃的东西，胖子哈维就来劲："我喜欢吃中餐！经常点中餐的外卖。我最爱吃成都火锅了。"

"有你不爱吃的东西吗？"桑迪讥讽胖子，大家都呵呵笑。

祖儿说："我们今晚就可以吃火锅啊。"

萨拉惊喜地说："好呀，在哪儿吃啊？"

"就在家里吃，大家一起才热闹。我去社区的中国超市买食材，家里有电磁炉可以用。"祖儿激动地说，她也好久没有吃火锅了。哈维听了兴奋地手舞足蹈。被远处的老特警华金看到，朝他大骂："哈维！你在那干什么呢？到我这边来守着！"哈维只好屁颠屁颠往华金那走。

祖儿突然意识到桑迪在身旁。萨拉躺在躺椅上晒太阳，穿得特别少，上面是比基尼，下面是一条超短热裤。她新鲜的肉体一览无遗，在火辣的阳光下像一块烤羊排。萨拉拥有少女的梦幻身材，皮肤白皙水嫩，青涩的曲线让祖儿看了都觉得脸红。祖儿看了眼桑迪，然后对萨拉说："你穿得是不是有点太少啦？"萨拉扑哧一下笑了："晒太阳当然穿得少才能晒啦。这里是西班牙，不是阿拉伯国家，女人都要裹起来。我想晒黑一点，让皮肤更好看些，我太白了。"

"你好奇怪，我们都是越白越好，夏天出门都要打伞的，你反而要晒黑。"

"这里流行小麦肤色，显得健康。可惜我有白人血统，怎么晒都晒不黑。"说着她往身上擦了一些美黑霜，祖儿以为那是防晒霜。

桑迪对祖儿说："她穿得不算少了，沙滩上还有更少的呢，比基尼或者直接裸体。"

祖儿听了一惊："什么？！裸体？你逗我的吧。"看到祖儿脸上不可思议的表情，萨拉都乐了。

桑迪说："骗你干吗，塞维利亚有一片沙滩，专门用来裸晒的，那里好多不穿衣服的人，一躺就是一天。阳光就是他们的生命。"

"我不信，你带我去看。"

"那不行，沙滩很远，不安全。那个老顽固华金不会同意的，你得去说服他才行。"

祖儿跑去找华金。华金和因凡蒂诺一样，是一名经验丰富的老兵。因凡蒂诺活跃在国内反恐前线，而华金则是一名纵横国际战场的上尉。他曾在驻阿富汗国际维和部队（ISAF）里执行了四年的军事行动，后来又在 2011 年参加了北约各国联合进攻利比亚的战争。北约军队和反对派包围了苏尔特这座港口小镇，那里有卡扎菲的巢穴。华金总是说起，那是他见过的最肮脏的战争。几乎所有的大型建筑都被毁了，反对派的进攻从上午 11 点到晚上 7 点，随后北约疯狂的轰炸接踵而至，从夜里 11 点持续到早上。无数的儿童、妇女和男人像动物一样死去。六个月内，苏尔特死了大约三千人。天降的导弹带来了所谓"正义"与"民主"，打击了独裁者的统治，但同时也带来了世世代代的仇恨，这些仇恨会化身为种子，在幸存的难民心中慢慢发芽。等到他们开花结果，不知在世界上哪个角落，就会突然爆炸。无辜的平民们，将会像苏尔特的平民一样，血洒街头，只是地点换了，也许是巴黎的街头，也许是波士顿或巴塞罗那的街头。华金从国际战场上退役后，总是喜欢问，"到底是谁创造了恐怖主义？到底该如何消灭恐怖主义？面对这个难题，我们只能选择沉默。"

安东尼奥的牺牲，让 NTP 局派出了华金来带带桑迪和哈维两个菜鸟。华金也是四十多岁，没有因凡蒂诺那股匪气，完全是军人的风格。他留着大胡子，皮肤黝黑粗糙，阿富汗狂躁的风沙赐予了他满脸的细纹。眼神刚毅，身高不高但是肌肉发达，非常威严。祖儿来到他的面前，开始撒娇卖萌："华金大叔，求你个事呗。"

"怎么了，祖儿小妹妹。"

"我想让桑迪陪我去买些食材，晚上我们一起吃火锅。"

"我们一起开车送你去啊，桑迪一个人保护你我不放心。"

"没关系啦，超市很近的，不需要开车。好不好嘛，你就让我们俩去嘛，很快就能回来的。"

"买东西应该填购物单，让 NTP 局的人帮忙采购。"

"不要嘛，他们根本不会买，他们不懂中国的食材，不会挑啊。"

看华金有点犹豫，祖儿继续展开攻势，就差抱住他的大腿了。"每天都是学校、家里、医院三个地方，人家闷都要闷死啦。你们的职责是保护我，不是关着我吧。难得一次啊。你喜欢吃羊肉还是牛肉？我多买点。"祖儿两只水汪汪的大眼睛望着华金，眨个不停。

华金拿祖儿没办法，跑去和桑迪商量了一会儿。桑迪向祖儿招手，示意她到车库来。车库里除了停着那辆被罩住的阿斯顿·马丁外，还有一辆黑色宝马摩托车，是约兰达的，她真是个性感的多面手，还有摇滚朋克的一面。桑迪指着这辆摩托说："我和华金商量过了，就开这个带你去，速度快，灵活，等会直接冲出去，恐怖分子想追都追不上。等我一下。"桑迪说完又转身走回房子里，不一会儿手里拿着两个摩托车头盔和车钥匙来到车库，他扔给祖儿一个头盔，自己戴好头盔后发动机车。他一只手举起，大拇指指向身后的座位。祖儿跨上摩托，戴好头盔。"轰隆"一下弹射起步，祖儿差点往后摔下去，她赶忙抓住桑迪的腰。一溜烟摩托就驶离了别墅，消失在华金的视线里。

不出一分钟，祖儿就充分理解了桑迪刚才所说的"速度快，灵活"是什么意思。他们以风驰电掣的速度行进，要不是戴着头盔，只怕马上头发都会被吹光。出了别墅区后，桑迪就没有走大路了，全都是在小巷里极速穿梭，闪躲腾挪，几次都差一点撞到人行道上的障碍物。祖儿的耳朵里只有摩托发出的剧烈"嗡嗡"声。这种速度令祖儿害怕得不敢睁开眼睛，双手抱紧了桑迪的腰，身体紧紧贴住桑迪的后背。这是第一次有人骑摩托车带她，她吓得大喊："快停车！"但桑迪似乎听不见她的声音。祖儿心想："再也不坐摩托车了，太可怕了。还是汽车好。"祖儿忍受了十多分钟的煎熬，他们终于来到了海边。

桑迪下车后问祖儿："怎么样？刺激吗？"

祖儿摘下头盔，脸色刷白，她拿头盔砸了一下桑迪的胸口："开那么快干吗？找死啊！"

"不开快点，会被恐怖分子跟踪的。我车技是不是很好，有没有摩托 GP 的感觉？"他把摩托车停好。

　　祖儿没好气地说："NTP 局选你是让你来当司机的吧。"

　　桑迪笑着说："我还可以当导游呢。看！你的右手边就是那片著名的裸晒天堂。"

　　这是祖儿第一次见到真正的大海，海风吹拂她的长发，她闭上眼，感受海洋的气息。现在还是淡季，沙滩上并没有什么人，更别提成群的裸女了。天气很热，桑迪走了两步就把防弹背心脱了，跑回去扔在摩托旁边。他把白衬衫的袖子挽起，西装长裤的裤脚管也卷起来，和祖儿一起漫步在沙滩上。祖儿的眼神一直被蔚蓝的大海所吸引，她穿着宽松的湖蓝色短袖 T 恤，配上一条白色牛仔短裤，清新可爱。桑迪来过这里无数次，在他的眼中，祖儿才是这个沙滩上最靓丽的风景。他们并肩走着，偶尔能看到几个稀稀拉拉的游客。

　　他们脱下鞋，继续沿着海水走。让浅浅的潮水覆盖脚面，再退去，又覆盖脚面，再退去，脚上凉凉的很舒服。湿淋淋的沙子上留下了一串长长的脚印，不过他们的脚印没多久就会被海浪洗刷，渐渐模糊，直至消失不见。一个当地的中年女人和一只巨大的金毛在玩扔飞碟，不管主人扔得多远，甚至扔到海里，金毛都会游过去捡回来。西班牙人好喜欢养狗，比养孩子还热衷。祖儿在这里见得最多的动物就是狗和鸽子，街头巷尾，广场公园，肥肥的鸽子在地上蹦跶，在这里鸽子可是圣灵的象征。当他们经过金毛主人身边时，那个女人盯着祖儿的脸看了一会儿，随即露出了害怕的神情，扭头往自己的狗狗跑去，喊了一句："哈利，走吧，我们回家了。"牵着她的哈利快步离开了。

　　桑迪说："她认出你了。"

　　"我发现了，她肯定是怕恐怖分子冲过来对着我们一通扫射。"祖儿也不生气，只是觉得有些好笑。

　　"还好她不是恐怖分子，不然就放狗咬你了。"桑迪模仿恶犬的样子，假装要咬祖儿，还发出狗的低吼声。祖儿被他逗乐了，他们都忍不住大笑了起来。

　　远处海面上，有一个孤独的男子在冲浪，亮黄色的冲浪板在阳光下非常耀眼。他们看了一会儿，桑迪说："不知道他和约兰达冲浪谁更厉害一些。我也喜欢极限运动，不过我喜欢登山还有赛车。"

　　"登山？"祖儿看着眼前这个喜欢把发型弄得很造作的男生，有点不太相信他是这种荒野大自然派。

"我可是警队里的运动达人，谁都比不过我。我爬过阿尔卑斯山的少女峰和马特洪峰，还爬过坦桑尼亚的乞力马扎罗山。我有照片，你总不能说是 PS 的吧。"桑迪掏出手机，翻出照片给她看。

"还真的是你呀。都是雪，很冷吧。你都住帐篷？哇！这张星空好漂亮。"祖儿啧啧赞叹。

"只有在高海拔地区或者人烟稀少的海岛、沙漠里，才能看到这样美的星空。"桑迪得意地说。

"我也好想去看看，可是我连爬家里的楼梯都累。"她吐了吐舌头，但是内心有一种说不出的感觉产生。

"以后有机会我想去西藏，先去冈仁波齐，再去挑战珠穆朗玛峰！"

"那你得多买几份保险。"祖儿回头看走过的沙滩，"走了那么久，哪里有裸晒的人，你这个大忽悠。"

"今天人太少。过两个月你来看看，吓死你哦。"

"大变态！偷看别人裸体。"祖儿瞪了一眼桑迪。突然她想到了什么，问桑迪，"你怎么知道约兰达很会冲浪的？她告诉你的？"

桑迪停顿了一下脚步，看了眼祖儿后说："其实……是我偷听来的。我们那天第一次到马克和约兰达的别墅，那个晚上马克告诉你们他在中国的往事，和摩洛哥的经历……我坐在落地窗外都听见了。"

祖儿低下头，表情变得严肃："原来你什么都知道了。"

"对不起，我不该偷听你们的隐私，我没想到……"

"没关系，我也没想到我爸的经历这么富有戏剧性。"

"那经历简直就是传奇，你老爸太酷了！"桑迪像在赞叹自己的偶像，"祖儿，你爸爸真的很不容易，你不要恨他。他们两个是从死人堆里爬出来的。如果没有彼此，我觉得他们都撑不下去的。"

桑迪看祖儿不表示反对，情绪也比较平稳，才接着说："你要给你爸多一些时间，现在各种情况都不好，他没有办法处理好自己的感情，做决定。"

"决定？他其实早就做好了。如果不是我妈妈病了，要来这里治病，我爸永远会是马雄了。我现在最难办的是怎么跟我妈去说。"

"我认为世上没有真正的坦诚，都是主观愿望所左右的。如果爱一个人，哪怕知道他在说谎，也愿意去相信。"

"隔着一个巨大的谎言，还能紧紧拥抱彼此吗？"祖儿望着桑迪。

再往前走沙滩没有了，地上变成了光滑的黑色礁石，它们很狭长潮湿，纵横交错的沟壑里积满了海水，又咸又苦涩，像祖儿的心。她的心需要一些甘泉来洗刷掉上面的锈迹斑斑。桑迪带着祖儿往回走。桑迪和祖儿对话时，非常照顾她，特意用一些最简单的语法和句式，语速也放得很慢。与一个东方国度来的女孩交流，并没有他之前想象的那么困难，反而很畅快轻松。他被祖儿的某些特质吸引，淳朴善良，坚强勇敢，还有对新鲜事物充满好奇，这点和他自己很像。

心与心的交汇，并不会被语言或者种族所阻碍。有时候会心的一笑，简单的手势，就能让懂你的人明白。

他们边走边聊，说到祖儿的家乡绿谷到底有多大，有没有塞维利亚大。祖儿也不知道谁更大，她说绿谷里有很多座山，很多条河。她吹牛说绿谷比整个西班牙都大。桑迪不信，他用两只手在空中比画了一个很小的宽度说："你看，葡萄牙就这么点大。西班牙有那么大呢！"说着他双手比画了一个很大的宽度。"绿谷呢？"祖儿也比画了一个宽度，和桑迪比画的西班牙差不多大，然后她还想比画一个超大的中国时，被桑迪抓住了双手。四只手紧握在一起，举在半空，他们四目相对。他们马上移开了视线，脸有些发红，桑迪放开祖儿的手，不知所措地在裤子上摸了摸。祖儿发现他的手好大，好有热度。她的心跳得好快，不去看他，一个人快步在前面走。

再次坐桑迪的摩托车，祖儿觉得没有那么可怕了，不知是错觉还是什么，她觉得车速比之前慢了。她抱着桑迪，侧头倚靠在他后背。身边街道上的人好像也慢了下来，一切都慢了下来。她能看清路旁橘子树上盛开的朵朵白花，有蜜蜂在旁飞舞。一对头发花白的老人，坐在长椅上不知说着什么甜言蜜语，脸上露出幸福的浅笑。祖儿不再想快点到达，而是想让时间多停留片刻。

进了中国超市，她像老鼠进了粮仓一般，到处乱窜，不亦乐乎。祖儿快速地往购物篮里疯狂地堆吃的。中国超市的货架总是摆得很拥挤。这里让祖儿感受到了无限多的家乡味道。满眼都是桑迪没有见过的中国食品，他看得一愣一愣的。他手里也挎了个篮子，祖儿每放进他篮子里一样东西，他就拿起来仔细研究一番。各种奇形怪状的蔬菜，都是他没见过的，茼蒿啊、莴苣啊、藕啊等。更别提那些猪脑、毛肚、牛百叶了，简直颠覆了他对食物的观念。他看着它们，努力想象着它们的味道。他拿了两罐红色包装的没有见过的饮料，问老板娘："这个好喝吗？我现在好渴。我先把这个的钱付了吧。"

老板娘是个短发中年胖大妈，来自中国南方，不知道哪学的口音浓烈的野鸡西语，说话动词从来都不变位，毫无语法可言。"好喝的很嗻小伙子，三欧元，两罐。"老板娘利落地收钱，指了指远处正在采购的祖儿，"那个是你女朋友吗？很漂亮哦。"

桑迪把饮料一口喷了出来："这……这怎么都是药的味道？"

中国老板娘笑了："这是凉茶，广东人可爱喝了嗻。"

桑迪很无语，又喝了一口，还挺带感。他走过去把另一罐拿给祖儿："你现在喝吗这个？"

祖儿推手拒绝了凉茶，表情神秘紧张，"嘘！"她做了个闭嘴的手势，然后指了指货架上的"老干妈"调料罐。桑迪看了看调料，不明所以。祖儿手指越过调料罐顶部的空隙，他越过空隙看过去，看到在对面那排货架前，有两个西班牙青年。他们鬼鬼祟祟的，身材比较壮硕的那个挡在另一个瘦子身前，瘦子正在弯腰把两盒冬虫夏草塞进自己的外套里，还拿了一瓶芝华士酒和一瓶茅台酒，正在往背包里塞。

桑迪大喊一声："干什么呢！"两个小偷吓得一哆嗦，飞快地往店外跑，瘦子抱着背包，拉链都来不及拉上。"别跑！"桑迪追上去，一个飞扑，压倒了瘦子，背包掉到地上，里面的东西都洒了出来，茅台酒摔破了，流了一地，芝华士在地上滚动。那个更壮硕的小伙儿已经跑出店外，回头一看自己的同伴被压在地上，便掉头回来。他一脚踢向桑迪的头，被桑迪用单臂格挡，他随即踢出另一脚，桑迪侧身闪避。地上的瘦子乘机挣脱出来，站起来跑回超市。

桑迪去追瘦子小偷，不料那个壮小伙儿气焰嚣张，伸手掰住桑迪的肩膀，一边怒骂一边挥拳攻击他。他们在茅台散发出的浓烈的酒香中搏斗，打了两下后桑迪用一套特种兵综合格斗术里的连招放倒了他，然后继续追瘦子。瘦子跑到了调料区，桑迪一个飞铲把他铲翻在地。他顺手抓起一包淀粉扔向桑迪，淀粉在桑迪的头上爆开，漫天的白色粉末。超市里其他顾客都停下来看着他们，发出惊呼声。桑迪暂时什么也看不见，瘦子悄悄溜进了熟肉区，翻过柜台拿了一把剁肉刀。他跑回桑迪身边挥起刀向他砍去，快砍中他胸口的一刹那，侧面一辆装满东西的手推车猛地把瘦子撞飞，一个中国大伯推着手推车顶住地上靠墙的瘦子。大伯对桑迪大喊："小心！他有刀！"超市里有几个女顾客开始尖叫，丢下购物篮四散逃走。

桑迪正在用衣服擦眼睛，壮青年手握一瓶酱油摸到桑迪背后，想砸他的后脑勺。突然他的头和肩膀被一个巨大的垃圾袋罩住。"请你吃水果色拉！"祖儿早就盯住他了，刚才拿了蔬菜区装烂菜叶瓜果皮的垃圾袋过来。现在有他好受的了，满头的烂东西臭水，扯了半天才把垃圾袋从身上扯掉。旁边瘦子已经掀翻了撞他的手推车，站起身拿刀继续挥舞。桑迪逃到零食区，抓起各种吃的扔向瘦子，真空包装的卤蛋、鸡爪纷纷向瘦子飞去，还有一袋"旺旺大礼包"。

抹着脸上果皮汁水的壮汉小偷非常恼怒，他追祖儿，找她算账。但祖儿很机敏，早就绕到壮汉那排货架的背后。等壮汉追了一圈儿来到货架背后，祖儿又跑回了货架的正面，隔着商品和壮汉面对面，朝他做了个鬼脸："哈哈，抓不到我，笨蛋！"小偷伸手穿过货架，想要抓祖儿的脸，却被祖儿扯着他的手臂狠狠咬了一口。壮汉疼得嗷嗷叫。中国老板娘赶过来劝架："不要打啦！求求你们不要打啦！"小偷气急败坏，使出浑身劲道猛推面前的货架，整个货架向祖儿的身上倒去，各种商品噼里啪啦往下掉。桑迪看到情况危急，一个箭步过去，和老板娘一起撑住货架，祖儿用背拼命把货架顶上去，才算避免了所有货架像多米诺骨牌一样集体遭殃。

瘦子男对桑迪紧追不舍，他的一头披肩长发都飞扬了起来。桑迪和他边打边跑，来到鲜果蔬菜区。虽然他拿着剁肉刀，但是根本对桑迪造成不了伤害，桑迪招架他的时候还分心时刻关注着祖儿的动向，他看到祖儿和壮汉两人跑去了海鲜区，桑迪也慢慢往那边移动。他捡起筐子里的橙子和苹果往瘦子男身上扔去，和他玩起了"水果忍者"，把它们通通切成两半。"身手不错，快破纪录了！"桑迪不忘嘲讽他。地上有些水渍，桑迪后退的时候不小心滑倒了，瘦子乘机冲了上来，近身拿刀砍向桑迪。桑迪飞快地抱起身旁一只大冬瓜挡在自己面前，"哆"一声，刀砍到了冬瓜上卡住了，瘦子拔都拔不出来。桑迪把整个冬瓜旋转45度，刀也跟着旋转，刀柄飞脱瘦子的手，然后他把冬瓜扔向远处，"嘭"，冬瓜在地上裂成了三块。

海鲜区里可热闹了，顾客们看着祖儿和壮汉玩着躲猫猫。壮汉终于抓住一个机会一把揪住了祖儿的马尾辫。祖儿可不是吃素的，她从水缸里抓了一条章鱼出来，拍到了他的脸上。章鱼也很害怕，它的八条腿牢牢吸住了壮汉的脸。没了武器的长发瘦子立刻变成了砧板上的肉，面对反恐特警桑迪，战斗力还不如一只鹅，很快变成了单方面的殴打。壮汉听到瘦子的叫喊声，一边撕扯下脸上的章鱼，一边跑过去帮忙。桑迪开始以一敌二，完美展现他的格斗技巧。桑迪下手把握了分寸，没有对他们造成很大的伤害。两个小偷虽然招招致命，但是很遗憾招招落空，几乎打不到桑迪的身体。祖儿这时悄悄捡起了冬瓜碎块里的剁肉刀，跑到养着很多大闸蟹的盆边，用刀割断扣在盆口防止螃蟹爬出来的渔网。她拿着渔网跑向桑迪："抓住他的手！"桑迪心领神会，一招擒拿手把瘦子的手臂反扣到背后，祖儿上前在瘦子的手腕上缠上渔网，然后把两只手紧紧扎在一起。桑迪一脚扫向瘦子的腿后，瘦子一下跪到地上，祖儿一拳砸到他的鼻子上，顿时鼻血直流，染红了他嘴唇上的唇钉。瘦子疼得闷哼一声，双手被反绑，跪在地上动弹不得。

此时的壮汉头上已经挨了桑迪好几拳，有点晕乎乎的。原本戴的棒球帽，早就不知道掉哪去了，身上的牛仔衬衣都是各种垃圾的污渍。老板娘站到他们俩中间劝架："住手，别打了。不要在我店里打啊，东西都烂了，我生意怎么做啊！"桑迪一摸自己的后腰，发现他的手枪忘在摩托车上了，转身跑出去拿。老板娘以为桑迪走了，松了一口气，对壮汉说："小伙子你快跑吧，你打不过他的。"壮汉反应过来，往门口走，还没出门，就被桑迪拿枪顶着脑门退回来了。"你想跑哪去？哪都别想去。跟我回警察局，你们两个小偷。"壮汉一脸郁闷，彻底投降了。但是紧接的一幕，让所有人都瞪大眼睛，说不出话。桑迪的后脑勺被一把复古的雕刻着精美花纹的左轮手枪顶住了，持枪的是一个当地的老妇人，穿着破烂宽大的锐步运动外套，邋里邋遢，干瘦枯黄，一副营养不良的样子。店里的人都紧张地看着她。桑迪看不到她的样子，但能感觉到她很矮，枪是往斜上方指着他的后脑勺的。

"你是谁？他们的同伙吗？"桑迪平静地问，眼睛往自己斜后瞥。

"我是我，他们是他们。我的技术比这两个菜鸟好多了，我可从没被发现过。"老妇人不屑地说。

桑迪听她的声音是个老妇人："我看是发现你的人都被你一枪打死了吧，一把年纪就不要玩那么危险的东西了。"他们就这样保持着拿枪指向前面人的动作，继续交谈着。

"你以为你是正义使者吗？幼稚的大男孩。你以为这个中国老板娘就是无辜的小绵羊吗，这家店里有一半的东西都是假货、烂货，她赚了多少黑心钱你知道吗？"

大家看向中国老板娘，这位胖大妈现在神情凝重，额头冒汗。

"那就可以偷她店里的东西了？就不犯法了？"桑迪反问。

坐在地上的长发瘦子说话了："我们就是要偷这些中国佬开的店，自己的国家不好好待着，跑那么远过来抢我们的工作。周末也开店，假期也开店，365天每天开店，真他妈的变态。"

祖儿忍不住说："你这是种族歧视，我们辛苦工作哪里惹到你了？"

"歧视？哼！难道你们敢说你们对别人就没有任何歧视吗？"壮汉小偷看着周围的人怨恨地说。

桑迪不解地问："那么我歧视谁了？你什么时候看到我歧视别人了？"

只见壮汉和瘦子互相给了个令人费解的眼神，然后瘦子站起身走近壮汉。他们离得越来越近，桑迪的枪口始终没有从壮汉的额头移开。所有人都盯着瘦子，不知道他要做什么，他被反绑着双手，来到壮汉面前。他把脸斜钻到桑迪的枪管下，凑近壮汉的脸，猛地吻上他的双唇，他们含情脉脉地看着彼此的眼睛，里面写满了爱与恋。大家都被这突如其来的一幕震惊了，露出了惊讶嫌恶之色。壮汉双手握着瘦子的肩膀，深情的一吻慢慢结束，这时人们才看清长发瘦子的眼睛上还画着深紫色的眼影，他的外套和紧身牛仔裤也非常女性化。

壮汉环视了一圈，冷笑道："你们刚才的眼神和紧皱的眉毛已经证明了一切。你们歧视我们，歧视同性恋。"

气氛尴尬到了极点。大家都哑口无言，直到老板娘说话："好了，都收手吧，放了他们吧。你们几个以后不要再来我的店就行了。"

桑迪突然侧头，一闪身，手腕一抖就把身后老妇人的手枪夺了下来。两只手臂张开，一只手拿枪指着壮汉，另一支枪指着老妇人。随后他叹了口气，放下手臂，花哨地把两支手枪插进自己的后腰。两个同性恋小偷和老妇人见状，迅速离开了超市。祖儿拿回自己的购物篮结账，等待结账的人已经排起了长队。有人在海鲜区大喊："老板娘！螃蟹都爬出来啦。"胖老板吩咐了一个小弟去捡螃蟹。对祖儿和桑迪说："不知道该不该谢谢你们，你们打架砸坏的东西，比他们偷的多多了。真的是，还好没弄出大事，不然我的店肯定被停业整顿。小姑娘，你找的男朋友太乱来了！怎么这么莽的。"

祖儿抬头看着身旁的桑迪笑了，他打架打得一头的汗，前额的刘海都黏在额头上了。桑迪也对着祖儿傻笑起来。祖儿转头告诉老板娘，"阿姨啊，他不是我男朋友，他只是我的保镖。"

晚上大家一块儿在家吃起了火锅。晚班的三名警察因凡蒂诺、玛蒂娜和"油条"托马斯提前来了，他们和白班的桑迪、哈维和华金三人轮流执勤和吃火锅。热腾腾的中国四川火锅，辣得大家合不拢嘴。哈姆沙也被邀请来了，林鼎和萨拉也吃得不亦乐乎，好久没有这么多人热闹地吃饭了。可惜约兰达没有和大家一起吃，她独自上楼进了卧室，林鼎盛了一些菜和肉拿上去给她吃。

吃饱了，在外面站岗的桑迪和华金聊起天，桑迪给了华金一罐"王老吉"："喝喝这个凉茶，很给劲，吃了辣再喝这个就不会'上火'了。"华金喝了一口，感觉好奇怪。他看了眼桑迪的衣服，脏兮兮的，后腰上还多了一把漂亮的手枪，并不常见。"你今天和祖儿到底干什么去了？你怎么多了一把老古董左轮手枪？"

"没干什么啊，就是海边兜了兜风，然后超市里买吃的。超市有游戏活动，我赢了，这把枪是奖品哦哈哈。"

华金看着桑迪，摇了摇头，觉得这凉茶把他喝疯了。

在语言学校里，祖儿的班级并没有因为祖儿正在被恐怖分子追杀而少人，反而学生越来越多，胆子大的找刺激的人还真不少。班里新来了一个比利时女生，三十岁不到，名叫艾米。艾米和日本的莉央一样，会说好几国语言，她们经常一起切磋外语。艾米对中国文化很感兴趣，和祖儿她们很快成了好姐妹。比利时的西语发音听起来很像"北京"，艾米第一次介绍自己的时候令祖儿很是疑惑不解，直到后来才搞清楚。艾米是一个无拘无束、自由奔放的女子，总是喜欢到处旅行，快三十岁了也不急着找对象结婚。她是个百变魔女，背上行囊穿上冲锋衣她就是个短发女汉子，戴上假发化了妆她又能变成夜场女王。她顺理成章成了祖儿和莉央这个三人组里的大姐大。她们逛街泡吧看电影都在一起，当然屁股后面少不了三个贴身的警察。

艾米很喜欢看中国的电影，特别是九十年代的香港电影。她跟祖儿和莉央说她最喜欢的中国导演就是王家卫，特别喜欢他拍的《阿飞正传》《花样年华》和《蓝莓之夜》。她居然还会用粤语哼唱电影《重庆森林》里王菲那首《梦中人》，祖儿都听傻了。"梦中人，一分钟抱紧，接十分钟的吻。陌生人，怎样走进内心，制造这次兴奋……"艾米说厉害的艺术家所创作的作品，不仅要有超高的质量，还要有独特的风格，让人一眼看到就知道作者是谁，比如说像看凡·高的画。而王家卫正是把自己独特的浪漫风格、强烈的审美烙刻在观众的心里。各路中国影星艾米都如数家珍，张国荣、梁朝伟、刘德华、张曼玉、章子怡……聊到让艾米印象最深刻的日本电影时，她说是岩井俊二导演的《情书》以及深作欣二的《大逃杀》。而祖儿和莉央最喜欢的是"吉卜力"出品的动画电影，那些经典的动画从小陪伴她们成长。看了《千与千寻的神隐》后，祖儿总是幻想会出现一位白衣美男，来帮她拯救被变成猪的爸妈。

无意中艾米得知了祖儿的妈妈住院了，便热情地邀请莉央一同前往医院探望。她们先去了花店，艾米仔细地一支支挑选白色和粉色的百合花，然后选了嫩绿色的彩纸精心包装了这束鲜花。由于人多，那辆宝马5系不够用，桑迪又调来了一辆改装过的黑色雪铁龙C5，两辆车三个警察一起送三个女生去医院。

　　叶馥仙很开心，女儿带了同学来看望她。看到女儿在西班牙交了新朋友，她很是欣慰。病房早就被祖儿布置得比家里还要温馨舒适，满眼都是粉红色的。新添了一瓶艾米和莉央送的鲜花，更加漂亮了。

　　艾米和莉央很讨叶馥仙欢心，她们关切地询问了一番她的病情，以及日常的生活起居。虽然叶馥仙的西语不太好，但是实在是好久没和陌生人聊天了。好在莉央中文很好，有几句她们直接用中文聊了起来。她像一下子多了两个女儿，身体也多了几分活力，给她们洗水果、切水果吃，天南地北聊得不亦乐乎。

　　叶馥仙对祖儿叮嘱道：“你要多做家务，在家里多帮爸爸收拾打扫。爸爸赚钱很辛苦，这里的开销要比国内大多了。不比不知道，这里买一棵菜，在老家能买十棵了，真是吓死人了。”

　　“知道啦妈，我在家可乖了，做好多家务呢，衣服都是我洗的。况且家里有请个老保姆的，叫约兰达，又老又丑，还特别傻。”祖儿说到这里，自己都忍不住笑了。

　　“是吗？我怎么没听你爸说起过呢？”叶馥仙问。

　　“她不是每天来的，偶尔来一下，她不重要。你一定要听医生的话，按时吃药，坚持做康健锻炼，早点好起来我们就又能住在一起啦。”

　　“妈知道，妈也很乖。你一定要小心自己的安全，那些坏蛋随时都会跑出来袭击你。你碰到坏人千万不要逞强，你这孩子从小脾气就倔，像头驴！千万不要乱来，机灵一点，拔腿就跑，给我跑得快一点。”

　　“你才是驴呢，我是可爱的小黄鸭。我们走啦，你饭多吃些，多休息，身体才能好得快。”

　　“你也是，平时多看书学习，不要就知道玩。西语有哪里不懂的多问问莉央和艾米，她们水平比你高多了！”

　　祖儿听了很不服气，对着她们做了一个鬼脸。三个女孩和叶馥仙告别之后离开了医院。女孩们坐在宝马车后排，桑迪是司机，华金坐在副驾保护。另一辆雪铁龙是哈维独自在开，可怜的哈维，像是多出来的人，不能和女孩子们说笑谈天。车里，艾米问桑迪和华金：“真的会有恐怖分子来袭击我们吗？这车是防弹的吗？”

桑迪笑着说："这车和前头的雪铁龙都是特制的防弹车，比普通版的重了好多。动力系统也改过，厉害得很。"

"那能防导弹吗？"莉央补问了一句。

桑迪言之凿凿地说："一发 RPG 也只能把我们炸翻车而已。"

"就你们三个警察保护我们，万一来了十个恐怖分子呢？"

"我们可是专业的，什么场面没见过。况且实在不行，车上还有我们身上都有快速呼救按钮，自动卫星定位，五分钟内就会有上百个全副武装的家伙来拯救我们。"

"这么悬乎，你怎么不说'复仇者联盟'也会飞过来呢。"

"其实前面车里那个胖子是蜘蛛侠你们信吗？"

几个女孩都大笑起来。莉央说："他只能演奇异博士身旁那个大胖子法师。蜘蛛侠的衣服太紧身了，会撑爆的。"

大家笑得不行，连副驾上的华金都忍不住扑哧笑了。此时雪铁龙 C5 里的哈维很郁闷，听着广播里的路况信息，无聊透顶。

3

管家

那天下午从游艇上驾驶直升机逃亡，管家阿历克斯一路飞到了和西班牙接壤的法国的南部山区。他迫降得极其狼狈，直升机上的油差一点儿就不够了。尾翼和脚架都撞断了，机尾部分正在燃烧，冒出滚滚黑烟。阿历克斯坐在驾驶座上喘着粗气。这位曾经在智利军队里如同雄鹰般的长官，现在就像一只不小心从鸟窝里摔到地上的幼鸟，弱小而无助。他的手臂和几根肋骨好像都断了，非常痛，但此时的险境让他顾不上这些疼痛，他迫降在一座荒山的山顶，方圆几十公里都渺无人烟。还好飞机上有卫星电话，但他拿起电话，一种无尽的失落感涌上心头，他发现没有任何人的号码可以打，他在脑中努力搜索，难道就没有一个人能帮他吗，来到西班牙那么多年，一个真心朋友都没有交到。

思考了许久，他拨通了一个电话号码，向对方求救。放下电话后，他爬出机舱，然后往山下走。在天色彻底变黑的时候，他下到了山脚下。幸好还没有人发现山顶的坠机，不然就会来一大批救援队、警察和记者。他来到两片灌木丛中间躺下，他早已筋疲力尽，但是手臂和肋骨的疼痛又令他无法入睡，这种感觉糟糕透了。浑浑噩噩中熬过了几个小时。他努力爬起来，四处收集了些树枝，用打火机生了一小堆火，然后接着回灌木丛中躺下。

我们都以为一天中最冷的时刻是半夜，其实不然，半夜时白天太阳照射的余温仍未散尽，一天中最冷的时刻是太阳从地平线升起的前一刻。黎明时分，四月底的巴黎郊外，比想象中要冷许多。柴烧尽了，阿历克斯又逼不得已，忍着疼痛爬起来搜寻树枝枯木，以维持那一小堆火。那是希望之火，来救他的人只有一个山顶的坐标，而没有他山脚下的精确坐标位置，只有靠眼睛搜寻。

他隐约听到了汽车的声音，由远及近，越来越清晰，但又渐行渐远。阿历克斯知道，那就是来救他的人，那辆车在兜圈寻找火光和黑烟的踪影。几分钟后，一辆白色的雪佛兰 SUV 停到了阿历克斯的面前，车身和轮胎上沾满了尘土泥浆，显然是长途跋涉而来的。从车上下来一名和他年龄相仿的中年智利女人，脸上布满了疲惫和廉价的化妆品。她看到他的一刹那有一些惊讶，但她很快镇定下来，把他扶上了车的后座。车子很快就开走了。

躺在后座，他虚弱地说："卡尔拉，对不起，我没有其他人可以找，只有你……"

"那帮畜生还不放过你吗？他们都已经赢得了他们想要的一切了。"驾驶座上的短发女人目视前路，愤怒地说。

"不是他们，是另外一群人想要我死。送我去安道尔，帮我弄一个假证件。然后你回家，我不能再连累你。"

"你还和以前一样，就知道惹麻烦。"

"小阿方索还好吗？该上小学了吧。"

"他很好，长得越来越像你了。"

"你……还是一个人吗？还是……？"

"我去年结婚了，和一个法国男人。"她给自己点了一根烟。

阿历克斯沉默不语，他本想问她现在过得好吗，那个法国男人对她怎么样，不过转念一想，关他屁事呢，已经轮不到他管了。他的泪顺着眼角流下来，由于躺着，眼泪都流进了耳朵里。他的前妻卡尔拉朝他扔了一瓶止疼药，他胡乱地倒出来吃了一把，然后盖上车里的一件男士外套，也许是那个法国新老公的。他闭上眼，终于睡着了……

不知过了多久，车停在了安道尔的小镇上。卡尔拉熄火，跟他说不要下车，她去准备物资。她下车时，阿历克斯才发现她穿的那套运动服，是三年前他们还没有分开时，他在妻子生日的时候买给她的。当时卡尔拉生完孩子不到两年，身体有些发胖，阿历克斯买了两套情侣款黑金配色的 Newbalance 运动外套，他说要陪她一起晨跑，燃烧脂肪。许多个清晨，他们俩在军事基地外的树林里跑步。他到现在还记得那时的阳光透过林隙洒到他们身上，他们跑过一棵棵高耸的智利酒椰子树，呼吸着最新鲜的空气……

她曾经是多么快乐，和阿历克斯两个人过着无忧无虑的幸福生活。一个是银行职员，一个是青年军官。命运给了他们当头一棒，智利的军队里充满了政治内斗和腐败，就在阿历克斯即将升至少校军衔时，他的竞争对手，一个军官二代，给他挖了一个大坑。阿历克斯接到上级的命令，率领一支他的亲信小分队，去雨林中执行一项秘密任务。他们不知不觉踏入了陷阱，被敌人偷袭，死伤惨重。侥幸活下来的阿历克斯和几个队友虽然捡回了一条命，但回来后都上了军事法庭，各种可笑的罪名——通敌、叛国，都扣到了他们头上。一下子天像塌了一样，卡尔拉央求军队里阿历克斯的铁哥们儿救他。那位兄弟二话不说冒着生命危险，在法庭和监狱的押运途中，劫持了囚车，抢走了阿历克斯和几个犯人，然后秘密安排他们拖家带口逃去了欧洲。

阿历克斯和妻子孩子逃到了法国南部的乡镇隐居，可是厄运一直挥之不散，总有智利的特工来暗杀他们。他们整日提心吊胆，看到街上的每一个陌生人都觉得是特工。辗转了好几个小镇，阿历克斯终于崩溃。最后他艰难地下了决定，为了妻子和孩子小阿方索的安全，他和她离婚，她带孩子，他们从此各奔东西。后来她留在了法国，阿历克斯独自前往西班牙……

不一会儿，卡尔拉回来了，她打开后车门，扶阿历克斯出来。他看到她气喘吁吁，四处奔忙，带来了一个新的 25 寸黑色拉杆箱。"里面有你需要的东西。"他接过拉杆箱的拉杆手柄，看了一眼前妻，发现她也正看着他的脸，他们同时躲闪开对方的眼神。阿历克斯脱下身上的外套还给她，她推了回来说："你穿着吧。"他把外套直接放回了车后座，最后再看了一眼前妻："我走了。"卡尔拉什么都没说，轻轻挥了一下手，转身靠近车前门，只听到背后拉杆箱在地上"哆哆哆哆哆"的拖行声。这是一场无声的告别。没有拥抱亲吻，没有保重再见，只有卡尔拉面对着车窗，静静流下的两行热泪。

阿历克斯乔装打扮，入住了安道尔偏远小镇上一家陈旧的酒店，他选了十二层也就是顶层的房间。他把手臂和肋骨涂上了药膏，简单地包扎好，吃了几片止疼药，然后躺到床上休息。他回想起了自己是怎么一步步走到今天这般田地的，他又是如何认识许弋的。他来到西班牙后一直在酒店里打工，替人拿行李，停车，等等。就这样过了一年多，一天在酒店里被人看中，强壮彪悍的他获得了一个私人保镖的工作，他的雇主是名四十五岁的日本女富豪。她老公刚和她离婚，她怀疑她老公外面早有女人。她派阿历克斯去调查她前夫，阿历克斯调查了两个月也没有什么收获。反而这两个月里他在女富豪身边的工作职责变得越来越多，不仅是保镖，还要开车，陪同逛街吃饭，甚至后来……也许是他健美的身材、异域风情的相貌吸引了他的雇主，她给了他很多钱，让他为她服务，待在她身边。无论在哪里都要满足她，包括床上。阿历克斯迷失了自我，变得麻木不仁，堕落不堪。

马德里一家高端的日本怀石料理店是他们经常光顾的地方。这是一家私人会员制餐厅，只招待会员。里面有精致典雅的流水庭院，日式长廊和很多复古的榻榻米房间，还有专业的艺伎表演。恰巧许弋也是这里的会员，一天他在一间包厢里和两个艺伎快乐地喝酒，听到了隔壁房间的争吵声，他听得出吵架的女人是日本人，说的西语有日本口音，而男方是个南美人。许弋饶有兴趣，令两个艺伎停止演奏乐器，一起偷听隔壁吵架。似乎是南美人报告给日本女人说她的前夫有情况，最近和一个女人在一起了。这个日本女人非常生气，一口咬定说这个女人是前夫在外面老早就包养的小三。她让南美人去帮她把前夫和小三的腿打断。南美人断然拒绝了她的要求。之后他们越吵越凶，日本女人喝多了清酒，开始殴打南美人，把气都撒在了他身上。许弋也喝得有点多，他听不下去了，冲到隔壁，一把拉开了他们房间的门。两个日本小艺伎跟在后面拉都拉不住他。许弋看到眼前的南美人阿历克斯上身的衣服都被扯烂了，日本老女人穿着和服还在不停骂他打他。

"住手，不要打了！你这疯婆娘。"许弋大喊，"你还是男人吗？就这么让她欺辱吗？"

"你小子是谁？他是我的仆人，我想怎样就怎样，关你什么事！"

"我去你大爷！老子今天就管定这事儿了。"说着，许弋走上前挡在阿历克斯身前，猛拍日本女人面前的茶几。"你的这个仆人，今天起归我了，说吧，开个价。"

日本女富豪和阿历克斯都很吃惊，她斜眼看着许弋，歪嘴冷笑，"50万欧元，你买吗？小兔崽子。"

"成交，等会自己去问这家店的老板要钱，他会转账给你。"没想到许弋连思考都没有思考一下。他对阿历克斯说："走，去我房间喝酒，你叫什么名字？"

阿历克斯看着眼前这个衣着华丽光鲜，外表其貌不扬的亚裔男人，很是震惊，他吞吞吐吐地回答："我……我叫阿历克斯，来自智利。"

就这样，阿历克斯成了许弋的管家，从一个人的狗腿子成了另一个人的。他血液里流淌着的暴力的因子，让许弋非常中意，他们俩在一起干了不少坏事。但至少都没有越界，直到许弋见到了他弟弟的新女友布兰卡……

休息了一天。第二天傍晚，阿历克斯正在吃外卖，突然酒店房间响起了敲门声。"谁啊？"

"客房服务，帮您送餐送水果饮料。"一个男人的声音……

警方后来在山顶的石林中找到了直升机残骸，他们推断阿历克斯不会跑太远，应该就在附近的法国南部的村庄里躲藏。警方把搜索目标都集中在了那些村庄，当然他们的行动都是徒劳的。

林鼎接到了冷律师打来的电话，让他去他的律师事务所，管家阿历克斯的案子有了新的进展。他们在冷津楠的办公室里坐下，冷律师的头发似乎又少了一些，前额秃得愈发厉害。帮这些家伙脱罪消耗了他太多的精力，而且他们总是莫名卷入各种案件的旋涡中。他拍了拍自己凸起的小圆肚皮，喝了一口"金骏眉"，对林鼎说："昨天那个管家死了，死在安道尔德普大街的一家叫"风信子"的酒店里。"林鼎听后面无表情，似乎早有预料。"是自杀。"冷律师补充。

林鼎挑了一下眉毛："自杀？"

"是的，我带来了警方调查的报告复印件。这是他房间里发现的遗书，遗书里他承认了他帮助许弋一起绑架强奸并杀害了布兰卡。管家也交代了他在游艇上下毒毒死了许弋。"

"哦？怎么下的毒？"

"管家遗书里是说他先在大红袍茶里下毒想毒死你，没想到你没有喝茶。他就改变计划，上楼去毒死游泳的许弋，给他喝了有毒的鸡尾酒。之后趁着大家楼上楼下跑的混乱之际，悄悄换掉了鸡尾酒酒杯。"

"他有说泳池边的酒吧酒保是他的同谋吗？"

"并没有。"

"那他很难在这么多人的眼皮底下换掉鸡尾酒杯。相当难。管家是怎么自杀的？"

"坐在房间的梳妆台前用消音手枪自杀的。这里有现场的照片。"

林鼎快速摊开一沓照片，扫了一圈问："没有打斗的痕迹？"

"没有。也没有门窗锁损坏的痕迹。"

"他为什么住酒店还要穿着一整套西装呢？你不觉得奇怪吗冷律师。"林鼎凝视着管家死状的照片。

"也许他习惯了吧，或许他出门有事，必须这么穿。酒店走廊的监控拍到昨天傍晚 17 点他死前最后一次出房间门，他出去了一小时，18 点回到房间里关上门，就再也没出来了。"

"尸体什么时候被发现的？"

"今天早上酒店的服务生来换床单毛巾时发现的。"

"监控拍到管家入住酒店了吗？"

"是的，一天前入住的，1204 号房间。用的假证件，视频截图都有，你看。"

"监控录像里显示他傍晚出门，然后回到房间，直到第二天一早尸体被发现前都没人进出过房间了？"

"是的，没有人进出他的房间了。"

"会不会有人爬窗进去谋杀他的呢？"

"这个不太可能，他的房间在顶层十二楼，而且窗户从外面是打不开的，只能从里面打开。尸体发现时房间窗户是锁好的。酒店外部虽然没有监控拍到窗户，但是酒店是有几个保安巡逻的，有人爬到十二层楼那么高，应该不至于看不到吧。不过确实有一个奇怪的地方，傍晚 16 点 30 分至 16 点 50 分，管家出房门之前，走廊的监控网络信号出了问题，停录了二十分钟。"

"哦，是吗？"林鼎看着眼前的一张张监控视频截图，大脑飞速运转着，他总觉得其中有哪里不对劲，他深信管家是被谋杀的，被真正毒死许弋的凶手谋杀的。他反复看那一沓照片，寻找线索。突然他在一张管家死状图上发现了问题，他是右手握枪自杀的姿势，头倒在了梳妆桌上的血泊中，他的左手食指上有红色的血迹。"这里的血迹是怎么回事呢？没有斗殴的痕迹为什么手上会有血迹？"冷律师看了一眼照片回答："这里警察也注意到了，化验报告说这是番茄酱，不是血。"林鼎又陷入了沉思，他继续看了许久所有的照片材料，终于明白哪里不对劲了。"我明白了，哈哈。怪不得。这家伙不是管家。"林鼎指着管家入住酒店时的照片。

冷律师非常不解："不是管家？他和管家长得一模一样啊。"

"恰恰因为他太像管家了，所以他才不是管家。你设想一下，谁会在逃命的时候还穿着自己的衣服，一点都不隐藏自己？而且我发现了这个管家在拉行李箱，前台签名的时候，用的都是右手，而真正的管家阿历克斯是左撇子，他在游艇上给我们倒茶或是做别的事情时，都是用左手。既然管家穿着自己最常穿的衣服，那为什么不戴上他每天都会戴的手表呢？"

冷津楠瞪大了眼睛："这人是杀手！他假扮成了管家入住酒店。真正的管家比他先一步入住酒店，肯定乔装过，我们认不出来了。"

"你现在给这家'风信子'酒店打电话，问问管家尸体发现的房间两边的房间，有没有什么异样。再问问他们垃圾桶里有些什么。"

冷律师立刻打了电话过去。对方经理让他稍等，他们去核查。等了十分钟，对方回了电话，回复正在林鼎的预料之中。"阿历克斯的尸体被发现的房间是1204 号，隔壁 1202 号是走廊最边上的房间，门口一直挂着请勿打扰的牌子，所以今天都没有服务生进去过。刚才服务生进去看了，没有明显的异样，在垃圾桶里发现了吃剩的麦当劳外卖包装袋。而另一边的 1206 号房间这几天都无人入住，空的。"

林鼎很振奋："这就对了，真相大白了我的朋友。这就是监控为什么在傍晚 17 点'管家'出房间前，故障了二十分钟的原因。那二十分钟才是真正的作案时间。我们原先认为的管家自杀时间是在他出门回来的 18 点之后，但那时真正的管家已经死了一小时了。杀手不仅身手一流，演技和胆识更是超一流。杀手先得知了管家乔装入住的酒店房间号码 1202，随后便化妆成管家，穿着管家常穿的同款西装，入住 1204 号房间，刚好在管家的隔壁。昨天傍晚 16 点 30 分，他确认管家正在房间里，便屏蔽了走廊上监控摄像头的网络信号，假装服务生闯入管家所在的 1202 号房间，突然发难制伏管家。杀手可能用涂了药物的手帕迷醉了管家。然后杀手打开 1202 房间的窗户。在门口确保走廊没人后，再把昏迷不醒的管家拖到了隔壁 1204 号杀手自己的房间，关上门。他把管家移到椅子上摆好，卸掉管家脸上的伪装，在他右边太阳穴开枪杀了他。手枪上有消音器，所以附近房间的人都没听到。1204 房间里的衣服啊、行李啊、遗书啊，也都是杀手事先准备好的，留在房间里假装是管家的。这些作案步骤刚好花费二十分钟。16 点 50 分，他恢复监控摄像头的网络信号。等到 17 点整时，继续穿着管家常穿的那套黑西装出门，出酒店转了一圈，一小时后再回酒店 1204 房间。"

"他这样做就误导了警方推测管家的死亡时间。"冷律师说。

"这点非常巧妙，也让警方更加确信管家是自杀的。杀手 18 点回 1204 房间后，把身上的西装和衬衣都脱下来，穿到管家的尸体上，摆好右手持枪自杀的造型。杀手自己则换上了管家原本用于乔装的陌生衣服。他打开窗，爬到外面窗沿上，再关上 1204 房间的窗户，沿着窗沿爬进隔壁 1202 号事先被他打开的窗户。最后他只要脸部稍做伪装，带走 1202 房间里真正的管家的东西和行李箱，关好门窗，挂上'请勿打扰'的牌子，离开酒店。密室杀人就大功告成了。"

冷律师惊喜地从沙发上蹦了起来："太厉害了！所以管家尸体的左手手指上才沾有番茄酱，他之前在自己的 1202 号房间里吃麦当劳的薯条呢，垃圾桶里有麦当劳外卖的袋子。马克你的推理太精彩了，你不当侦探真是可惜了！我这就给警局打电话。"

"这个杀手的表演很精彩。没有漂亮的作案手法，也就谈不上漂亮的推理破案。他的计划很完美，他认定管家本人肯定会乔装秘密入住酒店，自己就可以借用管家的身份，假扮他入住隔壁房间。让警察一开始就误认为管家入住的是1204号房间，然后在这个房间里自杀。杀手既扰乱了被害人的真实死亡时间，制造他在密室里自杀的假象，又隐藏了第一案发现场。想法很棒！只可惜他的细节演得还不够好，被我看穿了。没有清理掉1202号的垃圾桶是他的一大失误。"

"是啊，差一点就破不了案了，好悬！"冷律师捏了一把汗。

"既然管家是被谋杀的，那么他的假遗书中承认的毒杀许弋的方法也是假的。我至今没能想通，许弋到底是如何被毒死的。"

林鼎看着监控视频的截图，那个假扮管家的杀手，和阿历克斯一样高大威猛，他似乎在哪里见过这个人，一时间想不起来。冷津楠走到办公桌前，刚拿起电话想要打给警局，突然又犹豫了。他回过头看着林鼎："马克，现在只有你和我知道管家被谋杀的真相。"

林鼎也看着他。冷律师继续说："你知道，其实管家如果是自杀的，这个调查报告也许对大家都好，不然你们在游艇上的人仍然都有下毒的嫌疑。"

林鼎的眼神坚毅，微微笑了一下说："我明白。但我希望真相大白，我会继续追查下毒的真凶，不能让他靠管家的死洗清嫌疑。况且这些案子我觉得都和恐袭有关，我只有找出幕后黑手，才能保护祖儿。"

冷律师有些忧虑地说："就怕你惹恼了那些权贵朋友，以后不好做人啊……他们的势力毕竟太强大了。"

林鼎义正词严地说："等我帮他们揪出那个下毒的黑手，他们会感谢我的。"

冷津楠说："你要再小心谨慎些，对手太心狠手辣了。有时候等你看穿一切，你早已经死了。如果需要帮助，第一时间打电话给我！"

林鼎感激地点了点头，离开了办公室。

冷律师拨通警局的电话……

4

烤肉餐馆

在连续多起案件毫无进展，没有清晰的线索时，林鼎把调查的方向拉回到第一个跑车头颅案来。眼下胖交警和拖车司机都不见了，林鼎继续找那天晚上的另外两个同谋。舞池里粉色头发的当地女孩和那个在酒吧门口找碴儿打架的大块头。在塞维利亚生活了十多年，林鼎结交了各类朋友，有上流阶层，也有中产阶级，更不乏一些要好的市井邻里。他拜托了他们帮忙留意那两个人有没有在哪里出现。其中一个在"狂热郁金香"酒吧附近开小食品店的巴基斯坦朋友给林鼎带来了好消息，他要找的粉色头发女孩有下落了。每周三和周六下午，那个女孩都会和她的男友在瓜达尔基维尔河里划双人皮筏艇。

林鼎等到周三下午，徒步沿着瓜达尔基维尔河搜寻划双人皮筏艇的人。塞维利亚港是一个内河港口，有瓜达尔基维尔运河直通 120 公里外的大西洋的加的斯湾。当年哥伦布就是从塞维利亚港出发，沿着这条美丽的运河航行，进入大西洋。林鼎看着宽广的河面，波光粼粼，河水蓝中带绿，难怪当地人称它为"蓝色的镜子"。如同塞纳河对于巴黎，瓜达尔基维尔河就是塞维利亚城的灵魂。河岸两边的步行大道风光旖旎，有许多人散步闲逛，还有很多人选择跑步健身，或者遛狗带娃。林鼎走了许久，终于在"蓝色的镜子"中发现了目标。

河中一条细长的双人皮筏艇，那个年轻女孩坐在后面，但她的头发已经从粉红改染成了绿色，非常扎眼。坐在她前头的不是那晚和她演戏的那个壮汉，换成了一个运动型大男孩，大学生的样子。他们两个卖力地划着，释放过多的精力。林鼎站在岸边，朝他们挥手大喊："嘿，美女！嘿，停一下！"他们侧头看到林鼎是在喊她，便停了下来，漂在河中央。绿发美女问："你是谁？"

林鼎反问："有件事我要问你，那天晚上在'狂热郁金香'门口演戏，拖住我们的就是你吧。是谁派你去的？你的老板是谁？"

女孩听了很不高兴，脸一沉："我不知道你在说什么，你认错人了。"坐在前头的男生扭头看看女孩，又看看岸边的林鼎，很纳闷。

林鼎知道不使点坏，是问不出东西的，他朝他们喊："那天你那个替你出头的男朋友人呢？他不玩划船吗？就是穿着无袖皮背心，长得像范·迪塞尔那个痞痞的家伙，不记得了？"

女孩的脸色愈发难看。林鼎接着攻势，他用上了巴基斯坦哥们告诉他的女孩八卦："那是三月份的事情了，你可能不太记得。那我就说说四月份你的事情，你在洗车店打工，认识的帅气男生伊格纳西奥，总还没忘吧。"

皮筏艇上坐女孩前头的男生有点坐不住了，他开始和女孩说起了悄悄话，表情明显有些恼怒。女孩和他低声说了几句，然后朝林鼎大喊："你去找那个'范·迪塞尔'！他不是我男友。都是他拉我去演戏的，其他的我都不清楚，你去问他！"

"去哪里能找到他？"皮筏艇顺着水流向下漂，林鼎跟着小跑才能跟上他们。

"他经常去塞维利亚大学旁边海鸥大厦里的排练房，他是一个摇滚乐队的主唱和吉他手。"

"多谢！"林鼎朝他们挥手告别。没走几步，身后就传来了他们俩的吵架声，男生质问绿发女生那些男人是谁，女孩顾左右而言他。他们越吵越凶，女孩发火推了一下男生，看似老实巴交的男生也回击了。一来二去把皮筏艇都弄翻了，他们双双跌进了河里。林鼎掏出手机，拍下了这个搞笑的场景，然后扬长而去。

林鼎来到海鸥大厦找了一整天都没有找到乐队的踪迹。大厦里有很多小公司、私人诊所、美容院、电脑维修部等，其中还有几间录音棚，"范·迪塞尔"

的乐队"铁锈火箭"平时就在其中一间排练。第二天下午林鼎等到了"铁锈火箭",他在排练房外边听边等。他需要等他们回家时跟踪那个光头主唱,不然五个人他不好对付。虽然录音棚是隔音的,但是林鼎贴近门口,还是可以听见他们的音乐,他就这样听了两个小时,令他惊奇的是还挺好听的。他们的曲风有瑞典的"羊毛衫乐队"的感觉,吸取了拉丁和摇滚的精华。"范·迪塞尔"的嗓音富有磁性,低音沙哑浑厚,高音婉转高亢,他的形象一下在林鼎心中有了很大的改观。

突然排练停了下来,主唱好像接到了一个紧急的电话。他们急急忙忙收拾了乐器出了海鸥大厦,上了停车场里一辆老旧的银色西亚特旅行车。他们五个人还有乐器都塞进去之后,车门差点关不上。林鼎开车跟上他们。

开了没多久就到了一个展会中心,一楼大厅里已经满满当当都是人,似乎是一个美妆品牌的产品发布会,邀请了一支知名乐队出席,有粉丝见面活动。林鼎挤进粉丝群中,周围都是些小女生,大叔的样子真是格格不入。舞台上的化妆新品已介绍完,主持人仍然在不知所云地说着些什么,问台下有没有观众想要上台试用了解一下,但没人搭理他。主持人继续拖延着时间,台下的粉丝很不耐烦,开始抱怨,他们的偶像怎么还不出场。台下一名工作人员给主持人递上一张纸条,主持人像抓住一根救命稻草。他看后长吁一口气,说:"下面有请'One Bug'乐队的好友'铁锈火箭'乐队登台给大家表演!"台下的观众听后,发出一阵窸窸窣窣的声音,他们很纳闷,这"铁锈火箭"是什么鬼乐队?听都没听过。等他们上台开始准备乐器,调音时,台下的观众更是直接给出了很大的嘘声。"范·迪塞尔"和他的伙伴们面色难堪,加紧调音试音,但台下的嘘声越来越大,持久不断,他们的头上开始冒汗。

几分钟后,他们互相看了看对方,点了点头。主唱对着伙伴们说了一句什么,应该是歌名,然后前奏就开始了。他们开始唱一首经典的流行歌曲,但观众并不埋单,开始高喊"One Bug!One Bug!"他们的演唱几度被打断。林鼎觉得他们唱的不如下午排练的歌好听,便大喊:"唱你们自己的歌!"主唱看了一眼台下这个奇怪的中国大叔,旁边的观众也莫名地看着这个大叔,整个会场都安静了。主唱思考了几秒钟,随后露出一个释然的笑容,用吉他弹了一个前奏,其他几名成员立刻会意，用贝斯、键盘和鼓跟上他的节奏。林鼎听出那是他们的新歌，下午排练次数最多的一首歌，非常好听。当"范·迪塞尔"的声音响起，会场里的人都有些吃惊。"One Bug"乐队的粉丝们带着强烈的偏见去听这首歌，居然还情不自禁觉得挺好听。到了歌曲高潮部分，那些粉丝彻底投降了，他们无论从心理还是生理，都爱上了这首歌。林鼎不知道这首歌叫什么名字，但从歌词上能听出来和他们乐队的名字有关系，是一首招牌歌曲。

"……我坐着铁锈火箭，追逐苍穹天际，冲破那云层，再没有雨能腐蚀我。我要上火星开一场演唱会，外星人给我鼓掌。他们本身就会发光，不需要荧光棒。我坐着铁锈火箭，也能飞得很高很高。冲！向着银河！冲破大气层，燃烧出绯红色光芒，烧光所有锈迹，变成金色的火箭。我用生命歌唱，在没有空气的宇宙里，也能听到我的歌声……"

这首歌的曲子很带感，歌词振奋人心，非常有感染力。台下的观众听了第一遍副歌后，甚至会不自觉轻声跟唱："冲！向着银河！"旁边有个小女生跟身边的人说："哎，我听过这个歌，他们的主唱叫桑德罗。""是吗，有点儿好听。"一曲唱罢，林鼎带头鼓掌，全场响起了热烈的掌声。几个小女生看着桑德罗，都有了爱慕的眼神。突然现场又有一片骚动，前排的女生发出尖叫声。林鼎往前仔细一看，原来是真正的主角"One Bug"乐队到台下了。他们穿着自己的便装，神色匆忙，显然是迟到了很久。"铁锈火箭"乐队是来帮他们救场的。既然真正的主角来了，替补就下台了。

林鼎决定不等他单独回家，现在就找他谈谈。他快步跟上乐队，在他们快出展厅大门时拦住了他们。"我想和你谈谈，有时间吗？"林鼎拍了一下主唱的肩膀。主唱回头看了一眼林鼎，好像有点眼熟，但又想不起来哪里见过这个中国人。他跟他的团员们说："你们先回去吧，我等会儿自己回家。"

"你唱得真好，你们的歌都是你们自己写的吗？"

桑德罗点了点头，自信地说："是的，我已经写了五十首歌了。"

"太棒了，我刚才看了演出。你们真的不该被忽视，你们比那个'One Bug'娘炮乐队强多了。我可以帮你们一把，只有走上正轨好好创作音乐，才不用去替人卖命。"

桑德罗眉头一紧，把背上的吉他拿下来，竖着放到地上，一只手按着。清了清嗓子低声说："我也没替谁卖命吧？"

林鼎拿出手机，打开绿色头发的女生照片给他看："你和这位美女，一起在'狂热郁金香'酒吧门口演的戏，还记得吗？你不仅歌唱得不错，演技也很好。"

"你到底想说什么？"桑德罗往墙角挪了挪。

"你是个音乐人才，我不想看你走偏了。我认识很多文艺圈的人，可以把你的乐队介绍给知名的音乐制作人。但我有一个条件。"

"什么？"桑德罗不去看林鼎，目视墙角静静等着答案。

"你得告诉我是谁派你去演戏的。"林鼎直直地看着他，看他不答话，便走近他，一只手搭着他的肩膀，"放心，我不会出卖你，把你说出去的。我只要一个名字，就这么简单。"

桑德罗咽了一口口水，凑近林鼎的耳朵，用极小的声音说："'小绿猪'餐馆的老板罗伊斯，我从他那里领的任务，赚点钱租录音棚录歌。其他的我什么都不知道。"

林鼎心中狂喜，果然还是跟"小绿猪"餐馆有关，烧毁姚炜和祖儿货车的那个匪徒，身上的餐巾纸就是"小绿猪"的。之前查了这个餐馆很久都没有任何线索，看来要好好查查这个老板罗伊斯了。"很好，你看，多简单。我给你一个制作人的电话，今晚我会把你们乐队推荐给他，明天你打给他，他会找你。"

桑德罗记下了电话号码，兴奋地背着吉他走了。林鼎看到的不再是一个郁郁不得志、颓丧的青年，而是一颗未来的新星。

今天傍晚起就乌云聚集，闷雷阵起，注定会是个暴风雨的夜晚。约兰达病了，躺在床上发着高烧。萨拉在旁边照顾她。祖儿在自己的房间里吃饭。林鼎在外面忙，没能回家。他要履行对桑德罗的承诺，给制作人推荐他们的乐队，然后好继续追查烤肉餐馆的线索。

桑迪、哈维和华金都在屋外巡逻。天很早就黑了，风越来越强劲，闪电像发光的鞭子不停抽打大地。暴雨瞬间降临人间，雨水如水晶帘幕遮挡在面前。

三名警察只得躲到门口的屋檐下，但没两分钟就全身湿透了。狂风扫击雨水，水珠似被怪兽追赶四散逃命的野兔，胡乱地撞在窗户和门上。祖儿的耳朵里只剩下"哗哗"的雨声和狂风的呼啸，突然一道惊雷，一切都陷入黑暗，停电了。整个别墅区一片漆黑，祖儿有一种不祥的预感，她害怕极了，闭上眼睛缩在床角。华金感觉不太妙，只有手枪不足以应付现在的环境。他跑去车库，拿出三把 M16A4 分给了桑迪和哈维。他们三个分散在别墅的三个角，手里紧紧握着突击步枪，注视着面前的黑暗世界。

别墅像一座孤岛上的城堡，在雨雾中看不到周围其他的任何房子。花园里的松树、红枫、紫丁香、房屋一起被暴雨万箭穿心。病重的约兰达看着窗外，忽然想起了什么，挣扎着想要起来穿衣服。萨拉阻止她："你要干什么，妈妈？不要起来，你要拿什么我帮你去拿。"

"花苗，花苗会死的。"约兰达从床上坐起身，虚弱地说。

萨拉按着她的肩膀，不让她起来。"什么花苗？"

此时祖儿来到约兰达的房间门口，想问问她们有没有蜡烛。她在门外听到约兰达对萨拉说："那株小花苗啊，种在罗汉松旁边的，你爸爸去年送给我的。"萨拉说："外面下大雨啊！不能出去啊。"

约兰达急切地说："就是这该死的雨啊，太大了！风也太大了，花苗会死的！我要去把它挖出来拿进屋才行。"

萨拉极力阻止她："算了不要出去了，太危险了，打雷呢。"

祖儿透过门缝看到约兰达散乱着头发，冒着虚汗，羸弱又焦急的样子，心有不忍。她转身跑下楼，从厨房柜子里拿出一把铲子，穿上一次性雨披，深吸一口气，冲出屋子。三名警察看到祖儿冒着暴风雨跑进花园，都吓了一跳，他们朝她大喊。桑迪握着步枪追了上去，朝祖儿怒吼："你干什么？你疯了吗？！快回去！！"祖儿不管不顾，径直跑到罗汉松脚下，跪在那株小花苗旁边，草坪上泥水泛滥，祖儿的腿上都是污泥。小花苗正在被暴风雨蹂躏，叶子都掉了一半，祖儿争分夺秒用铲子挖花苗根部的泥土。桑迪拉祖儿的袖子，想拉起她，被她一把甩开。任凭他怎么大喊大叫，祖儿都无动于衷。桑迪没办法，看明白她到底在干什么之后，他开始用 M16A4 步枪的后部战术枪托帮她一起挖泥。视线实在太差，桑迪拆下枪上的手电筒，叼在嘴里给树根照明。"不能直接把花苗根挖出来！要绕着根留一圈泥才能不伤到根须。"在恶劣的环境下，他们两人还是必须小心翼翼地挖土。两人此时感觉并不是在花园中，而是在海里，浑身冰凉刺骨。狂风侵袭着他们的脸庞，呼吸都异常困难。马上就要成功把花苗挖出来了。

哈维和华金站在屋檐下盯着祖儿和桑迪两人，他们觉得此时非常危险，立刻呼叫了支援。但此时，他们最不愿看到的来了。一辆黑色厢式货车向他们驶来，雨雾中看不清任何东西，货车的大灯照得他们睁不开眼。货车就停在了他们花园门口。华金闻到了死亡的气息，一片混沌，狂风暴雨，这是敌人最好的袭击时刻，完了，一切都完了。华金冲着桑迪和祖儿疯狂嘶吼："快回来！快跑！"无止境的雨声淹没了他的声音。"架枪！！"他一声令下，他和哈维的两把步枪齐齐上膛，瞄准花园门口。桑迪看到这种时候有陌生的车来了，心里一沉，奋力用枪托猛击了最后两下，把花苗铲了出来，扔给祖儿，祖儿连苗带泥抱在怀里。桑迪猛地推祖儿："快回屋，带她们进地下室！"祖儿往屋子方向跑，桑迪背对着祖儿，跟着她后退着跑，时刻挡在她的身前，持枪瞄准花园大门。桑迪隐约能听到从货车上下来了好几个人，车的引擎和大灯都熄灭了，花园又陷入了黑暗，只听见那几个人互相呼喊着什么。

桑迪掩护祖儿进了屋，关上门，他站在门口中央，哈维站在房子东侧，华金则在房子西侧的车库旁，他们屏息凝神，观察着花园的围墙，敌人随时会从任何一侧的围墙爬进来。哈维紧张万分，他当警察以来，还从没经历过真正的枪战。雨水不停从头上流到脸上，流进他的眼睛，他又不能用手去擦，两只手要稳稳地端着步枪，保持射击姿势。朦胧的视线中，他将迎来今生最大的挑战。三个人像三座雕塑，在暴风雨中纹丝不动，艰难地等待着增援。

祖儿冲上二楼，把约兰达和萨拉拉进地下室。约兰达直到到了地下室里，才穿好衣服裤子。林鼎把地下室改造得非常安全，堪比白宫的避难室，又很舒适，有临时的洗手间，还有床、桌子椅子、食物。萨拉借着手机的光亮，找到了架子上的蜡烛，在床边点燃了几根。萨拉问："上面什么情况？有人袭击我们？"祖儿喘着气说："有辆车开到我们花园外了，暂时没有枪声，不知道怎么样了。"

萨拉有点生气："妈妈，你干吗非要把这株花苗弄进屋。你看祖儿都湿透了，太危险了这种天气。"

约兰达也有些不好意思："萨拉，你快带祖儿去洗洗，换套衣服，地下室里没有浴室，只有厕所，但可以拿毛巾擦擦。"

屋外，三座"雕塑"持枪坚守阵地五分钟，一直没有等到敌人的影子。支援的反恐部队抵达，浩浩荡荡来了两辆装甲车和三辆警车。这时雨势渐渐转弱，能见度提高了一些。哈维发现他这一侧路边的电线杆上，有两个工人正爬在上面抢修。原来停在花园外那辆车是电力局的工程车，并不是恐怖分子。虚惊一场，差点吓出尿来。三个人都松了一口气，什么都没干，但如同经历了一场浩劫，身心疲惫。

等祖儿擦干身子，换了一套干净的衣服出来，看到约兰达已经把小花苗装进了一个小纸箱里，小纸箱当作临时的花盆。旁边围绕着五只点燃的蜡烛。莹莹烛火映照下，小花苗充满了顽强的生命力，暴雨并没有击垮它。约兰达躺在床上，虽然发着高烧，但看着小花苗，露出微笑。"你们知道这是什么植物吗？"祖儿和萨拉看着对方，都摇摇头，约兰达闭上双眼缓缓地说，"这是一种原产于中南美洲的濒危植物，叫'幽灵兰'，这种花无法人工培育，只能碰运气在野外找到。一般根系会依附到大树上，与树皮融为一体。开花时飘逸的纯白花瓣就如幽灵浮在空中。我尝试把它栽在松树旁，希望它能成活。去年秋天马克陪我回哥伦比亚的老家扫墓。我当年和父母住的宅子早已荒废，后院里杂草丛生。在院子里我感受到隐隐的呼唤，引领我们在一棵树下发现一株与众不同的花苗。它在周围一片枯枝败叶中顽强生长，像是在等我回来，想与我诉说什么。我们偷偷把它带回塞维利亚，找人鉴定出它是'幽灵兰'。马克说也许它是我父母的灵魂，花开后就能见到他们了。"

祖儿听着约兰达的述说，呆呆地看着花苗，她感受到了许多深厚复杂的感情。

"谢谢你祖儿，把花苗救了回来。很多时候我们都只能面对事实，即便事实是十几年的谎言，是我们讨厌的，无法接受的。我不该憎恨你，你和萨拉都是马克的女儿。"

祖儿不知该如何回应，只好岔开话题："桑迪发信息给我说上面没事了，可以上去了。我去看看他们，他们也淋了很多雨。"

有人来和他们换班了，他们正准备回家休息。祖儿叫住了桑迪，让桑迪上楼先在这洗完澡换好衣服再回去。哈维和华金对视一眼，心领神会，嗖地一下就溜走了，完全不给桑迪跟上他们的机会。他们两个家伙把宝马轿车开走了，这下好了，桑迪走不了了。车库里还有两辆轿车，一辆是因凡蒂诺他们三人组开来的黑色雪铁龙 C5，另一辆是约兰达的红色梅赛德斯 E 级双门轿跑，这两辆都不能开走，碰到紧急情况需要撤离时这两辆车都要用，不然所有人坐不下。车库里原本还有一辆罩起来的许天送给林鼎的阿斯顿·马丁跑车，现在已经被林鼎停到珠宝店里了。约兰达的摩托车倒是可以开走，但是外面还在下着雨。

桑迪很犹豫，他看着祖儿，有些不知所措。祖儿看他不动，便拉住他的手，把他拉上楼。"你的手好冰，在外面淋成那样了要赶快洗个热水澡，你家住得太远了，等你回自己家，肯定会感冒的。"祖儿边说边把他推进浴室。桑迪看了眼浴室里面，又出去朝祖儿喊："可我没有换的衣服啊。"祖儿把他推回去，关上门："我会拿给你的，你快先洗，不要锁门。"她跑去了林鼎的房间，拿了一套她爸的睡衣和袜子。她又回到浴室门口，桑迪已经开始淋浴了，她打开一条门缝，看到镜子上都是雾气，隐约看到淋浴房里桑迪肉色的身体。她伸长胳膊，把男士睡衣放到洗脸台上，关上门。桑迪好好洗了个热水澡，身子从冰冰凉的状态变得温暖舒适，他看着祖儿家的浴室，有一种说不出的感觉。虽然这段时间一直在这个别墅里，但最多也只是用下一楼的厕所，连二楼都没怎么上来过。祖儿又去了一趟地下室，拿了一支新的牙刷给桑迪。洗漱完毕，桑迪问祖儿客房在哪里。她回答说客房被她爸爸睡了，因为他和约兰达吵架分房睡了。一共四个房间，约兰达、林鼎、祖儿、萨拉，一人一个，没有多余的了。

"那我睡哪里啊？"桑迪很纳闷。

"只好便宜你了，睡我的闺房啰。"祖儿说。

"呃……这……不太好吧。"桑迪有点语无伦次了。

"你先进去躺好，我还要去厨房一趟。大男人怎么像个娘们似的磨磨唧唧。"

祖儿说完咚咚咚下楼去了。

桑迪做梦都没有想到，他现在居然在祖儿的房间里，晚上！还躺在祖儿的床上！被子里有祖儿的香味。窗外的雨声莫名变得动听，他希望每天都是暴风雨，每天他都有事情被淋成落汤鸡。他开始胡思乱想，一个喷嚏打断了他过于丰富的想象。过了很久，他都快睡着了，祖儿才进房间。她洗完澡换了套睡袍。深 V 领的米色丝绸睡袍，露出精致的锁骨，锁骨上是披散着未吹得干透的长发，素颜的脸清纯可爱。她娇小柔美的身段被包裹在性感的睡袍内，脖颈、小手臂、小腿露出雪藕般洁白的肌肤。"明明很白啊，为什么叫黄种人呢？"桑迪心想。他看着她走近，内心愈发悸动。祖儿如同一件上帝赠送给他的礼物，腰间的束带就是打开礼物盒的丝带。

"往哪看呢！来，把这个喝了。"祖儿说着递给他一个碗。桑迪这才发现她刚才手里还拿着一碗生姜汤进来。他接过碗咕嘟咕嘟一下就喝光了，完全没有辣味，全是甜味，甜到了心里。

"那个……我……还没有穿内裤呢，你没有拿给我。"桑迪有些不好意思，他的睡裤里面是真空的。

"家里没有新的内裤了，你穿我爸的不太好吧，你明天回自己家再换吧。"刚洗完澡的祖儿脸上泛着红润，"睡觉了！"祖儿钻进了被子里，和桑迪躺在一起。他感受到了她身体的温度，他的心跳开始加速。

祖儿关了台灯，问他："我们在那家超市的时候，老板娘问你我是不是你女朋友时，你怎么不否认啊？"桑迪没有回答，"男人真是没一个好东西！"

"我怎么不是好东西了？我是警察，我可是好人！"桑迪有些激动，他抓住了祖儿的手。

"你看，我说什么来着。"

"祖儿，你谈过恋爱吗？"

"没有，不过在中国很多男孩子追我。可惜我都不喜欢。"

"是吗，那他们没有机会了。"

桑迪侧过身，搂着祖儿吻了上去。祖儿有些吃惊，头往后仰了一下，躲开他的双唇："你干什么？"桑迪又吻了上来，这次祖儿没有再闪躲。桑迪亲着她的上嘴唇、下嘴唇，又继续吸吮她的舌头、她的牙齿。祖儿从未有过这种体验，想拒绝身体却不听使唤，她的舌头也伸进了桑迪的嘴里，纠缠不清。黑暗中他们越搂越紧，身体越来越燥热。他的腿跨到了她的腿上，祖儿感觉到有什么东西触碰到了她的小腹。她很害怕，那是一个她仍未知的领域。她一把推开他，转过身去，"不行！不行不行。我还没想好。"祖儿心慌地说。桑迪并没觉得沮丧，他已经很快乐了。他很喜欢祖儿，他愿意等，不管多久。人的一生很漫长，从不缺少刹那的激情，难能可贵的是细水长流。他轻轻搂着祖儿的腰，触摸着她丝滑的束腰带。今天不拆这珍贵的礼物。听着窗外淅沥的雨声、树叶的声音，他闻着面前心爱的女孩头发的清香，微笑着入睡了。祖儿闭上眼，想起了背后这个搂着自己的男生，之前在她跑回屋的时候，挡在自己身后的样子，是那么高大，无所畏惧。她渐渐喜欢上了这座城市，因为她找到了留下来的理由。

隐藏在特里亚纳区一个不起眼角落里的"小绿猪"烤肉餐馆，生意每天都是那么火爆。店面很小，就是街区的小咖啡馆大小，里面坐满、站满了客人。店里面装修简陋廉价，服务差劲，凳子坐着也很不舒服，甚至需要客人自己清理桌子上的垃圾。人山人海的理由只有一个，就是这里的烤肉是全城最好吃的。硬要说还有什么理由，只能说这里的老板罗伊斯了，他是个盲人，厨艺一流的了不起的盲人。罗伊斯失去视觉后，把自己的嗅觉和味觉提升到了炉火纯青的境界，不单是分辨食材的味道，他能闻出客人今天去过哪里，哪个品种的狗在客人的裤腿上蹭过。他的餐馆没有菜单，只烤三种肉，搭配土豆块和蔬菜色拉。其中最无敌好吃的就是烤猪肋排。每天都有各个城市、各个国家的人慕名而来。有的游客拿着手机，开着旅游热门攻略的 app，一路找寻过来。

林鼎再次来到"小绿猪"调查，当再次看到老板罗伊斯时，他忽然想起来了，在看管家案件的监控照片时，那个假冒管家的熟悉的身影，就是眼前的烤肉餐馆老板。他几乎和管家阿历克斯的身材一模一样，高大威猛，肌肉发达，肤色黝黑。他又一次上前问了老板那个之前问过的问题，认不认识一个顾客，长相和祖儿被袭烧车案里的匪徒一样。林鼎得到的还是那个回答："你是傻子吗？我是个盲人，怎么知道顾客长什么样子？滚开！我忙着呢。"罗伊斯回答他的时候，头都没有往他这偏一下，手上仍旧不停地烤着肉。他不像阿历克斯长着大鹰钩鼻，他的鼻梁很高，整个鼻子上下一样宽，像一块金条。他油腻肮脏的脸上布满着野性的胡荐，下巴像雕塑般有一道深沟，嘴唇干裂，完全不在乎自己的形象，一看就是那种不好惹的家伙。他虽然戴着一副 Tom Ford 的大墨镜，但镜片的边缘外，仍然能看到他眼眶周围凹凸不平的疤痕，那是他十三岁时被火烧瞎双眼留下的伤痕。林鼎总觉得罗伊斯并没有瞎，透过黑色的墨镜，他感觉到镜片后有一股寒意与杀气在看着他……

老板罗伊斯曾经也是个纯真无邪的少年，他虽然在单亲家庭中长大，但他的母亲对他很好。她辛苦地经营着一家小烤肉店，生意还算不错。他的母亲克劳迪娅性格开朗，长得也很漂亮丰满，一头棕色卷曲的短发，笑起来有两个酒窝。她很会和顾客聊天，大家都很喜欢她。其中包括她雇佣的一名帮厨，被她彻底迷住了。每天工作的时候都盯着她看，不工作的时候也盯着她看。这些是大家都知道的旧闻，街坊邻居只要认识罗伊斯的都知道他家发生的事情。只要几杯冰镇啤酒，就可以让几个闲老头儿对着林鼎滔滔不绝。他们跟林鼎说，那个帮厨叫扎克，又穷又丑，四十多岁了连句像样的甜言蜜语也不会说。工作倒是挺卖力，但干的活非常粗糙，不像样子。罗伊斯的母亲看都不想看他一眼。他整天说着不着边际的胡话，吹的牛一个比一个大。十足一个怨天尤人的中年屌丝，把自己的失败都归咎于社会的不公，好像自己多有能耐似的。空闲时间就只会打牌喝酒，永远只说不做。扎克酒喝多了之后总是对着克劳迪娅说些下流话，什么让他抱一抱，亲一下之类的。克劳迪娅非常厌烦他。如果扎克不是他表哥的远房亲戚，硬是塞给她，让他来餐馆工作，这样的男人，她一辈子不会和他说上一句话。她为了让扎克好好上班，不影响餐馆的生意，只能偶尔陪他聊聊天，喝喝酒，安抚一下他。冬天里有一天她对他说："你要是能买一件 El Corte Inglé 百货商场里圣诞橱窗中间的那件貂皮大衣给我，我就让你亲一下。"扎克听了只是冷哼一声。

过了大概一个星期，新年的时候。晚上餐馆打烊了，另外两个员工回家了，只剩下老板娘和扎克两人。克劳迪娅每天总是最晚走的，她要算每天的营业额，把整钱收好，收银机里添加好零钱以供明天找给客人。她还要再仔细打扫一下卫生才能安心地回家。扎克今天也留了下来，他说他买了一些新年的彩带装饰，可以布置一下餐馆，弄出些节日氛围。他踩在椅子上，在高处挂这些彩带。

"明天白天再挂吧扎克，时间不早了，你先回家去吧。"

"没事，很快就能弄好。"他边用胶带贴这些彩带边说，"这么多年了，你一个人真挺不容易的，开餐馆，带大孩子。女人何必过得这么辛苦，都是过日子，找个人搭个伙一起，不是更好吗？"

"我也不是个大姑娘了，孩子都十多岁了，很多东西逝去了就没有了。天天烤肉做菜，烟熏火燎的，早就成黄脸婆了。就这样也挺好，我没那个心思了。"她苦笑着说。

"你一直都很美。从我第一次进这家店看到你的时候就爱上了你。我也知道你看不上我。我每天都很孤独。我们活得都这么艰难，为什么不能痛快一点。"

克劳迪娅叹了一口气，整理好收银机里今天的营业额，把总共没几张的整钞放进包里，关掉店里所有的灯。"好了，快走吧，我要关门了。"

"克劳迪娅，我有礼物给你。"扎克不知从哪里拿出一个大手提袋。店里很黑，只能通过街道上的路灯射进来的微光，隐约看出是一件衣服。克劳迪娅心里一惊："该不会是……"她伸手把衣服拿出来，不自禁地喊了一声："啊！"真的是那件圣诞橱窗里的貂皮大衣。那是她见过的最华美的衣服，她每天都幻想自己能穿上这样的衣服。现在这些柔软细腻的貂皮毛，就在她的手指之间。大衣上黑色的细毛泛出似云遮月的色泽，领子和胸襟是染成红色和橙色的狐狸毛装饰。她又开了灯，穿上大衣，通过吧台里柜子上的镜子看自己。酒瓶之间展现出的是一名风姿绰约的华贵少妇，大衣非常合身，做工精细，有着很自然的垂顺感，和克劳迪娅的气质相得益彰。正在沉醉地欣赏自己时，克劳迪娅突然被扎克从背后抱住。她吓了一跳，用力挣脱开。

"你干什么？！"她转身质问扎克。

扎克又凑近她，抓住她的双手，伸过脸去想要亲她，被她闪躲开。扎克有些恼火："你之前答应我的，给你买这件大衣，就让我亲一下。"

"你肯定误会了，我那是开玩笑的，你还当真了。"克劳迪娅慌慌张张想要脱掉大衣，被扎克按住手。"不准脱！我送你的，你他妈的不准脱！"扎克冲她怒吼。

"这太贵重了，我不能收，得花掉你半年的工资呢！"

扎克再次尝试强吻克劳迪娅，他用力抱住她的双臂，把她顶到柜子上，上面几瓶酒都掉了下来，摔得粉碎。她拼命挣扎，扭动脖子，把脸侧开，扎克吻不到她的嘴巴，只好强吻她的脸。她大哭，眼泪哗哗地流，痛苦得像一群蜈蚣爬到了她的脸上。克劳迪娅用尽力气逃开，把大衣脱掉，跑到一张餐桌后头。

扎克的头发都散乱了，前面的刘海遮住了他的眼睛，但还是能看到幽蓝的泪水。他低头看着掉在地上的大衣，发出哀鸣："这不仅仅是我半年的工资，还有我对你的感情啊！"克劳迪娅被吓坏了，只知道蹲在地上哭。他凶狠地走上前，打了她一耳光："你这个骗子，臭婊子！"然后他捡起地上的貂皮大衣，拍了拍上面的灰尘，走出餐馆。

那天晚上是扎克最后一次出现在这家餐馆。克劳迪娅和扎克两人都心知肚明，他是不可能再回去工作了。爱多深，恨就有多深。希望这个东西，在你绝望的时候会忽然闪现，在你爬出深渊时又消失不见。当周而复始，再也看不到希望时，就都结束了。

两个月后，在同一条街距"小绿猪"五十米处，开张了一家餐馆，主打的也是烤肉。那家店的老板正是扎克。谁都不知他哪里弄来的钱开店，但有一点大家都很清楚，就是他偷窃了克劳迪娅的烤肉秘方，能做出和她几乎一样口味的烤肉。一开始借着一波新店的新鲜感，以及大力度的优惠，吸引了很多人去尝鲜。但渐渐地，顾客还是喜欢克劳迪娅餐馆的氛围，老顾客们习惯了克劳迪娅灿烂的笑容和爽朗的笑声，她的个人魅力才是餐馆的最佳配方。克劳迪娅忍痛推翻了自己多年的经典菜谱。不破不立，她重新研制口味，升级配方，推出了很多新的受人欢迎的菜式。扎克的店很快就招架不住，开始没落。眼看自己的投入、租店面的钱、装修钱都要赔光，扎克更是恨克劳迪娅恨得牙痒痒。

扎克的店生意惨淡，每个月都亏本，他开始被很多债主追债，店里的餐具都被砸了好多次，越砸他就越穷。自己住的小公寓也被迫卖了。他每天就住在店里。很快他濒临破产，店铺的租金、欠债、水电煤费、员工薪水他都没钱支付了，虽然最后仅剩一个员工。他被逼疯了，去赌球，期望奇迹发生。很遗憾梅西、哈维和 C 罗、伊瓜因他们都没有按照他的设想去踢球。再过没多久这家店面就要被房东收回了，他心中的魔鬼开始苏醒。魔鬼对他说："都怪克劳迪娅这个女人，夺走了你的心智，欺骗你的感情，又害你失业。现在她的店又把你的生意抢光，搞得你破产。全都是她的错！她应该付出代价！凭什么倒霉的事都发生在你身上。这不公平，如果这世上没有公平，我们就自己创造公平，来一些小火花，让这个世界更绚丽。"

一天夜里，扎克偷偷纵火点燃了克劳迪娅的餐馆。克劳迪娅住得离餐馆很近，闻讯第一时间赶到餐馆，冲进餐馆救火。当时罗伊斯还只是个十三岁的孩子，他跟在妈妈身后奔跑，看着妈妈只身一人冲进火海，他拼命大喊大哭。他想冲进去把妈妈拉出来，但餐馆门口招牌上的灯管温度过高爆裂，燃烧的碎片落到了他的脸上，他的眼睛被烧伤了。他被围观的邻居拉离了现场。

扎克在远处的楼里看着这一切，心中有些恐惧。他没有想到克劳迪娅会冲进去救火，但此刻他心中的魔鬼正在狂喜，发出刺耳的笑声。消防队还没赶来，围观的邻居也没有人进去救克劳迪娅。有几个人正拿着水桶向餐馆泼水。平时的老顾客们和克劳迪娅的友谊，在这里显得太虚弱无力。扎克看着眼前的火光，揪心万分，此时他做出了一个令人意想不到的决定，他要去救她。他先跑到最近的街区花园喷泉，把自己的夹克外套浸湿，披在身上，再撕下一块自己的汗衫布料，也浸湿后扎在脸上当面罩。他拿了一个邻居的水桶，打满水，奔向餐馆。他心里清楚餐馆里面哪个位置的火会小一点，因为汽油都是刚才他亲手浇的，他从火势弱侧的位置翻窗进去。一路浇水，为自己铺平到厕所的道路，这里他并没有浇汽油，还很安全。他用厕所的水龙头继续往桶里灌水，到了半桶就往厕所外泼水。

"克劳迪娅！你在哪儿？！克劳迪娅！"扎克一边大喊一边搜寻克劳迪娅的身影，浓烟滚滚，什么都看不清，火势越来越大。他努力用水开辟了一条通道，蹲下身往厨房方向搜寻，终于在厨房的大操作台下面看到了她。她被火包围了，趴在桌子底下，动弹不得，身上好几处都着火了。扎克想也不想，直接冲进厨房，钻进桌子底下，用他的湿外套拍打克劳迪娅身上的火焰。身型矮小的他不知哪来的力量，把克劳迪娅抱起，用外套挡住，一路冲刺，回到他刚才翻窗进来的地方。刚才还完好的窗户，一眨眼窗框变成了火焰构成的矩形。身后和脚下的火舌紧追不舍，发出可怕的声响。扎克用尽力气，把克劳迪娅抬出了窗口，自己喘了两口粗气，才翻了出来。没有欢呼，没有掌声，扎克躺在地上，累得不行，耳边只能听到熊熊的大火发出的轰隆声。有人把克劳迪娅送去了医院。然后是消防车的声音。他爬起身，默默地回家了。

命是抢救回来了，但是克劳迪娅失去了比命还珍贵的东西，她的整张脸被大火烧毁了。除了她儿子罗伊斯，其他人看到她都会被吓到，因为罗伊斯看不到，他的眼睛被烧瞎了。实在无法面对自己后头的人生，在能下床走动的第一时间，克劳迪娅就跳楼了。人间惨剧，一切都源于一段苦求不得的爱情。曾经最爱她的人变成了最恨她的人，最恨她的人反而是救了她的人，真是讽刺。

这起纵火案警察调查了很久，也对扎克产生过怀疑。他是有纵火动机的人之一。但是有一名妓女作证，扎克在餐馆着火之前都和这名妓女在一起快活。后来听到外面喊着火了，扎克才跑出去看的。由于没有纵火现场的目击证人，也没有任何有力的物证，这个案子变成了悬案，凶手逍遥法外。可怜的罗伊斯变成了一个盲眼孤儿，他所有的亲戚都没有了。他被送去了孤儿院，仅仅一周后，一位富有的政府公职人员带走了他，把他收养在自己家中。收养他的新父亲对他很好，以前他只有妈妈，现在他有了爸爸。他瞎了，但是有用人照料他，新的家很富有，他的日子有些方面比以前好了。

有一天新的父亲问罗伊斯："你想不想为母亲复仇。我知道谁是凶手，因为他撒谎了。那天整晚都跟那个妓女待在一起的是我。凶手就是扎克，他为了让她帮忙做伪证，把貂皮大衣都送给了她。"

罗伊斯听后愣了几秒，然后充满怒气地点了下头。

"那你想现在就复仇，还是等长大一些、强壮一些呢？"

"我现在、立刻、马上就想复仇！"瘦小的罗伊斯激动得有些颤抖，他被疤痕包裹的双眼中流下热泪。

"好，我可以帮你。现在动手也有现在动手的好处。"

几天后的一个早上，扎克惨死在租住的二楼的公寓中。一根田径运动用的投掷标枪射进了他的胸口。他是站立时被射中，然后双膝跪地，身体向前倾斜，竹制的标枪尾端顶到地上，都被折断了。剩下的那段标枪就那样把他的尸体牢牢支撑着，像一只远古时期被猎杀的野兽。标枪应该是从客厅的窗户射进来的，窗玻璃整个都碎掉了。当时扎克起床后上厕所，从厕所出来后，走向客厅时被射杀。警察从射入角度测算，凶手投掷的站立位置是楼下远处的绿化带中，在一棵树的旁边。投掷距离超过了 60 米，又快又准，是一个高手所为。

这桩别出心裁的谋杀案很快引起了整个塞维利亚的关注。各方媒体、群众关注得越多，警方破案的压力就越大。犯案时间很早，早上 7 点多，街上还没什么人，更没有人看到有人拿着一根长达 2.2 米的标枪在路上走。奇怪的凶手，他为什么要用如此容易暴露，操作难度又大的特殊凶器呢？经过调查得知，这根作案用的标枪是附近高中体育馆里的校方管理器材，不知什么时候被偷走了。几个标枪玩得最好的学生和体育老师成为被怀疑对象，但当天早上他们都在家，要么还在睡觉，要么已经起床，那天是周三，正常上课。而且他们也完全不认识扎克，没有任何动机。

警方不得不把一切可能性算进来，他们假设之前克劳迪娅的餐馆纵火案的凶手，真的是逃脱制裁的扎克，那么就有人有谋杀他的动机了，那就是罗伊斯。可他只是个身高不足一米六的瘦小的男孩，况且最大的问题是他是个不折不扣的盲童，不可能把一根 2.2 米的标枪射出 60 米，还一次成功命中目标。那个高中的体育老师都不敢说能做到。警方仔细研究了案发现场，扎克的公寓大门是锁好的，也没有任何尸体被搬动过的痕迹。扎克的身上也没有任何其他的伤痕，哪怕是切菜时不小心的手指割伤都没有。标枪正中胸口，一击毙命，完美无瑕。从现场的血迹、玻璃碎片等来看，都没有破绽。调查陷入僵局。负责此案的人换了一个又一个，都无功而返。一个街区连续两起大案无法侦破，该区的警察局长被降职处分。

媒体都夸张地把凶手描述成了天外来客，此举是天降正义，惩罚了纵火案的真凶。甚至有激进的记者跑去采访罗伊斯和他的养父。罗伊斯戴着墨镜，很淡定地回答记者，他绝对不可能是凶手，7 点左右至少有两个人看到了他，一名是面包店的老板，另一名是罗伊斯买完面包后出来碰到的邻居，当时他可没有带着一根比他人都要高的标枪。他对扎克的死表示没有任何看法，只希望警察能早日破案，不要再漏掉一个坏人。而采访他养父的时候，身为政府职员的他不自觉地岔开了话题，说起了一套官话："我很想呼吁这个社会，把目光从自己光鲜的衣着、精致的食物、豪华的轿车上移开。当我们享有了这些，请放缓脚步，不要继续追求更高的物质生活，回头望一望，社会上很多的弱势群体，孤儿院的儿童，以及残障学校的孩子们。你的一杯下午茶，可能能让他们吃上两天的饭。你的一辆车，可能就改变了他们的人生。不要总是关注这些无聊的案件了，逝者已矣，生者如斯。谢谢大家。"

这桩案子就这么成了悬案，静静地躺进了警察局档案室的柜子里。只有罗伊斯和他的养父知道其中的秘密，他们一个是这桩完美谋杀案的凶手，一个是策划者。由于罗伊斯坚持要血债血还，而且必须他本人亲自动手，他的养父就给他量身定制了一个周详的谋杀计划。林鼎坐在"小绿猪"餐馆附近的咖啡馆里，听着对面的老街坊侃侃而谈这些过去的故事，略有所思。两个老头坐在林鼎的对面，对这个标枪杀人案啧啧称奇。林鼎却觉得用标枪并不是杀手任性而为，而是出于某种原因，成为最合适的武器。杀手到底是如何行凶的？林鼎闭上双眼，使劲回忆刚才老头述说的每一个细节。绿化带，二楼破碎的窗户，锁好的门，跪下的扎克尸体，正中胸口的标枪，折断的枪尾……他实在没有头绪，想着想着发起呆来，看着对面老头戴着的 NBA 湖人队鸭舌帽，想起保罗·加索尔在湖人队，是西班牙人。姚明在火箭队打中锋，非常高大灵活，能灌篮也能投篮。等等，投三分，篮下灌篮。林鼎似乎想到了什么。

他对两个老头说："虽然已经过去二十年了，也不可能找得到什么证据了。没法证实我的猜测是不是真实发生的，但我的猜测是可以实现的。你们想听听看吗？"

戴鸭舌帽的大爷说："真的吗小伙子，你可真会吹牛啊！你要是说出凶手是谁，怎么做到的，今晚的酒都我请了。那些故事算我白送你。"

林鼎笑了笑："同一样东西，其实是有不同的用法的。就像篮球，可以远投三分，也可以篮下暴扣。一把小刀，可以削苹果，也可以当飞刀飞出去。我们自然而然有一种定向思维，认为标枪就是拿来远程投掷的。这就是这个案子的盲点。"

另一个秃头的大爷说："你是说……标枪并不是投掷进扎克家客厅里的，是近距离扎进他胸口的？像一把剑？我的天哪！"

"对，那扇窗户玻璃并不是标枪射入时破裂的，而是杀手带着标枪爬上二楼，翻进窗户前刺破的。扎克从厕所出来，听到窗户破碎的声音，然后往客厅方向走，想去查看，接着就被杀手近距离用标枪刺入胸膛。"

戴鸭舌帽的大爷放下酒杯："我的上帝啊。为啥要搞这么复杂呢？和用步枪远距离射杀有什么区别哦？"

"区别大了，用步枪，警察从弹道、弹孔伤痕上很容易确认射击距离。而用标枪，可以很好地掩饰射杀距离。最大的好处就是让警方排除对杀手的嫌疑。一个盲人小男孩，按常理是不可能在60米外投掷标枪射杀目标的。所以凶手要制造这个远程投掷的假象。"

"是罗伊斯杀死的扎克？他当时那么小的个子，那根标枪比他人还高出一大截哟，他怎么带着它上街不被人看见？那个面包店老板和邻居都看到他了，也没见他拿着奇怪的长长的东西啊。"

"他耍了个小花招，把2.2米的标枪提前折断了，一截长1.2米，另一截长1米。藏在自己衣服后背和裤腿里，慢慢地走路，以免被人察觉。等到了扎克家楼下，他听一下四周，确定没人，再把两段标枪从衣服里拿出来，快速爬上二楼。也可能他有同谋，帮他观察小区里有没有人出现。剩下的，就是等扎克走近，突然袭击，就算是盲童也多半不会失手。他把长的那段刺入扎克身体，让扎克往前跪下，标枪的末端顶在地上，在旁边摆放好另一段比较短的标枪，制造扎克跪地时折断的假象。"

"这还真是一个为罗伊斯量身定做的谋杀方法啊！哎，也不好说什么，当时谁都知道是扎克对克劳迪娅怀恨在心，放火烧的餐馆。可怜的克劳迪娅，还很年轻。罗伊斯那么小，就成了孤儿，还瞎了。你是中国来的警探吧，算你牛，今晚的酒我请了！"

"谢谢了大爷，我还有事要先走了。你们好好喝吧，谢谢给我讲那么有趣的故事。我刚才只是胡乱地猜测而已，你们可别当真，不要再和其他人提起，影响'小绿猪'的生意就不好了。再见了！"

秃头的大爷对戴着湖人队鸭舌帽的大爷说："我看你还是请我喝酒吧，我给你讲些更离奇的案子，溜溜球杀人案和呼啦圈杀人案，怎么样？哈哈哈哈。"

林鼎穿上衬衫，走出咖啡馆，隐入夜色。他要好好想想怎么对付罗伊斯这个十三岁起就杀人于无形的死神。他可不能打草惊蛇，把罗伊斯给放跑了，他是现在唯一能追查的线索。

自从罗伊斯复仇成功，尝到了鲜血的滋味，就一发不可收拾。他的养父训练他成为一名冷酷的少年杀手。安排他执行了很多秘密任务，暗杀了不少目标，政客、商人、富豪、明星、黑帮大佬，他们都成为罗伊斯训练所得的经验。他的养父也从政府职员一路攀升成为高官，成了一位极为有权势的人。弱小的盲人孤儿这个身份很好地帮罗伊斯摆脱追踪和嫌疑，更得益于他养父帮他设计好的各种各样精妙绝伦的暗杀方法。他的养父把一个天赐大恨的好苗子悉心培育成了一只嗜血恶魔。他们俩都乐在其中，一个沉浸于设计天衣无缝的完美犯罪方法，一个享受着杀人的刺激快感。这名恶魔之父是世界上最可怕的一类人，他们自己双手不沾鲜血，他们专门孵化恶魔，催生冲突，发掘仇恨。把弱小的雏鸟变成吃人的秃鹫，将温顺的小狗变成阴狠的鬣狗。他们把人性最丑陋的一面暴露在透明的空气中，自私、贪婪、悭吝、嫉妒、懒惰、虚伪、傲慢、暴戾、好色……他们是这乱世的灾祸之源，难以捕捉的黑暗尽头。在阿加莎的笔下也曾出现过这样的恶魔之父，绝顶聪慧的大侦探波罗也没有证据将他绳之以法，最后只能超脱法律，亲手杀了他。那是波罗侦探生涯的最后一案，他沦为自己毕生追寻的谋杀犯。面对恶魔，他只能也成为恶魔。

在罗伊斯十八岁成年时，他收到了养父的生日礼物。那是他精心准备的最珍贵的礼物，来弥补罗伊斯最大的缺陷。那是一对恶魔的翅膀，有了它，罗伊斯将会脱胎换骨，所向披靡。养父给他弄来了一对新的眼角膜。做完眼角膜移植手术后，他就拥有了超越常人的听觉、嗅觉、味觉和视觉。他原本就能听出子弹飞行的轨迹、躲在掩体后换子弹的人紧张的呼吸声，闻到空气中的火药味、敌人在地上留下的鲜血味道。现在，他还可以看到了，终于可以远距离使用他最渴望的武器——枪。

养父送给他两件成年礼，另一件就是当年被烧毁的"小绿猪"烤肉餐馆，他其实早就把这个店面买下来了，现在重新装修好，送给了罗伊斯。罗伊斯非常高兴，他特别喜欢墙面上新刷的绿色油漆，也许是见了太多的红色吧。能重新经营他妈妈的店，一直是他的梦想，看到熟悉的装修他倍感亲切，和原来几乎没什么变化，灰色带褐色花纹的地砖，深色木头的墙壁，木头的吊梁，木头的桌椅、吧台。只是那些木头没了岁月的痕迹，烟熏火燎的油渍、渗透进去的香味、深浅不一的划痕都不见了。没关系，只要重新开张，那些都会回来的。包括之前墙壁上挂的妈妈和老顾客的合影，也都一定会再有，只不过和顾客合影的老板变成了年轻的罗伊斯。

罗伊斯每天戴着墨镜，经营烤肉餐馆，继续伪装成盲人。他除了练习厨艺，每天就是练习枪法，把这两项技艺提升到了艺术家的境界。"小绿猪"也不单单是一间餐馆，它也是"恶魔之父"的庞大犯罪网络中的重要据点之一，很多的秘密任务都是在这里发布、交接。看似店里一位挪威来的背包客女生，安静地吃着烤肉，拍照发脸书，也许她是一名国外顶级杀手，来这里接任务。这里是这个犯罪组织在西班牙最重要的"站点"，也是整个南欧最重要的"站点"之一。

5

大明星

　　这家餐馆在罗伊斯的手里已经经营了十二年。从中产生的罪恶已不计其数，组织的恶行遍布全世界。

　　看着面前三十岁的罗伊斯，林鼎坚信自己的感觉，眼前这个人就是冒充管家并杀死管家阿历克斯的凶手。他现在绝对不是个盲人。但他需要证据，该死的证据！能证明罗伊斯是个杀手，他杀了阿历克斯，而且他认识烧掉祖儿坐的那辆货车的两个匪徒的证据。或者跟任何案子有关的线索都行，无论是跑车头颅案、公寓炸弹案，还是游艇下毒案，以及那一连串的恐怖袭击。林鼎每天做梦都想抓住那个祖儿目击到的匪徒，那个现在正躲在某个暗处，随时会冒出来暗杀祖儿的匪徒。他好想直接把罗伊斯绑架走，关在自己的地下室里严刑拷打，让他说出祖儿看见的匪徒躲在哪儿。但理智告诉他不能这样做，先不说这餐馆里有多少顾客和员工都是隐藏的职业杀手，就算成功绑架了罗伊斯，他也不一定会告诉林鼎那个匪徒的藏身之处。也许那个匪徒得知罗伊斯失踪的消息后，就会转移阵地，躲到阿拉斯加的冰窖里去。

　　林鼎开始跟踪进出这家餐馆的每一个他觉得可疑的人，特别是和罗伊斯说过话的人。也许那个人只是拿起番茄酱瓶子多看了几眼，或者某个人随手在餐巾纸上写了些什么。接连跟踪了好几个人，都没有什么收获。这两天他调查到的唯一信息就是在管家被谋杀的那天和前一天，这家餐馆是关门的，没有营业。

餐馆门口当时贴着一张告示，说老板罗伊斯旅行钓鱼去了。当时还有很多顾客在告示上写字留言，留言的内容都很搞笑。"老板别旅行了，快回来，没有你的烤肉吃我要死了。""我从美国过来玩，看了旅游手册推荐来这里的，结果关门了，气死我了！""我给你买你想要的鱼，你还是来给我们烤肉吧。"

一切都太平静了，这样下去不行，什么都查不出。林鼎决定打破这份平静，挑点事出来，对方说不定会露出破绽。他首先最想确定的就是罗伊斯的视力已经恢复。

一天晚上，林鼎事先喝了几杯酒，还在衣服上洒了一些，弄得自己酒气熏天。他假装自己是个借酒浇愁的醉鬼，跌跌撞撞进了"小绿猪"餐馆，开始他的表演。他弯着腰，踉跄着来到一桌客人身旁，一只手肘靠着桌子，另一只手还抓着自己剩一半的伏特加酒瓶。这桌是四人拼桌的，有一对当地的中年夫妇，还有一个老头，一个寡妇。四个人都皱着眉头看着这个中国醉鬼。林鼎对着那对夫妇中的妻子口齿不清地喊："阿莲，我总算找到你了阿莲！你不要再生我气了。"

餐馆里所有人的目光都聚焦到了林鼎和这对夫妻身上，原本嘈杂热烈的环境一下子安静了下来。那个女人尴尬地看着林鼎，不知所措。而她的先生倒是很淡定，他穿着牛津布的绿格子衬衫，像伐木工人一般健硕。他瞥了一眼林鼎，继续慢悠悠地吃着手里的烤肋排。林鼎继续演戏，加入了一些哭腔："跟我回家吧，阿莲。我知道错了，我不该把你的金项链拿去卖掉，我再也不去赌钱了。我再给你买条新的。我也不该去超市的时候，把儿子忘在车里。"餐馆里的顾客望着这桌，有的咯咯乐，有的对他们指指点点。

"走吧！回家吧老婆，不要和这些野男人吃饭了。"忽然林鼎伸手去拽那个女人的手腕。他一边眯着眼装作喝醉，一边仍用眼角的余光观察着罗伊斯的表情。罗伊斯头都不往这桌偏一点，表情依旧漠然。看到林鼎动手碰自己的妻子，她的先生终于坐不住了，他站起身，用油腻的手抓住林鼎的小手臂，用力一甩，林鼎失去平衡，晃悠悠撞上隔壁桌的一个小伙子。小伙子瞪了他一眼，把他推了回去。"伐木工先生"抓起林鼎的衣领："该死的中国佬，要找老婆滚回中国去找，不要在这里撒野！"林鼎调整了一下自己站立的位置，以确保自己手上的动作罗伊斯能清楚地看到。然后他双手抓住"伐木工先生"的粗腰，用额头撞击他的脸。好痛，他用手捂着嘴，嘴唇都破了，流出血来。这一撞惹得那人恼羞成怒，重重的一记勾拳打到林鼎的脸上。林鼎像一张卫生纸一样在空中卷曲、飘落、倒地。"伐木工"的妻子上前拉住了丈夫，把他拉回了座位上："算了算了，就一落魄酒鬼。你看他都爬不起来了。"

大家一看林鼎一拳就被干倒了，纷纷发出嘘声。这么快就没热闹看了，顾客们悻悻然回到自己座位上，像什么都没发生过一样，该喝喝，该吃吃。林鼎躺在地上，哼唧哼唧，嘴里还说着胡话。他在地上蠕动，居然半截身子钻到了桌子底下，就这么躺在桌底睡着了。桌上的老头和寡妇看着他好笑。林鼎这时也在笑，他心里挺得意，暗暗想着已经成功两个了。他听着上面"伐木工"的妻子说："你说这人是不是瞎啊，我哪里长得像中国人了。"

过了很久，桌上的那对夫妻回家了。林鼎慢慢从桌底下爬了起来，他坐到空椅子上，看了看四周："唉，我怎么在这里啊？我明明在家里喝酒啊。我的酒呢？咦，我的脸怎么好疼。"寡妇看着林鼎，有些难以置信："你真的不记得了？刚才你惹怒了一位先生，被他打倒了，在地上躺了好一会儿。后来那个先生说他的钱包不见了，还在你身上摸了一通，以为是你偷的呢，但最后没找到。是他妻子付的饭钱。"

林鼎眨巴眨巴眼睛，装作努力回想的样子："是吗，我怎么想不起来了？妈的酒喝太多了。"

寡妇像看傻孩子一样看着他："你该喝些茶醒醒酒。"

"对哦，可这里好像根本没有茶。你一个人吗，美丽的女士？我请你去我家喝杯茶怎么样？尝尝中国的味道吧。"

"我建议你还是继续去找你的阿什么莲吧。"寡妇说。

林鼎看了一眼罗伊斯，然后挪动了一下座椅，不让自己的背挡住他的视线。接着他站起身，拿起身旁寡妇的COACH手提包："走吧，我早就忘了什么阿莲了。"同桌的老头笑眯眯地看着他们。寡妇有些难为情，连忙拽回自己的包包："你冷静一点好吗，这么多人看着。"

"好吧，那就下次再邀请你吧，不过你今天这顿饭我请定了，为了感谢……

感谢你告诉我刚才发生了什么。"说完他放了五十欧元到桌上，还写了自己的手机号码到纸巾上，递给寡妇。他朝她眨了一下眼，便离开了餐馆。出餐馆后，林鼎走得很慢很慢，他在等着身后有人出来跟踪他。他刚才在罗伊斯面前所做的，够罗伊斯派人出来暴打他一顿了。在刚才的挑衅斗殴中，林鼎先是偷了隔壁桌他撞到的年轻人的钱包，然后和"伐木工"打架，抓住他的腰时又偷了一只钱包，最后走时，又顺走了寡妇手提包里的零钱包。而躺在桌子底下装睡，都是他计划好的，为了可以把两只钱包粘到桌子的桌板下面。林鼎确信他下手偷三只钱包时，罗伊斯都能看见，虽然他的动作很快，普通人难以察觉，但对于罗伊斯这种犯罪高手，绝对能看得清清楚楚。走了好长一段路，都快过街口了，还是没有人追出来跟上他。

翌日上午，林鼎冒险偷偷潜入了罗伊斯的家里，寻找他的犯罪证据以及同伙的踪迹……

和往常一样宁静的午后，他又回到了"小绿猪"，生意不错，大家悠闲地享用美食。这几天他天天吃烤肉，都快吃吐了，再好吃也不能这样吃啊。他照常点餐、付钱，拿到食物好像也没有任何异常。为了小心起见，他用测试器把食物和饮料都测了一下，看看有没有毒。测试器显示绿色，但出现了一个黄色警告标记，提示热量和胆固醇偏高。这老板罗伊斯还真能忍，林鼎又当着他的面，大大咧咧地在顾客们身边游走，不一会儿就又偷了两只钱包。可老板依旧无动于衷。

林鼎暗骂："妈的，真会演。他根本不在乎他的顾客，不在乎他的生意。估计米其林给他评上三星餐厅，他都会无视。那他到底在乎什么？"

今天店里来了一个拍摄团队，有摄影师、灯光师、录音师、化妆师等。大大小小的设备箱在角落里堆得好高。一名长相逗趣的男主持人单独一人坐在一桌，他穿着钴蓝色的西服，打了一条荧光黄的领带。他们要录制一个美食类的综艺节目。原本就不宽敞的餐馆变得更加拥挤不堪。林鼎想看看他们搞什么名堂。只见一名大腹便便的中年制片人不停地在和一位助理模样的女生抱怨，催促那个迟到的明星快点过来。那名助理说："正在路上了，她已经一边坐车一边在化妆了，一般我们都是到了片场才化妆的。车上化妆很不安全！眉笔啊什么的万一戳到眼睛里怎么办？我们已经很替你着想了。"制片人急得额头冒汗，只能干着急。他对餐馆里的顾客们说，等会薇薇安小姐来了以后，大家不要拍照，要假装吃饭吃得很投入。

此时主持人也没有闲着，他和摄影师先到旁边桌拍摄顾客的采访。连续采访了两个顾客，他们面对镜头都紧张得说不出话来。主持人很郁闷，拿出一张纸，写下台词让他们赶快背出来。一个老奶奶不停背着："我在这里吃了三十年的烤肉了……这里的……"在他们背台词的时候，主持人看到了林鼎，微笑着走过来，用英语问他："下午好朋友，你来自哪里？中国？日本？"

"我是中国人，但我不是游客。"林鼎用西班牙语回答。

"太好了！等会我让摄影师来拍我采访你。你经常来这里吃饭吗？"

"最近常来，不过我是来寻找真相的。"

"什么真相？烤肉为什么这么好吃的真相吗？"

"这烤肉吃起来和你的脸差不多，都像猪屎。"林鼎尖酸地说。

主持人那张逗趣的脸上，表情一下子凝固了。他转而去采访罗伊斯，也是碰了一鼻子灰。不管他问多少句话，得到的回答永远只有一两个字。主持人只能带着尴尬而不失礼貌的笑容勉强结束对老板的采访。女明星薇薇安终于到了，她一进餐馆，看了一眼环境，脸色就变得很难看："你们找的这什么破地方。早知道就不穿这条裙子来了，弄得脏兮兮的。"主持人马上微笑着上前帮她擦椅子，然后垫了一块手绢在上面，请女明星入座。在主持人帮女明星讲解拍摄内容的时候，林鼎同桌的顾客都在称赞薇薇安比电视上看还要漂亮，还要瘦，就是脾气好差。林鼎不怎么看西班牙的电视剧，只是觉得这个女明星还挺眼熟，好像在商场的广告上见过。见到真人，确实性感妩媚，集万千宠爱于一身。

简单的明星试吃拍摄都进行得很困难，几次被迫中断。一会儿薇薇安嫌弃这里的食物不健康，影响她的苗条身材，只肯假装吃两口然后吐掉。一会儿又要先吃一些自己准备的美容养颜食物，把桌上东西都撤走。后来她又接了个电话，和对方谈伦敦时装周走秀的出场顺序。台词没说几句，光助理帮她弄刘海就弄了三次。

摄影师趁着拍摄停止的间隙，录制一些餐馆里的空镜头。拍一些顾客用餐的镜头，还有餐馆环境的素材，他拍了几个照片墙的镜头。

林鼎看到了照片墙上的一个相框，有了灵感。那是墙上仅存的一张罗伊斯母亲克劳迪娅年轻时的黑白照片，照片里她站在中间，笑得很灿烂，两只手臂搂着当时的两个老员工，旁边还站着几个顾客。林鼎站在这张照片前端详许久，冷不丁地吐了一口痰上去。刹那间，林鼎觉得一样巨物从侧身撞倒了自己，蒙了一秒才发现已经被罗伊斯压在身下，又大又硬的拳头如雨点般落到自己的头上。林鼎完全没有防备，罗伊斯的动作太快了，简直像猎豹突袭了一只年迈的斑马。他的眼镜被打得粉碎，许多细小的碎片插进他的眼眶和鼻梁。顾客们和摄制组齐齐望向他们两个，有的顾客还以为这是节目环节，摄制组则对这突如其来的暴力场面有些不满，拍摄的进度又一次被拖慢了。制片人真的是焦头烂额，离薇薇安合同约定的拍摄结束时间仅剩一小时了，一小时后，她就会头也不回地坐上她的保姆车离开，去参加一个晚会。

制片人冲上去制止罗伊斯对林鼎的疯狂殴打，一边大喊住手，一边拉拽罗伊斯强健的手臂。林鼎已经被打得眼前发黑，两耳嗡嗡作响，身体像是在一架失控并高速下坠的飞机上。制片人的介入像是帮他猛地拉起了飞机操纵杆，让林鼎起死回生。林鼎就在这一瞬的喘息间拔出外套里的 9mm 伯莱塔手枪，指着罗伊斯的脑门。林鼎慢慢从地上爬起，单膝跪地，保持瞄准姿势。而罗伊斯双膝跪地，两手向前撑在地上，怒视林鼎。制片人看到林鼎的手枪，一屁股坐到地上。所有餐馆里的人都被眼前的画面吓傻了。摄影师扛着摄像机对着他们，都忘记关机了。薇薇安发出刺耳的尖叫声，主持人连忙捂住她的嘴。

林鼎吐出一口鲜血，深呼吸了几下，对罗伊斯说："你个狗娘养的再装啊，你不是从小就瞎了吗？怎么现在又看得见啦？是不是我手里的枪治好了你的眼睛啊？"

"杂种，别找死！"罗伊斯发出斗牛犬般的低吼声。

餐馆的年轻女服务员不知什么时候来到林鼎背后，拿着一支双管霰弹枪指着林鼎。"放轻松，不然你身上马上会出现八个弹孔。"

"那等会你老板头上那个洞，你怎么让它消失呢？"林鼎阴沉地对身后的女服务员说。

"他不是我老板，蠢货。"

"哦，那我猜你一定是他的妹妹了，你们是被同一个人收养的吧，感情还真好呢。只可惜一看就不是亲兄妹，哥哥长得像食蚁兽，妹妹像条鲶鱼。"

"少他妈多管闲事！我要让你这苍蝇屁股开花。"

"我只管一件事情，烧了中国货车的那个家伙在哪里？"

罗伊斯回答林鼎："滚回去问你妈吧！"

这时候顾客群中站起来一名年轻男子，他双手各持一把手枪，分别指向林鼎和女服务员。他很紧张地大喊："都别乱动，谁开枪我就打死谁！"

林鼎瞥了一眼他："你是谁？是那个明星的保镖吗？"

"我叫乔伊，是薇薇安小姐的粉丝。你是警察吗？"

罗伊斯冷笑道："呵呵，警察会偷别人的钱包吗？你们摸摸自己身上，至少有两个人钱包被他偷了。"

大家都低头摸索自己的钱包在不在，果然两名顾客说自己钱包不见了。人群里发出了窸窸窣窣的议论声。

林鼎辩解说："我那么做是为了验证他是假瞎。这个人从十三岁起就成了谋杀犯，第一名死者叫扎克，曾经放火烧了这个餐馆。他早就被人治好眼睛，训练成为职业杀手了。"林鼎一只手从裤子口袋里拿出一块名贵的手表，亮给罗伊斯看："眼熟吗？我今天上午从你家的柜子里拿的。之前可以说我只是猜测，但当我找到这块手表，就证实了阿历克斯确实是你杀的。这块表是他在游艇上还戴着的 Richard Mile RM055 黑色欧洲限量版，每一块表盘和机芯都有专属编号。这是许弋送给管家的，只要到许弋经常光顾的表店里一查就清楚了。真漂亮不是吗？好像不太适合瞎子用啊。再加上阿历克斯在安道尔被杀的那天，你的店连续关门了两天，去山里钓鱼了？真是巧啊！"

"对于一具尸体来说，这块表更不合适。扎克、阿历克斯，还有之前我杀的所有人都罪有应得。"罗伊斯淡然地说。

餐馆里的人都倒吸一口冷气，盯着眼前这个熟悉而又异常陌生的老板。

林鼎仍坚持不懈地质问："你的养父到底是谁？你在孤儿院的资料都被删除了。还有记者采访你养父时，你养父都是匿名的，没有人见过他。"

"你马上就是个死人了，我告诉你有意义吗？"

林鼎朝乔伊大喊："乔伊，快开枪杀了她。听到没有！他们都是杀手！"

年轻的乔伊显得很犹豫，双手有些不自主地发抖。看看林鼎，又看看女服务员。他的大拇指缓缓扳开指着女服务员的手枪保险栓。"嘭！"餐馆的门突然被踹开，冲进三名全副武装的蒙面匪徒。其中一个锁上大门，另外两个开始用维克多冲锋枪扫射顾客和摄制组的人。"哒哒哒哒！哒哒哒哒哒哒！"乔伊还没来得及开枪，就身中数弹倒地。场面极其混乱血腥，各种木屑、餐具、食物的碎片混合着鲜血四处乱飞。枪声、惊叫声、破碎声、撞击声和倒地的声音共同演奏出一首死亡重金属。林鼎一个侧滚翻，反身朝女服务员躯干连开两枪，然后快速朝她脑门补了一枪。顾客们有的被射杀在椅子上，有的躺在血泊中。薇薇安钻到桌子底下，捂住耳朵，满脸泪水。她的粉丝乔伊浑身鲜血倒在她面前，两眼还望着她。他张大着嘴巴想说什么但发不出声音，喉咙里不断有血冒出来。

林鼎飞扑到女服务员尸体后，握着手枪的右手把她的上半身拎起，作为一面盾牌，挡住三个匪徒不断射来的子弹。罗伊斯半蹲着跑过来想捡起女服务员的双管霰弹枪，但被林鼎抢先一步。看到林鼎的左手捡起地上的霰弹枪，罗伊斯赶紧一个鱼跃接前滚翻，躲到一张玩桌上足球的游戏桌背后。林鼎转而瞄准匪徒，一枪轰飞了一个。他把没有了子弹的霰弹枪扔到一边，自己快速跳进吧台里，把吧台作为战壕，用伯莱塔手枪不断朝持枪的匪徒射击。匪徒都穿了防弹衣，林鼎打了好几枪才击倒了第二个，他好久没有开过枪了，有些生疏。双方激烈交火，摄制组的灯具和摄像机被打得稀巴烂，墙面上布满弹孔。

还剩一名蒙面匪徒躲在坚实的录音台背后。林鼎和他对枪，始终无法击中他。吧台玻璃柜上的酒瓶被匪徒射爆，碎片落到林鼎头上，短暂影响了他的视线。罗伊斯找到机会捡起了一把维克托冲锋枪，他在林鼎的左侧，另一个匪徒在林鼎的正前方。林鼎眼看就要被夹击，形势不妙。他对着餐桌底下的薇薇安大喊："快捡枪打他啊！捡枪！枪！！"谢天谢地，她终于抑制住战栗发抖的状态，捡起面前乔伊的一把手枪。她吞了一口口水，双手紧握手枪鼓足勇气站起来，对着站在两桌外的匪徒连续开枪射击，一边开枪一边大叫："啊啊啊啊啊啊啊！！"幸运女神附体，薇薇安歪打正着，有几发子弹射进了匪徒抬起手的腋下，那里是防弹衣保护不到的弱点，匪徒应声倒地。还好乔伊事先把枪上了膛，打开了保险，这是女明星人生第一次触碰真枪。林鼎一下子摆脱被包夹的险境，可以探身攻击罗伊斯了。"快跑过来！来我这里！"林鼎对女明星说。射击罗伊斯的同时，林鼎还补了一枪地上匪徒的头。他把吧台上的一只大火腿挪到自己面前，增加掩体的高度，罗伊斯好几发子弹射进了火腿里。罗伊斯依然躲在大游戏桌后，还好桌腿比较细，不能完全遮挡住罗伊斯，林鼎打中他的小腿。林鼎换上第三个也是他最后一个手枪弹匣，朝罗伊斯疯狂宣泄子弹，掩护薇薇安过来。她穿着又蓬又大的公主裙飞奔着跳进吧台，跃起时裙摆上被射出好几个弹孔，林鼎伸手接住她的娇躯。

林鼎拉着薇薇安的手，半蹲着顺着吧台跑，来到透明玻璃房的烧烤间，这里就是平常罗伊斯待的地方。罗伊斯从后面追上来，打碎了所有的玻璃。穿过烧烤间，是一个拐角，他们跑到通往酒窖的门口，但门上了锁。林鼎往锁上开了两枪，结果没子弹了，锁还没坏。"我来！"薇薇安自告奋勇，朝锁连开三枪，林鼎看到锁已经烂了，但她还没有停火的意思，连忙阻止："停！别打了！"他抢走她的手枪，查看弹匣，空了！仅剩枪膛里最后一颗子弹。进入酒窖，里面很昏暗，堆着两列叠得很高的酿葡萄酒的大木桶。"把酒桶搬到门口，堵住那扇门！"林鼎下达指令。薇薇安哭丧着脸："我搬不动啊！"

"搬不动就用滚的！"他们俩拼命把好几个木桶堆到了门口，林鼎对她说，"把门顶住！"她问："用什么顶住？"

"你！"林鼎回答后又淋了些葡萄酒到门口的酒桶上，接着便转身去寻找出口。

薇薇安把身体死死靠在堵住铁门的五个酒桶上，祈祷罗伊斯撞不进来。他确实在外面撞了几下，没能破门，在门外大骂。林鼎转了一圈发现这个该死的酒窖没有窗户，只有一个小排风扇。他在工具架上搜索了一会儿，找了把锤子。除了锤子，他还拿了一个本子插到腰后。他搬了个酒桶，站到上面，用锤子猛砸排风扇。很快排风扇的外壳和扇叶都被林鼎除去了。"好了，别顶了。快过来！"林鼎招呼薇薇安过来。她跑过来的同时，林鼎射出了最后一颗子弹，门口的酒桶被击中点燃，形成了一片火焰屏障。林鼎跳下酒桶，抱薇薇安上去，他看了一眼墙上的通风口，对女明星说："不行，你得把裙子脱掉，不然出不去。"她看着林鼎，眼神里写满了幽愤。今天真是倒霉透了，录一个傻呵呵的综艺节目，结果变成了这样。她望着头顶那个小小的通风口，再看看自己身上宽大华丽的公主裙，深深叹了口气。早知道就不穿这裙子了，真是后悔死了。可又哪有那么多早知道呢。她站在木桶上，回头望向门口，那里已是一片火海，空气混杂着木头燃烧的浓烟和葡萄酒的香气。她脱掉连衣裙，全身只剩下白色的内衣和白色的长筒丝袜。等她上半身爬进通风口后，林鼎站上木桶，托举她的双腿。薇薇安的身材非常纤瘦，就是这样她的臀部都差点卡住，丝袜都磨破了才爬了出去。还好墙外面有几个废纸箱，她摔在上面，没有受什么伤。林鼎听到她在墙外重新站起来，跑步的声音，才算松了一口气。不过这口气刚松下去，他又提了起来。回头一看，半个酒窖已经火光通天，黑烟滚滚。

罗伊斯进不来，也不需要进来，林鼎马上就会被烧成灰烬。头上的通风口对于林鼎来说太小了，他也没有时间把口凿大了。无数桶葡萄酒齐齐着火，火势蔓延得飞快。林鼎被浓烟呛得眼泪直流，无法呼吸。他趴在墙角处的地面，懊悔万分，他莽撞的行动不仅打草惊蛇，还把自己的命赔在了这里。他还有好多事没有完成，没有治好叶馥仙的病，没有找到追杀祖儿的匪徒，没有……唯一能安慰自己的就是死前看了一下女明星的现场内衣秀，他只能苦笑。空气越来越稀薄，热浪在身边翻滚，眼前一片漆黑，他的意识渐渐模糊……

"咣！嘭！"盘古开天辟地的感觉，墙面射进数道金色的光芒。林鼎猛然间又可以呼吸到空气。他半睁开眼，看到墙壁被撞出一个大洞，一辆黑色的丰田阿尔法保姆车车头彻底损毁，安全气囊弹出。林鼎跑到驾驶座，把撞晕了的薇薇安抱出来。他先把她放到一个隐蔽位置，然后观察一下四周，没有发现罗伊斯的踪影。一辆沃尔沃S60轿车停到了他身旁，一个白领职员穿着的男司机降下车窗问林鼎，"发生什么事了，需要帮忙吗？"远处传来了许多警车由远至近的警笛声。林鼎自己的车停在隔壁马路，他想赶快撤离这个地方，他现在最不愿意的就是被警察带走。他拔出没有子弹的手枪，指着沃尔沃的司机说："警察办案，借你的车用下。快下车！"见男司机愣在那里，林鼎拉开车门，把他拽下车，"帮我把她抬上车。"两人合力把薇薇安抬进车后座。"我的天呐！这是不是薇薇安啊？我……"司机还想仔细看一眼薇薇安，被林鼎一把推开，关上车门。

"你的裤子脱下来给我。"林鼎拿枪又指了指司机的裤子。

"这也要借用？"

"少废话！"

拿到裤子后，林鼎驾车扬长而去，司机穿着内裤目送他们。开了不一会儿，薇薇安就醒了。刚才撞墙的冲击力太大了，她的嘴唇和鼻子都被撞破了。林鼎看到她醒了，把车上的纸巾给她，还把自己的外套和抢来的裤子扔到后座。

"穿上这些吧。"

"太好了，我们活着出来了！那餐馆真是个地狱。"

"相信我，我从更糟糕的地方出来过。"

薇薇安一边检查自己身上的伤口，一边穿上衣服："你到底是谁？要带我开去哪里？"她打开后座的化妆镜，仔细查看脸上的伤痕。

"我叫马克。我们先兜几个圈子，确保没人跟踪我们。"

"我们为什么不去警察局？那里更安全啊。"

"我不能去那，我还有更重要的事要做，不能被拖慢脚步。"

"你不会也是个杀手吧？"

林鼎耸耸肩回头看了一眼女明星："我像吗？"

她凑近前排，仔细端详了他的脸："嗯……比起杀手，你更像一个无畏的骑士。刚才可是我救了你，公主救骑士，真是了不起呢哈哈。"说完她自己都乐了。

"我看是你急着想开车逃走，不小心撞到墙上的吧。"

"哼。不知感恩的家伙，刚才应该让墙壁把你压死。"

确认没有车跟踪他们后，林鼎的神情变得严肃："你惹恼了一个很强大的恐怖组织，罗伊斯不会放过你，你很难活着出庭作证。听着大明星，我等会把你在古巴广场放下来，你在那里打车直接去机场，买张今天飞国外的机票。"

"可我什么都没带啊。"

"打电话让你家人带到机场给你吧。"

薇薇安嘟嘟嘴，有些闷闷不乐："现在离开西班牙会毁了我的事业！我下半年还有两部电影要拍呢。我的曝光度没了，粉丝会忘了我，我一下子就会被一些空有皮囊的年轻小姑娘取代的。"

"命和事业哪个重要？你知道这个恐怖组织杀了多少人吗？"

薇薇安花了很长时间平复自己的情绪："你帮我个忙，等你找到罗伊斯，你杀他之前朝他腿上多打几枪，那个该死的烤肉的家伙差点射中我的腿。"她虽然看上去很年轻，三十岁不到，但绝不是那种温室里的花朵。十六岁就出道，经历了很多人想象不到的艰辛坎坷。

林鼎安慰她："你表现得很好，坚强点。等我们干掉这个恐怖组织，你就能复出了。你完全可以演枪战片，女间谍什么的，像《超级女特工》，你长得有点像那个女主角，叫什么来着……"

"苏菲·玛索，很多人这么说。她太棒了，我如果能有她一半的气质、一半的演技就好了。"

"你和她年轻时一样美丽迷人。"林鼎看着她说。

薇薇安拿起林鼎的手机，存了一个号码："记得打电话给我，我演舞台剧的时候，希望你能来后台看我。"

林鼎开着可怜路人的沃尔沃到达了古巴广场，他下车帮薇薇安开门。薇薇安从后座走出来。林鼎扶着她的腰，还没组织好告别的语句来结束他们短暂的相识。刚开口："那么，呃……"薇薇安热辣的香唇就直接吻上了他的嘴唇，他能感受到她破裂的嘴唇上鲜血的热度。她露出一个俏皮的笑容："嘘！就像在演一场精彩绝伦的枪战戏，你是男主角，当然少不了女主角的吻。谢谢你，马克。"

"有时候演的角色多了，会忘记当初的自己。不要卷进这些纷争，快走吧，到一个海岛度度假吧，越远越好，夏威夷什么的。"

女明星穿着既不合身也不配套的外套和裤子，站在林鼎面前："不用担心我，你小心你自己。还有，你不戴眼镜比较好看。"

林鼎摸摸鼻梁和眼窝的伤痕："忘了给你些路费了，你身上什么都没有。"

　　她笑着摇摇头说："不用，我刷脸就行了，我可是大明星哦！"她伸手拦了一辆出租车，扯紧了西装外套的胸襟进了车，以免太宽松弯腰时内衣露出来。她向林鼎招招手，随后消失在了车流中。

　　送走薇薇安后，林鼎又把车开回了罗伊斯的家。他已经是第二次来了，不用像上午那样撬锁进去，他先按了门铃，等了一下。他听到了猫一样的脚步声，门开了。一个像冰块一样寒冷的十多岁盲童，娴熟地让林鼎进屋，然后关上门。他回到餐厅的桌子上，摆弄着什么。林鼎走近一看，才看清他正在精细地解剖一只兔子，不知是在练习烹饪技术还是杀人技术。他好奇地问盲童："你开门怎么不问问是谁？"

　　盲童淡淡地说："我能分辨出不同人上楼的脚步声。"他很瘦小，皮肤因为常年不出门，比手里的小白兔还要惨白。他一直闭着双眼，额前的刘海刚刚好遮住眼睛。他的话语有着远超这个年纪的成熟："我能闻到你身上的烤肉味、葡萄酒味还有浓烈的烟火味，应该是在餐馆和酒窖发生了激烈的枪战和爆炸吧。"

　　"餐馆整个被火烧毁了。"林鼎坦白说。他看着盲童，这个男孩的脸上没有流露出任何情感。"你的鼻子也太灵敏了吧，你还知道些什么？"盲童放下手中的小刀，用白布擦了擦手，走到林鼎面前闻了闻。

　　"你还有同伙，其中一个是女人，她的香水配方有小苍兰、香梨、芍药、茉莉和大马士革玫瑰。你们之中有人受伤，但不严重，有一点血的气味。还有你下午开过一辆同伙的车，有新车内饰皮革的味道，这个味道你上午来的时候没有。"

　　"真是了不起。罗伊斯是不是也这么厉害，怪不得他能杀那么多人。"

　　"我的养父……还活着吗？"

　　"罗伊斯跑了，我没能杀了他。但杀了他几个手下。"

　　"手下……难道是琼斯阿姨，她死了？"

　　"那个女服务员吗？我想是的。"

　　盲童冰冷的语调终于有了些许升温："她说过会帮我治好眼睛的！你为什么杀人？只要照我上午说的拿到账本就行了啊。你既然去过酒窖了，应该拿到了吧？你为什么还要杀了琼斯阿姨！"

"是他们先动手想要杀我！你也别在这等他了，他不会再回来了，这里马上就会被警察封掉。我拿到账本了，快告诉我怎么找到他同伙的地址。"

男孩不说话，走到冰箱前，给自己开了一瓶可乐。

"你爸爸终究难逃一死，不是因为我，是因为他自己。快告诉我线索吧，救救我女儿，救救那些无辜的人。"

男孩连喝了几大口冰镇的可乐："啊！真爽啊！孤儿院里可没那么容易喝到这个。"他抹了抹嘴，冷笑道，"无辜的人，谁来判断谁无辜谁又有罪呢？我从生出来就被父母抛弃，然后生病失明。我有什么罪？我为什么要承受那么多痛苦？我的养父，他妈妈被人烧店，烧毁容自杀，他自己被烧瞎双眼。全世界都知道凶手是谁，却定不了罪。还得靠他一个十三岁的人亲手复仇。十三岁啊，当时他比我还小一岁啊你懂吗？谁来裁决谁该死谁该活呢，上帝吗？他回应过我吗？"

林鼎听着面前这个瘦弱少年愤世嫉俗的言论，沉默不语。

盲童接着说："这世上没有公平，没有正义。都是编造出来的谎言，安抚人心的工具罢了。就像你一样，你也不相信警察，你要自己伸张你所谓的正义。每个人都有罪，你难道没有吗？"

"我确实犯过很大的罪，但我会救更多的人来赎罪。"

"切！"盲童把喝剩的一点可乐缓缓浇到了死兔子的头上。

"我给你讲个故事吧小子。一天，佛陀在莲花池畔散步，凝望着澄清的池水，忽然望见了地狱的景象，无数的众生在地狱的血池里浮沉哀号。佛陀悲悯地看着众生，想着他们的无知和罪业，不禁叹息着。这时，他注意到一位叫健达多的，他在过去的一生中杀人放火无恶不作，终因恶贯满盈而堕落地狱。佛陀怜悯他，想从地狱解救他，但查遍他宿世的因缘后，发现几乎找不到任何半点的善行，足以让他得到救赎。后来，总算有一件微小的善行……"

"哼。"盲童漠然地回应。

林鼎继续耐心地讲述："原来，那是在久远的某一世里，健达多在路上走着，有只蜘蛛在路上爬着。健达多发现了，本想一脚踩下去，刚要举足时，忽然心中生出一个善念，想小蜘蛛也不犯我，不如放它一条生路好了。就这样，转瞬的善念，让小蜘蛛死里逃生。佛陀找到那只蜘蛛，它正停歇在极乐世界美丽的花叶间，佛陀问它要了一根银色的蜘蛛丝，从极乐世界徐徐放到地狱里。当健达多在黢黑的地狱中挣扎时，突然抬头看到在黑暗的天空中有一丝银色的光，从他的头顶缓缓地降下。于是他抓住蛛丝，奋力地往上爬。等他爬到中途，突然看到下方有无数的地狱众生，也正在攀爬这根蛛丝……"

说到这里，楼下传来好几辆警车的警笛声。林鼎焦急地对男孩说："求你了，快告诉我吧！爬上这根蜘蛛丝，你可以得到救赎！"林鼎听到警察上楼的脚步声，他央求男孩，"求你了，告诉我线索吧，这本子里有太多个地址了！我没有时间了。"

盲童低声失落地说："我又要进那该死的孤儿院了，你们一定会监视我。我爸爸来找我的时候，就会被你们抓住。他永远不会再来找我了。对我来说，他才是佛陀。"

警察的脚步声越来越响，林鼎只好出门下楼梯，和他们擦肩而过。

警察看了一眼，没有理他，继续上楼，进了罗伊斯的家。出了楼道，林鼎也不好去开自己的奔驰 CLS，罗伊斯说不定已经在上面装了炸弹。他钻进一辆没有熄火的警车，直接开走了。开出两个街区后，他弃车打了一辆出租车去自己的珠宝设计工作室。

他想着刚才对盲童讲的佛教故事，还来不及讲结尾。"当健达多看到下面无数众生也来攀爬自己的蛛丝后，非常惊慌和愤怒，他害怕这细细的蛛丝断了，让自己重回地狱受苦。于是，他恼怒地向下方的众生呵斥道：'这根蛛丝是我发现的，是我的！没有我的允许，你们谁都不准上来！下去，都给我滚下去！'话音刚落，原本坚韧无比的蛛丝瞬间断落，健达多又跌入了地狱，黑暗中头顶蛛丝的银光逐渐消失。佛陀看了，轻轻地叹息。"

到了珠宝设计工作室，里面空无一人。林鼎已经好久没来了，桌面都积起了一层薄灰。他拿出偷到手的账本放到桌上，按照上午盲童的泄密，他拿的是去年的一本进货记录以及外卖记录。"小绿猪"一直保持着手写账本的传统，所有账本都保存在酒窖的工具架上。林鼎翻看着，从正面往后翻是黄油和面包的进货记录，而从后面往前翻，写的是外卖的配送记录，他着重查看的就是这些外卖配送的地址。按照盲童的说法，其中至少有一个地址是罗伊斯所在恐怖组织的秘密安全屋。共有近五百个地址，真是头疼。林鼎擦了擦桌上的灰尘，磨了一份曼特宁咖啡豆，煮了一壶咖啡，他已经准备好今天整晚和这个本子战斗了。去年一年的记录，他决定只看最近三个月的。同一个恐怖组织的成员，在三个月里肯定会重复订餐很多次。首先他把送餐频率比较低的和点的食物很少的地址划掉。一个安全屋里应该会住不少恐怖分子，肯定会吃得比较多。光线越来越暗，天彻底黑了下来，林鼎打开工作台灯。剩下的地址里面，他再把高端富人住宅区排除，户型非常小，非常老的住宅区排除。现代化的高层电梯房排除，不利于他们快速撤离。然后是比较偏远的住宅区排除，林鼎认为这种住宅虽然更隐秘安全，但对于一帮子匪徒来说，有些太无聊了，会待不住。

艰苦的筛选工作持续到凌晨时，还剩下五十多个地址，林鼎研究每一个地址详细的点餐喜好。那些喜欢点茶、果汁和色拉的基本上都是些女生，划掉。那些会点一些小份面食的，一般都是给孩子点的，划掉。一次点多份餐点口味全都一致的，像是老板随便买给员工的加班餐，划掉。只在周末时段点的，划掉。筛选了半天，依然有三十个地址，无法分辨到底哪个是恐怖分子老巢。林鼎困得不行，又没有头绪，把账本翻来覆去看，纸都要翻烂了。

已经是凌晨 4 点，肚子饿得咕咕叫，他打电话给附近一家 24 小时的麦当劳叫点吃的。接线员问了他有没有会员卡呀，有没有优惠券呀，要不要试试最新的折扣产品等等一大堆问题，搞得林鼎很烦躁。他只想快点点份巨无霸双层牛肉汉堡套餐，薯条和可乐都升级成大份。他快要饿晕了，下午一场火拼，在酒窖差点被烧死，之后到现在再也没吃过任何东西。等了半小时，外卖送来了，林鼎狼吞虎咽地吃起来，左手啃汉堡，右手抓起几根薯条，都不蘸番茄酱就塞进了嘴里。风卷残云之后，袋子里有几张优惠券，他拿起来看了看，突然有了灵感。恐怖组织和老板罗伊斯是自己人啊，他们应该都是"小绿猪"的会员吧，那他们从老巢叫外卖是不是有很大的折扣？还是说根本不用花钱呢？林鼎迅速翻看对比那三十个地址，看看各自的折扣力度。不一会儿，他扬起了嘴角。里面有两个地址，从来没有任何折扣，其他的二十八个地址或多或少会有一些优惠减免，而那两个地址，从来都是原价。这印证了林鼎的猜想，这两个地址是根本不收钱的，老板也就懒得算折扣了。黎明时分，破解了重大线索后，林鼎终于扛不住疲惫，趴在桌上睡着了。

醒来已是上午 10 点，林鼎出门到附近的咖啡馆里迅速地吃了个土豆饼、面包夹火腿，喝了两份意式浓缩咖啡。又回到工作室的车库，这里停着那辆被封印的跑车，许天送给他之后就一直放在这里。他掀掉车罩，晃眼的银光让车库亮了不少，车前 LOGO 上的双翅跃跃欲试。林鼎坐进车里，接下来的任务就要靠它来完成了，虽然驾驶跑车的技巧不是非常高，但林鼎以前还是跟着许天他们参加过几期跑车训练课程，在赛道上练习过的。他坐在车里一边熟悉控制台按键，一边打电话给那两个地址。他假装保险推销员，拨了过去。结果一个地址没人应答，另一个地址有个男人接了，听了几句后就挂断了。

圣劳伦佐区，就是这里了，恐怖组织的老巢。不知道能不能有好运气，在那里找到祖儿目击的那个匪徒。这次他在腰间挂了五个手枪的备用弹匣，他要亲手解决他，解决这个威胁到女儿生命的梦魇。他发动引擎，激情澎湃的马达声像是隆隆的战鼓声，仿佛让他年轻了十岁。

阿斯顿·马丁很快到了那个地址附近的一个小型地面停车场。这个停车场有进出双向的收费栏杆，林鼎按了下机器，取了停车卡。停好车穿过停车场时，林鼎注意到了一辆很亮眼的好车，那是一辆改装过的圣邦蓝色奥迪 RS7 轿跑，在阳光下闪闪发光。他总觉得在哪里见过这辆车。走近仔细看了看，车尾有一些黄色的擦痕，似乎是和黄色车漆的车剐蹭过。不对！林鼎想起来了，这辆车之前在祖儿租住的公寓附近出现过，那条路修路时摆放的铁围栏就是这种黄色的油漆。这辆车不出意外就是匪徒监视祖儿的公寓时坐的车，它的主人就是策划公寓爆炸案的凶手。他找对地方了！

林鼎重新停了一下自己的跑车，停到这辆奥迪斜对面的一个空车位里。他坐在车里，这个位置刚好既能盯住奥迪 RS7，也能监视那栋安全屋的大门。等了大概两小时，两个瘾君子模样的家伙叼着烟从安全屋出来，神情不悦地走进停车场，其中一个有着球星普约尔一样的卷曲泡面长发，手里捧着一个大纸箱。另一个人则两侧头发剃光，但中间的头发很长，在脑后扎了个小发髻，他手里抱着几台笔记本电脑和一台 PS3 游戏机，一只手柄荡着线在他腰后甩来甩去，林鼎还能看到他腰间鼓起的形状，一把手枪。他们的面目颓废且阴狠。他看到他们把东西都装进了那辆奥迪车的后备厢，嘴里还不停地抱怨着搬家真麻烦什么的。泡面头的家伙说搬了好几趟，好在搬完了，然后坐进了主驾的位置。另一个家伙坐进副驾，问他有没有约好钟点工去新的房子打扫。林鼎仰躺在座位上，假装自己的车里没人。这两个家伙里并没有袭击祖儿的那个匪徒，据祖儿的描述，那个匪徒至少有一米九的身高，而奥迪车里这两个都是一米七多的中等身材，并不是很强壮。他们估计是因为罗伊斯的餐馆暴露了，所以要转移到新的安全屋去。必须跟上他们，不然就断了线索。他紧紧捏着方向盘，手心冒汗。

等奥迪车启动，驶向停车场出口时，林鼎发动引擎，悄悄跟上去。他等奥迪车付费驶离，才慢慢开到交费窗口。倒霉的是林鼎之前取的停车卡不见了，可能掉到驾驶座下面或者椅缝里了。他一边找卡，一边向收费口的大爷说："对不起我卡找不到了，我只停了两个小时，给你十欧元吧。"大爷却摆摆手，慢吞吞地说："哎哟，没有卡可不行啊，谁知道你是不是已经停了一个星期。"

"有没有搞错，我这辆可是阿斯顿·马丁，前几天难道停车场里也有？"林鼎又急又恼，"你罚我钱吧，快说多少？！"

大爷看看林鼎，眯缝着眼说："哼，臭中国佬，有钱是吧，牛是吧。丢了卡，罚款一百！"

林鼎这才发现他没有带钱包，这十欧元还是上午吃饭时找剩下的。以前自己的奔驰上倒是放了些钱的，这辆车却没有。该死，眼看前面的奥迪车越开越远，林鼎心急如焚，他直接掏出手枪指着老头："快他妈给我开闸！不然崩了你的老脸！"谁知老头却不为所动，一边笑着一边手里亮出一颗手榴弹："有种就射我啊，你这种不交费的垃圾老子见多了。"林鼎骂道："真是见鬼，这街区住的都是什么人啊。"他抬眼看了看挡在车前的栏杆，好像比较高。他倒车后退几米，然后一个弹射起步，直接往栏杆撞过去。阿斯顿·马丁的车身比较低，栏杆只撞到了一点点车顶，车子蹭过去把栏杆顶起来了。等到大爷瞪大眼狂骂的时候，林鼎已经开出去很远。出师不利，刚出停车场车就挂彩了。

视线里已经看不到奥迪车了，林鼎冷静下来，仔细分辨远处的声音，奥迪

RS7 装载的是 4.0L 的 V8 双涡轮增压发动机，并且改装过排气，有着普通车辆没有的强劲声浪。他听出他们往西开去，他加速追赶，转弯过后，果不其然，一抹胜邦蓝色出现在前方红绿灯路口。奥迪车不停地绕来绕去，在地图上蛇形走位。林鼎只好和他们保持安全距离，一路尾随。在小窄巷里穿梭许久，匪徒估计觉得绕够了，应该不会有人跟踪了，便把车开到瓜达尔基维尔河畔，然后穿过 Alamillo 大桥，来到运河西岸。

奥迪 RS7 往南行驶至拉卡图嘉旅舍旁边的大环岛，林鼎也跟着他们驶入环岛。奇怪的是转了整整一圈，匪徒们没有从任何一个出口离开环岛。林鼎心里咯噔一下，没办法，只能硬着头皮跟着它继续转圈。转了两圈之后，奥迪才从 3 号出口驶离环岛。林鼎紧张得冒汗，踩油门的脚绷得笔直。是不是已经被发现了，真该死，这辆阿斯顿·马丁实在太扎眼了，就像是一个裸体的超模走在大街上。他继续小心翼翼地跟踪他们，开进了一片人比较少的街区。

在一条单行道上，前面的奥迪车突然减速，开上了路边的人行道，然后停在那里不动了。林鼎无奈只好继续慢悠悠往前开，假装路过，他开过奥迪车，在后视镜里观察它。当他离他们有一百米时，奥迪车又动了，它直接右拐，从后视镜里消失了。林鼎深踩油门，在下一个路口也右拐。两辆车在不同的路上平行前进。又到了一个路口，他右拐追击匪徒，生怕匪徒甩掉他。没想到林鼎猜错了，匪徒没有右拐逃离，而是选择左拐，径直驶向林鼎。奥迪车的副驾位探出半个身影，盘发髻的匪徒钻出车窗朝林鼎开枪射击。林鼎急打方向盘闪避，子弹落空。两车擦身而过，林鼎能看到那两个匪徒吃人的眼神。奥迪车副驾上的枪手和林鼎之间隔着泡面头司机，所以离得很近时反而不顺手射击。这才让林鼎躲过极近距离的几枪，车两侧的玻璃被穿透了，他能听到子弹从耳边嗖嗖飞过的声音。

林鼎拉起手刹，一个高难度的"U 型"甩尾，原地掉头，轮胎冒出白烟，快要烧起来了，都是刺鼻的橡胶味。阿斯顿·马丁如同一枚泛着银光的制导导弹，射向它的目标。他拔出早已上膛的伯莱塔手枪，左臂伸出已经碎光了玻璃的侧窗，朝蓝色奥迪开火。他们右转来到卡洛斯三世大街向北开，这条街上车流甚多。两辆车你追我赶，闪转腾挪，互相攻击，各自的车身上都中了弹。路上的车辆避让不及，有的撞到路边，有的追尾相撞，场面混乱不堪。

既然已经暴露，林鼎就不管那么多了，索性追上去干掉他们。V12 的动力神乎其神，无人能敌。阿斯顿·马丁在车流中冲刺闪现，路边的其他车辆简直像是静止的石头，它和前面的奥迪车距离越来越小。双向四车道的路上，林鼎眼前左边的车道被一辆装运新车的超长板车占据，右边的车道前方是奥迪 RS7，它的身后还挡着三辆车。林鼎冒险驶上左边的逆向车道，开出极限速度，试图超越右侧的超长板车，然后突然出现，阻击奥迪车。逆向车道的车看到一辆跑车以三百多公里每小时的速度迎面而来，吓得魂飞魄散，猛打方向，宁愿撞到旁边车道上的车身上。当林鼎超车成功，开到右侧车道时，却丢失了目标，不见了奥迪车的踪影。他定睛一看后视镜，原来匪徒趁林鼎超车时，躲在板车身旁刹车减速，然后在板车开过的瞬间掉头。林鼎超车时速度越快，它此时离奥迪车就越远。

"跑个屁，两个孬种！"林鼎一边骂着一边原地掉头，拼命追赶。两个疯子司机一路向南狂飙，绕过巴塞罗那大学分校后，他们沿着瓜达尔基维尔河岸边继续向南挺进。两辆车倒映在金色的湖面上，如浮光掠影。两只猛兽互相撕咬，阿斯顿·马丁的挡风玻璃已经有三个枪眼了，奥迪 RS7 的尾部更是布满弹孔，一个尾灯已经碎了。子弹如醉酒般在空中呼啸，大街变成了酩酊大醉后的宴席酒桌。

匪徒左转驶上伊莎贝尔二世大桥。这座复古优雅的大桥和桥头的小教堂构成了特里亚纳区的地标。三个弧型桥拱上排列着大小不一的漂亮圆形装饰，桥面上高耸着华丽的路灯。

这里经常有观光马车路过，今天有一列自行车队恰巧在桥上骑行。奥迪在前面开着，林鼎在后面紧追不舍，他们中间还隔着一辆 Mini Clubman。他们正开过右侧奋力骑行的自行车队。匪徒隔着 Mini 车，打中了林鼎右侧的后视镜，后视镜"嘭"地爆裂。阿斯顿·马丁忽然失控打滑，原地转了 210 度，首尾调换斜停在路边，车尾差点撞上旁边自行车队的人。匪徒见状急停下奥迪车，让 Mini 车先过去，然后往后倒车，接近那辆一动不动的银色超跑。两个匪徒同时下车，各持一把手枪快步接近跑车车尾，他们一左一右包抄林鼎，配合默契，动作干练。靠近车窗时，他们同时朝车厢内开枪，顿时驾驶室火光四溅，硝烟弥漫。"该死！"他们同时骂道，车厢内居然空无一人。发髻男听到身后"嘿"的一声，他转身望去，只听"砰！砰！"两下，胸口连中两枪倒下去。林鼎如移形幻影般出现在奥迪车旁边，向两个匪徒射击。泡面头的匪徒反应过来，后退到阿斯顿·马丁的车头后面还击。而林鼎则躲到了奥迪车打开的车门背后，双方在大桥中央展开了对垒。

好在林鼎刚才的惊险操作成功骗到了匪徒，得以射杀其中一名，让场面不落下风。其实失控侧滑，转了 210 度是林鼎看准时机演的。就在他超过旁边那列自行车队的时候，他操控跑车首尾互调，为的是让匪徒看不到驾驶室。然后他飞快地钻出车窗，跑到自行车队的外侧，半蹲着跟着自行车队跑，和他们混为一体。由于身后有 Mini 车，加上一列自行车的掩护，匪徒从后视镜中完全没有察觉林鼎已经下车，更没想到林鼎已然绕到他们身后。他们彻底上当了，直接导致发髻男现在倒在银色超跑主驾旁的地上，血流满地。

接下来就是林鼎和泡面头的对决了。他们僵持了好一会儿，匪徒被他的攻势压得喘不过气，都不敢露头。泡面头深吸一口气，先在阿斯顿·马丁车头副驾驶一侧站起来朝林鼎射了几枪，然后马上缩回去。林鼎这时枪口预瞄的位置在副驾驶侧，匪徒疾跑去主驾位置，打开车门，踩着同伴的尸体上了林鼎的车。匪徒并没有直接逃离，而是狂轰油门掉转车头，朝林鼎方向开去。阿斯顿·马丁猛烈撞击奥迪车左侧车尾，想要把车和林鼎一同撞下河。还好林鼎跳到引擎盖上躲避，奥迪车的车头已经撞出桥边的铁栏杆，悬在半空。泡面头扬长而去，林鼎开着匪徒的奥迪 RS7 追赶。

他们互换了车辆往东行驶，前面就是新广场商业街。两辆跑车都已经伤痕累累，破烂不堪。阿斯顿·马丁的右前轮已经漏气，胎压不足报警响起，发动机故障灯也亮了；林鼎驾驶的奥迪车前轮悬挂和方向盘传动轴都出了问题，只能勉强保持方向。这块市中心的区域人流密集，有很多条交错编织的有轨电车线路。现代感十足的子弹头造型白色有轨电车，在复古的哥特风建筑群中穿梭，就像在紫禁城中有人唱着摇滚乐，令人恍惚身处什么年代。

林鼎的身边有路人推着婴儿车，前面的匪徒还在不停朝他射击，他只好偏转方向，用车身挡住路人，同时对匪徒还击。不料却被匪徒射中了左手食指，手枪飞了出去，被人群中的一名男子捡了。那个男子警惕地挡在婴儿车前，拿枪指着林鼎。他看着林鼎，手臂微微发抖，林鼎也看着他，那是来自两个父亲的对视。随后林鼎忍着手上的疼痛，加速离开。

阿斯顿·马丁的发动机受损，快要承受不住，已经在冒烟，车速降了下来。眼看就要追上匪徒，"唰哗哗哗哗哗……"眼前突然横穿过一列有轨电车，林鼎急刹，人都往前冲了一下。"完了，被他跑了。"林鼎非常郁闷，捶了一下方向盘，狂按喇叭发泄。待眼前抖动的白色消失，出现的是一个人，一把枪指着林鼎的脸。泡面头匪徒站在轨道的另一端咆哮："婊子养的，举起双手！不然老子干死你！干！！"林鼎叹了一口气，坐在驾驶室里缓缓举起双手，他闭上双眼，准备迎接最后的审判。他把头一偏，右脚用迅雷之速抬起刹车，全力踩下油门，势要把底盘踩穿。"嘭！"电光火石之间，子弹穿过挡风玻璃，从林鼎的脸旁擦过。泡面头被自己的奥迪车撞飞到前挡风玻璃上，然后滚落到地面。前挡风玻璃如同蛛丝般碎裂，挂满了鲜血。

林鼎抓起地上奄奄一息的匪徒衣领："你的同伙转移去了哪里？那个烧运皮鞋的货车的人，他躲在哪儿？说啊！"

匪徒满脸伤痕，嘴角流血，意识已经很模糊，胡茬下的嘴微微张开说："你……这坨……粘在我……屁股上……的狗屎，呸！"

"你都快死了，就别再为你的老大卖命了，那还有什么意义？"看匪徒不回答他，林鼎拍了拍他的脸，"最后时刻，做回你自己，做回一个人！上帝会宽恕你。"

匪徒年轻的脸上写满了不甘，他很聪明，也很勇猛，可惜投身进了错误的事业。死之前他笑了，似乎在嘲笑这个荒谬的世界："就是你们……这帮中……国……人，狗……咬……狗，害……"他凝视着刺眼的天空，再也没有眨一下眼睛。

"什么中国人？哪个中国人？哪个中国人？！"林鼎拼命摇晃他的脑袋，已经晚了。他搜了一下匪徒的口袋，发现没有手机。然后他摘下奥迪车里的行车记录仪，走进街边的人群中。

在工作室的电脑上查看行车记录仪里的录像时，约兰达打来电话："你在哪儿？你没事吧？"

林鼎回答："我在工作室，没事。"

"你看到新闻了吗？警察现在到处在找你。你还跟我说你没干什么，只是查案！整个餐馆都被烧成灰了，死了那么多人。那个女明星在电视上大说特说昨天的现场经历。现在所有人都想知道那个神秘的中国男人是谁了。还有今天的追车枪战，电视上都在放，路上死了两个人，太可怕了。那个男的身型和你一模一样，这都是你干的吗？"

"确实是我。等等，你是说……薇薇安还在西班牙？"

"是啊，你自己看新闻啊。我好担心你，我睡不着觉。"

"我可能暂时都不能回家住了。我的车坏了，你把你的摩托车开到我工作室来，借我用吧。偷偷来，不要让警察跟着你。"

"你在外面一定要小心安全，我再带些换洗的衣服给你。马克，答应我，不要逞强。你跟恐怖分子斗，斗不过的。"

"我会尽快解决问题，让我们回归之前的生活，好吗？我已经有重要的线索了，很快的，相信我。"

"我爱你。"

"我也爱你。"

林鼎挂了电话后，打开网页浏览新闻，发现头版头条已经被薇薇安霸屏。她并没有按林鼎说的离开西班牙躲避恐怖分子，而是高调地在媒体前露面。她参加了一档很火的明星脱口秀节目，节目上主持人问她当天在餐馆的经历。薇薇安绘声绘色地讲述了昨天的悲惨经历，本以为是轻松愉快的美食节目录制，没想到演变成了和恐怖分子的火拼。

当讲到那些惨死的顾客和摄制组成员时，她数度声泪俱下，现场擦了好几张纸巾，平复情绪。她为他们的死感到非常伤心和愤怒，他们是很好的工作伙伴，和她如亲人一般。她还提到了林鼎，不过没有说他的名字，就说是一个中国男人，追查恐袭案件时找到了老板罗伊斯，罗伊斯亲口承认他杀死了管家阿历克斯、扎克，还有好多未知的被害者。薇薇安详尽地向观众描述了她和中国男人如何和数名匪徒交火，成功击毙四名杀手，在子弹用光的情况下躲进酒窖，为了阻挡罗伊斯的追杀又烧了酒窖。在危难关头又是如何开车撞塌墙壁，救出中国男子，最后逃出生天。主持人随着女明星的叙述，一会儿神情紧张，一会儿发出惊叹，最后和观众一起为她鼓掌，节目效果简直满分。这期脱口秀的网络点击量超过了六亿！在全世界范围都引起了轰动。柔弱的女明星无端被卷入枪战，化身为勇猛无比的女英雄，打败恐怖分子。一夜之间，薇薇安从西班牙本土明星变成了全世界家喻户晓的明星。她的脸书和推特上的粉丝暴涨到八千万。还有那神秘的中国男子，身手不凡，孤身调查，引发网友的无限猜测。

林鼎看着满眼的薇薇安新闻，无奈地苦笑。真是讽刺，之前一连串的恐怖袭击，死了那么多无辜的人，根本没多少人关心。而一个女明星的遭遇，竟掀起了全世界声讨这个"黑荧"恐怖组织的热潮。各路媒体对这个恐怖组织之前的袭击逐一盘点分析，货车袭击案、货轮袭击案、汽车研究中心袭击案、祖儿公寓爆炸案和游艇毒杀案又纷纷占据新闻首页。媒体又翻出之前已经被警方定义为"自杀"而结案的阿历克斯死亡案件，还有十多年前扎克离奇被标枪谋杀的案件。警方不得不表态会展开新的调查。

街头巷尾，大家喝着咖啡讨论的都是勇敢的薇薇安和可恶的"黑荧"，还有那个神秘的中国人，单枪匹马，开着阿斯顿·马丁追杀恐怖分子。有人说他是中国政府派来的秘密特工，就像"慕尼黑奥运会惨案"后，以色列"萨摩德"派出的杀手特工对巴勒斯坦"黑九月"恐怖组织的复仇一样。也有人猜测他是一连串恐怖袭击的受害人家属，退伍军人，或者是罗伊斯的仇人。更有人说他为西班牙皇室卖命。众说纷纭，无奇不有。还好当时街道的监控没有拍清楚林鼎的脸，他被火熏得脸上又黑又脏，再加上一层墙壁塌下来扬起的灰尘。飙车枪战时他戴了鸭舌帽，蒙了面巾。当然，因凡蒂诺和桑迪他们马上就明白大明星薇薇安说的那个中国男人就是林鼎，只有他才会出现在那里做那些事情。

从昨天起，薇薇安的身边就有了数十名警察贴身保护。所有的媒体都想采访薇薇安，她走到哪里，身边总是一群黑压压的人。她在短短一天之内说了无数重复的话，但每次说，感情依然是那么充沛。有记者问她当时害怕吗，她回答说："一开始害怕极了，都吓傻了。那种情形像是跌进了一个荒野中的枯井，必死无疑。后来我听到那个中国男人喊我的声音，他让我捡起枪。我看到他的眼神，那是一种让人信赖的眼神，我不自觉地受到感染，和他一起抗争。还好我成功了，我还能站在这里。我不会逃走，这里是我的家。我想告诉什么狗屁'黑荧'，我不怕你们。还有你，畜生罗伊斯！并不是只有我见过你的脸，大家都认识你。你杀了我也没用，该作的证我已经都作了。快去自首吧！"

厉害的女人！林鼎暗暗钦佩起这个大明星，NTP局真应该请她来做形象代言人。他关掉网页，失望地盯着电脑屏幕，刷新了无数次行车记录仪里拷贝出的文件，也只有今天的追逐战的视频，之前的记录都被自动设置给清除了。

"中国人做的？他说的是真的吗？"林鼎想到游艇上被毒死的许弋，落海溺亡的许广昌，替死鬼管家阿历克斯被罗伊斯谋杀，幕后黑手就是"渔夫俱乐部"中的某一个中国人。除去德国人保罗，死掉的许家父子，还有林鼎自己，就只剩下董舒俪、南淮谨、雷崇海、戴彩云四个人了。其中一个就是所有恐袭的幕后黑手？这可能吗？为什么呢？林鼎越想越恐惧，嗜血的恶魔一直都离自己这么近。

第四章

四月暗杀

1

百元店

这些天都回不了家，林鼎只好睡在珠宝工作室的沙发上。他好久没吃约兰达和祖儿做的饭了，甚是想念。工作室也没有厨房，只有一台微波炉。他要么叫外卖，要么在超市里买些速食的土豆饼和比萨拿回来加热。这些天他一直在不停推演游艇下毒案的细节，凶手到底是怎么毒死许弋的，是用警方化验出无毒的鸡尾酒，还是满杯的大红袍茶，又或是其他……他努力回想当天午宴时每一个人的动作，他们的表情，说过的话。

刚吃完加热过的比萨，昨天还剩了两个脏碟子要洗。可工作室并没有厨房水槽，林鼎只能到卫生间的洗手池里洗。他把洗手池蓄满了水，碟子放进去后才发现水有点浑浊，洗手池壁上不干净，有残留的牙膏、洗面奶什么的，他只好把碟子拿出来，放掉蓄的水，用流水冲洗。这时林鼎突然呆住了，他再在脑海中想了一下，然后兴奋地跑出厕所，连水龙头都没有关。他拿起手机，打电话给游艇公司，问他们要"皮皮虾号"的整体结构布局图。

很快一份一百多页的详细无比的 PDF 文件发送到了林鼎的邮箱。里面有游艇上所有房间、操作间、驾驶室等的布局，还有各个重要设备器械的位置以及使用说明。他研究查找了许久，终于找到了验证他推断的资料。他破解了凶手的下毒手法，确认了一名最有机会实施的嫌疑人。接下来他需要去寻找动机，凶手做这一切到底是为了什么。为什么要毒死许弋，为什么要发动一系列残忍的恐怖袭击。林鼎决定重新从第一件恐袭——货车袭击案查起，去寻找他遗漏的东西。

刚把摩托车停到遇难司机姚炜老婆家开的百元店门口，林鼎就听到了吵吵闹闹的声音。一名五十岁左右的中国男子在和一名交警争吵："有没有搞错啊警官，这也贴我罚单，我在自己店门口卸货啊。"

"你店门口是马路，而且没有临时停车位，就是违章停车。"交警用相机给中国老板的货车拍照。

中国老板很郁闷："那我店里要进货卸货啊，不停在这里停哪里哦？大哥啊，旁边的那些店也都是停路边装货的啊，就因为他们是本地人开的店吗？"

交警有些不耐烦："你可以把车停到附近的停车场，然后把货用手推车推到店里。你们中国人不是很勤劳、很能吃苦吗？"说完他白了老板一眼，骑上警用摩托车走了。

中国老板气得跺脚，一把撕下贴在车窗上的罚单。林鼎走上前，跟老板握了握手，然后接过罚单说："老板你好，别生气，别和这帮混蛋一般见识，这个我帮你搞定。"他把罚单塞到自己的裤兜里。老板的脸色一下子舒缓了许多，他打量了一下林鼎："你是？"

"哦，我叫马克，是姚炜的朋友，以前一起在皮鞋厂工作过。他出事后一直都没来得及过来一趟，真是对不住。"

"哎，人都死了，还提什么，真是倒霉催的。来，帮把手，这些货以前还有姚炜帮着一起搬，现在只剩我和司机了。"老板、司机和林鼎三人一起把货车上的商品一箱箱搬进店里的仓库。都搬完之后老板邀请林鼎到店里坐坐。

和大部分中国人开的百元店一样，高耸的货架上堆了各种密密麻麻的小商品。如果家乐福的一排货架能摆二十件商品，百元店的一排货架恨不得塞进两百件商品，简直一团糟。一进到店里，耳朵就开始遭罪，一个三岁多的小男孩坐在地上不停地大哭。他的妈妈正焦头烂额地抱着一个一岁多的女宝宝，女宝宝也跟着小男孩"哇啊哇啊"地哭。"哦哦哦哦哦哦哦，不哭不哭，宝宝乖。"那名母亲把宝宝的头靠在自己肩膀上，上下晃动她的身体，但无济于事，宝宝越哭越凶，头都仰了起来。她腾出一只手，把坐地上的男孩拽起来，但没多久他就又一屁股坐下了，双腿还不停地乱蹬。他手指着货架最高处的一大盒遥控越野车："我要车车！车车！"

"那是卖的，不是给你玩的。你已经有很多玩具了！"他妈妈对他大声说。

小男孩根本不听，一个劲儿闹。最后还是男孩的外婆从后面的厨房间里出来，把那个遥控汽车拿下来给了男孩，才平息了噪音的源头。小男孩破涕为笑，随手把鼻涕一擦，拆开包装盒拿出汽车。但他不会装电池，又跑去扯他妈妈的裙子。他妈妈没好气地说："自己推着玩去，别来烦我，我要给你妹妹泡奶了。"林鼎走上前，蹲在小男孩的面前说："叔叔帮你装电池好不好。"之后林鼎陪小男孩玩了好久遥控汽车，撞倒了不少商品，两人咯咯直乐。

孩子的外婆烧好了饭菜，邀请林鼎和他们一起吃午饭。由于摆满了货架，店面空间局促，他们在角落里摆了一张餐桌，每天就在这里吃饭。地道的闽菜，林鼎好久没吃到这么一大桌中餐了。老板一家来自福建，姓霍，姚炜的老婆叫霍丹，还很年轻。看得出她老公的遇难给她打击很大，一个人带着两个孩子令她十分憔悴。霍丹的爸妈还要开店和烧饭，对带宝宝的事也帮不到多少。林鼎一边吃饭一边和他们聊家常。了解到他们以前倒是有个保姆，不过之前的街头游行，三天两头有人来打砸店铺，保姆害怕，跑了。他们还没招到新的保姆。姚炜的妈妈刚把他一岁半的女儿"小泡泡"从国内带来西班牙不久，可她的签证就要到期了，只能把孩子放在西班牙，自己先回国了。

有孩子的餐桌就特别闹腾，三岁多的男孩阿乐站在椅子上，他的外公和外婆一左一右坐在他两边。霍老板一只手吃饭，另一只手扶着阿乐以免他摔下椅子。外婆则顾不上自己吃饭，先喂阿乐。他站在椅子上一会儿指着这个鱼，一会儿指着那个菜，张大着嘴巴，活像个大领导。调皮鬼吃了几口菜觉得不好吃，就吐了出来，弄得桌上都是，还把筷子勺子都碰到地上，叮里咣当一刻不消停。外婆和外公为他忙前忙后。林鼎和霍丹坐在他们仨对面，中间夹着坐在宝宝椅上的小泡泡。霍丹在给她喂单独做的辅食，南瓜粥和鸽子汤。"我也要吃那个！"男孩踮起脚指着妹妹的碗。霍丹对他说："这是妹妹吃的，只有一份，你吃了妹妹就没的吃了。再说了我以前做给你南瓜粥吃的时候，你怎么不肯吃，都吐出来呢？"

"我就要吃嘛！"男孩大声叫嚷，作势要爬上桌子，被外公拉住了。外婆对霍丹说："他要吃就给他分一点吧。"

"桌上有的是菜给他吃。妹妹又不能吃那些，都加了盐的。他就是皮，别理他。"

阿乐开始大哭，并绝食抗议。小泡泡本来就吃得不开心，看到哥哥哭，也开始哭，像是一种传染病。对她来说，眼前的人都是陌生人，从小都是在国内由奶奶带的，连妈妈都只是视频上看到过，一点都不亲。这让霍丹也很不好受。

一轮吵闹过后，午饭终于吃完了。林鼎有些能体会阿乐的心情，本来皇阿哥当得好好的，突然从天而降一个格格，大人们对他的爱莫名其妙被分走了好多，自然会很不爽。就像是祖儿和萨拉，叶馥仙和约兰达，强盗般闯入对方的生活。成年人尚争风吃醋，更不用说一个三岁多的孩子了，谁还不是个宝宝呢！好不容易把两个宝宝都哄睡了，大人们迎来了片刻的宁静。两个孩子睡在办公室里的双层婴儿床上，妈妈坐在床边看着他们。

霍老板娘给林鼎泡了一壶铁观音茶，还准备了很多福建特色糕点，枕头饼、杜浔酥糖等。"来来，别客气，吃。"老板娘说。霍老板则给林鼎发了根烟，两人一起抽了起来。"真是辛苦你了，专门跑一趟过来看我们。之前你们公司的代表已经来过了，就是那个皮鞋厂的老板米子昂。给了我们些公司的赔偿款，还有保险赔偿。哎，你说人都死了，要这么点钱还有什么用。"

林鼎从外套口袋里拿出一包厚厚的现金："节哀顺变，人各有命吧只能说。这些请您收下。"他把钱放到桌上，推向霍老板。

"兄弟你真是太客气了。我们家姚炜给这公司卖命了好几年，真的是很辛苦，也没赚到什么钱。"说着他把钱揽到自己这边，拿给老板娘，她放进了办公室的保险箱里。

老板娘笑着走出办公室，坐在林鼎身边："老弟哦，你一看就是公司的领导哄。"

"没有没有，我只是个跑腿的。"

"你看我们家闺女多水灵，年纪轻轻就……虽然生了俩娃，但身材还是很好哄。领导您认识的人多，圈子大，身边有没有中国的老板，还没结婚，离婚了或者什么的帮忙介绍一下我闺女。年纪大点也没事，至少两个人互相有些照应嘛。"

"好吧……我会留意的。其实，我今天来，主要还是想问一些姚炜的事情。你们知不知道他前段时间和谁有过矛盾？"

"矛盾？我闺女和他有时候确实会吵架。那还不是他自己太废物，自找的。"

"不是那个意思，我是指他有没有招惹了不该招惹的人。"

"他和皮鞋厂的老板关系不好，那老板是个骗子，之前答应了帮姚炜的堂弟弄西班牙的工作签证，还有姚炜妈妈永久居留的事，都没有弄好，老说没有名额了没有名额了，让他等着。姚炜一直想把堂弟、妈妈和女儿一起接到西班牙生活，为这事他没少找老板抱怨。"老板娘说到这里，突然张大嘴，"难道说！你是说姚炜是被人……"

林鼎摆了一下手，示意她小点声，自己也轻声说："我也正在调查这个事情，是有这个可能性。"

霍丹在办公室里听到了他们的谈话，从里面走出来："那一定就是那个姓米的老板干的啊。姚炜之前跟我说，他手里有特别的好东西，一定能让他老板答应他的要求。当时我没在意，还以为他有什么好礼要送给他老板。后来回想起他的眼神，不太对劲。"

林鼎听她这么一说，眼睛放光："他是不是抓住了什么把柄，去敲诈他老板？"

霍老板和老板娘齐齐看向霍丹，但她摇了摇头："他没有告诉我具体的细节，就说让我放心，他会搞定。"

霍老板愣了一下说："自己烧自己公司的车？"

林鼎继续追问："你有见过他说的那个'特别好的东西'吗？有没有什么文件、照片、USB 存储盘之类的？"

"没有，我没有见过。"说着她开始呜咽起来，"都怪我，我要是早点发现他要做蠢事就好了，我……我就能阻止他了。"林鼎看得出来她非常自责，非常爱她的老公，她坐在餐桌前伤心地哭泣。林鼎转而问霍老板和老板娘："你们在整理姚炜的遗物时，有没有发现什么奇怪的东西？"他们想了想，仍然给出了否定的答案。老板娘说："姚炜死后，他公司的老板和代表来家里慰问，还有保险公司的员工、律师什么的，到姚炜的房间翻了好久，带走了好多文件，说是保险赔偿时需要用到的材料。他们还问我姚炜有没有给我们留下些和公司相关的文件，让我们一并给他们。"

"嗯，我了解了。可惜我还没有确凿的证据，我一定会帮你们查出杀害他的真凶。"林鼎又安慰了霍丹几句，然后离开了百元店。林鼎觉得很抱歉，他的到来并没有给这家人带来真相，只是徒增他们的烦恼。无论是恐袭还是伪装成恐袭的蓄意谋杀，都已改变不了姚炜悲剧的结果了。

林鼎骑着宝马摩托车，心想："姚炜不单单掌握了尼欧皮鞋厂米老板的把柄，一定还掌握了米老板的老板——雷吉贸易集团总裁雷崇海的把柄，才惹来了杀身之祸。"案件的真凶和动机渐渐浮出水面，面目越来越清晰。

2

剧团

雷崇海打电话给林鼎，询问他是不是"小绿猪"餐馆和街头飙车案里的中国男子。林鼎一一否认。雷崇海告诉他如果真是他，希望林鼎能及时收手。然后他催问定制的戒指做好了吗，林鼎说快完成了，问他女友戴戒指的圆环尺寸。雷崇海也不清楚，说要打电话问一下她，不过她不肯接他电话，等会打她助理电话问问。

"等等，助理？你女友是做什么的，还有助理，也是大老板吗？"

"哦不不，她是个演员，不瞒你说，她就是薇薇安，很出名的。"

"我靠，薇薇安？！你女友不是叫塔西娅吗？"

"薇薇安是她的艺名啊，她真名叫塔西娅。"

林鼎怎么也想不到，这个令雷大老板魂牵梦绕的女人竟然就是薇薇安。怪不得从来没人见过他的这个神秘女友塔西娅，是怕大明星的恋情被曝光。看得出来雷崇海很爱她，他之前在林鼎这儿定制过一些珠宝首饰，项链、耳环、手镯，等等，送给过几个情人，但从来没有定制过钻戒，更别说是一颗 12 克拉的粉色鸽子蛋钻石了。林鼎都是在工作室的安全密室里加工它的。此刻林鼎像一个坠入冰湖的人，在寒冰刺骨中找到了头顶的裂口。他动身去找薇薇安。

林鼎花了多一倍的钱，才从门口黄牛手里买到了塞维利亚大剧院的一张戏票，还是上层远景看台的位置。虽然看不清演员的脸，但林鼎一眼就能认出舞台中央的薇薇安，光彩夺目。她如黑暗中的灯塔，如凝视许久的太阳，就算闭上眼，眼里也都还是光芒的烙印。二十多名优秀的演员共同演绎这一出《黑色焰火》现代多媒体艺术戏剧。真是一场大戏，演了两个多小时。剧终了大家都仍意犹未尽，很多观众就是冲着一睹薇薇安的芳容才来的，就算薇薇安就那么坐在台上喝杯茶，大家都能看她几个小时。

　　散场后，林鼎好不容易进了后台的 VVIP 化妆间。那里简直是花的海洋，摆满了各种各样的花篮和鲜花。正在卸妆的薇薇安一看到林鼎进门，就站起来走向他："马克！你真的来了，我每天都在想你会不会来看我。"她热情地拉住他的手，把他带到她座位旁边的椅子坐下。助理看了一眼，识趣地关了门离开。"演出很精彩，祝贺你。"听到他这么说，她开心地笑了。"原谅我没有带礼物，还好我没带花，这都放不下了。"林鼎随手翻开化妆台上鲜花里的卡片，好几张上都写着雷恩的名字，是雷崇海送的。

　　"我听到一个八卦，不知道是不是真的，你和雷恩是恋人关系？"他指着一张卡片问她。

　　她侧头看着他："他是你朋友吗？"

　　"以前是很好的朋友，现在，出了点问题。"

　　听到林鼎这么说，她笑了："我和他以前是恋人，现在，也出了点问题。"

　　"多久以前？是那种真正的恋人还是……"

　　"在我二十四岁时，我们就相爱了。那时他三十一岁，还很穷呢。说来好笑，九年里，我们就像两个错乱的磁铁，一会儿牢牢吸在一起，拉也拉不开，一会儿又互相弹开，无法接近。"

　　三十一岁的雷崇海刚来到欧洲，初出茅庐。他不甘心像自己的父亲一样，一辈子做一个海员。他梦想着把他的贸易航线，从中国的各省之间，变成中国和欧洲各国之间。可这谈何容易，他辗转于欧洲和非洲各地，寻找商机。一天，他正为又一单生意谈判失败而沮丧不已，他漫无目的地在巴塞罗那的街上走着，挫败感笼罩他全身。无意间他走到了一家小剧院的门口，一幅歌剧的宣传海报吸引了他的目光。虽然演出已经开始十多分钟，但他仍买了票进去看。剧场非常小，很陈旧，稀稀拉拉坐着一些观众。他票上写的位置很靠后，他没有理会，走到前面几排的空位上坐下。雷崇海热爱音乐，热爱艺术。她的母亲从小就教他弹钢琴。音乐是他母亲生活中最重要的事情。昏暗的舞台上，雷崇海看到了海报上吸引他目光的演员，并不是主角，而是站在舞台角落，不起眼的女配角。他觉得她很美，像是小时候看的童话书里白雪公主的模样。虽然台下并没有多少观众，她只是个小配角，但她在边上非常投入地演出，在主角唱着歌或念着台词时，她卖力地在一旁做着自己该有的表情，或是唱着和声。他看得出来，这个年轻的女演员是真的热爱自己的事业，而不仅仅是为了混口饭吃。

之后的每个周末，雷崇海都会去这个小剧院看剧团的演出。每次都不按照票上的位置坐，越挤越前面。一次演出结束后，塔西娅喊住刚要离开剧场的雷崇海。他们两个坐在公园的长椅上，远远地望着湖对面的圣家族大教堂。她说他是她见过的最忠实的观众，非常感谢他每周末都来看他们的演出。遗憾的是他们剧团下个月就要解散了，观众太少，效益越来越差。还有女主角的嗓子出了问题，声带和甲状腺都需要开刀治疗。当了十多年的台柱子倒了，大家都心灰意冷，斗志全无。才当了三年演员的塔西娅，就要失业了。

"就没有人能顶替她成为女主角吗？"雷崇海问。

"歌蒂昂姐是剧团的灵魂，没有人能唱得像她一样好，没有人能顶替她。"塔西娅失落地说。

"你也有充满魅力的灵魂。"

"你别开玩笑了。"

"我可以帮你成为主角。"

"我怎么行，我……不行。我从来没有……"

"如果我现在特别有钱，我就把你所在的剧团买下来，让你当主角。但我没有那么多钱，你必须靠自己，你要有信心，你可以的。"

塔西娅看着雷崇海的眼睛，他的神情告诉她，他没有疯。

接下来的一个月里，只要一有空，雷崇海就跑去塔西娅租住的公寓里。他让她练习罗西尼谱曲的喜歌剧《塞维利亚的理发师》西语版。雷崇海在一旁弹奏钢琴，塔西娅唱歌剧里女主角的唱词。"十八世纪的塞维利亚，年轻的伯爵阿尔马维瓦与富有而美丽的少女罗西娜相爱。罗西娜的监护人，贪婪的巴尔托洛也在打罗西娜的主意。伯爵在机智又正直的理发师费加罗的帮助下，冲破巴尔托洛的阻挠和防范，终于和罗西娜结了婚。"

虽然不知道雷崇海的计划到底是什么，她也没有表示怀疑。她喜欢和雷崇海在一起弹琴唱歌，彩排歌剧。她喜欢演女主角罗西娜的感觉，就算只是演给自己看，演给雷崇海看。充满感情的音符在雷崇海的指间流淌出来，像一股清泉，塔西娅似百灵鸟伫立在枝头歌唱。公寓变成了充满爱与艺术的小树林，他们在里面徜徉，忘记了烦恼，忘记了时间，忘记了现实。他们调各种不一样的鸡尾酒喝，给每一种味道编一段旋律，跳一支即兴的舞蹈。她曼妙的身段，跟着他的弹奏律动，她天生就应该是舞台上的明星。她微微一笑，会让人如痴如醉；她垂下眼帘，会让人伤心落泪；她轻声叹息，会让人心碎不已。塔西娅年轻的美貌让人联想到安格尔的油画《泉》中的"春之仙女"，她充分展现了安格尔所追求的"绝对的美"，健康、清纯、充满活力。看着她的眼睛，会让渔夫忘记大海的颜色；看着她的双唇，会让孤鹜无视落霞的绚丽。

雷崇海从未有过这种怦然心动的感觉，塔西娅是他生命中迟来的美好，像是春天的麦芽酿成了秋天的酒，所有的等待都是值得的。他们靠着钢琴坐在地上，一杯杯喝着酒，塔西娅问他为什么那么爱喝酒，他说酒里有时间的味道。他们天南地北地聊着，从柴可夫斯基聊到小野丽莎，从塞万提斯的《堂吉诃德》聊到黑泽明的《七武士》，从天主教教皇聊到乐山大佛，到后面甚至聊起了哲学，聊到了共产主义。

就在剧团解散前三天，雷崇海来到剧团，和团长见面。他假装是从中国远道而来考察的文化使节，观看他们剧团的表演后非常赞赏，希望邀请他们去中国演出。这对团长来说无疑是一剂肾上腺素，他笑得简直合不拢嘴。雷崇海特意跟团长说，他觉得《塞维利亚的理发师》这出剧很好，希望他们能去中国演这个剧。雷崇海提前回国筹备他这个冒险的巡演计划，他找了国内几个大城市里同样门可罗雀的剧院，说服那些剧院的老板安排他们的演出。他们联手把剧团包装成西班牙国宝级剧团，并让剧院老板垫付了剧团的演出舞美以及行程住宿等一系列开支。

　　提前偷偷训练了一个月的塔西娅自然赢得了《塞维利亚的理发师》的女主角罗西娜一角，团员们都对她称赞有加。雷崇海虽然对剧团、对塔西娅很有信心，但对国内市场的反应，对那些冷门剧院的营销能力有所担忧。不过失败了也没事，反正他这个"文化大使"是冒牌货，到时候大不了跑路。他只希望这次计划能成行，他就能和塔西娅一起在中国度过许多时光。

　　出乎所有人意料，剧团在中国的演出空前成功。几个大城市的票都售罄了，观众中的口碑也非常好，很多专业评论家也高度认可剧团的表演。谢幕时演员们看着台下黄皮肤黑眼睛的观众们热情地鼓掌，他们都流下了激动的泪水。最后一站是四川成都，演出结束后剧团不仅仅是赚了很多钱，更重要的是收获了信心。团长决定继续书写剧团的历史。

　　巡回演出让大家都很辛苦，剧团接下去会休息两周时间。许多成员回西班牙了。雷崇海带着塔西娅留在中国旅行，他们从成都出发，沿着川藏南线 318 国道自驾游。这条通往拉萨的公路全长 2149 公里，被称作中国最美的国道。他带她来到稻城亚丁风景区，景区主要由三座神山和周围的河流、湖泊以及高山草甸组成，它的景致保持着在地球上接近绝迹的纯粹，其独特的地貌和原生态风光，被誉为"香格里拉之魂"和"最后的香格里拉"，外国人赞其为"水蓝色星球上的最后一片净土"。

　　"我一定要带你来这儿看看，雪域高原最美的一切几乎都汇聚于此。"雷崇海对塔西娅说。

　　"太美了！跋山涉水，就算只是闭着眼来这里深呼吸，也值得。"塔西娅沉醉在美景之中，她张开双臂，感受着高原的风和空气。

　　他们俩并肩站在高处，欣赏着深秋里五彩斑斓的森林和碧蓝通透的湖泊。不像烟雨江南的小桥流水，这里的风景波澜壮阔，豪情万丈。珍珠海附近的冰川谷地旁，金色的落叶松林在阳光照射下闪闪发光。古冰川遗迹的身后，是仙乃日雪峰的英姿。眼前的壮丽美景激发了雷崇海的雄心，他要成为一名最顶峰的商人。他年轻的脸上，流露出的是一个征服者的信念。

　　雷崇海此行还有一个目的，就是寻找一个神秘的地方。一年前，他永远在路上的父亲寄给他一张手绘的地图，父亲标记了一个地方，称之为"神迹"，让他一定要亲眼去看一看。他们从稻城亚丁继续往西边进发，也是在横断山脉下，按照地图的指引，只要再翻越眼前的一座大山就是了。前面已经没有公路，只有一条村民自己修筑的土路。但就连这条土路，他们也没法继续开了。他们的车被几个当地的大汉拦了下来，其中一人举了一块牌子，上面有中文和英文两种语言，写着："禁止前进，停车收费，一天五百元。"雷崇海皱了皱眉头，他望了一眼远处的大山，起码还有 10 公里，徒步算上爬山的时间，起码要七个小时以上。他问他们为什么不能开车前进。一个皮肤晒得红黑的汉子说着他们听不懂的当地方言，用手臂做波浪状比画着，大意应该是前方路太颠簸，车没法开。雷崇海刚想再问问那怎么上山，另一个汉子又拿出一块牌子，上面写着："租马上山，来回一千元每人。"

"啧！营销大师啊。"雷崇海发自内心脱口而出。

"前面并没有什么景点啊，他们为什么收那么多钱？"塔西娅问他。

"谁知道呢，也许他们根本不想让人上山。"他们回到车上，他掉转车头，往回开。他开了一会儿，找了个小土坡下面停下车。"停在这里他们看不到。我还是想上山看看。"

"怎么去？走上去？"

"嗯，我们有帐篷和食物，今晚爬上山，住一晚，明天天黑前可以赶回来。你去吗？"雷崇海问塔西娅，心里怦怦跳。

"我跟你去。"塔西娅没有丝毫的犹豫。

雷崇海兴奋得像个孩子。

他们背上行囊，绕开那条土路，走向大山。路途比他们预想的还要艰难，路上一个人都没有，感觉像是走进了无人区，远远传来模糊的狼嚎声。还没到达山顶，就已经天黑了。他们用尽最后的力气搭起帐篷，钻了进去，连说话的力气都没有了。这里海拔很高，气温极低，大风侵袭帐篷，布料不停抖动着。他们烧了些水喝，吃了点干粮，躺进睡袋里，身子稍微有点暖和了。早上醒来的时候，帐篷里面都结了一层薄霜。他们翻过山顶，又花了五个小时下山，山路崎岖陡峭，他们的脚都肿了。往前走了一段路之后，他们不敢相信自己的眼睛，他父亲没有骗他，这确实称得上"神迹"。

面前是一个巨大的圆形深坑，目测有五平方公里，非常规整。这应该是陨石撞击地表砸出的坑。但和地球上其他的光秃秃的陨石坑不同，这里的景观像是在一个美丽的外星球。深坑的四周有一座座高山环绕，坑中心是一小片沙漠，沙漠的正中央又是一个小湖，湖水的颜色变幻莫测，像是有人在里边倒入了七彩的颜料。而在沙漠的外围，是绿色的草原，上面开着星星点点的粉色野花，一片片延绵到高山之上，山的顶端是白雪皑皑。更奇妙的是这个神秘区域的气候，非常炎热。雷崇海和塔西娅躺在湖边的沙地上休息，脱的只剩下单衣，刚才在山上时还穿着登山用三防羽绒服呢。

凹坑在大山中心就像一口热锅的锅底，太阳反复加温，而热量却被周围大山团团锁住。独特的地貌加上陨石的撞击，创造了一个神奇的干热河谷。西面高达四千米以上的山峰拦截了孟加拉湾湿润季风，在山体西部形成丰沛地形雨，直接耗尽云朵能量，使得山体东部的凹坑中滴雨不下。在撒哈拉沙漠，面对干旱毫无办法，但在这里，山体虽然拦截了别人的雨水，但顶端丰沛的降水，可以沿着山体顺势而下，滋润灌溉这些干涸的大地。这块独特的区域既充分享受了无限的阳光，又得到山泉的慷慨馈赠。

这儿实在太热了，应该是中国唯一一个拥有热带沙漠气候的区域。他们像是从深秋穿越回了盛夏，喝下七彩的湖水，身体明明躺在沙地上，却感觉飘飘然。他们的脚渐渐消肿。原本脚趾头都磨破了皮出了血，粘在袜子上，袜子都脱不下来，过了一会儿都痊愈了。他们脱掉了最后的内衣，赤身裸体拥抱在一起。他们亲吻着彼此，嘴里都是刚才甘甜的湖水滋味……

一切都那么不真实，如同身处伊甸园之中，如梦似醒。倦意夹杂着暧昧，赤橙火辣的阳光下，爱意在源源不断地蒸发升腾。白色的烟雾缭绕，像云朵把他们包围，天空中都是虚焦的影像，许多金色的鸟在飞，扇动翅膀时会飘落粉红色的粉末……

回到西班牙的公寓，一夜宿醉，雷崇海和塔西娅从钢琴下的羊毛地毯上爬起来，身上只盖着一条从沙发上扯下来的薄毯子。塔西娅伸了一下长腿，踢到了什么东西，滚了老远，一看身边好多空空如也的酒瓶。一觉醒来，塔西娅成了剧团无可撼动的女一号。在中国巡演赚了钱之后，雷崇海继续追加剧团投资，剧团在西班牙也越来越成功，知名度节节攀升。与此同时，雷崇海总是念念不忘中国的那片"神迹之地"。他偶然间和非洲商人做生意时了解到一种"芳香精油之王——乳香"。乳香具有多重理疗效果，采集自神圣乳香树上的白色树脂。这种树非常珍稀，生长于非洲红海沿岸，对环境挑剔，不容易存活，全世界也只有五百棵不到。雷崇海从索马里买下了十二棵濒死的卡氏乳香树，分几趟用运输机把它们运到了那片"神迹之地"。他雇当地人帮他把十二棵树栽种到七色湖泊的周围，并教会了他们照料乳香树的方法。这些濒死的乳香树渐渐复苏，开出了小小的美丽花朵。之后每年雷崇海都能从这十二棵树上采集到许多乳香树脂，把他们运到欧洲加工成芳香精油，赚了不少钱。当地负责照料树和采香的人也能得到可观的酬劳。

从此那里再也没有黑心高价的停车收费和租马上山服务了，他们的牌子换成了"危险！禁止通行"。那是属于他父亲，他以及塔西娅的净地。他可不想眼前的宁静美好变成挤满蜂拥而至的游客的商业景点。他望着这片神奇的陨石坠落之地，心想着这颗陨石在夜空中拖着长长的火焰尾巴划落时，有多少人亲眼看到它，又有多少人来得及许下愿望。他的父亲有没有见证陨石撞击地表的瞬间，父亲永远在路上，到底在追寻着什么，有没有发现其他"神迹之地"呢。

塔西娅和雷崇海陷入了疯狂的热恋，简直甜得发腻。两个人事业顺风顺水，一路披荆斩棘。而当他们事业有成时，彼此却越走越远。雷崇海忙着拓展自己在亚非欧的国际贸易版图。塔西娅改用了艺名薇薇安，不再只是歌剧演员，成了影视歌全能明星，经常飞欧洲各国和美国拍戏。两人聚少离多，遥远的猜忌远多过咫尺的依恋。他们其实是同一类人，但却无法在一起。他像游鱼，她似飞鸟，颠沛流离，不知停歇。分分合合、若即若离是他们爱情的常态。他们总是埋怨对方，互相质问对方为什么不停下脚步。

薇薇安和男星频发的真真假假的八卦绯闻，成了他们之间的导火索。一次薇薇安发现雷崇海似乎和一名布达佩斯的富商女客户有染，大发雷霆。生气的薇薇安私自接演了一部大尺度的电影，彻底惹毛了雷崇海。雷崇海投资了成本很高的一部中世纪宫廷电影，女主角原定是薇薇安，一怒之下把她撤掉，换了

228

另一个女演员，结果票房惨淡，血本无归。

雷崇海之前通过薇薇安在上流阶层的混迹，认识了一名西班牙资深的政坛高官加里奥·席尔瓦。在雷崇海资金链断裂，负债累累时，加里奥向他伸出了援手。他向雷崇海开出了一系列的条件，说服了他，把他从深渊里拉了出来，但与此同时，也把他悄悄推下了另一个深渊。

听完薇薇安和雷崇海的爱情故事，林鼎长长地叹了一口气。他心想如果雷崇海没有犯下滔天的罪行，他还是希望这段爱情故事可以续写下去。林鼎对薇薇安说："有件事情不知道该怎么和你开口。"此时薇薇安已经卸完妆，换上了便服。她把化妆间的多余灯光都关了，只留了一盏台灯，镜子里能看到她半明半暗的脸庞。

"你说吧，你来这儿肯定不只是来听我讲过去的故事的。"

"你还爱雷崇海吗？"

薇薇安的眼皮抖动了一下，她的眼神中流露出最伟大的演员也隐藏不了的真实情感。"从我二十四岁起，就一直爱着他。"

"你能帮我个忙吗？明天晚上，答应和雷崇海一起吃晚餐，然后去他家，他会送你一颗没有任何人类能抗拒的钻戒。接着你要趁他熟睡时，去他的书房，打开书桌下的保险箱，密码是03790411，拿出笔记本电脑，再把我这个U盘插到笔记本电脑上，里面的病毒程序会自动下载他电脑里的文件。"

"为什么要偷偷下载他的电脑文件？等等，什么……钻戒？"薇薇安一下子有点蒙。

"这不仅仅是帮我，也是帮你，帮你认清你爱的人的真面目，他可能是一个谋杀犯。我需要证据。"

薇薇安惊得捂住了自己的嘴。她本想说你是不是在开玩笑，但看着林鼎严肃认真的脸，一时间说不出话来。她拿起那个纯黑色的U盘，咽了一下口水，放进她的宝格丽蛇头装饰小包里。"还需要我做什么吗？"

"确实还有一件小事，伸出你的左手。"

薇薇安把手伸向林鼎。他拿出几个不同大小的戒指模型，在她的左手无名指上测试了一下，确定了一个最合适的，放进胸口的口袋里。"好了，后天上午11点，我到'蓝色烟囱'咖啡馆等你。祝你好运，祝我们好运。"

"蓝色烟囱"是一家文艺范儿的小咖啡馆，它的老板是一位画家。这里比较清净，林鼎选了一个角落的座位，他已经喝了一杯卡布奇诺了。看了看表，11点30分，薇薇安走进咖啡馆。她戴着一顶类似奥黛丽赫本戴的宽帽檐淑女帽，配合大墨镜，再加上她连衣裙的另类高竖领，几乎看不到她的脸。

"抱歉我来晚了。"薇薇安摘下帽子，深表歉意，不过她的歉意不仅仅源于迟到。"对不起，我没能完成任务，我打不开他的保险箱，你给的密码好像不对，又或许……是我太紧张，按错了密码。我不敢再尝试，我怕连续输错密码系统会报警。"她显得有些手足无措，林鼎看着她，心中暗暗称赞她的表演。她把黑色U盘从包里拿出来，放到了桌上。林鼎看到了她无名指上闪闪发光的钻戒。

"喜欢这个钻戒吗？听了你们的爱情故事，我把它取名为'神迹'。鸽子蛋形的粉钻代表美丽的女人，肋骨形状的铂金指环代表男人身上拆下的肋骨。上帝创世之初，用男人的肋骨创造出了女人。我重画了五个不同的设计稿，直到这一个，雷恩非常满意，简直是喜出望外。"

薇薇安凝视着手上的钻戒，眼里反射出璀璨的光芒："它太美了。"

"还好它的主人是你，你可以驾驭它。"听了林鼎的称赞，薇薇安并没有表现出些许的高兴。"我预料到你完不成这个任务，我能理解。你越爱他，就越不会出卖他，把他的犯罪证据给我。我派了人，每天监视他，他最近都没有修改过保险箱的密码，我给你的密码不会错。"林鼎拿回U盘。

薇薇安用右手捂住左手的钻戒，放在胸前，她很害怕，压低声音说："马克，你到底是谁，为什么要追查雷恩？他犯了什么罪？有多严重？"

"你怎么不自己问问他呢？"

"我……我……不知道该怎么开口。我很害怕。"薇薇安把自己的椅子拉近林鼎，他一只手握住林鼎的手，两眼含着泪光，"你能不能放过他，求求你。"

"他的罪行牵扯了太多的人命，可不是我一个人的事情。我要查明真相，给许多受害者一个交代。你难道愿意就这么假装什么都不知道，和一个双手沾満鲜血的人共度余生？”

“或许是你搞错了呢！”

“如果你昨晚帮我拷贝了他的文件，现在我们已经知道我有没有搞错了。”

“不要再查他了。我回去让他收手好吗？”

“太迟了。”

“我该怎么做才能让你罢手？”

“这件事情和你没关系。我早让你离开西班牙，不要卷进来，你听我的了吗？”

薇薇安低着头，流下伤心的眼泪。林鼎递给她纸巾，她摘掉大墨镜擦拭眼泪。此时旁边一桌的客人认出了薇薇安，对他的朋友说："我就说像是她吧，你看！我们去和她合个影。"那两名客人站起身朝他们走来。

林鼎站起身，贴近薇薇安耳边："接下来是我和他的事，你千万不要再搅和进来，非常非常危险！雷恩很可能是恐怖组织的头目。"

薇薇安抬头望着林鼎，眼泪止不住地流："不会的，不可能的！"

那两名粉丝看到大明星这个样子，有些被吓到，止步不前。

林鼎快步离开咖啡馆，他有点后悔让薇薇安帮他去偷证据，不该那么信任她的。亿万男人的梦中情人，其实只是个被爱冲昏头脑的女人。现在只能祈祷薇薇安不会给雷崇海通风报信，让他给跑了。

3

反击

没有月光的夜晚，在西班牙古典风格的豪宅客厅里，深邃的黑色中掩藏了所有的秘密。这些秘密将在今晚被全部点亮。雷崇海开门回家，走进门廊，喊了一声管家的名字，无人应答。整栋别墅都静悄悄的，约瑟夫不知道去哪儿了。整个室内只有玄关上亮着一盏台灯，雷崇海走近台灯，看到下面摆着一辆阿斯顿·马丁的跑车模型。突然他的身后，黑暗中传来一个男人说话的声音："眼熟吗？像不像许天的车。"

"马克？是你吗？你怎么进来的？"

"我问薇薇安借了这里的钥匙，自己进来的。不过她没有来，约瑟夫也被我骗走了，只剩你和我。"

"出什么事了吗？怎么不先打个电话给我？"

"也没啥事，就是想告诉你你的罪行已经曝光了。"

雷崇海听后不说话，僵在原地，看着那辆跑车模型。

"我之前一直没想到，直到我把你代入进凶手的世界，发现所有的罪案都说得通了。许天那辆被调包的阿斯顿·马丁，其实是你动手调包的。去'狂热郁金香'酒吧那天晚上，他先来你家和我们会合，把车开进这里的地下停车库。他把车钥匙给你，你转手就扔给了我，让我来开车。那个时候车钥匙就被你换成了假车的钥匙了。车库里的车也已经被你的管家给'狸猫换太子'了，你的车库那么大，一定有一辆可以装卸车辆的大货车。多完美的地点，多完美的时机。之后只要等待好戏上演，你收买的交警用他的备份假钥匙打开假车的后备厢，偷偷放进布兰卡的头颅，嫁祸就成功了。"

"你在开什么玩笑，我听不太懂。我为什么要帮许弋那个畜生去嫁祸他弟弟呢？"

接下来林鼎打开了壁炉台上边的一盏小灯。雷崇海走过去，灯光下放着一张餐巾纸，他拿起来看到上面印有"小绿猪"的LOGO。林鼎继续娓娓道来："还没完呢雷老板，跟你后面犯的罪来说，把车调包只能算是恶作剧而已。在姚炜和祖儿坐的货车被袭击后，我苦苦追查，凭借几条线索，我锁定了'小绿猪'的老板罗伊斯，他和烧掉姚炜货车的匪徒有关联，而且他自己正是暗杀管家阿历克斯的杀手。我和他交手，毁了他的餐馆，可惜让他跑了。不过还好我从他那拿到了其他杀手的线索，其中一人就是祖儿公寓爆炸案的凶手，他开的蓝色奥迪车在案发现场出现过。呵，车技不赖，但枪法比不上我，那个泡面头的家伙死前告诉我，幕后的主谋就是你。"

"不可能！这怎么可能。那人是智障吧？！"

林鼎在壁炉里生起了火，火势渐旺，他往噼啪作响的火焰中心放进了一辆蓝色的货车模型。货车被火焰吞噬，变黑，扭曲，熔化。"这些模型玩具都是我在姚炜老婆家的百元店里买的。他还有两个很小的孩子，只剩下残缺的家庭。不单是他们，还有无数个被你毁了的家庭。"林鼎说着，拿出好多张身上的现金扔进壁炉里烧掉，他的眼睛里倒映出熊熊怒火，"你这个无耻的禽兽，你为了掩饰对姚炜的谋杀，残忍地制造了三起恐怖袭击，还试图炸死唯一的目击证人林祖儿。是啊，把一粒米藏起来的最好方法是什么，是把它混进一袋米里面。你还有人性吗？那么多无辜的人！巴塞罗那的货轮上的员工没有敲诈你吧，南淮谨的汽车研究室里的员工没有敲诈你吧？！"

"你可真会编故事。J.K.罗琳应该让你帮她继续写《哈利·波特》。"雷崇海冷冷地讽刺林鼎，"就算你说的都是真的，你也没有证据啊。我命令那些个杀手去杀人放火的证据，或者我自己犯罪的证据，有吗？"

"别急，你的丑恶罪行我还没说完呢。"林鼎打开客厅沙发旁边小茶几上的台灯，一页黑白的图纸被照亮了。雷崇海走过去俯下身看，那是一页"皮皮虾"号豪华游艇的水循环净化系统的示意图纸。他的心咯噔一下，背后冒冷汗。他一屁股坐到沙发上，点起一根雪茄。

林鼎压迫性的嗓音令雷崇海愈发不安。"看到这张图纸，你应该知道我已经破解了你在游艇上的下毒手法了吧。在我们到达游艇的第一个晚上，我猜你先跑去跟管家阿历克斯说许天正在追查许弋和管家一起奸杀抛尸布兰卡的真相，到时候事情败露，许弋会利用一些假证据把奸杀的罪名都栽赃给管家。然后你骗他说要帮他解决掉许弋，给管家毒药，教他午宴时下在茶杯里。午宴时的座位也是你安排的。你说那杯茶马克不会喝，会传到许弋手里。这也是你为什么告诉我管家要毒死我，让我别喝茶的原因。你想要借管家和我的手毒死许弋。你一定骗管家说你提前伪造好了许弋的遗书，假装他是服毒自杀的。所以那天管家才会不停地翻许弋的衣服口袋找遗书。计划得是不错，可是当天的午宴上出了岔子，许弋拿到茶杯后和他老爸吵了几句，茶都没有喝就上楼去游泳了。"

雷崇海不服气地冷哼了一声。林鼎继续他的推理："随后你启动了B计划，自己出手毒死许弋。从许弋开始游泳到死亡这段时间，只有你和董女士出过餐厅。除了楼上的酒保和管家外，只有你们两个人有机会动手。但是如何动的手？你们并没有上楼。董女士去了趟洗手间，而你去了厨房催拿迟迟不来的甜点。秘密就藏在这页游艇水循环净化系统图纸上了。这套系统就安装在厨房的隔壁。这套强大的系统可以把海水净化成生活用水和饮用水，以供整个游艇的日常用水，自然也包括游泳池的水。你看许弋上去游泳了，便灵机一动，先去了一趟厨房，拿了几桶事先就藏在众多调料坛里的浓缩生物碱毒剂。随后到隔壁的净水系统操作室里，把毒剂都倒进了通往泳池进水口的管道中，再打开净水系统，用带毒的水换掉泳池里原本的水。

这个手法的好处就是虽然不一定能百分百成功毒死人，但就算失败了也不会留下什么证据，泳池里的水不停地循环净化后，很快就只剩下净水，没有毒药的成分了。事后只要把那几个装毒剂的桶偷偷扔到海里就行了。你的运气不错，许弋游泳的时候还潜到水底，透过玻璃看我们，对着我们做鬼脸。带毒的水正是从泳池底部的众多进水口灌入的。虽然进入泳池后毒剂浓度被稀释得很低，但只需许弋在水底时不小心喝那么一小口，就悲剧了。"

雷崇海凝视着站在壁炉前的林鼎，他的侧影勾勒着一圈橙色，忽明忽暗。

"在大家都在关注许弋被人毒杀时，都忽略了另一个发生在阳光下的谋杀案。如果说许弋是你执意要杀死的目标，那么你杀死另一个人就显得很写意了。当我回忆当天的种种惨象时，总觉得哪里不对劲。"林鼎拿起壁炉上的一瓶干邑白兰地，往杯子里倒了半杯，"后来我想起来了，当时许广昌和管家阿历克斯在直升机下打斗，你上去扶了一下许广昌，然后很快许广昌被阿历克斯打下了海。这在大家看来都很正常，一个年纪大了的人怎么打得过人高马大的退伍军人呢。但他在被打和落海的时候，丝毫没有正常人会有的挣扎。正常人至少双手会扑腾出一点浪花吧，但他完全没有，就这么掉进海里漂走了。他掉下去的时候，有一个手捂着心脏的动作。我推断是你在扶他的时候，偷偷用电击棒袭击了他，让他休克。目睹管家把许广昌打下海，借管家的手除掉他。你假装急急忙忙开着小艇去搜寻落水的许广昌，其实你看到了他也不会救他，顺便还可以把电击棒之类的武器扔进大海。"说完林鼎往酒杯里扔了一块冰，冰块溅起水花，在酒中浮沉。

黑暗中响起了异常缓慢的鼓掌声，雷崇海说："真是精彩的推理表演。你嘴巴都说干了吧，多喝点酒，润润嗓子。那我想请问大侦探，我杀死许弋和许广昌父子的动机是什么呢？"

"应该是你一开始是打算拉拢许弋，帮他陷害许天。但后来你不知出于什么原因叛变了，杀死了许广昌和许弋，这样遗产就全部落到许天的头上了，你再拉拢更单纯善良的许天，会很容易。"

"我还真是善变啊。那你说我为什么要谋杀姚炜？像你说的还把一粒米藏进一袋米里。"

"因为他不巧掌握了你的雷吉贸易集团犯罪的证据。你或他的鞋厂老板没有履行之前给他的承诺，接他的堂弟和妈妈移民到西班牙，他和你们撕破脸了，用那些证据敲诈勒索你。你觉得他是个隐患，就伪装了三起针对华人企业的恐怖袭击，扰乱调查，隐藏真正的目标。况且烧毁的货车是你公司旗下的鞋厂的资产，你反而像个受害者。你无端制造出了种族间的巨大仇恨，让中欧的贸易倒退，全因为你他妈的自私！你这个疯子！"

"你骂够了没有？我听够你的妄想了！你有证据证明我有罪吗？啊？！快给老子滚出去！"

就是这一刻，成败在此一举。林鼎拿出 U 盘，朝雷崇海的脸上扔去："都在这里面！从你的笔记本里拷贝的，保险箱的密码是 03790411。昨晚和薇薇安过得愉快吗？一定是个浪漫的夜晚吧。美酒配佳人，漂亮的钻石与罪犯的誓言。"

U 盘从他的脸弹到地上，他呆立在原地。他不敢相信自己的耳朵，嘴里喃喃碎语："不可能……塔西娅，我的塔西娅！她不可能……"

林鼎拔出手枪，指着他说："我真想现在就一枪崩了你。"

雷崇海突然变得歇斯底里："你有什么资格审判我？马克，不，林鼎！你这个十五年前的杀人犯！我杀的人是人命，你杀的哑巴呢？也是人命！不要道貌岸然地来指责我，你以为我查不到你的底细吗？你问我借钱给叶馥仙治病的时候，我就查到你到底是谁了。"

林鼎有些惊诧，他放下举枪的手，恼怒地说："不要把我和你混为一谈！我那是意外！你这是有组织犯罪！"

"不是我组织的！我也只是个木偶！都是那个混蛋加里奥把我拉下水，把我害成这样，这些都是他一手策划的。"

"谁是加里奥？"

"就是西班牙人人皆知的加里奥·席尔瓦！我之前破产的时候，他帮了我一把，我就在那个时候被他控制了。我的生意被他侵蚀，他利用权力掩护我走私、偷税漏税，整垮弱小公司、非法并购他们。从中他可以抽走一半的利润，他握着我的所有犯罪证据，随时可以搞死我，我不得不听他的命令。他的网粘住许多有背景的人，至少有十个官员。姚炜不知怎么弄到了一些我的犯罪证据，不停地敲诈勒索我，我给他两笔钱了已经，但他不罢休，越要越多。加里奥知道后，就决定杀了他。这些恐袭计划都是他策划的。谋杀姚炜；袭击董舒俪的货轮，吓她，逼她退出欧洲市场，好让我去收购她的资产；袭击南淮谨的汽车研发中心，打击他的高科技产业，保护加里奥自己控股的欧洲 TSK 汽车公司。"

　　"靠！还真是一石三鸟啊。那许广昌这家子人到底是怎么回事？也是那个加里奥要杀他们父子？"林鼎继续质问他。

　　"姚炜的出现让加里奥不再那么信任我，我暗中调查发现他开始培养我的替代者，来继续充实他的黑金帝国。那个人就是许弋，许天的哥哥。他本来想拉拢许广昌的，但老头子是个硬骨头，不搭理他。许广昌对他的大儿子和加里奥走得很近也非常不满，他内心的上位人选是小儿子许天。从许天出生那天起，就无时无刻不在他爸的偏爱下长大。为了让许弋执掌大权，必须弄死许广昌，搞废许天。许弋那个小崽子奸杀了布兰卡，我也是后来才查明白的。犯事后加里奥帮他擦屁股，用调包跑车的计划陷害许天，我全程被蒙在鼓里。我只是接了加里奥的指令，才调包了许天的车，根本不知道后面头颅的事情。到后面也是他命令我杀了许广昌的！"

　　"但加里奥一定没有命令你杀死许弋吧。你不惜代价在游艇上毒死许弋，你是怕他取代你，成为加里奥新的超级傀儡。一旦如此，你就会被加里奥抛弃、灭口。"

　　"我那是替天行道！许弋强奸杀人，还陷害自己弟弟成为谋杀犯，邪恶至极！"

　　"得了吧，你那是保护你自己！把许广昌和许弋都杀了，遗产都落在许天头上。你再去拉拢他，和他合作，加里奥的计划就泡汤了。把两起谋杀都嫁祸给管家阿历克斯，再派罗伊斯去暗杀掉管家，伪装他自杀的现场，算盘打得真是噼啪响啊。"

　　"那南美人也是活该，做谁的狗不好，去做许弋的狗。"

　　质问雷崇海到这里时，林鼎心中的石头总算落地了。他事先藏在客厅书架上的小型摄像机此刻正在把他们的对话都拍下来。他今天傍晚时用薇薇安的钥匙潜入雷崇海的家，打开保险箱里的电脑，尝试用U盘里的黑客程序窃取他的资料，但是失败了，程序并没能破解掉电脑的防御。他刚才成功地用一个空盘，用根本不存在的证据骗了雷崇海，录下了他的坦白。

　　"别想把锅都甩给什么加里奥，我看要么他是你编出来的，要么你们就是狼狈为奸。发起了那么多袭击，害死了那么多人，都是为了你们的利益！"

林鼎走到书架边，关掉摄像机。随后他冲上去一把将雷崇海推倒在地，抓住他的衣领吹风机般怒吼："你最不该的就是把我的女儿卷进来！快让你手下停止追杀祖儿。"

雷崇海的声音带着哭腔："你还不明白么？他们不是我的手下，是加里奥的手下。你女儿看到了那个杀手的脸，他一定会杀了她，不管追到天涯海角。我没法阻止啊！他们哪他妈会听我的啊！谁让你女儿要坐上那辆该死的货车！谁都不想这样。"

林鼎把雷崇海的后脑砸向地板，猛揍了他几拳，然后站起身猛踹他的身体："你这个狗娘养的孬种，敢不敢做个男人！做点什么！救救我女儿！"

雷崇海蜷缩在地板上，疼得嗷嗷叫："别打了，求你了。住手！我有办法。他叫大卫！大卫！"

"谁？"

"那个烧车的杀手，他叫大卫，我知道他躲在哪儿。我带你去杀了他，你女儿就安全了。"

"快说！"

雷崇海瘫坐在地上，揉了揉脸说："我有条件，你不能去警局告发我，我也不会去警局揭露你。我带你去杀了大卫，然后我们各走各的路。之后我会去对付加里奥，彻底摆脱他。"

"我不和魔鬼做交易。"

雷崇海站起身，把那几盏灯都关了，还把所有林鼎放着的证据都扔进壁炉烧掉，捣灭火焰。他拉上落地窗的窗帘，客厅陷入彻底的黑暗。雷崇海低沉地说："我以前也像你这么想，可后来呢？你如果把我抓去坐牢，就没有人会帮你了。大卫转移到新的安全屋去了，你不可能找得到的。更别提你也会蹲在中国的监狱里了，你什么都做不了。你女儿会一直被追杀下去，直到她从这个世界消失！"

黑暗中的林鼎陷入了长久的沉默。好不容易追查到了这一步，似乎凭他自己的力量，再也无法前进半点儿了。如果他答应雷崇海的条件，和魔鬼做了交易，那他和雷崇海这样的人又有什么区别呢。为了救自己的女儿，隐藏这么多肮脏的罪行，他岂不比其他人更自私。

"没有人是圣人，我们每个人都有罪，或大或小。不要太执着，这个世界上没有理想国。我给你的已经是眼下你最好的选择。"雷崇海的声音不停攻击着林鼎的心灵防御。

林鼎很矛盾，恍惚间他怎么好像变成了姚炜，一个手握证据的敲诈犯，从雷崇海那里换得女儿的平安。不同的是雷崇海也握着林鼎的重磅罪证，他在雷崇海面前显得虚伪和渺小。如果不妥协，林鼎似乎只看到了鱼死网破的结局。他的一生都在逃避，都在妥协。他的所作所为真的是为了正义吗？一个罪犯能够伸张正义吗？还是为了赎罪，好让自己苟且偷生时有些自我安慰呢？纯黑的空间让他仿佛又置身于摩洛哥舍夫沙万的地道中间，那通往地狱的黑洞。

"去他妈的，成交。"

雷崇海听到林鼎这么说，终于松了一口气。林鼎的耳边隐约响起了很多令人战栗的哀鸣声，那是未死透的摩洛哥人发出的声音。在那个炎热的午后，有一个中国人带着一支队伍屠杀了他们。他们躺在走廊、房间和庭院的地板上，因流血和疼痛渐渐死去，闷哼声越来越轻。在他们的眼里，林鼎就是一个不折不扣的魔鬼。

八倍瞄准镜的画面里，是一扇二楼的小窗户，窗帘紧闭。镜片的后面是林鼎的眼睛，他正一动不动地趴在一幢五层建筑的天台边缘，食指就搭在 M24 栓动式狙击步枪的扳机上。他在等待窗帘拉开后，把一颗 7.62mm 的子弹稳稳地送入大卫的额头。按照原计划，和大卫一起住在安全屋的匪徒们会前往酒吧看今晚欧冠半决赛首回合多特蒙德对皇马。林鼎事先已经切断了他们的电视信号，他们没法在安全屋里看。而据雷崇海所说，大卫并不喜欢看足球，他肯定会留在屋里健身。雷崇海提前去安全屋找大卫，假装商量行动计划，其实是等他站上椭圆机后，拉开窗帘，让林鼎从远距离给予致命一击。

安全屋底楼的大门口响起嘈杂的声音，好几个匪徒说说笑笑地走了出来。林鼎把枪口瞄向他们，观察到人群中居然还有雷崇海的身影。雷崇海的脸色很难看，和身旁一个戴墨镜的平头壮汉沟通着什么。林鼎的心凉了半截："那家伙一定就是大卫，该死，他怎么也要去酒吧了。"一名匪徒先打开车库的电动卷帘门，然后用金属探测器仔细扫描了两辆黑色路虎揽胜运动版 SUV。排除有炸弹的危险后，另外五名匪徒和雷崇海才上了车，快速离开安全屋。其中还包括罗伊斯，虽然他戴着鸭舌帽，贴了假的大胡子，但林鼎还是一眼就认出了他。看着他们远去，林鼎根本没有机会射杀目标，他把狙击枪留在天台，用布盖好，下楼去开摩托车。

林鼎跟着他们来到附近的酒吧，其实酒吧离安全屋很近，但出于转移的安全起见，这些狡猾的匪徒还是选择了开车。酒吧里面挤满了看球的人，非常嘈杂。比赛开始不久，莱万多夫斯基接到传中，在门前抢在佩佩身前铲射入网，多特蒙德在主场领先皇马。林鼎在酒吧外围绕了一圈，观察了一下环境。匪徒的路虎停在前门口，林鼎趁人不注意，用装了消音器的伯莱塔手枪射废了两辆路虎的轮胎。他好想进去近距离射杀大卫，但是罗伊斯也在里面，他如果认出林鼎，就会引发火拼。他可不想酒吧上演"小绿猪"那样的惨剧。

林鼎把他的消音伯莱塔手枪放到了酒吧前门外墙壁上的壁灯罩上面。然后他把自己的摩托车停到了后门口。他用中文给雷崇海发了一条短信："拿前门外壁灯罩上，20 分后，厕所会大卫，后门出，我接你。"等待雷崇海行动的时候，林鼎也没闲着，他从小巷的大垃圾箱里找出一些木条和纸板，在酒吧后门口左侧的小巷路上搭起一个高架子，上面挂了几件旧衣服，绑了几个垃圾袋。随后他取出摩托车后面储物箱里的一小桶汽油，捡了两个空啤酒瓶灌满汽油，摆在这个高架子右边一点的地上。

林鼎临时设计了一个逃离计划：等会儿雷崇海从后门出来，坐上林鼎的摩托车逃离，匪徒会从后门追出来，但左手边面前十步的距离外有这样一个挂了衣服的高架子遮挡住他们的视线，他们必须往前跑到高架子的右侧才能有射击摩托车的视野，随后让摩托后座的雷崇海射击打爆架子右侧地上的汽油瓶，炸不伤也可以惊吓他们，进一步延缓匪徒追杀的步伐。林鼎只需要关键的五秒钟时间，沿着小巷往前行驶一百三十米，就可以左转，彻底逃离匪徒的射击范围。他布置完这些陷阱，摆好摩托车的位置，在脑海里反复演练逃跑的动作，心跳得异常快速。

雷崇海看到短信，假借出门抽烟，到前门外的壁灯罩上摸到了手枪。那冰冷的触感让他的手一哆嗦，虽然雷崇海是很多袭击的幕后元凶，还在游艇上杀了许弋和许广昌，但他并没有用枪杀过人，他甚至没有开过枪。他把枪别到腰后，望了望四周，街上几乎没有什么行人。他抽完一根烟，转身回到酒吧里。他从人群中挤到大卫的身边，开始灌他啤酒，一杯又一杯。雷崇海有一种奇怪的感觉，好像有人一直在盯着他看。他环顾了一下大厅，觉得角落里有一个皇马的女球迷很不对劲。

在雷崇海一波接一波的热情攻势下，大卫喝了好几杯塞维利亚酿造的"CRUZCAMPO"啤酒。终于，在球赛进行到第四十分钟时，他的膀胱给他出示了一张黄牌。大卫总算从吧台的高脚凳上站起身，走向靠近后门的卫生间，雷崇海尾随其后，远处角落里的女球迷也走了过去。雷崇海站在男厕所门口，里面有个其他的顾客正在洗手台洗手，他要等他出去。他侧头看了一眼后门的位置。雷崇海在心中默念："迅速开枪，最好打喉咙和头，让他喊不出来，然后跑到后门外，上马克的摩托车。迅速开枪……"后面突然有人拍了一下他的肩膀，吓了他一大跳。他转身一看，是刚才角落里那个奇怪的老盯着他看的女球迷。贴着脸看，才发现她是薇薇安！她先是把自己肤色涂成小麦色，然后在脸上、下巴上用厚重的彩色颜料画上了西班牙国旗和皇马的队徽图案，再戴上一副淡蓝色的大墨镜，还真是没人认得出来了。

"塔西娅？你怎么在这儿？"

"我跟踪你来的，我看到罗伊斯了……"

"嘘！小声点，这里危险。"雷崇海捂住薇薇安的嘴，生怕厕所里的大卫听到。这时刚才洗手的顾客已经走出厕所了。

薇薇安低声说："他贴了假胡子，他就是在'小绿猪'差点杀了我的人。我们快跑，报警抓他。"

"不行，你快走！不能报警，我有任务要执行。你快走！"雷崇海声音低沉，异常焦急凝重。他两手按着薇薇安的肩膀，把她推向后门。随后他转身进去厕所，手向后腰掏枪，但没等枪全部掏出来，大卫已经在一边往外走，一边扣裤子的皮带了。"迅速射击！"雷崇海的脑子里只剩下这四个字。大卫迎面向雷崇海走来，看到雷崇海拔枪瞄准他。近在咫尺的距离，电光火石间雷崇海连开三枪，大卫侧身跳上洗手台闪避，只有一颗子弹划破了他的大腿。雷崇海傻眼了，来不及开第四枪，大卫就跳下洗手台将他撞翻在地。由于他的裤子还没穿好，穿在皮带上的枪套悬在大腿处，他也没法第一时间掏枪，只好往酒吧大厅跑。正巧一个匪徒迎面走来想上厕所，大卫跑到他身旁对他说："杀了雷恩！他是叛徒！"

那名匪徒沿着走廊径直向雷崇海走来。他满脸胡茬，面目可憎，啤酒肚把他的白色皇马球衣都绷紧了，他把手伸到自己的后腰处。林鼎通过后门外的窗户，看到了这糟糕的情况，心急如焚："雷崇海这个弱智！"他把仅有的一把手枪给了他，他却没能射中大卫，小学生都他妈射得中啊。

林鼎从后门走了进去，假装自己是刚来的顾客，他走过坐在地上的雷崇海，薇薇安正在扶他。林鼎没有多看他们，他挡住他们，继续直直往那个啤酒肚匪徒走去。匪徒的视线被林鼎遮挡了，没法射杀雷崇海，他很不爽，朝林鼎往旁边甩了甩手："滚开，别挡路！你个……"他还没有把脏话飙完，林鼎已和他脸贴脸，将一把匕首刺进他的啤酒肚。剑尖进入匪徒身体时悄无声息，非常温润柔和，就像刺进了一个巨大的海绵蛋糕。林鼎又快速往胸口补了一击，旋转剑柄，另一只手捂住匪徒的嘴，并用前臂顶住他的肩膀，不让他往前倒下。林鼎支撑着他缓步后退，他回头看一眼薇薇安，使了一个眼色，头往厕所方向歪了一下。薇薇安清楚地看到了林鼎刺杀匪徒的过程。她心领神会，站起来接过那个匪徒，把他往厕所里抗。

站在大厅里的大卫没有看清走廊到底发生了什么，只看到他的同伴正被一个女人搀扶去厕所。他去找自己的同伴，想让他们去帮忙。此时电视机里发出了解说员激动的呐喊："C罗！C罗进球了！"第四十三分钟，一次反击，C罗接到伊瓜因传球，射门得分！整个大厅沸腾了，人群欢呼雀跃！林鼎跑进大厅，向人群大喊："朋友们！皇马每进一个球，大卫就请所有人喝一杯啤酒！"说完扭头就往后门跑。人们激动地拥抱大卫，有的凑过来拍拍他的肩膀对他表示感谢，还有人给他脖子上围了一条皇马的围巾。大卫不明所以，呆了两秒后使劲挣脱开人群，向自己的同伴大喊："我们被袭击了！别让他们跑了，'咕噜''乐高仔'你们两个去开车，'砰砰'你去厕所看看'河马'，'厨子'我们俩去后门追。"

"咕噜"和"乐高仔"到正门外各自发动一辆路虎，结果发现车胎都没气了。"砰砰"在厕所最里面的隔间找到了"河马"，他表情僵硬，腹部和心脏中了两刀，鲜血已经把白色的球衣全部染红。薇薇安已经不见踪影。大卫和罗伊斯追出后门，面前几米处，一个奇怪的大架子像一道屏障立在那里。他们看不见小巷的道路，只能听见林鼎的摩托车发出的轰鸣声。他载着雷崇海正疯狂加速，几乎要把油门把手拧下来。林鼎已经顾不上之前准备的汽油瓶了，雷崇海肯定射不中它们，他脑子里现在只有一个念头："再两秒，就可以转弯了！"

遗憾的是林鼎失算了，他所做的障碍物难不倒"厨子"罗伊斯，要知道他以前可是一名"盲人杀手"。罗伊斯和大卫并没有绕过那个大架子再射击，而是直接隔着架子上的布料和木板朝着摩托车的声音盲射。两把 XD-9 手枪用最快的速度倾泻子弹。在林鼎正减速准备转弯时，摩托车的后轮被射爆了，后座的雷崇海手臂中枪，他和林鼎一起摔下摩托车，飞出了好几米。宝马摩托的外壳在黑夜中的小巷擦出了一串长长的火花。他们爬起身，忍着身上的疼痛往前跑，身体快要散架。如果被身后的五个匪徒追上，可就不仅是散架这么舒服了。

跑了几十米，一个分叉路口往左，林鼎和雷崇海到了一个社区里的公共儿童玩乐区。这里没有灯光，中间有一棵大榕树，月光下树影笼罩了大部分区域。他们决定躲在这里，伏击敌人。在分叉路口匪徒分成两队追杀两个中国人，大卫带着咕噜和砰砰去了右边，罗伊斯和乐高仔则去了左边。

原本罗伊斯他们已经跑过了儿童玩乐区，但罗伊斯突然停了下来，他闻到了血的味道。他示意乐高仔折返，仔细观察地面找血迹。一滴一滴的鲜血指引他们来到了秋千下的沙坑旁，定睛一看，沙子上隐约能看到露出一点的雷崇海的褐色西服。他们不约而同朝沙坑射击，两把 XD-9 手枪的枪口在黑夜中火光格外显眼，0.45 英寸的子弹像暴雨一般淋在沙坑上，溅起条条沙柱。罗伊斯很快发现情况不对，往边上跑，同时侧后方传来伯莱塔手枪的射击声，"嗖嗖嗖"子弹从消音器口上几乎无声地射出，乐高仔应声倒地，他方形的很像乐高人偶的脸摔进了沙子里。罗伊斯跑得快，躲过一劫，他蹲在一个长椅后面，看清了子弹是从边缘的一个灌木丛里射出来的。他朝灌木丛胡乱开了几枪,灌木丛没有了动静。

这份寂静格外长,雷崇海趴在灌木丛后,好消息是他刚刚没有中弹,坏消息是他的手枪没有子弹了,而且他的手臂还在滴血。罗伊斯躲在长椅后,试图定位隐藏的敌人,但什么声音都没有,只有晚风吹过榕树时树叶的"沙沙"声。林鼎比他们更紧张,他正躲在滑梯的半封闭式小平台里,从外面看是个小城堡的样子,里面空间狭小,他只能蜷缩着。

他手里连一把没有子弹的手枪都没有,只有一把匕首作武器。这把匕首还是从雷崇海家的收藏架上拿的,黄金的剑柄是一名弗拉门科女舞者的曼妙躯体,夸张飘逸的长发幻化成弧形的护手,而波浪状的裙摆巧妙地组成了剑格,舞者红色的高跟鞋是宝石制成,桃心形的剑尖和剑身之间镶嵌了一颗菱形的蓝宝石。这件精美绝伦的艺术品在林鼎手上已完成了首杀,河马的鲜血未干,不知她能否继续饮血。林鼎心跳得厉害,他屏住呼吸,努力抑制自己的恐惧感。他盘着腿,弯着腰,脚腕折在那里好痛,他想调整一下,不小心脚尖踢到了墙壁,发出了轻微的磕碰声。仅仅一秒后,林鼎身旁的墙壁上"乒乒"两声,罗伊斯朝着小城堡射击,还好平台的墙壁是钢板做的,子弹穿透不了,不然他就要憋屈地死在一个滑梯里了。

罗伊斯决定先不管灌木丛后的敌人,转而进攻滑梯里的人。他为了防止被侧后方灌木丛的人攻击,往前跑的时候身体弯得很低。长椅和滑梯之间有一个跷跷板,他跳过去,用跷跷板作掩体,伏地快速爬行。一眨眼的工夫,他就爬上了滑梯的楼梯,他不探头进去,先把手举高,伸进城堡内部射击。连开几枪后,他没有听到子弹射进身体,而像是射到了一块木板上的声音,他觉得很奇怪,探头上去看了一眼,什么都还没看清呢,脸就被一块东西砸中,摔下楼梯。那是一个木马的头,林鼎躲进滑梯之前在玩乐区里的小木马上拧下来的,他拿来当盾牌,挡住了子弹。看到砸中了敌人,林鼎赶紧从滑梯上滑下来,冲向摔在地上的罗伊斯。他掏出匕首向罗伊斯刺去,罗伊斯的眼前只剩一抹神圣的金光,抢在金光刺入胸口前,他下意识地开了一枪,打中了林鼎的腹部。接下来罗伊斯要做的,就是好好体会死亡的滋味,他杀戮一生,今天终于轮到自己了。

他的胸口插着黄金匕首，生命的气息从伤口处往外爬，越爬越多，越爬越远。远处他能听到雷崇海跑过来的脚步声，他已经捡起了乐高仔的手枪赶来帮忙。他瞄准地上的罗伊斯准备射击，被林鼎拦了下来："不要！不要浪费子弹。"林鼎捂着自己流血的腹部，捡起罗伊斯的 XD-9 手枪。

雷崇海收起了手枪，看了看林鼎："你还好吗？你中枪了！"

林鼎没有回答，他看了一眼罗伊斯，一股无名怒火又燃起，他拔出匕首说："来，帮我拖他。"

"拖去哪儿？我们快跑啊，还有三个人随时会过来搞我们啊。"

"很快，就拖去秋千！"

他们把奄奄一息的罗伊斯拖到了秋千下面。林鼎把他的上半身放到秋千座椅上，下半身跪在沙地上，然后用秋千的一根铁链在罗伊斯的脖子上绕了一圈，用力勒紧。罗伊斯满脸通红，眼球胀得凸起，发出了最后的"嘶嘶"声。雷崇海在一旁不停催促。远处隐约传来几个匪徒的奔跑声，他们听到枪声赶了过来。现在虽然他们俩都有枪，但是林鼎腹部中弹，雷崇海手臂中弹，加上从高速的摩托车上摔下，他们身上多处挫伤，战斗力和对方三个匪徒比，非常悬殊。雷崇海扶着林鼎慢速逃跑，也就比走路快一点，屁股后面凶恶的催命鬼正在逼近。他们心里很清楚，这次估计是难逃一劫了。每条小巷都空无一人，在路灯的照耀下，根本无处藏身。

突然雷崇海的手机响了，是薇薇安打来的："你们在哪儿？跑掉了吗？"

"没有，我们刚从儿童乐园出来，林鼎肚子中枪了，后面还有人在追上来，我要死了塔西娅！"

"等一下，谢谢！等一下朋友。"薇薇安电话那边有很多人的声音，非常嘈杂，"喂，听我说，你们往刚才酒吧的方向跑，酒吧南边有个小广场，那里有很多人。人群后面我停了一辆捷豹跑车，车钥匙放在车屁股底下，你们开那辆车走。"

那个广场离得不远，按他们的速度一分多钟能到。林鼎的腹部流血不止，他脸色惨白，浑身冒冷汗。哪里来的人群？他俩很不解，也没别的办法，只能硬着头皮继续快走。这一分钟绝对是他们走过的最煎熬的一分钟，他们提心吊胆，随时都会被射杀。终于看到前面小广场上人头攒动，几十上百人把广场堵了个水泄不通。大卫和咕噜、砰砰追上了他们，眼看就要进入射程，但是还差一点儿。他们挤进人群，被淹没。大卫气得直跺脚。进入人群后他们才知道是怎么回事，这些激动的人群都是来看大明星薇薇安的，他们把薇薇安团团围住，合影签名，兴奋地大叫。似乎有越来越多人往广场赶来。之前薇薇安从酒吧出来后，目睹了小巷里他们被打下摩托车逃离。她跑去找他们，但是找不到，急得团团转，手足无措。后来她灵机一动，在社交软件"脸书"和"推特"上发了动态，说自己等下会在"和平广场"上和粉丝们见面。这条信息像病毒般蔓延，被转发上千次，狂热的粉丝蜂拥而至。在和粉丝合影时露出的甜美笑容下，隐藏着对雷恩和马克深深的担忧。

挤进人群的林鼎松了一口气："你女朋友真厉害，万人迷。"

雷崇海扶着他又挤出人群，来到捷豹车尾，趴到地上摸到车钥匙。

林鼎瘫坐进车里，连系安全带的力气都没有了。雷崇海一边轰着捷豹F-type的油门，一边问林鼎："去哪儿？"

"回家。"说完这两个字后，林鼎就昏睡了过去。

雷崇海一边开车，一边脱下T恤衫揉成一团，按压住林鼎腹部受伤的位置。荧光玫红的捷豹跑车如同神兽下凡，背着他们逃离险境。

赤裸上身的雷崇海背着满身鲜血的林鼎出现在家门口时，把约兰达吓了一跳。华金、桑迪和玛蒂娜今晚轮班执勤，他们一下子围上来。"天那，他中枪了！"桑迪大喊。华金看了看门外，然后关上门。"我们看得出来他中枪了，还有他也中枪了。"玛蒂娜白了一眼桑迪，"快点帮忙把他扶到沙发上去！"

祖儿和萨拉听到嘈杂的声音，从房间里出来，下楼看到老爸躺在沙发上浑身是血，都吓傻了。华金在部队服役过多年，虽然不是医疗兵，但是也有丰富的急救经验，他和玛蒂娜先给林鼎的伤口做了临时的止血处理。桑迪打电话通知NTP局总部，让他们派了医疗专家过来。雷崇海坐在一边的单人沙发上，打电话给自己的私人医生，让他立刻过来。他有非常多的私人医生，有各个科室的专家教授，都是随叫随到。这次他喊的是欧洲著名的外科博士蒂亚戈，他也是斗牛士阿帕西利欧的主治医生。这名倒霉的斗牛士在马德里数万名观众的目睹下，被狂怒的公牛刺穿了下颚和舌头，牛角把他的嘴穿透，再把斗牛士提起来摔到地上。其他几位斗牛士第一时间杀死了公牛。万幸的是他在两次手术后保住了性命。

出于安全考虑，NTP局并不想冒险把林鼎转移去医院。强大的医疗团队就在卧室搭建了一个临时手术室。林鼎躺在床上，半昏迷状态。他没有说一个字，也不知道该怎么解释，索性闭紧双眼。医生驱逐了所有非医务人员，开始了紧张的手术。所有人自然把问题都抛给了雷崇海，他此刻已经取出了手臂上的子弹，正披着毛毯坐在沙发上。约兰达咄咄逼人的提问让他很紧张，不停地喝着热茶。

"听我说，不要激动我亲爱的约兰达。晚上马克说他要我帮忙一起查恐怖分子的下落，约我到酒吧里见面。他说他有线索，袭击祖儿的人和罗伊斯可能会出现在酒吧。"

"什么线索？"华金问。

"我也不清楚，好像是他在罗伊斯的餐馆里找到的线索。"

"那帮杂种出现了吗？"约兰达问。

"当然出现啦，不然我们会变成这惨样吗？"

"警方在酒吧厕所里发现的尸体，是恐怖分子吗？"桑迪问。

"对，他是其中一个。马克被罗伊斯认出来了，然后那个死人跑来厕所想杀了马克，结果被马克用匕首刺死了。"

"是袭击我和姚炜货车那个匪徒吗？"祖儿问。

"不是他，厕所里死的是个肥仔。"

"马克既然知道罗伊斯会来酒吧，他为什么不变装隐藏自己？被罗伊斯认出来不是很危险吗？"萨拉问。

雷崇海往后坐了坐，调整一下腰后的靠枕，再喝口茶，争取了一些编谎话的时间："呃，马克他一直躲在厕所门口观察，他只需要认出罗伊斯就行，然后让我在酒吧里待着，偷偷用手机把罗伊斯身边的所有人都拍下来。再说了，他一个中国人，再乔装打扮也很显眼，罗伊斯肯定能认出他啊。谁知道真的被发现了。"

玛蒂娜追问他，"你们的计划是什么？就拍下照片吗？你们还带着枪和匕首呢。"

"那都是马克带的，他防身用的吧。我们本来只想拍下照片，然后一边跟踪他们一边报警的。"

"那你拍到了照片吗？"约兰达问。

"没啊，哪有时间啊，马克被认出来了，他刺死那个肥仔后我们就逃命了。"

所有人的鼻子都哼了一口气，失望地看着雷崇海。

华金开口询问："那个小儿童公园里的两具尸体，也是你们杀的吧？"

"是的，我们这都是自卫啊！其中一个尸体就是罗伊斯。他把我们的摩托车都打爆了，还好跑得快，躲到公园里，不然死定了。"

"他们一共多少人？"

"一共六个，死了三个。他们还有两辆黑色路虎，停在酒吧门口。"

"你们两个人，一把枪，对付六个恐怖分子，还干死了三个？"桑迪惊讶地看着雷崇海。

"我们跑到公园躲起来时，只碰到两个家伙，另外三个估计是分开到另外的地方搜寻我们。"

"你们是怎么逃出来的？那辆捷豹是谁的？"约兰达问。

"是我一个朋友的，我让他开到附近来接我们逃走的。"

"你明天去警局做一份详细的笔录，还得去案发现场指证。少不了接受进一步调查。"华金说。

雷崇海垂下头，叹了口气。

"不要逞英雄，你们的行为已经越界了。"玛蒂娜说。

雷崇海反驳道："不是我们越界了，是你们寸步不前！马克比你们跑得快得多。"

问讯结束后，NTP局公布了余下三名恐怖分子的外貌特征，各单位全力搜索他们的下落。他们对那两辆路虎车的近期行驶轨迹也展开调查，寻找他们的老巢。

手术很成功，走运的是子弹没有击中重要的脏器，弹头带来的震荡能量没有造成非常严重的损害。手术后林鼎因为伤口肠梗阻的原因无法进食，只能插胃管维持营养。术后恢复的这几天里祖儿、约兰达和萨拉轮流照顾林鼎。晚上各自入睡前她们会分别向菩萨和圣母祈祷。

林鼎睡不好觉，每晚都做梦。疼痛加上无法正常进食，躺在床上一动不动，让他失去了味觉、嗅觉等真实的感觉。梦里他时常会进入一种虚无的空间，在那里他拥有错乱交织的感觉，缤纷的色彩变成了各种味道，而不同的声音幻化为各异的触感。他的梦中有梦，他会在深层的梦中醒来，进入浅层的梦境。他每次睁开眼睛，都看到不一样的天花板，空气的湿度、床单的温度、阳光的颜色都随之不断变化。小时候在"绿谷"乡下房子里的天花板，窗外有路人拉木板车的声音，那个声音有着亚麻布的触感，缓缓往前的颠簸车轮声像是手指抚过麻布的粗糙横纹。外面有青色的鸟叫声，屋里飘着柴火烟熏的味道，嘴里忽然出现土灶才能做出的黏锅糍粑饭的味道。他梦到了妈妈做的喝上去有竹叶触感的土鸡汤。又梦见叶馥仙做的清蒸鲈鱼，闻起来是金黄色的……

有一天他梦见和叶馥仙在山里采草药，他们在明媚的阳光下欢笑。突然寒意袭来，地面无端出现冰雪，山林变成了冰封的贝加尔湖样貌，馥仙脚下的冰面破碎，下半身掉入水中，手臂扒着冰面。她被冻得瑟瑟发抖，下巴不停抖动。林鼎上去拉她，但怎么拽都拽不出冰洞。远处传来儿子林冠玉的大哭声，林鼎朝声音传来的方向望去，看到好几只冰原狼围住了冠玉。林鼎回头看馥仙，馥仙拿起旁边的猎枪递给他，给了他一个坚定的眼神。他点了点头，放开馥仙的手，一边往冠玉狂奔，一边瞄准射击狼群。他跑过的地方，冰面裂开一条大口子。那条裂口追着他不放。他射中了其中一只狼，其他同类四散而逃。林鼎继续奔跑，但冠玉却消失不见。刚才射中的那只狼却变成一头小鹿，胸口中枪，侧躺在血泊中。他跪在它身旁，看得出它很痛苦，蹄子抽搐着，鹿嘴张得很大，但发不出任何应有的哀鸣，没有一丝声响。他只听到身旁冰块破裂的声音，最后那条裂口追上了他，他溺入寒冷的深渊……

他梦到一块很大的玉璧，是家乡出产的贤玉。仔细看玉璧上布满了错综的细纹，它们破碎，折射出一张张熟悉的脸。那些人有的还活着，有的则已远去。

他看到了师傅、师兄们、归心寺的老方丈，还看到了很多故乡的友人。他看到母亲苍老的脸，她在生命的最后一刻躺在床上呼唤林鼎的名字，林鼎的弟弟在她身旁哭泣。玉璧燃烧起来，变得焦黄，里面出现了祖儿的脸，那张年轻的脸渐渐被火焰吞噬。

林鼎从梦中醒来，他正坐在绿皮火车的车厢里，闷热又黏腻。再努力醒来，看到的是那艘意大利轮船船舱的天花板，空气里都是海水的咸湿味。下一次醒来又置身到了摩洛哥舍夫沙万的马棚里。他总在问自己，我到底在哪，哪里才是真实的世界。

梦境中时常出现不合常理的组合式风景。林鼎和约兰达还有萨拉坐在樱花树下野餐，草地旁没有沙滩，却拥有蔚蓝的大海。不远处有一座和摩洛哥的"风城"索维拉一样的海边小屋。在秒速五厘米飘落的樱花花瓣雨中，林鼎和约兰达喝着粉色气泡酒。约兰达的鼻翼下方有一点白色的粉末。萨拉正在画板上认真地画着水彩，描绘眼前荒谬的景色。眨眼间，飘零的花瓣变得枯黄，它们越来越干燥，最后如同骨灰般飘洒下来。绿色的草地被染成灰白。野餐的食物上面出现白色的霉菌，爬满了蚂蚁和其他虫子。约兰达脸色变得铁青，痛苦万分。林鼎抱着她，明显感觉到她的身体越来越瘦弱，他更加抱紧她，可她很快瘦骨嶙峋，形容枯槁。她变得干燥、碎裂，和花瓣一样变成了粉尘，林鼎想抓住她，最后却只能抱着自己。

所有的事物都失去了色彩，只剩灰与白。突然天色变暗，白昼瞬变黑夜。那些粉尘逆飞上天空，它们闪闪发光，成为漫天的繁星。林鼎仰望这奇妙的星空，那些遥远的星系，与我们天各一方，那些经过数十亿年旅行到达地球的光线，终究会把我们联系在一起。他想起看过的一个关于宇宙的纪录片。"每个人，所热爱的一切，抑或所憎恨的一切，我们所拥有最宝贵的东西，在宇宙生命最为伊始的几分钟内，由自然的力量合成，在恒星的中心转化，或者在它们燃烧的消亡中诞生。而当你去世时，这些碎片将回到宇宙中，进入无限的死亡又重生的轮回之中。"

耳畔响起缥缈的驼铃声。他把目光移到地上，刚才的草地竟变成了无垠的沙漠，约兰达和萨拉都不见了。他呼喊她们的名字，只有风回应他。他跑向刚才野餐时铺在地上的格子布旁，一半的布已经被沙子埋起来了，他跪在地上，用手挖画板旁边的沙地，拼命往下挖，寻找萨拉。一阵晚风吹起了细沙，从他的身边扬起。萨拉画上的风景渐渐褪色，浮现出一张肖像画，画上的男人一头金发，五官神似萨拉。林鼎瞪着画里的男人，画的右下角还有萨拉的题字，写着"我的父亲"。沙雾笼罩着林鼎，他发出怒吼声。

风想要舞伴，把林鼎和沙尘都卷到半空。

等林鼎能睁开眼睛的时候，沙尘散尽，他依然飘浮在半空，底下的沙漠不见了，或者说连地面都不存在了，地面变成了星空的镜像，天地连为一体。他飘浮在银河之中。

4

狂欢节

几天后的一个午后，林鼎能够坐起身了，他看着窗外，望见祖儿蹲在角落的草坪上挖泥。林鼎心想："又在种什么新品种吗？"

又过了两天，林鼎的伤好多了。他可以下床走动，并吃一点点流质食物了。祖儿和萨拉一左一右扶林鼎下楼吃晚饭。那是祖儿和约兰达第一次同桌吃饭。林鼎既惊讶又欣慰，她们的关系似乎破冰了。虽然林鼎几乎什么都吃不了，但是祖儿和约兰达依旧做了一大桌的饭菜。即使不愿意承认，但祖儿在这些天能看到约兰达对林鼎感情至深，约兰达日日夜夜无微不至地照顾父亲。祖儿心想："父亲逃亡的这十五年，是约兰达和萨拉填补了父亲的生命。父亲抚养萨拉到十八岁，她比自己更像是父亲的女儿。"祖儿原先对约兰达的憎恨厌恶感逐渐淡化，转而成为一种心酸与遗憾，她多希望父亲能陪伴自己从女孩成长为少女啊。

祖儿做了好几个拿手的家乡菜请大家品尝，约兰达也做了许多哥伦比亚菜让祖儿吃吃看。她们互相交流了一下做菜的心得。然后祖儿从口袋里拿出一枚戒指，递给约兰达。"这是我昨天在花园里找到的，是你的戒指吗？"

约兰达用纸巾擦了一下手，站起来接过戒指，灯光下婚戒上的三颗小钻石依然闪亮。她重新戴上戒指，看了看林鼎，想说什么却又没说，只对祖儿说了句："谢谢你。"林鼎望着祖儿，回想起那天她在草坪里挖泥的情形。她之前把约兰达的戒指埋起来了，现在物归原主。约兰达非常开心，她跑去酒架上拿了一瓶珍藏的红酒，那本来是想留在结婚纪念日喝的。她们举杯："祝爸爸的身体早日康复，健康长寿！"这顿晚餐吃了很久，平时不爱喝酒的祖儿和萨拉也喝了好几杯。酒过三巡，他们畅聊了很多，都是些祖儿和萨拉小时候的趣事。像是祖儿小时候拉屎到裤子里，然后故意一屁股坐下去把屎都坐扁了，然后找林鼎擦。萨拉小时候画画，不小心把颜料甩到了床单边缘上，然后她用一块布盖住了床单边缘。林鼎问她为什么在床上盖一块布，萨拉说这样颜色比较丰富，搭配比较好看。林鼎居然相信了，还觉得女儿很有艺术天分。后来还是约兰达发现了床单上的颜料……

自从祖儿搬进来，家里气氛从没有这般融洽过。他们心照不宣，都尽量不提叶馥仙，谁都不想把这难得的夜晚搞得不欢而散。叶馥仙和约兰达的事情最后还是要让林鼎来解决。

晚餐尾声时祖儿拿出一封请柬给大家看，是一个国际文化机构发出的邀请函。今年的 5 月 5 日—5 月 12 日是塞维利亚一年一度的狂欢节，祖儿受邀于 5 月 10 日的晚上 9 点 30 分到这个机构搭建的帐篷里玩儿。帐篷号是第 16 号。"是吗？真是太好了！这是祖儿第一次参加狂欢节，肯定会觉得超有意思的。"约兰达高兴地说。

"我听老师说这个狂欢节很热闹呢。我的两个同学，中田莉央和艾米也收到请柬了，我们仁会一起去。"

"何止热闹，简直是全城狂欢！特别是这种私人设置的帐篷，会布置得很漂亮的。"萨拉说。

祖儿问："狂欢节的由来是什么呢？大家去庆祝什么？"

林鼎接过请柬仔细看，手写的请柬最后署名是这个国际文化组织的主席贝尔。"西班牙人过节不需要理由，疯玩就是了。狂欢节以前只是个大家交易牲畜的集市。生性自由奔放的安达卢西亚人很快把它变成一场……"他看着请柬上手写的文字，认出了上面的笔迹，略有所思。良久，他用严肃的语气说："祖儿，眼前有一个结束这场危机的机会，但是需要你去承担很大的风险。你，愿意吗？"

祖儿茫然地看着父亲，见他把请柬举起，用一根手指头指了指。"这是一个陷阱，你是猎物，但是我可以成为制裁猎手的执法者。这封请柬是罗伊斯的同伙写的，和他烤肉餐馆里的账本字迹一样！"

林鼎提议的这个反猎杀行动NTP局取了一个代号叫"南瓜马车"。如果没有这个行动，林鼎此时应该已经被限制人身自由了。讨论、修改和审批这个行动花了三天，准备这个行动又花了三天，还好赶在5月10日之前准备就绪。今晚是9号，行动前的最后一晚。夜色朦胧的院子里，桑迪独自坐在门口抽烟。别墅的正门缓缓打开，他回头看，是祖儿。桑迪连忙丢掉香烟并踩灭，抬手看了看表说："都凌晨1点啦，你怎么还不睡哦？"

"也给我一根。"祖儿轻轻说。整个别墅都静悄悄的，大家都睡了，只有华金和油条在客厅默默地下着围棋，这是最近祖儿教他们的。

"什么？"桑迪有点不明白。

"我也想抽支烟。"祖儿说。

"哦，好。我帮你卷一根。"他很仔细地卷一根烟，然后用舌尖在纸卷边缘一拉，手指轻按封边。他递给她，替她点燃。

"为什么你的烟需要自己卷的？比较便宜吗？"祖儿拿过烟，吸了一口，忍不住咳了两下。

"你这是第一次抽烟吗？自己卷可以卷进喜欢的烟草，混合不同的口味。"

"哪有什么口味，就是焦苦味。"祖儿一脸嫌弃。

"快去睡觉吧，明天还有重要任务呢。"

祖儿又吸了两口烟，闭上眼，细细品味了桑迪说的口味，"我想尝试一下没有做过的事情，也许明天……"

"别胡说！你不会有事的。我会保护好你，还有很多警察一起。"

"来，我给你看看我明天要穿的裙子。"

桑迪跟着祖儿上了楼，进入她的房间。床上铺着一件靓丽的弗拉门科舞裙，粉绿色的裙身上有着白色和薄荷绿的渐变波点，大波浪的层层百褶裙边缘滚动着橙色的装饰条，深V的领口和背部飘荡着橙色的流苏。袖子是紧身的短袖设计，整个裙子既保留了传统风格，又增加了许多时尚青春的元素。桑迪满脸都写着赞叹。

祖儿拿起裙子："美吗？是约兰达阿姨送我的。我穿给你看看？"

桑迪坐在床边，点了点头。祖儿褪去睡衣，把裙子套上。桑迪赶忙把头侧向一边，满脸通红。他听到裙子布料在她身上滑动的"沙沙"声。

"来帮我拉一下拉链。"

那是一段臀部到腰的拉链，桑迪帮她拉的时候都能看到她的内裤。她转过身，跳了几个塞维亚诺舞蹈的动作。"你真美！"桑迪轻轻搂着她的腰，裙子背后的流苏扫过他的手指，痒痒的。祖儿把手抬起，搂住他的脖子，他们四目相对，在无声中缓缓起舞。

桑迪问："你后悔吗，同意你老爸的疯狂计划。"

祖儿平静地回答："不，无论发生什么，这都是我的宿命。"

"你还有什么想做的事情吗？比如，拉一下小提琴，吃生的章鱼，爬珠穆朗玛峰？"

"有……"祖儿吻上桑迪的唇。

他们拥抱着互相脱衣服，手上忙活着，舌头缠绕在一起。刚拉上不久的裙子拉链又被桑迪拉开。他们钻进被子，把明天的危险都抛之脑后，享受着眼前的美好……

5月10日上午，在别墅的地下室里，进行了最后一次的行动部署会议。参加会议的包括别墅里的成员和远程视频连线的NTP局官员们以及各方高级官员。他们就可能遇到的情况进行最后的询问和确认。会议的最后，本次行动的最高指挥官说："加油各位！祝愿行动圆满成功。挽回我们反恐得力的形象就靠今晚了。我希望明早的报纸头条能让我吃下五个三明治。"

下午，祖儿和林鼎一起去医院看望了叶馥仙。然后在6点左右，他们前往医院附近的一家高级餐厅里一起吃晚餐。他们虽然没有提起今晚的行动，但叶馥仙从他们不安的神情中感受到了什么。临别时叶馥仙跟祖儿和林鼎说："我知道你们卷进了和恐怖分子的斗争中，你们也从来没有告诉过我细节，怕我担心。你们想做什么就放心去做吧，我会照顾好我自己。我虽然身体不行，帮不上你们，但绝不会拖累你们。"

5月10日晚上8点，祖儿回家，换上那条美丽的弗拉门科舞裙出门。桑迪和因凡蒂诺一辆车载着祖儿、艾米和中田莉央，胖子哈维驾驶另一辆车和华金、油条、玛蒂娜一起紧随其后。两辆车的四周还有多辆普通私家车样式的便衣警车保护。这次的任务可以说是他们职业生涯中最大的挑战。光是批不批准这项行动，NTP局内部就进行了一番激烈的争论。后来NTP局长胡安·马丁内斯被说服了，同意行动，但他的上级同意。他认为狂欢节的场地范围大，普通群众和游客众多，一旦交火……需要对如何保证普通群众的安全做更妥善的计划。安保计划几经完善后上级迟迟不肯同意，最后还是更高层支持了这个计划，让事情有了转机。高层表态：我们不能被动，被恐怖分子牵着鼻子走，再不抓住他们，国家在外交形象和经济发展上都受损严重。最后，共七十名精英警力加上华金带领的一支反恐突击队。

因凡蒂诺在车上再次对三个女生重复了一遍流程："你们9点钟先进入警方指定的8号公共帐篷里玩半小时，9点30分从8号帐篷出来。仔细看你们手里的地图材料。之后走到标记位置，特制的'南瓜马车'在那里等你们，车门上有一个南瓜的标志。进马车后祖儿换替身！桑迪驾驶马车送你们到请柬上写的16号帐篷，车里的玛蒂娜假扮祖儿和两个女生一起进帐篷。两个女生进帐篷待一分钟后就假装上厕所离开帐篷。祖儿就继续藏在马车里，由马车载着直接离开。接下来就是我们的事情了。听明白了吗？"

"明白了！"三个女生异口同声。

祖儿问："为什么马车不直接到8号帐篷门口来接我们呢？"

因凡蒂诺回答："小帐篷之间的小路是不能驾驶马车的，那些路都是步行区，8号帐篷就属于小帐篷。只有一些像16号帐篷那样的大帐篷门口才可以行驶马车。我们安排了两名贴身警察护送你们到停马车的地方，哈维也会在沿途中保护你们！"

桑迪补充说："远离我们标记的那栋高楼，那里是预计的匪徒狙击位置，他们会在那里狙击16号帐篷的大门口。防弹的'南瓜马车'会刚好挡在门口，狙击手没法朝你们射击。华金和马克他们一队人会去进攻狙击位的匪徒。因凡蒂诺、油条和其他反恐队员则会在16号帐篷里面备战。记住！一旦一个环节出错就停止行动，快速撤离。脑子活络点！要懂得随机应变。"

因凡蒂诺对她们说："我现在最后再问一遍，你们真的愿意参与这个危险的行动吗？现在退出还来得及，你们谁觉得身体不舒服，可以马上就下车，没关系的。"

中田莉央瘦小的身躯传来坚定的声音："我会完成我的任务的，因凡蒂诺先生。对于我来说任务还是挺简单的。要战斗的是你们，你们一定要小心。"

艾米说："我也是。我恨那些恐怖分子。我一直想做点什么，今天终于有这个机会。对了，到时候16号帐篷里会是什么情况？"

桑迪回答她："我们事先调查了一下16号帐篷受邀的人背景，几乎都是干净的普通人，而且这个国际文化机构貌似也没什么异样。警察提前联系了这些受邀的人，代替他们，把他们全部换成了便衣警察。不仅如此，我们在16号帐篷周围的几个帐篷，都加入了大量便衣警察保护。只要匪徒敢在帐篷里对假冒的祖儿下手，他们绝对不是我们的对手。"

因凡蒂诺补充："虽然这样可能会打草惊蛇，让恐怖分子放弃袭击计划，也总比保护平民不周要好些。就当什么都没发生过。"

中田莉央问："如果混乱中平民被劫持或者被屠杀怎么办？"

"恐怖分子如果把目标从祖儿换成了平民也没什么奇怪的，因为他们是恐怖分子啊。我们做了最坏的打算。即便没有这个行动，他们也可以在任何地方发动恐怖袭击。"

离狂欢节的区域越来越近了，路两旁可以看到身着盛装的人越来越多。男人们穿得像"佐罗"，女人们穿着漂亮的裙子。有钱人会租一驾华美的马车载着家人前往，没钱的就搭地铁公交。整个城市都是穿着传统服装出门的人，像是穿越到了过去。哈维透过车窗看着热闹的场景，感叹道："要是今天不是来执行任务，真的是来玩的多好。"

"每年都来玩，还没玩腻吗？"油条坐在副驾驶问哈维。

胖子一边开车眼睛还一边瞟着路边的美女们。"怎么会！美酒佳人，载歌载舞。我小时候外婆第一次带我来这儿我就爱上了。前两天我的一个高中女同学还约我一起来玩呢，可惜我得先把这些恐怖分子都解决了。"

"哟，我们的胖子也要恋爱啦。"油条起劲地说。

"什么叫'也'，我就不能有女朋友吗？"

华金说："不是那个意思，这个'也'的意思是桑迪在你之前恋爱了。"

"这我早看出来了，和祖儿嘛。"胖子得意地说。

"昨天晚上你不在，我和油条在客厅下围棋，看到祖儿下楼带着桑迪去了她的房间过夜，啧啧啧。神秘的东方尤物。"华金说。

坐在后座的华金看了看身旁的玛蒂娜，穿着和祖儿一模一样的裙子。她严肃地说："嘿！注意下你们的语言，车里还有女生呢。"仔细看她的脸，已经戴上了以假乱真的仿真面膜，像极了祖儿。"都认真一点行吗？我等了那么久才等到这天，有机会为安东尼奥报仇。"

华金握住玛蒂娜的手说："我们一定能成功，今晚把他们一网打尽。"

车里沉默了几分钟后，油条又小声问开着车的哈维："你说的那个高中女同学，有照片吗？给我看看。"

"没有照片啦，有也不给你看，反正很漂亮就对了！当年我们班男生偷偷评选美女的时候，她得票可是前三名的。"说着哈维的嘴角上扬，眼睛里放出光芒。"上周的同学聚会，她就坐在我旁边，还帮我倒酒呢。她知道我现在替NTP局做事后，崇拜得不得了。之后我们每天都在'WhatsApp'上聊天。"

华金说："真羡慕你们这些年轻人，还能有这种恋爱的闲暇时光。我都准备提前退休了，今天是我的最后一次任务。我老婆已经帮我们全家都办好了移民。"

"什么？你要离开西班牙了？没听你提起过啊。你要移民去哪？"玛蒂娜问。

"新西兰的奥克兰市，我老婆在那里投资了一家医药保健企业，我嘛准备在那里玩玩帆船，钓钓鱼。"

"真够远的。"哈维说。

"我老婆选的，她恨透了欧洲、美国无休无止的恐怖袭击，还有中东的丑陋战争。她要带我去一个远离纷扰与仇恨的地方。我在阿富汗和利比亚服役的那几年，差点让她精神崩溃。"

这时所有人的蓝牙耳机里传出 NTP 局长的声音，测试大家的耳机功能。这次行动由局长做最高指挥。两辆车上的人都在耳机里一一回应了局长。

油条回过头对华金说："好吧，行动完了后，我们要好好喝一杯，为你送行。"油条伸手过去和华金击了一下拳。

进入一个巨大的由玫红色和黄色组成的扁平似城门一样的牌坊之后，就是狂欢节的区域了。会场上节日的帐篷密密匝匝，上面都有一串串灯珠装饰，让夜晚也无比明亮。他们下车步行，身旁马蹄扬起的黄沙，车轮辚辚而过的声响，帐篷里飘出的吉他声，很快将他们带入节日的氛围。空气中四溢的咖啡、糖果和美酒的香味已经拥抱在一起翩翩起舞了。每个帐篷里都有喝酒的吧台和舞池，男女老少都沉浸在欢乐的浪漫旧时光中，路上就已经有许多人载歌载舞。一进入会场，大家就按照各自的任务分头行动了。9 点整，祖儿、艾米和中田莉央三人由因凡蒂诺安排的两名贴身保镖护送进入了 8 号帐篷。这个帐篷虽然是公共的，所有游客都可以自由出入，但里面几乎已经被二十多名便衣警察塞满了，没什么游客会进入一个如此拥挤的帐篷。哈维在 8 号帐篷外围巡逻。

8 号帐篷里的气氛很古怪。大家虽然都在唱歌跳舞喝酒聊天，但是不免透出一种紧绷感。很多便衣警察时不时会望向祖儿一眼，还有几个人不时会调整一下蓝牙耳机。所有人喝的都是看起来像酒，其实不含酒精的饮料。这间帐篷也没有现场弹奏的乐手，只有放着舞曲的音响。"尊贵的女士，我能请你跳支舞吗？"一只黑色皮肤的手伸到了祖儿的面前，只见一个男人半屈着膝，另一只手背在后腰。

"哈姆沙叔叔，你也来啦！"祖儿轻握住他那粗犷但温暖的大手。

"你父亲交给我的任务，我其实一直在你身边保护你。"

哈姆沙用他特有的黑人节奏带着祖儿起舞，那并不是传统的塞维亚诺舞，他跳得更快，更多的旋转和舞步。"自由发挥，这才是我们的风格。你可是今天舞池的焦点。"哈姆沙搂着祖儿在光影中抖风舞润，"我们需要更多漂亮的步伐，没有人能伤害到你。对，很好，轻盈矫健，很像你父亲。"看到祖儿裙摆飘扬，莉央和艾米也放松不少。她们也开始跳舞，虽然她们心中隐隐有一种山雨欲来的感觉，但也想抓住这最后的欢愉时光。莉央的裙子是浅紫色的，上面有粉色的大花朵，很像和服的经典配色。她把头发盘起，装点上一把小纸扇样子的发饰，乍一眼看像来自平安京的少女。艾米的裙子是纯粹的绯红色，很紧身，大露背，火辣的身材一览无遗。她们今晚都非常漂亮，这都是她们第一次穿弗拉门科舞裙。她们俩自己跳了一会儿，然后和两个贴身保镖贴身跳了一会儿。她们玩累了后和保镖们去吧台吃了些甜点，喝了点饮料。偶尔会有几个新进来的游客，门口会有一名便衣警察用探测器偷偷检测他们有没有随身携带武器。无数双眼睛盯着陌生人们的一举一动。

负责贴身保护祖儿她们的两名警察一直拿着杯子在祖儿身旁不超过三米的地方晃悠。艾米走过他们身边，听到他们在交流着什么，眉头一皱。这两名保镖身型标准，穿着一身银色的西服，肤色有些黝黑，长得像摩洛哥人，不知是谁从哪儿找来的厉害角色。快到9点30分的时候，艾米走近祖儿和莉央身边，低声跟她们说："那两个保镖不对劲，我刚才听到他们悄悄说阿拉伯语，我模糊听到了'马车前'，'动手'几个词。"祖儿和莉央很吃惊，祖儿说："难道他们是恐怖分子？"

"嘘，很有可能。"艾米紧张地环顾四周。

她们对艾米深信不疑，她们深知艾米是语言高手，连粤语歌都会唱，阿拉伯语也能听懂一些。

莉央说："怎么办，我们汇报给指挥官吧。"

"不用，我已经上报了情况。长官让我们走另一条小路，去停马车的地方。甩掉那两个保镖。"艾米对她们说。

艾米示意她们跟紧她，她带着她们从帐篷的后门溜了出去。祖儿和莉央不敢懈怠，她们屏住呼吸快步向前，紧紧跟随艾米。两个保镖看到她们三个从后门溜走，立刻追了上去，但走了没几步就感到头晕目眩，双腿无力，摔倒在地。其他警察看到后马上在耳机里汇报情况，局长让他们赶快去找祖儿她们去哪了。局长一直试图在耳机里联系她们三个，但是没有任何回应。此时她们三个正快步离开8号帐篷，但是她们走错了方向，没有往指定的停马车的地方走。她们正在往数字更小的帐篷走，和马车是完全相反的方向。正在附近巡逻的哈维第一个看到了她们，一边汇报她们的位置一边追上去。桑迪得到信息后驾驶马车赶过去接她们。艾米带着她们继续走，祖儿看到侧前方帐篷的顶端露出了远处的熊熊燃烧的火炬塔顶。火炬塔顶的后面是大型游乐设施区，祖儿回忆因凡蒂诺给她看的地图，突然察觉她们走错了方向。祖儿在耳机里呼喊桑迪，但没有任何声音回答她。她踌躇不决，停在原地。身后有两个警察追了上来，她很害怕，不知他们是好人坏人。她看到另一边从6、7号帐篷间穿出来了哈维，她拉着艾米和莉央往哈维那儿跑。

火炬塔顶处传来沉闷的"嘭"声，随后是一阵疾风"嗖"地划过祖儿的脸侧。那是一颗夺命的子弹，射入了沙地里。随后又是几声SKS射手步枪发出的枪响，刚刚快追上她们的两名警察中弹倒地。哈维辨明了枪声的来源，拔出手枪朝火炬塔顶胡乱射击，匪徒似乎躲在火炬塔顶的下面，但是火焰太亮太刺眼，火光周围一片漆黑根本看不到敌人。这一阵射击让匪徒暂时停火，桑迪驾着马车赶来了。

桑迪勒停马匹后，跳下马车："快上车，进来！"他拉着女生的手把她们快速扶进马车。匪徒朝哈维开了两枪后转而射击马车，还好马车的车厢是防弹的，抵挡了攻击。"驾！"桑迪甩着鞭子猛抽两匹马的屁股，马疯了似的狂奔。可惜马并不防弹，几秒后，一百米外的子弹射穿了两匹马的肚子和脖子，一匹滑跪入沙土，另一匹侧翻，差点把车厢也带翻。火炬塔上的枪声停止了，哈维朝火炬塔的方向跑过去。桑迪和玛蒂娜拉着她们三个女生又下了马车，朝离得最近的5号帐篷跑。五个人气喘吁吁地进了5号帐篷后，玛蒂娜呼叫支援。因为外面有烟花声，帐篷里有音乐，所以几乎没人听到外面刚才发生了什么。

桑迪对着祖儿大吼："为什么不按照计划路线走？你们的耳机怎么回事？听不到指令吗？！"

祖儿一脸惶恐，惊魂未定地说："不知道啊，耳机没声音啊！"

玛蒂娜对大家说："我们先在这躲一会儿，行动取消了。警车马上会从会场的停车场开过来接我们。"

哈维飞奔向火炬塔抓匪徒。路过的游客都觉得诧异，为什么有个人跑那么快，为什么那边两匹马倒在地上。火炬塔顶的巨大火盆底下有一个小夹层平台，有梯子可以上去，狙击手就是趴在这里射击的。塔顶有好多根挂满彩旗和灯珠的绳子，它们从高处伸向四周的地面。哈维看到一个黑影沿着其中一根滑了下去。他一边呼叫支援一边追赶。匪徒往火炬塔的远端方向逃去，那边是大型游乐设施区，有海盗船、旋转木马之类的。刚穿过火炬塔下方，哈维正在定睛搜寻匪徒的身影，突然就被身侧远处的另一名匪徒攻击。几颗子弹打中了他的防弹衣，五脏六腑受到了强烈的冲击，感觉身体里火辣辣的。还有一颗子弹擦过他的脸，射中了耳朵，鲜血一下子流满了半张脸。他躲到身边的大木箱后，听到奔跑而来的脚步声，他握紧手枪深呼吸。"砰！砰！"两声，随后是有人摔倒在地的声音。哈维探头出去看了一眼，匪徒已经流血倒地，哈姆沙手持武器向他跑来。哈维视线变得模糊，耳朵听不见声音，随后倒在了地上。

在刚才"南瓜马车"被袭击的同时，高层建筑里的行动正按原计划执行。说它是高层建筑也不太准确，它其实是一栋烂尾的写字楼，只建了七层，内部空空如也，最高的七楼甚至连屋顶都没有盖。警方事先勘探后认为匪徒最有可能在六或七楼的靠北侧房间阳台狙击祖儿，那里有射击16号帐篷门口的最佳视野。虽然祖儿她们并没有按照原计划去到16号帐篷，但华金仍旧带队攻楼，他要赌一赌恐怖分子还在楼里。队伍里有包括华金在内的五名反恐特种兵，加上并没有被批准加入的林鼎和雷崇海二人。他们俩硬是要跟着参与攻楼行动，华金拿他们没办法，安排他们在队伍最后。五名特种兵身上都配备了全套精良的作战装备。而林鼎和雷崇海则只有防弹衣、手枪以及一块防暴盾牌。队伍先在楼下的灌木丛里集结，林鼎问华金："我和雷恩该负责做些什么？"华金盯着手里的小监视屏幕，看都没看他："你们看着屁股后面，不要跟我们太紧，千万不要射到我们！"

华金在"热成像仪"监视器上锁定了位于六楼的目标，两名发着红色和黄色光的匪徒正蹲在北侧中间房间的阳台。华金向整装待发的队员们做了一个前进的手势，大家安静而迅速地蹿出灌木丛，幽灵般跑进烂尾楼。五名队员都戴着有"微光夜视仪"的头盔，在黑暗中也能看清。林鼎和雷崇海并没有夜视仪，只能借着远处透进来的一点节庆会场的灯光来爬楼梯。突击队员们在有序和静默中螺旋上升，六层高的楼梯只是他们平时训练的小小热身而已。林鼎和雷崇海有些跟不上他们的步伐，爬到四层楼后就气喘吁吁了。他们俩轮流拿着沉重的防爆盾牌，恨不得扔掉。不过几分钟后他们就该庆幸这块盾牌救了他们的命。先头部队的两名冲锋队员抵达了房间，由于是烂尾楼，房间连门都没有，就省了惯有的破门而入的步骤。

房间里空荡荡的，只有阳台上蹲着两个黑衣人。五条激光射线从队员手里的 UMP45 冲锋枪握把上射出，在两个黑衣人背后和脑后留下了 5 个红点。"放下武器，双手抱头！"站在队伍中间的华金大喊。所有人都屏息凝神，没人相信敌人会照做，这只是开火前的宣言，只要黑衣人拿着枪一转身，就会被射成马蜂窝。两个狙击手依然脸朝着外面一动不动。林鼎站在最后面，咽了一口口水，他好希望其中一人就是大卫。同时他也很担心祖儿的安全，他刚才在楼下集结时听到了祖儿他们没有按计划去往 16 号帐篷的信息。现在他的耳机已经切换到了攻楼的作战小队频道。华金用手势示意两名冲锋队员上前抓捕。他们快步上前，用枪口顶住两个黑衣人的后脑勺，但黑衣人像是睡着了一样毫无反应。他们很纳闷，绕到身侧查看后，脱口而出一句脏话。那两个黑衣人的脸是塑胶的，连五官都没有，是假人，而且是身体内部装有热量模拟装置的高级作战假人。他们两个不自觉地后退了一步。

后面的几个人都还不明白怎么回事，窗口外突然传来嗡嗡声。两架小型遥控无人机飞进阳台，扔下两个荧光红的小试管。试管掉落接触到假人身体的瞬间，液体炸弹爆炸，引爆了假人的加热装置，假人变成了两团可怕的大火球。两名冲锋队员消失在刺眼的火光里。

站在房间里剩下的五人目瞪口呆，头顶传来爆破声，天花板被炸出了一圈裂口，大片大片的水泥碎块砸了下来，中间部分的天花板几乎都塌了。三名特种兵被压在水泥石块下面，而林鼎和雷崇海由于站得比较靠门口，掉下来的碎片不多，被林鼎用防爆盾牌格挡了。整个房间扬起了灰尘，什么都看不见。隔壁房间传来许多脚步声，多名穿着臃肿的隔热防护服的匪徒冲进房间。林鼎跪在地上，把盾牌立在身前，雷崇海跪在他身后，只伸出小手臂朝匪徒射击。只击倒了一名匪徒，他们的后脑勺就被枪柄狠狠地重击，双双昏倒在地。华金挣扎着顶开胸口的碎石，下半身仍被死死压住，动弹不得。他奋力举起UMP45，打光了整个弹匣的子弹，也只打倒了一个敌人。随后他的头也被猛砸了一下。

敌人把他从废墟里拖出来，同林鼎和雷崇海一起，绑上一根绳索，从六楼吊下去。受伤的两名匪徒也这样被吊到底楼，其余的匪徒通过绳索速降而下。烂尾楼门口开来一辆面包车接应，匪徒们把华金、林鼎和雷崇海拖上车，疾速消失在夜色中。这一切发生得太快，坐在作战指挥车里的NTP局长盯着实况屏幕，简直不相信自己的眼睛，他嘴里不停念着："怎么会这样，怎么会这样，那些匪徒是哪里来的？之前不是排查过那栋楼了吗？不可能啊！"此时的实况屏幕里只剩下一片坍塌的废墟，那是被匪徒扔掉的华金头盔上的摄像头拍摄的画面。"速度去救援！速度！"

5号帐篷里桑迪和祖儿他们五人正在焦急地等待警车赶来。这个帐篷是一个大型的公共帐篷，和一个小学教室差不多大，里面有很多游客。几个游客看到了穿着和长相一模一样的两个祖儿，觉得很有趣，以为她们是双胞胎。桑迪发觉不妙，让祖儿把裙子脱掉，他把他的燕尾服外套脱下来给她换上。接到指令的便衣警察陆续从其他地方赶来这个帐篷支援。作战频道里局长不停地大喊："各单位警惕，时刻准备战斗！不要引起大规模恐慌，路上受伤的两名警察还有哈维救走了没有？控制住局面，隐蔽撤离。再说一遍，所有16号帐篷里的警察快去5号帐篷支援。警车快去……"

陆陆续续进来了很多便衣警察，他们有许多互相也不认识，有的是国家警察，有的是NTP局的特工，有的则是当地的刑警。特别这项任务，需要近1∶1的男女警察，女警数量不够，从地方警察那里调用了很多。他们紧张地看着每一个陌生的人，根本不知是敌是友或是平民游客。

"快看外面，好漂亮的烟花！"一个小女孩对她的爸妈大喊，拉着他们出帐篷看。其他许多游客也好奇地出帐篷去看烟花。所有的便衣警察都没有出帐篷，他们坚守岗位，首要任务是保护祖儿、莉央和艾米三名女孩安全撤离。桑迪额头的汗都流了下来，没有出帐篷的人，等于脸上写了"我是警察"四个大字。他感到背后有好多双眼睛盯着他。三十秒后，游客们发现烟花没什么好看的，就都回到帐篷里。桑迪的脚边传来类似易拉罐滚动的声音，然后是"嘶……"

地面迅速扩散出大量白色烟雾。"蹲下！小心！"桑迪对祖儿她们大喊。"催泪瓦斯！"接触到白烟的人，脸部皮肤和呼吸道有强烈的灼烧感，眼睛也无法睁开，不停地咳嗽。惊恐尖叫声混合着手枪的激烈开火声，烟雾中的匪徒已经戴上了简易的护目镜和半截防毒面罩，每个人朝着身边刚才锁定的警察优先攻击。多名警察猝不及防，连敌人在哪都不知道就受伤倒地。这一波突袭，对警察造成了毁灭性的打击，死伤了大部分。

桑迪情急之下，连续扔了两颗闪光弹，以求延缓敌人的进攻。一片白光和白烟中，枪声不断。他拉着祖儿的手半蹲着往帐篷门口方向跑去。

催泪弹的烟雾渐渐消散，玛蒂娜掏出手枪，努力搜寻敌人，一片混乱中她的脸上不知被谁戴上了和敌人一样的半截防毒面罩。视线已经恢复大半，地上横七竖八躺了好多人。大家看到艾米倒在玛蒂娜身边，表情痛苦地捂着肚子，指着戴面罩的玛蒂娜大喊："她枪击我！她是恐怖分子！"警察看着玛蒂娜都蒙了，玛蒂娜自己也蒙了。艾米站起来跑向两名蹲在一张大圆桌后面的警察。两名警察拿枪指着玛蒂娜，玛蒂娜只好把手里的枪扔到地上，举起双手。

等艾米也躲到大圆桌后头，警察关切地问她："你受伤了吗？能挺住吗？"艾米的脸上露出狞笑："我可以，可惜你们挺不住了。"她掏出手枪，"砰！砰！"两名警察头上各中一枪。玛蒂娜眼珠子都要瞪出来了，她用力扯掉自己的裙子，里面是迷彩热裤，拔出绑在大腿上的另一把手枪，再捡起地上丢掉的枪，侧滚翻躲避子弹。"注意！艾米是内鬼，她是恐怖分子！不要被她骗了！"她在耳机里警告大家。激烈的火拼，帐篷里死伤惨重，二十多名警察几乎都倒下了，还有十多名游客躺在血泊中，仅剩寥寥数人在顽强抵抗。

玛蒂娜怒火中烧，没想到他们的计划全被艾米一个人破坏了，就是艾米带着祖儿和莉央走了错的路，故意引进了这个5号帐篷。玛蒂娜的眼里已经没有了其他任何人，仅剩下一个目标，就是艾米。她穿过重重混乱的人群，径直奔向艾米。她不去管旁边朝她开枪的匪徒，她身中数枪，仍然忍着剧痛像一头发狂的野兽，紧咬着猎物不放，艾米一直跑她一直追。艾米的眼里透出惊恐，她怎么躲都躲不掉，她拿着警察的手枪射中了玛蒂娜好几枪，但是却无法阻挡她的步伐。终于玛蒂娜射中了艾米的腿，艾米跪到地上，慌忙向前爬行。她的脸上带着事先准备好的面巾，沉重的呼吸把面巾吹得一鼓一鼓的。玛蒂娜的身上多处中弹流血，她已经支撑不住，趴在地上，她努力抑制手臂的颤抖，瞄准艾米的脑袋扣下扳机。命中的那一刻玛蒂娜欣慰地笑了，那似乎是她的使命。她的身体保持着趴着射击的姿势，再也没有动过。帐篷里地上躺满了人和尸体，艾米的面巾再也没有一鼓一鼓。

万幸桑迪已经拉着祖儿逃出了帐篷。可莉央没跑出来，她正躲在吧台里面瑟瑟发抖。祖儿哭着大喊："莉央还在里头，救救她！救救她！"桑迪硬拖着她远离帐篷。油条赶到帐篷门口，双手扶着祖儿的肩膀："我进去救她，她在哪个位置？知道吗？"

"好像躲在吧台里，拜托你，救她出来！"

油条点了点头，进了帐篷，他钻进吧台，找到了躲在里面的莉央，和她一起的还有一名小女孩和一名小男孩，油条示意他们不要出声，不要乱动。油条探头观察了一下形势，此时帐篷里只剩下五名有行动力的匪徒，而警察还在源源不断冲进来支援。眼见寡不敌众，匪徒启动了人质计划，他们抓住了许多游客，让他们站在匪徒周围围成一个圈。匪徒的头目大卫对警察大喊："警察都他妈给我退出去！退出帐篷！不然我就杀人质了！"五名仍有行动力的匪徒躲在手拉手围成圈的十多名人质中间，用枪顶着人质的后背。人质们华美的服饰上已经沾满了灰土，他们的手在颤抖，低着头不敢睁眼。警察们没有办法，局长胡安无奈下令 5 号帐篷内的警察撤退出去，他们只好愤恨地离开帐篷，他们的人数比匪徒多，武器比匪徒好，真是不甘心。

无辜的平民被劫持为人质，这是最不愿意看到的情况。胡安抓着自己的大光头，看着作战指挥车里的大屏幕，眼睛死死盯着画面里人质中间的匪徒，恨不得能用眼神杀死他们。他一边安排警察包围住帐篷待命，一边拉来谈判专家准备进去和匪徒谈判。谈判专家出马后第一句话就是问匪徒能不能把里面的伤员先释放，遭到了拒绝。里面躺着大约二十名伤亡警察和十多位平民游客，外面有庞大的五十名混编警力部队将帐篷团团围住。高点火炬塔上、摩天轮上都布置了狙击手观察。众多的新闻记者也赶到现场，架起无数三脚架，一支支长焦镜头对准了警察和帐篷。在抢个大新闻面前，危险已被抛之脑后。

双方僵持不下，匪徒提出需要一辆大巴转移的要求，不然不会释放任何伤员。NTP局高层正在紧急磋商如何应对。时间一分一秒过去，躺在地上的生命正在流逝。油条托马斯此时还和莉央以及两个孩子一起躲在吧台里，他们努力屏住呼吸，匪徒并没有发现他们。油条坐在地上，两条长手臂一边一个搂着俩孩子，孩子还太小，不太能明白到底是怎么回事。莉央全身控制不住地发抖，油条紧握住她的手。他看了看吧台后面，想到了逃生的方法。他们被困的是帐篷，并不是房子，墙面是布做的，吧台的背后离墙面只有不到四米的距离，他们只要爬过去，在墙面下方割开一个裂口，就可以爬出去。油条抽出随身携带的匕首，给了莉央，她示意莉央先爬过去把布割开。

大卫觉得口渴，喊咕噜去吧台倒些水过来。咕噜长得酷似《指环王》中的咕噜，大头大眼矮个子，所以被其他匪徒取了这个外号。他上半张脸戴着近视眼镜，下半张脸戴着防毒面罩，他有丰富的工程学知识，匪徒们的炸弹和武器的制作、枪械的维护、车辆的改装维修都是他负责的。他拿着枪走向吧台，油条迅速把莉央又按回地上，拿回了匕首。当咕噜走近吧台的一瞬间，油条像青蛙一样跃起来，用匕首捅进他的喉咙。捅完之后马上把匕首扔到地上，再用吧台的抹布捂住他喷血的喉咙。他只在防毒面罩里发出一声轻微的闷哼声，随后瘫软下去。油条藏在他身体后面，蹲着用头顶住他的腰维持他站立，两只手抓着他的两个手腕操控他，假装他在吧台摆弄着水杯。两个孩子看到眼前的一幕，吓得呆住了。

莉央鼓起勇气捡起地上沾满血的匕首，奋力往帐篷墙边爬。她示意两个孩子跟着她一起爬。他们三个人像三条毛毛虫，排着队爬行。莉央小心翼翼地割开帐篷底端的布，率先爬了出去，随后是小女孩，再是小男孩。现在只剩下抗着咕噜躯体拖时间的油条没有出来了。他把咕噜放进吧台的地上，自己赶快爬走。等匪徒发觉不对劲，要喝的水迟迟不送来，去吧台查看时，看到了空空的吧台里面躺着咕噜的尸体，还有墙边的一个大裂口。至此，有行动力的匪徒仅剩四人，手里有十多名有行动力的人质，还有一地的伤员，帐篷外则是时刻待命攻坚的五十名警察。

桑迪带着祖儿，油条带着莉央和两个孩子成功逃离，他们上了两辆警车，快速远离这血雨腥风的战场。一辆警车上，开车的警察问："孩子们，你们的爸妈在哪？谁带你们来狂欢节的？"两个仅有六七岁的孩子听到这个问题，忍不住号啕大哭。他们由于匍匐爬行，衣服都磨破了，手臂上身上多处擦伤。莉央看到后也控制不住自己，抱着他们哭了起来。"爸爸妈妈还在帐篷里面！他们把我们藏在吧台里，然后又出去和匪徒打了起来。"稍大一点的女孩哭着说。警察跟他们说："放心，我们已经包围坏人了，一定能救出你们的爸妈！我先送你们回家好吗？在家等我们的好消息。"

桑迪和祖儿在同一辆警车上，他们要求去医院看受重伤的哈维。对于任何人来说，这都是无比黑暗的一天。顷刻间，他们痛失玛蒂娜，而华金、林鼎和雷崇海下落不明。还有十多名人质和无数的伤员在匪徒手里，生死未卜。这一切还要"归功"于平时和祖儿、莉央都情同姐妹的比利时同学艾米。现在他们都不确定她是不是比利时人，又是不是真的叫"艾米"。一个鬼魅般邪恶的刺客，如影随形潜伏在祖儿身边，随时都可以索取祖儿的性命。"黑荧"却一直等，等到一个机会，制造一个人间炼狱，想想都令人毛骨悚然！

谈判仍在紧张地进行着，全球的媒体都在直播着现场画面。NTP局答应匪徒四十分钟内派来一辆大巴车。匪徒开始同意释放伤员，让医疗队一次只能进来两个人，用担架抬走一名伤员，如此往返。外面停满了救护车、警车和消防车，蓝色、白色和红色的灯光不停地闪烁。它们都统一关掉了警笛声，以免谈判时听不清匪徒说什么。因凡蒂诺在作战车里和NTP局的高层商量着作战计划，西班牙首相和国防部长也加入了视频会议。目前恐怖分子并没有提出任何政治上的要求，只是要了一辆大巴前往南边乌特雷拉镇的一个小型私人机场，并要求一架加满油随时可以起飞的小型客机。

一群平时呼风唤雨的领导们此时焦头烂额，他们像正在高考的学生，只剩十分钟就要交卷，还有一大堆题没做完，他们抓耳挠腮，咬着手指，面对着眼前的选择题。要不要满足匪徒的要求？毕竟他们并没有提出超越政府底线的要求，只是要求逃离而已。有人提出反对，如果真的给了匪徒飞机，他们可能会利用飞机发动更严重的恐袭，或者到时用飞机要挟政府，提出过分的要求。不给匪徒飞机逃离，就只有强攻解救人质一条路了。他们又为在哪里进攻争论了

268

一番。在机场进攻，难度大，而且机场地址说不定是假的，匪徒可能会开着大巴车去别的私人机场，他们也许自己准备了逃离的飞机。在大巴行驶的路上进攻，难度更大。在公共的道路上，一车的人质和匪徒混在一起，高速移动中的狭小空间，根本难以进攻。目前来看，最有利的攻坚地点还是在帐篷里。帐篷的四个面加上顶都是布做的，很容易突破进去……

离匪徒定的截止时间还剩五分钟，大卫催促谈判专家快点把大巴车送来，不然就开始杀人质。因凡蒂诺受命带领一支反恐精英攻坚小队，准备强攻。他们紧急制订了一个计划，由谈判专家从帐篷正门进去和匪徒交涉，跟匪徒说大巴车来了，可以上车之类的，分散匪徒的注意力。四名提前爬上帐篷顶的特种兵抓住时机，同时在帐篷顶上切开四个小口子，透过小口瞄准，在头顶射杀四名匪徒，不管射杀成功与否，此时帐篷前后左右的特种兵都要冲破帐篷，从四个方向攻击还未被击毙的匪徒，救出人质。离截止时间还有两分钟，因凡蒂诺冷静高效地给所有队员布置好任务和站位，顶篷四名队员，帐篷前后左右各五名队员，然后自己也站到帐篷左侧的攻坚队伍中预备。四名队员利用旁边一辆消防车的活动云梯，悄悄降落到 5 号帐篷的顶上。

各就各位。最后一分钟，谈判专家准备从正门进入。大卫从自己的蓝牙耳机里听到了什么，然后答复一句，拿出口袋里的一个小遥控器，和身旁的三名匪徒说了些什么，他们神色变得凝重，握紧手枪。

谈判专家进入帐篷，开始和匪徒交涉。谈判专家手舞足蹈地说着什么，像是个开讲座的教授，大卫根本没有听他说的半个字，只是警告他："不要做傻事……"因凡蒂诺在耳机里倒计时："10——"

"按照我们的要求来……"

"9——"

"警察不应该骗人……"

"8——"

"我再警告你们一次，不要靠近帐篷……"

"7——"

"后果会很严重……"

"6——"

"放弃吧……"

"5——4——3——2——1——行动！！"

"……"

当剑拔弩张、蓄势待发时，所有的剑和弦瞬间断了。

在场的许多人，今晚的记忆就停留在这一刻了。其中包括因凡蒂诺，在他失去意识之前，最后看到的是满目的白光。在后来的很多天后，他从重症监护室里苏醒，他知道他们失败了，而且是耻辱性的惨败。他不想和护士说什么，也不想听到任何消息。

外围的众多警察、平民和记者目睹了最后攻坚的一幕。当帐篷四周的二十名队员往前突近帐篷，还有大概五米时，他们面前埋好的炸弹爆炸了，轰天巨响，一个可怕的矩形火光产生了。同时帐篷顶上的四名突击队员，被从下至上射击，有的摔进帐篷里，有的受伤滑下篷顶。最接近帐篷的突击队员有的都被炸飞了，外围的许多警察也被炸伤，跌撞在一起。帐篷的四个面都被烧没了，中间的十多名人质仍然站在原地。现场弥漫着浓烟和灰尘，四名匪徒已经消失不见。混乱，哀号，尖叫，战栗，愤怒，麻木。有的人跪地痛哭，有的人盲目地四处奔跑。这里变成了一座"尸体焚烧厂"，成了"死神的狂欢节"。

总共七十名精英警力加上十名后来增派的特种兵，不仅让烂尾楼的一队匪徒逃跑，还让被重重包围的四名匪徒逃脱。最后官方的统计数字触目惊心：牺牲三十二名警察和特种兵，受伤二十七名，被绑架一名，还有十一位平民死亡，六位受伤，两位被绑架。

雪崩发生的时候，没有一片雪花觉得是自己的责任，也没有一片雪花是无辜的。

第五章

斗牛士

1

人质

有一种非常特别的鸟类，名叫几维鸟，它是新西兰的国鸟。其与众不同之处在于没有翅膀，棕色的身体毛茸茸的像个奇异果。在新西兰的传说中，它曾拥有美丽的羽翼，可以自由翱翔。很久以前，一个问题一直困扰着森林之神，太多的鸟类啄食树木和果实，而地面上又有太多虫子危害树木。森林之神就去和鸟神商量，能不能有鸟类愿意去地面生活。鸟神问了一圈，都不肯，只有几维鸟答应了。从此几维鸟失去了翅膀，只能靠双腿在地面行走生活。这种可爱的几维鸟拯救了森林，也失去了天空。

5月11日上午，林鼎被身旁的华金叫醒。他的头疼得厉害，视线很模糊，手腕和脚腕很痛，应该是被绳子绑太久的缘故。他看到华金、雷崇海和他一起被绑在一个小屋子的圆柱上，他们坐在地上动弹不得。屋子门窗紧闭，听不到外面有车经过的声音，只有鸟的叫声。他们应该是被关在了郊区。

吱吱呀呀的开门声后，一个缥缈的声音从房间门口传来："恭喜你们，被钉在了历史的耻辱柱上！"

雷崇海虚弱地说："该死，加里奥，你他妈真的是疯了。"

"你如果看了今天的报纸，才会觉得我真的疯了。"加里奥拿了一张今天的报纸给他们看。林鼎抬头看清加里奥的脸，他脸颊消瘦，五官神似美国演员埃德·哈里斯，深陷的眼窝里是一对寒冰似的眼珠。他们仨把头凑在一起，看到报纸上头版头条的大标题："狂欢节恐袭惨案！本国史上最失败的人质解救行动！"再细读内容，那些他们突袭烂尾楼失败后，没有看见的帐篷内外发生的惨剧，一直读到最后的伤亡数字，他们三个人都沉默不语。他们一边读着，加里奥在一旁咧着嘴无声地奸笑。新闻上媒体用尽了最难听最刻薄的字眼抨击NTP局的糟糕行动，称其比慕尼黑惨案、莫斯科剧院恐袭和菲律宾马尼拉香港游客事件更失败，简直是被恐怖分子玩弄于股掌。NTP局高层还没有公布任何行动的具体部署细节，局长胡安·马丁内斯在今早闪电般引咎辞职。他甚至把自己关进了安防最牢固的VIP监狱套房里，怕被伤亡的警察和平民的家属报复。

华金端详了一会儿加里奥，惊讶地说："加里奥？我在电视上见过你，你是那个加里奥·席尔瓦！"

林鼎说："原来真的有这个人，我以为是雷恩编的呢。"

华金不解地问："这一切都是你策划的？你就是恐怖组织头目？"

雷崇海替他回答："没错，就是这个畜生。"

林鼎瞪着加里奥："我女儿还活着吗？"

加里奥回答："死了十一个平民，我也不知道她是不是其中之一。"

华金再快速读了一遍新闻，继续问："等等，既然林祖儿和玛蒂娜他们已经进了不安全的5号帐篷，你们可以扔手雷进帐篷，把他们都炸死，不就达到目的了吗？为什么还要进帐篷和警察交火呢？"

加里奥回答说："我的目标早就不单单是林祖儿了，而是你们所有和我作对的人！所有你们这些自以为是的警察。我要做的就是让你们团团包围帐篷，然后送你们上西天。"

"帐篷周围的一圈炸弹是怎么埋的？我们明明有专员负责排查整个会场啊。"

"蠢货，我有线人弄到你们的行动部署时间表，等最后一次排查完后才去埋的炸弹。昨晚8点，你们的注意力全都放在16号和8号帐篷，就是那个时候埋的。"加里奥摸了摸自己微秃的头顶，往后顺了一下稀疏的黑色中长发。

"难道……你们从火炬塔狙击林祖儿是故意打不中的？就是引诱他们逃去

最近的 5 号帐篷避难？"

"是的，可惜你聪明得有点晚了。5 号帐篷才是我布的陷阱，送你们的狂欢节大礼。"

"呸！"华金朝加里奥吐了一口痰，距离太远被他躲过了。"可把你牛的！你还不是都靠艾米这个婊子卧底。搞得你有多聪明一样，我告诉你，你只是变态而已！"

"你们真是可笑，还以为自己保护林祖儿保护得有多好，有艾米在她身边，我想什么时候杀她就什么时候杀她。我只是想看看背后到底是谁在和我搞鬼。原来是林祖儿的老爹和我的老朋友雷恩啊。"加里奥扫视着林鼎和雷崇海，随后他捏住林鼎的下巴，"你不是很有种么，喜欢做孤胆英雄吗，怎么到狂欢节会场不继续单打独斗了？喊了那么多警察。艾米告诉我你们的计划时，我还真是大吃一惊。你们既然想玩大的，我就陪你们玩儿。"

雷崇海仰头凝视着水渍斑斑的天花板："别废话了！动手吧，快杀了我。真没想到我是死在这种破烂地方。"他了解加里奥的心狠手辣，他们三个是不可能活着出去了。

"游戏还没结束呢，你们玩够了，我还没玩够呢。"加里奥拿出手机，打开在线通信视频，把屏幕给林鼎他们看，里面是一个被反绑的女人，她的眼睛蒙着黑布，嘴巴贴着胶布。她很害怕，不停左右侧头，努力听着身旁的声音。

林鼎看到视频后愤怒了："馥仙！"他用力探出脖子和胸口，绳子发出"嘶嘶"的声音，在他的皮肤上留下红色的勒痕。他朝加里奥嘶吼："我 × 你妈！你抓她干吗，跟她有什么关系？"叶馥仙在电话那头听到了林鼎的声音，发出呜呜的声音。加里奥关掉视频说："是个美人，不是吗？她叫什么来着，病床上的卡片上写的，左边一个方块，右边一个十字架，是念'叶'吗？"

"你他妈有种解开我，我要打死你！"

加里奥摇了摇手机，轻蔑地说："哦？打死我，那她也会死。"

"一人做事一人当，你不讲规则，恐怖分子也该讲规则！"

"什么？你跟我讲规则，你讲了吗？我还没有杀死你女儿呢，你就先杀了那么多我的手下。'小绿猪'里的人、加布、泡面头、河马、乐高仔、罗伊斯……

还有我最爱的艾米。"加里奥耸了耸肩。

"所以说你懂个屁！孩子有她的天涯和远方，而父母的心里却只有孩子啊。"林鼎痛苦地说。

华金对林鼎说："和他说这些干吗？你杀的他手下都是一群狗屎，他们不配活着。如果我是上帝，就会用他们的命换回安东尼奥和玛蒂娜。"

"可惜在这里，我才是上帝。"加里奥突然拔出手枪，朝华金的额头开了一枪。这个在阿富汗和利比亚战场都活了下来的男人，昨晚任务后就准备退休，移民去新西兰的华金，他的生命终止在了阿尔蒙特的一间破屋子里。

"我讨厌警察，更讨厌叛徒！你们死得不会有他那么舒服。"

雷崇海的表情有些扭曲："你到底想怎样！啊？！"

加里奥说："我有一个任务交给你们，完成任务后，我就会放了'叶'。"他拿出两部手机给他们，"任务由你们俩一起完成，整个过程我都会和你们视频连线，你们必须拍到对方让我看到，如果谁消失在视频里，我就杀了'叶'，明白吗？再给你们四个充电宝。"

林鼎问："要我们做什么？"

"我会在手机里在线发布指令，你们照做就行了。给你们车钥匙，楼下有一辆黑色的雷克萨斯轿车。"

他们下楼，外面阳光格外刺眼。林鼎来到雷克萨斯车旁，蹲下身假装系鞋带，用手探到车底摸索了一阵。"别摸了，车底没装炸弹。快上车。"手机里传出了加里奥的声音。

林鼎擦了擦手上的脏污，坐上驾驶座，发动汽车，雷崇海坐上副驾驶。"先拐上国道，往东开，向塞维利亚方向开。"加里奥继续用手机发布指示，"手机对着对方拍，我要时刻看到你们两个在做什么。"林鼎完全按照他的要求做，他的脑子里现在只有叶馥仙，他别无选择，哪怕万分之一的希望，他也要救出叶馥仙。他默默祈祷，他们没有把叶馥仙的戒指摘走。林鼎之前怕叶馥仙不会说西语，在西班牙可能会迷路走丢，专门在钻戒里安装了微型 GPS 定位器送给她，现在这是救出她的唯一希望……

他们驾驶着恐怖分子的车一路飞驰，陌生的道路，未知的旅程。林鼎悄悄拨通了祖儿的手机号码，在听到一声"喂，Hola！"后，他马上挂断了电话。在线视频里传来加里奥那令人厌恶的声音："你刚才给谁打电话？你再打一个试试，你老婆马上就死信不信！"林鼎回答他："没有，是有广告电话打进来，我已经挂了。"一旁的雷崇海望着林鼎，他知道刚才是祖儿的声音，祖儿没有死，他看到林鼎流下了热泪。他也好想给薇薇安打个电话，看来是没有机会了。

2

黄金塔

一夜过后，自己的爸妈双双失踪，警方没有一点他们去向的线索，祖儿几近崩溃。刚才那通奇怪的电话，她觉得一定是爸妈或者恐怖分子打来的，她不停地回拨那个陌生号码，但始终无人接听。祖儿一整晚都没有睡觉，她在医院探望重伤的哈维和因凡蒂诺时昏倒，自己也被送上了病床。她面容憔悴，伤心欲绝。约兰达、萨拉和桑迪在一旁安慰照顾她。她从来没有感受过等待一个消息是如此的煎熬，她又期待有爸妈的消息，但又害怕是一个坏消息，坏得不能再坏的消息。

与此同时，林鼎正在想办法把消息传递给祖儿。他不能用手机发信息，手机被限制了功能。按照加里奥的要求，他们两个必须时刻互相拍摄对方的脸和手，不能做任何违反规定的事情。加里奥的原话是："你们两个就算是去尿尿，也给我互相拍到对方的手和屌！"这令他无比头疼，绞尽脑汁去想该怎么隐蔽地传递信息。一路上两人都不说话，只是听着广播节目里的欧美流行音乐。都到这地步了，林鼎也没法再责怪谁了，毕竟是他自己提出的狂欢节反杀计划。本来想做杀死猎人的人，现在却被猎人牵着绳子耍，真是失败透了。愿赌服输，现在他们俩输得精光，命都在加里奥手上，只能任凭其摆布。明明头顶艳阳高照，光线看起来却都是蓝色的，一切都冷冰冰。

林鼎回忆起几天前他还因为枪伤躺在床上，华金带了一个人来见他。那是一个年轻的中国小伙，没有穿任何制服，但身上透出一股正气。他淡蓝色的衬衣熨得笔挺，纽扣扣到了第二颗那么高。他带了一个纯黑色的公文包，他在华金的引领下坐到床边的椅子上。他看着林鼎的脸，像是在看一个老朋友，而非第一次见面的人。

"抱歉在你伤还没好就来找你，你是林鼎吧。我是……"

"你是警察。"林鼎看着他的脸说，"我能感受到。"

"是吗？那么你应该知道我为什么来找你。"

"逃了那么多年，这是我第一次感受到警察离我那么近。"林鼎的神情很轻松，很释然，"辛苦你们了，对不起。我知道会有这么一天，把馥仙接过来治病前我就准备好了。"

"我现在还不能把你带回国，西班牙检方正在起诉你，非法持枪、多起谋杀、纵火、盗抢车辆、妨碍公共安全、交通肇事、非法移民等一大串罪名。你已经被严密监控。"

"我杀的人都是恐怖分子。"

"这个要等这里的检察机构查明真相了才能下定论。"

"警察同志，我还有一个任务要去完成。"

"我知道，刚才华金警官跟我说了你们的'南瓜马车'任务。"

"那……我可以继续参加这个任务吗？"林鼎有些紧张。

"嗯，只要NTP局没有意见，我这边也不会限制，只要你任务结束后回家就可以。"

林鼎很激动，他想坐起身感谢这名中国警察，但用力过度，腹部剧痛，又躺了回去。

"别费劲了，记得到时候回家，我会再来找你。"年轻的中国警察起身离开，他的公文包都没有打开过，他认为没有必要给林鼎看那些引渡和临时拘押的法律文件了。他到了楼下用西班牙语和华金他们流利地交谈了一番后离开了别墅。那天祖儿在房间里偷偷哭了很久。

一路上听着手机里加里奥的指令弯弯绕绕开了近一小时后，汽车的油量告急，林鼎对加里奥说："没有油了，我们得去加油站加下油。"

手机里加里奥问："怎么可能，我记得明明还有很多油啊。拍一下仪表盘给我看。"

林鼎把摄像头对准仪表盘，显示油量只剩一格。

"好吧，镜头拉回去，继续拍雷恩。"

林鼎的操作奏效了，上车之前他在车底摸索，并不是在找炸弹，而是把油箱附近的燃油滤器的几根管子拔松了，导致车底漏油。

"我来告诉你们最近的加油站怎么走。"加里奥说。

林鼎把车上的空调关了，保持车辆匀速，尽量不踩油门和刹车，怕油量撑不到加油站。幸好十分钟后他们就找到了一个小加油站，油量表已经显示需加油状态。这里几乎是林鼎传递消息出去的唯一机会了。他把车停到一个加油机旁，一边加油一边环顾四周。加满油后林鼎才假装想起来："我们没有钱啊！身上东西都被你拿走了。"

雷崇海也如梦初醒般地说："那怎么办？我们直接开车跑吧。"

手机里的加里奥大喊："不行！你们跑了加油站的人会报警的，警察抓到你们，你们的任务就失败了！"

雷崇海说："那怎么搞？油都已经加好了。"

"你们进去试试用身上的东西抵钱，想办法让营业员接受。"

两个奇怪的中国男人就这样进了加油站的便利店，用手机互相拍着。收银员是个当地的中年妇女，正在看着 ipad 里的西班牙古装宫廷剧。她看了一眼他们，然后瞟了一眼机器："五十八欧元。怎么支付？"说完她继续看 ipad。

俩人都愣了一会儿，雷崇海假装摸了摸口袋，惊讶地说："啊呀！我的钱包呢？我钱包好像忘在家里了。你带钱了吗？"

林鼎用妩媚的语气对雷崇海说："亲爱的，我们出门都是你埋单的呀，我从来不带钱的，你忘啦？"

收银员看着这两个奇葩，心里发毛，她暂停了电视剧："搞什么啊，你们两个没钱加什么油！"

雷崇海低声礼貌地说："不好意思啊美女，你看我这块手表能不能先放在你这里抵押，等晚点我再来付油钱。"他摘下他的"积家超卓传统大师系列陀飞轮"腕表，递给中年妇女。

"我怎么知道这个值多少钱，要是假表呢？"收银员说。

"就算是假的也远超五十八欧元了！"林鼎说。

"我这样没法操作啊。不好弄。"收银员依然拒绝。

雷崇海想了一下说："我也没有带安全令牌，不然就网上给你转账了。不过好像购物网站可以结账。这样，你打开 ipad 上的购物网站，亚马逊你有吗？"

"有啊。"

"用我的账号密码登录，你想买什么东西，我帮你买，送给你。"

"买多少钱的？"

"随便你买。"

"真的假的啊？你们是不是在拍什么整蛊视频啊？"

"不骗你，就给你五分钟，你能加多少东西进购物车我都能埋单。"

收银员听后两眼放光，一头栽进亚马逊里挑贵的东西。她最后买了三条项链，一台笔记本电脑，还有一个真皮大沙发。支付成功的一刻，她简直不敢相信自己的眼睛，做梦一样。

在便利店林鼎挑了两瓶矿泉水和两包烟，和油费一起算。他还偷偷拿了一包蓝莓酱。他一直看着窗外，终于等到了他需要的目标人物，一名年轻貌美的少妇把车停到了他们的雷克萨斯后面，然后进了便利店。她穿着时尚，妆容精致。林鼎拉着雷崇海走向少妇："你好，我们是来自中国的网红，正在直播一档海外旅游节目。来，站到我旁边，你叫什么名字？"

"呃，克里斯蒂娜。"她有点尴尬地看着雷崇海的手机镜头。

"参加一个游戏好吗？你在十分钟内，在便利店的商品里找出十五样带有亚洲元素的东西，就能得到我们为你准备的大奖。"

克里斯蒂娜有点不相信他们两个怪人，她望向收银台的营业员，营业员激动地对她说："是真的，他们是圣诞老人！我刚才也得到了超级大奖，你一定要参加！"

少妇真的开始在便利店的货架上仔细寻找亚洲元素。此时林鼎他们悄悄离开便利店，走向雷克萨斯。加里奥在手机里问："你们在干什么？为什么要和那个女人玩什么游戏？"

"她看到我们拿手机互拍肯定会觉得很奇怪啊，说我们在直播会好一点。"

加里奥暴躁地说："你这是什么狗屁逻辑！你让她参加一个傻瓜游戏，然后跑了，就不奇怪了？别再做任何多余的事情了，我最后警告你们一次。"

这事对于林鼎来说一点都不多余，非常关键，那个游戏把少妇拖延在了便利店里。林鼎来到雷克萨斯后备厢的位置，递给了雷崇海一瓶水，然后自己倚靠在后备厢上，打开另一瓶喝了起来。"好想抽根烟啊，不过这里不能抽。"他一边说一边脚缓慢地在地上滑动，雷崇海看到了，故意把手机镜头抬高一些，只拍到林鼎的上半身。

"快点走！到车上喝水，不要浪费时间。"加里奥不耐烦地说。

林鼎发动汽车，稍微倒了一把，轻微地磕碰到了后面一辆漂亮的奥斯汀黄色宝马4系敞篷，这辆车正是那个少妇克里斯蒂娜的。磕碰的震动很轻微，从手机驾驶室画面里看不大出来，但是足以在后车车头留下凹痕。随后他像什么事都没发生般扬长而去。

等克里斯蒂娜终于找齐十五样亚洲元素的东西，出来找他们兑奖时，她看到自己爱车的前保险杠被毁容了。她蹲下来仔细查看伤情，看到地上有人用蓝莓酱粗糙地写出了几个西班牙单词："马克，床头柜，112"。随后她拿起手机报警。警方接到报警后，很快查出撞了少妇的车然后逃逸的嫌犯就是之前失踪的林鼎和雷崇海两人。根据林鼎在地上留下的提示，警方估计他们两个是被恐怖分子控制了，无法自由行动。在林鼎的床头柜里，桑迪和祖儿翻出了一个GPS信号显示器。他们启动机器，谢天谢地，信号接收正常，里面的坐标定位在龙达。而林鼎他们是在阿尔蒙特和塞维利亚之间的加油站加的油，所以那个GPS定位的就不是他们，很有可能是被绑架了的叶馥仙的位置。NTP局得到这些重要的情报后，立刻开始制订营救计划。

由于前NTP局长胡安已经把自己关进监狱，这次双线营救任务分别由NTP局副局长蒂姆·奎恩和战略行动专家桑丘·迪亚兹担任最高指挥。两人各自带领一支八人的精英部队前往营救目标人物。桑迪和祖儿跟着副局长蒂姆的队伍赶往龙达营救叶馥仙；托马斯和萨拉、约兰达跟着桑丘的队伍去救林鼎和雷崇海。

离开加油站，他们按照加里奥的远程指挥继续行驶。雷崇海知道刚才在加油站里林鼎已经成功发出了信息。他对林鼎说："假如，你能逃出去，帮我个忙好吗？"

"我为什么要帮你？没有你，我女儿根本不会被追杀，我老婆不会被绑架，我也不会在这破车里！"

"那全是加里奥策划的！你不能都怪到我头上！如果不是你烂透了的狂欢节计划，我们现在也不会在这里！"

"是吗，烂透了？我的计划可是NTP局最聪明的那些人完善的，当时你怎么不跟他们去说。哦，不好意思，你们的计划愚蠢至极，会害了所有人，因为里面有个内鬼。"

加里奥在手机视频里喊："你们干吗呢？不要说中文！别想着讨论怎么逃跑。"

雷崇海没有理睬加里奥，他继续说："求你了，帮帮我。如果我死了，帮我把财产留给薇薇安，我别墅的地下室有一个保险箱，密码是338528。"

林鼎拉着脸说："你是说那些沾着无数人鲜血的黑钱吗？你没有资格拥有它们，法院会没收它们。一个人要那么多钱有毛用，再多的钱也是一天三顿饭，睡一张床而已！"

"薇薇安她两次救过你的命！338528！记住！"雷崇海一只手抓着手机，另一只手猛地抓住林鼎的手腕，抓得他好痛。

加里奥加大嗓门大喊："不要再说他妈的中文了！再说我就砍了你老婆的手！"

林鼎改用西语说："好吧好吧。你不是在支配钱，是被钱支配了。你看看你自己，到头来还剩下什么。"他点燃一根香烟抽起来。

雷崇海也用西语说："她是这个世上唯一真正关心我的人了。"

桑丘·迪亚兹带领的队伍由三辆特制的无涂装防弹凯迪拉克SUV组成，从塞维利亚市区出发，根据卫星定位了林鼎他们的雷克萨斯，一路追踪车辆到了郊区的一个瓜达尔基维尔河畔的码头，黑色的雷克萨斯就停在码头上。他们接近并包围了车，发现里面没人。码头上停泊着许多大大小小的船只，他们肯定是改坐船从水路离开了。队长桑丘马上命令 NTP 局作战中心里的探员操控卫星重新搜寻林鼎和雷崇海的踪迹，同时他征用了一艘快艇，派出四名队员顺着瓜达尔基维尔河向北前进，往塞维利亚市区方向搜索。其他人则在码头原地待命。几名队员在雷克萨斯里仔细寻找线索，脚垫都被掀起来查看。

萨拉和油条也凑了过去，她绕着车走了好几圈，突然看到岸边有什么东西在被风吹着跑，她跟过去，那个东西飘进了河里。她喊队长来看，指着河面上："那个东西刚才是在车附近的！"胖胖的桑丘用一只手遮着头上的阳光，眯着眼远眺，看不清楚，随后他拿了一个望远镜，看了一会儿说："那就是一个包装纸、垃圾什么的吧，别管它。"

"说不定是他们留给我们的线索呢？刚才就在车旁边的！"她对着那几个队员喊，眼看着那个垃圾在河面上越漂越远，急得跳脚。那几个队员都远远地看了一眼，无动于衷。油条对萨拉说："你等着，我去帮你捡回来。"他开始脱他的装备，头盔、战术背心、防弹衣、腰带、靴子，等等一大堆要脱的，刚脱几件，就听"扑通"一下，萨拉跃入水中，奋力朝那个垃圾游去。岸边她的头盔还在地上晃动着，旁边躺着她刚脱下的防弹衣。从小跟着妈妈学冲浪的萨拉自然也是个游泳高手，她用标准而优美的自由泳姿势飞速前进，很快拿到了那个垃圾。油条把她拉上岸，其他队员递给她一条毛巾、一套备用的特种兵制服。油条和约兰达接过那个垃圾仔细查看。约兰达的手小心地托着它，它是一个空的纸烟盒，里面什么都没有，上面也没有写字。

油条这个大高个弯着腰，手托着下巴凝视烟盒，神情像个解数学难题的中学生。皱皱的烟盒被水浸透了，这是一款轻盈口味的"万宝路"卷烟，包装盒的底色是白色，正面下边是黑色的经典字母 LOGO 和"Light"字样，上边有两个倒三角形的金色图案。约兰达仔细看其中一块倒三角形，发现上面有两道用手指甲用力划过的痕迹，一横一竖，组成了字母"T"的形状，上面的烫金颜料都被划掉了，露出白的底色。约兰达闭着眼睛，眉头紧锁，她在脑海里搜索哪些单词是以"T"开头的。想了几分钟还是一团乱麻，她在心中默念："我一定能解开，马克你去了哪里，你想跟我说什么，我是最了解你的人，我一定能解开谜题。"

油条把线索告诉了所有的反恐队员，让大家一起解谜。正当大家七嘴八舌地讨论的时候，约兰达大叫一声："我知道了！"大家都跑过去围在她身边。"他只留了一个字母'T'，首先他没有时间也没法好好写字，其次他觉得一个字母就够了，说明这个单词很好猜，很大众化。然后这一定是一个地名或者建筑物的名字，因为我们最需要的线索就是他们的行踪。他们换乘船走了水路，说明是沿着瓜达尔基维尔河可以到达的地方，他划出的'T'是在金色倒三角形里面，那么和金色有关的，首字母是T的，而且大家熟知的地名，就是'Torre del Oro——黄金塔'！！"

"太棒了！果然最了解老公的人是他老婆。"油条称赞说。

桑丘用力拍两下手："来！剩下的所有人，我们还是开车前进。走，三辆车都开着，我们从公路去黄金塔。"

这个烟盒再次证明林鼎和雷崇海处于很危险的境地，他们被限制了人身自由，并且有人时刻监视着他们，所以才用各种方法艰难地传递出信息。桑丘的队伍不能直接接触和解救林鼎他们，一旦暴露，在龙达的叶馥仙就可能有危险。两边的人都被绑架，身陷囹圄。动了其中一边，另一边就可能被撕票，营救难度可以说是史诗级。

两架军用直升机正在往龙达城全速进发，上面载着NTP局副局长蒂姆带领的八人小队以及桑迪、祖儿两人。天气好得出奇，云淡风轻。祖儿看着直升机窗外的蓝天，希望这炙热的阳光能杀死一切病毒，让邪恶无处遁形。

3

困兽之斗

"龙达 (Ronda)"是一座悬崖上的白色小城,又名"天空之城"。它坐落在塞维利亚的东南方向,马拉加省的西北部。又小又偏僻的山城,却引来各国的游客来参观。这还要归功于大作家海明威,他是资深斗牛爱好者,在《乞力马扎罗的雪》中也有写关于斗牛的短篇。龙达在古罗马时期就已建立,它正是斗牛的起源地,海明威在这里住过很长的时间。在小说《死在午后》中他这样描述:"这里是最适合私奔的地方,目之所及都是浪漫的风景。幢幢白色屋舍盘踞在直上直下的崖壁上,当凌晨灯光熄灭的一瞬,整个小镇似乎都消失在淡蓝的晨曦里,你会怀疑眼前是否是一幅巨大银幕。"

不过反恐小队可没心情看风景,离龙达越近,他们就愈发紧张,他们仍然对狂欢节会场那晚的灾难心有余悸。他们一言不发,不停调试检查着身上的电子设备和武器弹药。他们的两架侦查用直升机降落在了离龙达还有五公里的麦田里,一落地就有当地的警官来接他们。龙达派出了一支六人的精英小队配合反恐部队行动,他们乘坐四辆不同品牌不同颜色的越野车从麦田出发,一路上坡赶往龙达。

祖儿有些担忧:"我们人真的够吗?算上我也只有十七个人啊。"

桑迪看着祖儿,也不知道该怎么回答她。这时坐在前面副驾驶的 NTP 局副局长蒂姆说:"不用担心,我们这些人只是先去侦查一下,如果对方人手太多,我们会请求增援的。况且他们应该不知道我们来了,你妈妈身上的 GPS 真是派了大用场。"

"也许我们这个队伍里就有内鬼，敌人已经知道我们来了。"祖儿说。车里的人互相看了看，然后笑了。蒂姆说："小姑娘你要信任我们，我们这支队伍是 NTP 局最优秀的战士组成的，一定能救出你妈妈，不会再让你失望。这是我们的荣誉之战。"

车队很快到达龙达镇的"新桥"。其实建成了二百多年的"新桥"并不算很新，只是相比较"旧桥"来说是新的。"新桥"连接了两端的新城和旧城。新桥之下是令人震撼的万丈深渊——瓜达莱温河谷。远处的悬崖陡立，在峭壁上密密麻麻堆叠着众多白色的老屋。最高的悬崖顶端至河谷谷底有七百五十米。

他们驶过"新桥"，从主干道前往旧城，两侧基本都是三层的老楼房。桑迪盯着 GPS 信号接收器的屏幕，显示距离叶馥仙的位置越来越近。GPS 信号定格在了一家叫玛丽亚的花园餐厅，队伍迅速而安静地在离餐厅一百米的隐蔽位置下车并潜伏好。蒂姆派出一名年轻的男队员和唯一的年轻女队员前去餐厅侦查。他们快速换上便衣，背上旅行常用的帆布背包，脖子上挂了一台 SONY 的微单相机。他们入戏很快，活像一对热恋的情侣，他们手拉手一边走一边亲热，没走两步就亲一下然后说一些意大利语的情话。这家玛丽亚餐厅外表虽然很旧，但是却很雅致干净，门口摆了很多的鲜花盆栽，更像是一个温馨的家庭住所。门口并没有守卫把守，两名队员很容易就进入餐厅，甚至也没有服务生来招呼他们。这里非常安静，远离车流和人群，只有美食与大自然。他们走进大厅才被一名从花园过来的侍者拦住："不好意思女士和先生，我们现在不在营业时间。"

男队员假装听不懂他在说什么，用意大利语说："我们要吃饭，这里大厅不是空的吗？这么多位子。"侍者听不懂他说的话，也不在意他说什么，只是连连摇头，并张开双臂试图把他们挡出去。

这名男队员的演技很棒，他表现得很愤怒，环顾了四周，指了指大厅后面，露天花园里正在吃饭的两桌人，用蹩脚的西班牙语说："他们不就在吃饭吗？为什么我们不能吃饭？因为我们是外国人吗？我女朋友饿了，你的麻烦大了，我要投诉给旅游局！如果你们有这个局的话。"一边说着一边比画意大利人常用的鸟嘴状吵架手势。不经意间他已经走到了大厅里，靠在一张餐桌旁边。

　　餐厅的实况画面正实时直播在蒂姆手里的平板电脑上，他们通过女队员胸口的胸针摄像头，还有男队员墨镜上的摄像头看到了餐厅里的画面。蒂姆在屏幕上看到了花园里两桌人的脸，系统正在用情报数据库搜索识别。

　　女队员发挥的时间到了，他挽住"男友"的手臂，用意大利语说："算了算了，走了我们换一家餐厅，他们的笨蛋厨师可能刚才把自己的手切断了烧不了菜。"她的表情充满了傲娇与嘲讽。

　　"好吧听你的宝贝儿，我本来也不喜欢这家餐厅，空荡荡的都没生意。"好一个贴心暖男的形象。

　　"就是他们！系统确认了其中几名恐怖分子。想办法去花园装个摄像头。"蒂姆在蓝牙耳机里发号施令。

　　平息了"男友"的"怒火"后，女队员转而一边走向花园，一边对侍者说："我借用一下洗手间。"她走得很快，迅速接近花园。侍者都没听明白她说什么，追上去问她："你去哪里？"她走进花园，看到了那些匪徒正在吃饭，但是没有看到叶馥仙的身影。她突然撞上一个结实的胸口，吓了一跳，差点下意识地用西班牙语骂出口，好在她及时改用意大利语："狗屎！"

　　蒂姆眼睛死死盯着屏幕里的直播画面，紧张万分。

　　"真对不起，这位美丽的佳人，你从哪里来，又要去哪里呢？"她撞到的正是大卫，他居然假装自己是个绅士。

　　女队员改用英语说："你好，我本来想来吃饭的，但是这里好像不营业了，我就想借用下洗手间。"

　　大卫也用英语对她说："恐怕是这样的，我们正在进行家庭聚餐，你看，我们是个大家庭。我来带你去洗手间吧。"说完大卫就要领着她往大厅方向走，洗手间并不在花园方向，这可难办了。男队员赶紧过来救场，他假装吃醋地对大卫用蹩脚西语说："嘿，傻大个儿！离我女朋友远一点！"两桌匪徒看到这一幕都笑了，都想看接下去的好戏。大卫还是想在外国的美女面前继续展现绅士风度，耸了耸肩膀，并没有出手痛揍他。男队员拉着女队员，气汹汹地想要离开，他假装被气昏了头脑，走错方向，大步往花园里走。大卫对他说："你们走反了，门在那儿。"

男队员已经拉着她在花园里走了小半圈儿了，他看着大卫，嘴硬地用意大利语说："花园不是都应该有个后门什么的吗？我没走错路，是想抄近路离开。"匪徒们看着他气急败坏的样子哈哈大笑。两名队员又从原路返回，离开餐厅。就在刚才男队员拉着女队员在花园里走那小半圈的时候，女队员偷偷在花园的一个石雕花器上放了一个微型摄像头。侦查成功，他们两人分别在大厅和花园里都藏了摄像头，现在蒂姆可以监控匪徒们的一举一动了，他需要尽快找出叶馥仙在这栋建筑的位置。看得出来匪徒是这家店的常客，或许这就是他们的安全屋之一。

"传说黄金塔堆满了哥伦布抢来的宝藏，塔的里里外外都镀了金；还有人说它堆满了罪恶与秘密，是一座古老的监狱。"

林鼎和雷崇海已经由水路到达黄金塔，他们在塔里等待下一步指令。多亏约兰达破解了林鼎留下的烟盒线索，几名反恐队员已经换上便衣，安插在黄金塔附近寻找林鼎和雷崇海的下落。他们一出黄金塔，有队员就找到了他们。几名队员和他们俩保持一定的距离，包括油条和萨拉，也跟着他们走。剩下的队员和桑丘隐藏在各个角落，搜寻街上的可疑人物。林鼎和雷崇海沿着河畔的克里斯托瓦尔·哥伦布大道往北步行，他们依然严格执行着拿手机互拍对方的命令。加里奥还给他们配备了充电宝，除了这两样东西，他们身上什么都没有，穿着脏兮兮的短袖 T 恤，上面沾满了昨晚在烂尾楼混战时的尘土。走着走着，林鼎看到了萨拉的身影，她走在马路的斜对面。林鼎内心很激动，这说明他的信息成功发出去了，一定有人去找叶馥仙了！同时他也很担忧，怕正有人监视他，对萨拉有危险。他看到萨拉正在过马路接近他们，她看着林鼎，林鼎也看着她，确认萨拉看到自己的眼神后，他低头轻轻摇了摇。萨拉心领神会，又往远处走开了。

他们继续往北走，很快接近了皇家骑士斗牛场，斗牛场外面聚集了非常多的人群，原来今天有一场重量级的斗牛表演。突然有一个脏兮兮的吉卜赛小孩跑向他们，往雷崇海的手里塞了什么东西就跑走了。"有情况，一名可疑小孩接触他们后逃离现场，要不要抓住他？"其中一名队员询问指挥官桑丘。桑丘果断地回答："不要追！不能暴露。看看小孩给了他们什么东西。"队员用高倍望远镜看了一下报告说："是纸，像是斗牛表演的门票，旁边就是斗牛场。"

雷崇海拿起刚才小男孩塞给他的两张票，上面介绍今天的表演内容是女斗牛士格萝莉娅·奥多涅斯首次登台亮相，进行最高级别的斗牛表演。她正是传奇斗牛士博杨·奥多涅斯的女儿。格萝莉娅年纪轻轻就已经获得斗牛界的认可，她的实力强劲，粉丝遍布全球。马上要开始的这场表演引爆了全城的热度，整个会场将会座无虚席，最好位置的票在三个月前炒到了五千欧元一张并早已售罄。"糟糕！"林鼎、雷崇海以及桑丘脑海里同时出现了不好的预感，恐怖分子很可能会袭击斗牛场！

加里奥在手机视频里指示他们俩进入斗牛场，斗牛场入口处拥挤不堪，大量的人群在缓慢验票入场。林鼎似乎在人群中看到了一个熟悉的身影，是哈姆沙！他是接到约兰达的电话后赶来黄金塔找林鼎的。哈姆沙看到他们俩在互相拍对方，随后费力往林鼎身前挤，他来到了林鼎正前方，脱下自己的外套，然后转身背向林鼎。里面T恤衫的背后写着一行字，林鼎仔细看，是用阿拉伯语写的："他们在哪里？几个人？我们来救你。"林鼎在摩洛哥生活时学了一阵子阿拉伯语，虽然不是很好，但也够用。他用阿拉伯语对着哈姆沙的背说："不知道，先救我老婆，不能救我。"由于林鼎和雷崇海互相只拍对方的正面，所以手机视频画面里加里奥是看不到哈姆沙的，只能看到他们俩身后的人。

加里奥问林鼎："你刚才在和谁说话呢？"

林鼎回答："没什么，我在对前面的老黑说动作快一点，不要挡着我。"

桑丘从哈姆沙那儿得知林鼎他们不知道恐怖分子在哪里盯着他们的信息，不敢轻举妄动，如果贸然出手救出他们，叶馥仙那边就危险了，很可能被直接撕票。他还在联系蒂姆，看那边的营救行动进展如何。

龙达的玛丽亚餐厅里，蒂姆的监控视频里出现了令人高兴的进展。一名匪徒从楼上下来，进入花园，他拿了两份饭菜上楼了。蒂姆猜测叶馥仙就被关在二楼的某个房间里，而且只有那一名匪徒负责看守。他立刻派出侦查队员到附近建筑的高点，观察二楼的各个房间，果然在其中一间找到了叶馥仙。他迅速布下天罗地网，十四名警察和反恐队员从高点和低点悄悄包围了餐厅，离花园最近的三名队员甚至已经钻到了大厅的餐桌下面，和花园的两桌共七名匪徒仅有十米的极限距离。楼上还有一名看守人质的匪徒，十四对八，全副武装对几乎没有武装的松懈状态。一张天网已经布好，蒂姆这次信心十足。

可惜另一边的桑丘并没有信心解救出林鼎和雷崇海，无论是检票入口处还是观众席，都有大量的游客，他们始终无法找出人群中混入的恐怖分子。林鼎和雷崇海已经按照票上的座位入座，他们俩在东侧看台比较中间位置，高度上来说也是中间的区域，是很好的座位。他们这片区域都是有钱的国外游客，身边正好是一个中国来的大约四十人的旅行团。而对面的西侧看台位置更好，有更多的阴影，没有那么晒，基本都是本地的斗牛爱好者和会员。观众纷纷入座，激动地等待着表演开始。

八名反恐队员和油条、萨拉、约兰达刚才在门口问黄牛高价买下了所有剩下的票，混入观众席。他们用身上的摄像头结合斗牛场的监控，用系统扫描所有观众的脸，希望能识别出已知的恐怖分子。桑丘还呼叫了很多增援，五十名特种兵假扮成斗牛场的普通保安人员进入了斗牛场的各个通道隐蔽。两边的营救小组现在都尴尬住了，箭在弦上却发不出来，何等憋屈。先救林鼎他们，叶馥仙就有危险；反之先救叶馥仙，林鼎他们可能就会被某一个"观众"扫射而死。他们也不知道为什么恐怖分子要安排林鼎他们来到斗牛场内，无论是什么阴谋，反恐小组所有人的心里都肯定这场斗牛表演要遭殃了。桑丘加派了三十名便衣混入观众席，哪边能挤进去就坐哪边，没地方做就站着或者走来走去。加上通道里隐蔽的五十名特种兵，总共近九十位队员，如果斗牛场发生袭击事件，可以第一时间击毙恐怖分子，帮助疏散人群。

现在桑丘的心里稍微踏实了一些，他和蒂姆商量两组人马准备同时行动，在突击营救餐厅二楼的叶馥仙同时，攻击花园内的匪徒并营救斗牛场里的林鼎和雷崇海。林鼎和雷崇海身边的看台座位上安插了三名反恐队员和油条，行动一旦开始，他们就会马上两人一组保护林鼎和雷崇海从安全通道撤出斗牛场。潜伏在大厅餐桌底下的反恐队员甚至能听到匪徒们在餐桌上的谈话。

加里奥对着手机视频说："你们两个，从上面最近的安全出口出去，走到外面的回廊通道。"他们起身离席，他们身后潜伏的一名队员尾随他们。"回廊的右手边，二十米的距离，靠墙有一辆没人看管、闲置的冰激凌车。下面有一个上锁的柜子，锁的密码是'091'，打开它。我给你们准备了小礼物。"他们打开后看到里面有像衣服的东西。"拿出来穿上！"林鼎和雷崇海把衣服拿出来，发现是两件类似新闻摄影记者穿的卡其色背心，但是很重很硬，领口处是一个奇怪的金属环。"把脖子上的锁扣扣上。好了，我看看，很合身！现在回到你们看台的座位上去。"林鼎和雷崇海心里都咯噔一下，大事不妙。

蒂姆已经安排好进攻任务，马上下令进攻了。全员准备突击，四名队员在隔壁楼顶就位，预备用绳索从天而降，强攻二楼房间解救人质。正当此时，蒂姆的耳机里传来不妙的消息，龙达餐厅大厅的队员和斗牛场里尾随林鼎他们的那名队员同时报告给他说林鼎和雷崇海穿上了可疑的背心。蒂姆紧急叫停进攻任务，满头大汗。油条在他们俩去厕所的时候，努力把自己的位置往前换，换到了林鼎的正后方。等他们回座位后，他仔细查看背心，确定那是两件可怕的炸弹背心！蒂姆和桑丘听到这个消息，心都寒了。"斗牛场有炸弹，行动取消！行动取消！"现在真是豆腐掉到灰里，打也不能打，拍也不能拍了。目前人质可不仅仅是林鼎和雷崇海两人了，他们所在的这一整片看台都成了人肉炸弹的目标。NTP局进入一级戒备状态，事态不容乐观。

加里奥在手机里说："你们俩用一台手机，自拍录一段视频，然后发给我。"

雷崇海问他："录什么？"

"对着你们两个的脸和身上的背心，然后说今天的自杀式袭击是你们干的，昨天晚上的狂欢节恐袭也是你们一手策划的。"

林鼎问加里奥："你觉得有人信么？我们为什么要在中国游客中间引爆炸弹？"

"你们要说这是圣人的指示，这一片欧洲的结界里不允许来自东方的大量不洁灵魂闯入，天平一旦失去平衡，会引发三界的混乱导致前所未有的大灾变。这些东方的不洁灵魂要么受到我们'黑炎'大祭祀的感化，要么就只能永远消失！"

"你他妈这编的都是些什么玩意儿？！"雷崇海很无语。

加里奥不耐烦地说："快录吧，背不出来给你点时间，念错了你爱人就死了。注意情绪，要像个神棍，要邪恶。"

他们只好把这番承认自己罪行的邪教言论一板一眼地录了下来，发给加里奥。加里奥看了满意之后说："好了，感谢你们，你们光荣的任务即将完成，炸弹倒计时启动。"只听到"嘀"一声，他们项圈上的小电子屏显示出红色的倒计时，14分58秒，数字正在快速跳动，而他们的心跳比那些数字跳得更快。"别动歪脑筋，想着拆弹或者脱掉背心，定时设置由程序自动完成。特别提示，如果你们身上的炸弹没有成功爆炸，对面看台还藏有四颗大宝贝，它们会自动爆炸。一旦我发现有大批观众撤离，我就会手动引爆所有炸弹。如果你们想要看对面超大的'烟花表演'，你们的胸口口袋里有一个小拨杆，连拨三下，你们的炸弹就停了，拯救了身边的中国同胞们，只不过对面……"加里奥忍不住发出了得意而猖狂的笑声。

油条在林鼎的身后偷听他们的视频对话，把炸弹爆炸的规则都悄悄汇报给了桑丘。

林鼎对着视频大骂加里奥："畜生！炸死这些游客对你有什么好处？你杀的人还不够多吗？对你有什么意义到底？你会遭天谴的！"

加里奥恶狠狠地说："因为我恨你们中国人！我年轻时和一个中国人合伙做外贸生意，把欧洲产的婴儿奶粉出口到中国，结果那个人只是利用我的合法经销资质和证书，背着我偷偷把一半的奶粉换成了假货。假奶粉的罐子是他在欧洲回收的真奶粉罐子，然后二次灌装。买了奶粉的顾客查验奶粉罐上的防伪码，查出来都是真的，可吃了那些奶粉，宝宝会生病，严重的会死！他每进一次货就混一半假的卖，多赚好几倍的钱。半年后我发现了他的诡计，让他停止，中断了和他的合作，还启动了问题奶粉追回程序，让我损失惨重。后来他报复我，收买了我的下一个中国合作伙伴，在我后面的货里掺假，再举报我。害得我坐牢，倾家荡产，负了一辈子都还不起的债。我被关了整整五年，法院才重审，还我清白！我后来才知道，有高人帮我才能重审，我后来帮他做的事情都是在报答他。另外，我要来制定规则，我要来掌控一切！那些阻碍我的人和事都必须被消灭！"

林鼎冷冷地说："原来如此，你也做过别的高官的傀儡，让自己也成了高官。"

雷崇海怒斥："你运气不好碰到个不诚信的中国人，他不能代表所有人！你这样做对其他无辜的人不公平！"

加里奥滔滔不绝："闭嘴！这个世界又何尝对我公平过？我曾经也是个无辜的人！监狱里有谁肯听一听我的冤屈？所有人类的历史都是这样，摧毁和迁移。一切的根源来自种族，种族产生宗教，种族产生法律和道德上的战争。蚍蜉般的人类就应该消亡！"

林鼎冷笑道："可惜我们生生不息、日日壮大。"

加里奥说："我不想和死人废话了，好好欣赏你们人生最后一场表演吧。"

在他们视频对喷的时候，油条已经悄悄躲在林鼎的背后研究他身上的炸弹背心了。同时桑丘命令手下的便衣队员移动到对面的看台，用小型手持探测设备搜索可疑爆炸物。斗牛场的座位是石阶状的，所以没有座椅下面的空间藏爆炸物，爆炸物要么在看台观众身边的包里，要么也是藏在某些人身上。几名队员搜索的动作不能太快太大，那么多人不好好看表演走来走去会引起加里奥手下的怀疑。萨拉和约兰达也在对面看台帮忙搜寻爆炸物，她们戏做得很足，一边演出尿急的样子从一整排座位穿过，一边还不忘侧头恋恋不舍地看向斗牛表演。林鼎和雷崇海在人群中就显得格格不入，其他观众随着场地中央的精彩表演或欢呼呐喊，或屏息紧张，而他们俩则一直苦着个脸。

油条仔细研究了一下炸弹背心的构造，目前的形势来说他不准备拆除炸弹了，加里奥说如果这两颗炸弹不爆炸，对面看台的四颗炸弹就会爆炸。他的计划是把整件背心给拆卸下来，然后将其放入防爆桶里任其爆炸。他上手之后不禁心中暗赞这件背心，它不同于那些类似基地组织使用的简易粗劣的自杀式炸弹，简直是一件现代工业设计下的艺术品。关键的装置就是金属颈环锁，油条并不能直接把背心连接颈环处的布料直接剪掉，从而卸下背心，因为颈环和下面的炸弹之间有连着很多暗线，一旦剪断，炸弹就会直接爆炸。而且金属颈环内部也藏有少量炸药，不打开颈环锁，他们照样会被炸死。这个金属环用的是军工级电磁锁，它的设计是利用"电生磁"的原理，当电流通过硅钢片，电磁

294

锁会产生强大的吸力紧紧吸住吸附铁板。解锁的方法是断电，电磁锁失去磁力即可开锁。看似简单，但是当油条拆开背心里的供电面板后发现，控制炸弹启动和倒计时的电源和给电磁锁供电的电源是同一个，如果断开电源解锁颈环，炸弹可能会立刻爆炸。

油条暗骂一声，这种环环相扣的狡诈设计一定是个心理变态所为。它其实恰恰是帐篷内死在油条手里的咕噜制作的。真是死了也要来找油条的麻烦。不过油条也不是吃素的，他可是特工学院毕业的尖子生，精通犯罪心理学、追踪窃听术、电子工程学和制弹拆弹。不过他现在手头没有好用的工具，只能让桑丘派人去停车场NTP局的车里拿，他坐的车里有他的专属拆弹工具箱，来回又要耗费四分钟。油条还让桑丘派一名拆弹专家赶来坐到他旁边，等会好帮他拆雷崇海的炸弹背心。时间一分一秒过去，离倒计时结束只剩十一分钟。等工具到手，留给他拆电磁锁的时间将只有区区七分钟。

刚才在"天空之城"的狼窝里，加里奥一行人吃饱喝足，准备离开玛丽亚餐厅。副局长蒂姆错失一举剿灭恐怖分子主力军的最佳机会，黯然下令撤离餐厅。八名恐怖分子和人质叶馥仙，开着两辆黑色路虎越野车驶离餐厅。蒂姆带着他十七人的大部队重新回到四辆车上。三名队员驾驶其中一辆标致SUV负责紧跟匪徒们的车队，后面三辆车和它保持安全距离。

匪徒们开了没几分钟就停车步行了，他们带着叶馥仙前往塔霍林荫散步小道，一路绿意盎然。蒂姆的反恐小队也悄悄步行跟踪。匪徒们穿过一个小公园，眼前的建筑就仅剩一个镂空的古罗马大凉亭，通过这个凉亭后，再走十多米就到了悬崖的尽头。这里有一个世间罕见的绝美观景平台。站在狭窄的平台上往下望，景色和"新桥"下的峡谷风光大相径庭。从刀削般的峭壁上往下看，是美得令人窒息的壮丽田园风光，绿色和黄色的树林与田野，远处连绵的山脉被天空染成了蓝色。

不过叶馥仙并不是站在观景平台上欣赏风景的，她是坐着的，而且是坐在一个轮椅上。蒂姆通过望远镜观察，叶馥仙的身上裹了一条大毛毯，他怀疑她是被绑在轮椅上的，可能身上也被安装了炸弹。他问身旁的林祖儿："那是你母亲吗？"祖儿把望远镜的倍数调到最大，死死盯着悬崖边母亲的脸，那是一张疲惫的脸，但没有害怕紧张的表情，只有云淡风轻的从容。"是的，是我妈妈。"祖儿悲伤地回答。除了坐在轮椅上的人质，平台上还有十多名游客，有的游客陆续过来拍照，有的则玩好了离开。

反恐队员埋伏在远处抓紧确认八名恐怖分子每个人的确切位置。蒂姆派出五名反恐小队成员穿便装混进凉亭和观景平台，近距离探查情况。为了以防万一，蒂姆还特别指示桑迪去执行一项艰巨的任务，桑迪领了特殊装备后火速离开。此时加里奥正坐在凉亭中间悠闲地喝着下午茶呢，他还时刻拿着手机和林鼎、雷崇海视频聊天。有两名匪徒和他坐在一起喝茶，另外五名匪徒分散在他们周围走动。

林鼎向加里奥要求看叶馥仙的视频，证明她还活着。

林鼎对着手机视频里的叶馥仙说："你还好吗？受伤了吗？对不起仙儿，我不该带你来西班牙。我害了你。"

叶馥仙温柔平静地说："没关系老公，这里很美，我很喜欢。我习惯了……离开，再重逢，也许这就是我们的宿命。"她说这话的语气就如同只是坐火车去远方旅行一般。

林鼎已然泪如雨下，这个坚硬如钢的男人再也无法承受这一切，他对叶馥仙的愧疚之情令他崩溃。他颤巍巍的嘴唇不住地抖动："有件事情我一直瞒着你……我……"

"不用告诉我，我不想知道，别让我恨你。下辈子……我们再做夫妻。"叶馥仙扭过头去，流下两行泪。

加里奥把手机摄像头从叶馥仙身上移开，对准观景台外面："好了，说完了吧，顺便让你死前也看看龙达的风景吧。"

林鼎的视线早已被泪水模糊，哪还看得到什么风景。

桑丘又接到了一个坏消息，离斗牛场最近的拆弹专家赶过来也需要十分钟，等赶过来烟花都凉了。不错的消息是队员们已经在对面看台上找到了两颗放在手提包里的炸弹。那两只包都无人认领，坐在两个包旁边的观众说，包的主人说去上厕所，让他们帮忙看管一下包，就再也没回来。队员是靠手持式小型 IMS 炸弹探测器找到的目标，这种探测器采用的是"离子迁移光谱法"来识别各种物质。罪犯接触过炸药后，皮肤上、衣物上、箱包上都会沾有微小的颗粒物质。在常温下这些微小颗粒会自然挥发出蒸汽，用高灵敏度的 IMS 探测器可以检测出来。两只包里各有一件运动服、一双球鞋和一只足球，炸弹就藏在足球内。他们把两只足球都放进防爆桶带走，包继续留在座位上。照这个搜查速度，第三个和第四个炸弹应该能在七分钟内找到，只剩下三分之一的看台区域没有排查了。

有队员全力奔跑帮油条拿来了他的专用拆弹工具箱。他身边一名文质彬彬的年轻中国男游客刚才一直在给他六七岁的儿子讲解斗牛的过程。他注意到了身旁的油条和坐在前面的两个人举止很古怪，油条一直在摆弄前面人的背心，而前面两个人一直在用手机互拍对方，根本不怎么看斗牛表演。这名游客看着油条打开工具箱，里面琳琅满目都是精巧的工具，有趣的是里面还有一罐百事可乐。油条第一个拿出来的东西就是这罐可乐，然后打开插上吸管喝了起来。每当油条需要打开这个工具箱的时候，就是他离死亡最近的时刻，他希望在死前能喝到最爱的饮料。耳机里桑丘对油条说："拆弹专家赶不过来了，我现在过来你这边，帮你拆炸弹！"

油条听后一愣，咽下一口可乐："不行！太危险了。你还要继续指挥反恐部队的行动，你让别人来。"

桑丘说："我是队长，必须我来扛！"

油条身旁的中国游客看到油条把工具往林鼎背心后面打开的面板里伸，鼓捣着什么。他用英语问油条："对不起，我想问下你在弄什么东西？前面这个人的背后是什么？"

油条并没有看他，继续着他手上的操作，用英语回答："我下面跟你说的话，你听后一定要冷静。你是什么职业？"

"我是一名外科医生。"

"我前面的两个人各穿着一件自杀式炸弹背心，但他们不是恐怖分子，他们是被胁迫的。我现在正在拆其中一件背心的金属颈环上的电磁锁。但是时间不够了，你能帮我拆另一件吗？我告诉你方法。"

斯文的医生听后推了一下眼镜，吞一口口水，声音有些哑："还有多少时间爆炸？"

"六分钟。"

"不能疏散观众吗？"外科医生眉头紧锁。

"不能，一旦疏散观众，恐怖分子会手动引爆炸弹，包括对面看台还有两颗炸弹。你想走可以自己走，千万不要惊动其他游客。"

外科医生涨红脸说："你们警察是干什么吃的！放那么多炸弹进来。"说完他默默转身拉着儿子和妻子离开观众席。他的儿子看得正起劲，不肯走，男子二话不说甩了他一记耳光，可怜的孩子只好捂着半边脸，泪眼汪汪地跟着爸妈离开。油条轻轻叹了一口气。

"我帮你，你们刚才的话我都听到了。"突然油条的另一边传来一句中式口音的西班牙语。

油条抬手擦了一下额头的汗，扫一眼身旁的人："你是什么职业？有信心吗？"

他的皮肤因常年做导游被晒得黝黑，是一个胡子拉碴的中年大叔。"我是这个中国旅行团的导游，我叫郑盛，从小喜欢拼装模型……"

"好了，拿着这些，郑盛。我叫托马斯，是反恐队员。"油条递给他几个工具，同时耳机里呼叫桑丘，"队长你不用过来了，我找了身旁的一名导游帮我一起拆弹，你派人拿两个小防爆桶来就行。"

"导游？！你在开玩笑吧？"

"来不及了，只能这样了。现在高手不如时间宝贵。希望有奇迹吧。"他猛地一口吸光了百事可乐。

"听着郑盛，我做什么动作你也跟着我做。我们需要把颈环上的电磁锁打开。"油条的手飞快地操作着。

"好的。"导游的目光变得很犀利，紧紧盯着油条手上的动作……

对面看台上另外两颗炸弹怎么找都找不到，几名队员用 IMS 炸弹探测器扫完了每一排座位，他们像无头苍蝇一样急得乱转。桑丘问他们："刚才找到的两枚炸弹在看台的什么位置？"有队员回答："分别在西侧看台的两端，第13排。"桑丘对着耳麦大喊："去中间位置找，第三颗炸弹一定在中间位置！第三颗可能和前两颗不一样，没有藏在包里，擦亮眼睛仔细找可疑的地方、可疑的东西、可疑的人！几百人的命都在我们手里。"又过去了两分钟，离倒计时结束只剩下可怜的四分钟。所有人都焦头烂额，桑丘站在斗牛场高处的通道里来回踱步，他已经安排好了各组人手负责之后的疏散观众任务。现在他已束手无策，只能默默祈祷，等着耳机里传来好消息。

萨拉刚好正在西侧看台的中间位置搜寻，她手里并没有炸弹探测器，斗牛场里总共只有五套仪器，都在队员手里，她的探测器就只有她的眼睛。她发现了不太寻常的地方，有一个观众的屁股底下垫了两本旅游手册，但是这两天都没有下过雨，座位很干燥，他手边也没有饮料打翻过。再仔细观察这名观众，是位七十岁以上的老人，油腻的头发，胡子很长，指甲里都是黑垢，穿着松垮的汗衫和脏脏的牛仔裤，显然不是个爱干净、有洁癖的人。她招手让约兰达过来看。

萨拉走到老人身旁问："你好呀老爷爷，我想看一下你这个旅游手册可以吗？"老头看到这么乖巧美丽的小姑娘，很爽快就答应了，他拿起一份旅游手册递给萨拉："送给你看吧小妹妹。"然后他把另一份旅游手册撕了两页下来，再垫回到屁股下面。萨拉高兴地拿着手册离开了。刚才约兰达凑过来努力看到了老人拿起手册时座位上的情况，似乎他屁股下面的土黄色仿古石块中间有两条裂缝，用填缝剂填上了，填缝剂还没干透，是湿的，所以老人用手册垫了一下。萨拉手里的这本手册封面上有填缝剂的印子。

她们把这个消息汇报给桑丘，桑丘大喜，对队员下令："快！谁手里有探测仪，拿探测仪去那个位置检查。快！"一名队员拿着两台不同的探测仪过来，他请老人暂时站起来看斗牛表演。先用 IMS 炸弹探测仪检测了一下，没有报警。他再用另一台小型 X 光探测仪检查，这台仪器对搜寻带有金属外壳的炸弹很有效。果不其然，这块石阶处的石头被撬开重新安装过，透过 X 光，队员看到了里面的炸弹。另一名队员火速赶来，用工具撬开石块，取出炸弹，小心地放进防爆桶里。两名队员又迅雷般把石块安了回去，让老人继续坐下当无事发生过。

还有三分钟！林鼎和雷崇海身上的炸弹背心就要爆炸。对面看台仍旧有一颗炸弹未被找到。叶馥仙被困坐在悬崖边的轮椅上，NTP局无法确定她身上是否有炸弹。所有炸弹的引爆遥控器都在加里奥的手上。蒂姆想让狙击手一枪解决了加里奥，但是他们并不能确认遥控器就在加里奥本人手里，此刻他们观察加里奥手里只有手机和一只茶杯。也许遥控器在其他匪徒的手里。斗牛场里也可能藏有手握遥控器的匪徒。处处被牵制，处处被愚弄，NTP局真是被加里奥耍得团团转，局势异常被动。蒂姆看着加里奥脸上运筹帷幄的表情，恨得牙齿咯咯作响。

油条和导游的拆颈环电磁锁的工作紧张地进行着。倒计时滴答滴答，他们额头的汗珠也滴答滴答。因为不能够直接切断电磁锁的电源来开锁，那样控制倒计时的主板也会由于失去供电而令炸弹直接爆炸。而给电磁锁和主板供电的电源只有一个，这个电源连接到两端的线有很多掩护的假线，不能直接剪断电磁锁的电线。油条需要制作一个临时辅助电源来连接上倒计时主板，然后再解除原来的电源，就可以让电磁锁断电开锁了。他先要检测原来电源的电压，再制作一个可调电压的辅助电源。辅助电源接上主板的一瞬间，由于原来的电源也还在工作，所以电压可能会超，造成主板短路。所以不仅要连上新电源，在旧电源上要装一个微型变压器，在两个电源同时供电时把旧电源电压调低。旧电源电压渐渐调成零时，将新电源的电压渐渐调高到适配状态。油条和导游需要在短短几分钟内制作出两个辅助电源安装上，还要安装两个微型变压器。

油条的手速极快，导游虽然有多年拼装模型的经验，动手能力比普通人强许多，但根本跟不上油条的速度。在油条安装林鼎背心上的微型变压器时，他还在一边教导游制作新电源。油条对着耳机说："桑丘队长，等会听我号令，屏蔽掉整个斗牛场范围的手机和网络信号。"

桑丘终于又有事干了，他兴奋地回答："好的没问题，我这就去准备屏蔽设备，指挥车上有。炸弹背心拆掉了吗？"

"马克的背心马上就拆掉了，雷恩的还没有。"

"加油！上帝保佑，全靠你了！"

林鼎的颈环电磁锁成功断电，失去磁力解锁了。油条想把颈环打开脱下背心，林鼎对他说："等，等。"油条拆锁拆傻了，才明白过来，林鼎是想在最后时刻脱下背心扔进小型防爆桶，不然视频里加里奥就看到林鼎的背心脱掉了，会直接引爆炸弹。他看了看导游的进度，感觉不妙，时间不够了。瞄了一眼工具箱，看看有什么能救命的东西。

观众席上演生死竞速的同时，斗牛场中央的表演也正火热。斗牛表演已进行到最后高潮环节。公牛身上被花镖手插了五根花镖，血流不止。它发出沉重的呼吸声，愤怒不已。女斗牛士格萝莉娅身着华丽的斗牛礼服登场，身上金色的鳞片在阳光下闪耀如星。腰间银色的细弯剑亮明了她剑刺手的荣耀身份。她要独自和处于最狂暴状态的公牛进行终极斗杀。格萝莉娅闲庭信步般挥舞着火红的布莱卡，挑逗着那头困兽。不同于男斗牛士的潇洒有力，她步法鬼魅，如舞者般优雅炫目。狂野的公牛多次全力冲向她，都被她灵巧闪避，致命的牛角尖在她胸口不足一厘米处划过。全场的观众都被她的技艺折服，沸腾呐喊。她自信的表情洋溢在脸上，好似在对观众说，我已胜券在握，快准备好抛洒你们的鲜花，鼓起掌声吧！

时间所剩无几，颈环上的电子屏幕显示 1 分 40 秒。油条拆林鼎的电磁锁花了五分半多的时间，现在接手导游剩下的一半步骤，至少还需要两分多钟。对面看台的第四颗炸弹仍然没有找到，真是见鬼了！蓝牙耳机里一片死寂，没有任何队员说话。

场地中央的公牛无数次的冲刺，挣扎，试图冲破自己的命运。

"来不及了，放弃吧。"雷崇海说。

"我不信！我可以的，还有时间！"油条的声音已经变了调，他还没有装好旧电源的微型变压器，只剩 1 分 20 秒了，已经没有时间装好，再给两个电源分别变压了。

"上帝啊，宽恕我吧！"雷崇海抬头闭上眼说。

油条马上举起手中的一个设备，并对耳机里说："桑丘，屏蔽信号！"

加里奥正喝着上好的英式红茶，看着手机视频里的精彩画面，马上就要爆炸了。只见他手机上分屏显示的林鼎和雷崇海的画面突然闪现一片白光，然后手机视频的信号就断了。"哈！爆炸了。"加里奥露出满意的笑容。

然而斗牛场里的情况并不是加里奥所想的那样。油条扔掉手里的设备，对林鼎大喊："马克快脱掉背心，扔进防爆桶！"设备摔落在地，碎裂，那是个黑暗中拆弹用的高强度探照灯，刚才油条把它举在林鼎和雷崇海的头顶，打开了爆闪模式，然后马上抓起他们俩的手机猛砸在地上。油条巧妙地在加里奥看到的视频画面里制造了炸弹爆炸的效果。油条说："桑丘屏蔽了斗牛场的手机信号，斗牛场的匪徒没法打电话出去。我现在要强拆雷恩身上的炸弹了！"

"不行，不能强拆！对面看台还有炸弹！我必须自爆！"雷崇海推开油条，爬上看台的护栏，高喊："见证我！！"

他纵身一跃，跳下看台。所有人都没反应过来怎么回事，观众们看到一个穿着摄影背心的中国男人跳进了斗牛场。都以为是国外的媒体记者，不小心跌下看台。公牛发现闯入者，女斗牛士欺负不了，把气撒这个家伙身上试试。它铆足了劲，四蹄发力，全速冲向雷崇海。他刚往场地中央跑了没几步，就被公牛重重地顶回到墙上。观众无不惊呼！女斗牛士一看不妙，一个箭步冲到公牛侧身，鱼跃突刺，把剑插入了公牛的心脏。公牛全身抽搐，踉跄着把雷崇海甩到地上，转头用最后的力气攻击格萝莉娅。斗牛士一个侧滚翻，沙土飞扬，她在尘埃中飞起滞空，双手紧握一把十字短匕首，顺势而落，刺入公牛后脖颈的脊髓神经。公牛停顿数秒，轰然倒地。这一连串动作都是在短短几十秒的时间里一气呵成的，全场观众惊呆了。

电视机前的观众就没能够目睹到这一精彩的画面，因为刚才桑丘把卫星直播的信号也一起屏蔽了。有许多斗牛场的医护人员想冲进场内救治重伤的雷崇海，都被通道处守候的反恐队员拦住了。桑丘知道雷崇海身上的炸弹没有拆成功，他急忙下令去救出女斗牛士。格萝莉娅也是暴脾气，大骂倒在地上正在流血的雷崇海："你是不是傻啊？你毁了我的首秀啊！"还没骂够就被两名反恐队员拖出了斗牛场地。

倒计时显示最后30秒。铺满黄沙的斗牛场中央仅剩下一个孤独的身影。他原本手臂就有枪伤未愈，刚才从看台上跳下之后脚扭伤了，接着又被公牛顶撞，锁骨、肋骨都不同程度断了，浑身上下几乎没有完好的地方。他用两个前臂支撑起身子，回头看着林鼎，深吸了两口气，然后大喊："塔西娅！338！

528！"之后他吐出一大口鲜血。林鼎双手紧紧地抓着看台的栏杆，凝望着下方的雷崇海，对他点了点头。那是雷崇海要留给薇薇安的保险箱密码，他怕林鼎忘了。

超过12500名现场观众都站了起来，他们目瞪口呆地看着雷崇海艰难地往场地正中央爬行。时间似乎扭曲了，这30秒变得异常漫长，可能是他爬行的速度太慢造成的错觉，也可能是所有的观众都静止了，让人感觉时间停止了。观众们任凭身旁的反恐队员如何大喊："快跑，撤离！这里有炸弹！"他们依然纹丝不动，他们想要看看场地上的这个男人到底要干吗，为什么去救他的人都被拦住了。这似乎变成了所有人人生中必须解开的一个谜。20秒……雷崇海此刻并不觉得痛楚，他反而很开心，调动所有能动的骨头，发力所有还有知觉的肌肉，一寸一寸往前爬。15秒……他的身躯在亮黄的沙地上留下一条弯弯曲曲、鲜红色的血痕。10秒……他嘴里念着："再往前一点，离人群……再远一点。呵……用剑之人……必死于剑下。"

5——4——3——2——1——0！！

巨大的火球如同一朵盛开的夏花肆意绽放在斗牛场中央。滚烫的沙粒四溅，野蜂群般飞到了近处的观众席上。

随着这一声巨响，观众们才如梦初醒，四处奔逃，场面一片混乱。反恐队员们努力维持着人群的秩序，以免疏散时再发生踩踏事故。桑丘仍伫立在最高处看台，眼睛死死盯着西侧看台，嘴里不停碎碎念："不要爆炸，不要爆炸，不要爆炸。"他紧张得脸色发白，胸口作痛。对面看台的第四颗炸弹真的没有爆炸，桑丘高兴得哭了。战略专家桑丘·迪亚兹，长得很像"堂吉诃德"的助手"桑丘"，矮矮胖胖的，莫名给人一种可以信任的感觉。他瘫坐在地上，对着耳麦说："蒂姆，斗牛场安全了！你们可以行动了！"桑丘成功带队完成使命，解除了斗牛场的炸弹危机，接下来就看蒂姆的了。蒂姆等的就是桑丘这句话，他对着耳麦激动地说："收到！"

4

天空之城

行到水穷处，坐看云起时。叶馥仙享受着最后的恬静时光，迎着微风，聆听小鸟吟唱的离别曲。

坐在古罗马凉亭里的加里奥越来越觉得可疑，他打电话给一直潜伏在斗牛场走廊通道里的一名手下，想问问他斗牛场的情况，但电话一直打不通。也正是这名手下刚才在观众席上放置了两个装着炸弹的运动手提包。等了好几分钟后，他才打电话汇报给加里奥真实的情况。加里奥听后气得挂断电话，打开手机的一个程序，点了一遍上面所有的五个引爆按钮，两件自爆背心加上三颗炸弹。可惜其中一颗已经随着雷崇海自爆，另外的四颗在防爆桶里安全爆炸。其实西侧看台并没有加里奥所说的第四颗炸弹，只是说着吓吓林鼎他们的。加里奥很生气，他不明白NTP局是什么时候介入的，林鼎和雷崇海到底是怎么在他全程手机视频监控的情况下呼叫救兵的。他心里暗骂自己安排在斗牛场里的蠢货手下居然没有发现看台上的三颗炸弹已经被人找到了，贪生怕死的家伙，肯定是躲得太远了。他不喜欢这样，他从来都喜欢高人一等，用智商和诡计碾压别人的感觉，今天这种感觉却不在了。他一旦不开心，就要杀人了。

加里奥目露凶光，他又打开了另一个手机程序，望向轮椅上的叶馥仙："坠落吧，几维鸟！"接着按下手机界面上的前进键，只见叶馥仙所坐的轮椅突然加速向前行驶，马上就要冲下悬崖。她身旁的游客都一惊，不自觉地躲闪到一旁。叶馥仙并没有吓得尖叫，她甚至都没有闭上眼，仅仅用双手抓住了轮椅扶手。危急关头，一只强劲有力的手从游客中伸出，一把抓住了轮椅靠背的把手。叶馥仙回头看他，那是一名身着便衣的反恐队员，正用力把整个轮椅往回拉。

进攻的号角就此吹响，反恐队员开始全力攻击恐怖分子，顷刻间枪火纷飞。加里奥一看大事不好，急忙拨通了一个手机号码："来接我现在，立刻！马上！！"由于附近没有很好的远程埋伏位置，为防止队员提前暴露，支援部队离观景平台距离有些远，开战了才能赶过去。暂时只能靠平台上的那五名便衣队员对战八名恐怖分子。和当晚狂欢节帐篷里的情况相似，由于敌我双方都是便衣，基本就是手枪近战和格斗。不同的是这次轮到反恐队员提前确定匪徒位置，先手突袭了。激烈的战斗吓得游客们抱头逃窜，不少人不幸中弹，有的则趴在地上不敢乱动。拉住轮椅的队员被匪徒射中数枪身亡，轮椅继续向悬崖口前进，另一名反恐队员赶来，用一只手拉住轮椅，另一只手持枪朝匪徒连续开火。

加里奥的手机真是功能多多，他再一次切换到了一个程序，操控无人机起飞。除了大卫和砰砰的枪法了得外，其余的几名匪徒根本就不是训练有素的反恐精英的对手。匪徒们很快伤亡过半，节节败退。这时头上传来"嗡嗡"声，不知道从哪里飞来三架小型武装无人机加入战场。加里奥用手机同时操控三架无人机对着反恐队员和游客无差别扫射，形势一下又被扭转。

第二名拉住叶馥仙轮椅的队员被无人机射中，他勉强支撑了一会儿后失去知觉倒地，但他的手仍旧死死抓着轮椅下边的杆子不放。轮椅内的马达由程序控制到了最高马力输出，轮胎飞速旋转，不仅带着轮椅前进，还拖行着地上的反恐队员。平台上还剩两名有战斗力的队员，一名正在和匪徒缠斗，另一名在射击火力强大的无人机，他们都无暇顾及悬崖边即将坠落的轮椅。轮椅全速冲破平台的护栏，叶馥仙感到身体往前猛然倾倒。电光火石之间，一半已经悬在空中的轮椅又停下了，一名刚才趴在旁边的游客此时伸出援手，抓住了轮椅。

支援部队终于赶到，他们的手里都是突击步枪和射手步枪等强火力，进入射程后第一时间击落了三架无人机。五名便衣队员仅剩一人还未倒下，而恐怖分子还剩下包括加里奥在内的四人。九名支援队员陆续进入射击状态，火力牢牢压制残余的匪徒。悬崖下方传来了直升机螺旋桨的巨大声响。加里奥在凉亭里扔掉手机，站起身掏出手枪，瞄准悬崖边继续坚持拖住轮椅的游客。"嗖！"子弹无情地射入了他的背部，再也没有人能阻止轮椅的坠落了。轮椅最终还是带着叶馥仙冲下万丈悬崖。射完这一枪后，加里奥立刻转身离开凉亭，往公园方向逃跑。

叶馥仙坠落时，映入眼帘的是一架侦查直升机，刚才螺旋桨的声音就来源于它。有两名特工蹲在直升机打开的舱门边，他们在千钧一发之际，用发射器射出了四根金属绳索，尖锐的锁头狠狠插入了悬崖壁的岩石里。四根绳索像一座小桥，接住了轮椅。轮椅很重，在绳索上剧烈晃动，随时都会再次跌落悬崖。

消失了许久的桑迪出现了！他竟然在叶馥仙的下方，带着简单的攀岩装备拼命向上攀爬，他努力朝绳索上挂着的轮椅靠近。在轮椅失去平衡的瞬间，他接近叶馥仙，用小刀割断轮椅上绑住她的皮带。谢天谢地，她的身上并没有炸弹。"抓住我！"桑迪迅速固定住身上的安全绳，伸出双臂抓住叶馥仙，把她从轮椅上拉出来。空轮椅彻底翻转，从绳索上掉下去，瞬间消失在了深渊中。如同马戏团杂技般，叶馥仙抱住桑迪，桑迪一只手抓着攀岩用的安全绳，另一只手吃力地扒住一块略微突出的岩石，两个人就这么悬在半空中。蒂姆下令："直升机靠近他们啊，救他们进机舱！"飞行员对着耳麦大喊："不行！离悬崖壁太近了，螺旋桨会撞到！"

蒂姆急得龇牙咧嘴，对着耳麦用超快的语速吼："平台上的队员从上面救他们！快行动，快快快！"此时桑迪已经满手是血，双臂虚弱地颤抖。他刚才只花了十五分钟，从半山腰处向上攀岩至悬崖顶端。

林祖儿是第一个赶到平台最边缘的，她将早已备好的绳子抛下去。桑迪接过绳子，在他和叶馥仙的腰上绕了几圈后锁住。祖儿独自用她弱小的身躯拉绳子，其他队员正火速赶来帮忙。大卫已经身负重伤，苟延残喘的他调转枪头朝祖儿射击。祖儿背对着匪徒，任由脸旁的子弹嗖嗖划过，身边许多子弹射入地面溅起飞石，她都没有挪动身体半寸。她眼里早已什么都没有，只有拼尽全力拉绳子，绳子绷得很直，她的手指都勒紫了。她不停地拉，小脸涨得通红，太阳穴的血管凸出，眼睛里都是血丝。

背后不断传来"哒哒哒！哒哒哒哒哒！"的开火声。很快祖儿身旁再也没有子弹飞过，身后渐渐安静下来。大卫、砰砰和另外最后一名匪徒均被击毙。祖儿手里的绳子突然变得不那么紧了，她的身后多了一个人帮她，绳子越拉越快，身后的人越来越多。终于，叶馥仙和桑迪被拉了上来。祖儿一把抱住妈妈，在她的怀里大哭。身旁的队员们忙碌地跑来跑去，救治受伤的队员。桑迪平躺在地上，累得动弹不得，他看着耀眼的阳光，一边大口喘气一边露出微笑。祖儿跪坐到他身边，给了他一个深情的吻。他对祖儿说："怎么样，我又多征服了一座山，龙达悬崖……"

加里奥此时已经跳上了在附近公园里等他的直升机，他的身边只剩下飞行员了，所有的手下都已阵亡。他现在感觉糟透了，他到现在都不明白这帮家伙是怎么找到叶馥仙的，到死都猜不到她的钻戒里有 GPS 定位芯片。真是有趣，如果他不是一个亿万富翁，他绑架叶馥仙的第一时间就会把她的钻戒摘走了。他输了、累了，也厌倦了，该退休了。飞到印度洋上他买的私人小岛，隐秘而奢华地度过余生吧。他闭上眼正准备小憩，飞行员紧张地对他说："老板，后面有人追我们！"加里奥转头一看，屁股后面是两架 NTP 局的直升机。他刚端起机舱内的重型机枪，准备打开舱门做最后的殊死抵抗，不料一枚"毒刺"精确制导导弹已经朝他们飞来。飞行员一个俯冲急转，无济于事，导弹击中了直升机的尾翼，整个机尾都被炸断。"Mayday！Mayday！Mayday……"飞机失控，坠毁在了一片紫色的鸢尾花田里。

两架直升机缓缓降落到那架变形着火的废铁两侧。队员们发现前面不远处有一个人在跑，他们追上去。那个人一瘸一拐，艰难地跑着，样子很滑稽。他边跑边回头看，发现跑不掉了，干脆趴到地上，双手举高大喊："救命啊！救命！我是飞行员，老板死了。"他戴着飞行员的头盔，反恐队员们根本听不清他在喊什么。蒂姆走到他身前，一把拽掉他的头盔问："你瞎喊什么呢？嘴里是含了屎吗？"

"警官，警官救命啊！我是飞行员，我只负责开飞机，别的不关我事啊，雇我的老板已经死了。"

蒂姆抓起他的头发，把他的头拎起来，仔细端详他的脸。加里奥失去了平日冷峻桀骜的神情，眼神游移闪躲，像个做错事的小孩。蒂姆咧了下嘴角说：

"我认得这张恶心的脸！你不是飞行员，你是加里奥·席尔瓦，恐怖组织'黑荧'的首领！你污染了这片美丽的花田。"说完蒂姆放开他的头发，转过身摘了几片花叶擦了擦手，然后对着队员挥挥手。队员们蜂拥而上，把加里奥揍了一顿，戴上手铐架走。

加里奥仍在哀号："你们认错人了，我不是坏人，我真的是飞行员，我叫马歇尔！"

"飞行员难道我就不抓了么？你看你现在这副挫样儿！你居然没有直接摔死，我问你，华金人呢？斗牛场里怎么只有那两个中国人？华金呢？"

"我不知道，我什么都不知道。"加里奥已经鼻青脸肿，脸上的血混合着眼泪鼻涕，恶心至极。

蒂姆狠狠地瞪着加里奥的脸："其实我也可以直接让你'摔死'。"蒂姆看了眼坠毁的直升机残骸，略有所思。"不过你也还有点儿价值，回去供出你的同党们吧。"

一众队员把加里奥拖上直升机，然后把飞行员的遗体也抬进机舱。两架直升机在已经偏斜的阳光中缓缓离去。他们带着胜利，也带着无尽的悲伤。为了消灭这个恐怖组织，他们付出了巨大的代价，安东尼奥、玛蒂娜、华金、狂欢节行动牺牲的三十二名警察和反恐队员、自我献身的雷崇海、龙达悬崖边牺牲的两名战士，还包括无数不幸罹难的平民……

斗牛场外，观众和工作人员已经全体撤离完毕。几名赶来的拆弹专家仍在斗牛场里仔细排查还有没有爆炸物。大家都已经知道龙达的行动结束了，所有恐怖分子均被击毙或逮捕。在人群中，林鼎看到了萨拉和约兰达，他跑向她们，油条和桑丘跟着他。三人抱在一起，约兰达开心地笑："太好了，你的炸弹拆掉了真是太好了！你还活着！"所有人的眼泪不知不觉就流了下来。

林鼎问她们："你们怎么都来了，你们刚才也在斗牛场里面吗？"

萨拉点了点头。

"太危险了，你们来干什么？！"

"小瞧我们！要不是我们，你早死了，都没人能破解烟盒上'黄金塔'的密码。"萨拉不服气地说，"哼！看台上第三颗炸弹也是我们母女俩找到的。"

　　林鼎捏了捏萨拉的小脸蛋："哟，我的小公主还是个救世主呢。"

　　战略行动专家桑丘走到他们跟前，林鼎抱歉地对他说："华金他被杀了，在我们被绑架到的地方，阿尔蒙特的一栋小房子里。"

　　桑丘叹了口气："唉，我之前就猜他是不是已经……愿逝者安息。"

　　林鼎郑重地说："谢谢你们救出了叶馥仙，不知道该怎么感激你们。"

　　桑丘拍了拍林鼎的肩膀："也谢谢你，没有你我们也做不到这些。"

　　油条走到林鼎身旁："对不起马克，任务结束了，我们不能再让你自由行动了……"他指了指远处的一辆警车，车门边站着那位年轻的中国警察。林鼎忘了他叫什么名字了，他看了看他，想朝他走去，手却被约兰达拉住。

　　林鼎看着约兰达许久没有说话。他轻轻拍了拍约兰达的手背："结束了亲爱的，照顾好自己，照顾好萨拉。我该走了。对了，珠宝店一定要用心经营，争取参加明年的日内瓦珠宝展。"

　　萨拉和约兰达就这么望着林鼎的背影走向那辆警车，被戴上手铐，坐进车里缓缓离去。她们怅然若失，仿佛一切都只是一场梦，那个男人从没有进入过她们的世界……

　　四个月后，胖子哈维出院了，他瘦了很多，跟绰号完全不搭边了。他失去了一只耳朵，但收获了爱情。住院期间他的高中女同学经常来探望他。她开玩笑说要给他装一对精灵的耳朵。因凡蒂诺不久后也康复了，他的脸上和身上多了几道耀眼的伤疤。他被升任为 NTP 局副局长，原先的副局长蒂姆荣升局长。

　　又过了两年，在积极有效的治疗下，配合刻苦的康健训练，叶馥仙的脊髓性肌肉萎缩症 IV 成人型（SMA）病症被成功治愈了。虽然不算非常灵活，但她恢复了独自行走的能力。出院后一个初春的早晨，她调养得不错，气色很好，还化了个淡雅的妆容。她穿着一袭正红色的风衣，整个人显得年轻活力不少。她来到一个早就想去的地方。一阵门铃声过后，别墅前花园的矮铁门开了，约兰达见到叶馥仙，有些惊讶："叶女士，你怎么来了？"今天是周末，约兰达戴着近视眼镜，穿着便衣，她刚才正在书房修改一些珠宝设计的图纸。

　　"你就是约兰达吧，早就想见见你了。"叶馥仙用这几年里苦练的西班牙语说。望着约兰达的脸，她的神情丝毫不像第一次和她见面，反倒像是见到一位十年未见的旧友。

约兰达看到她是一个人走来的，便问："你出院了？"

"是啊，终于能走动走动了。"叶馥仙走进花园看了看，"这个院子很漂亮。"

约兰达看到叶馥仙，有一种说不出的感觉。她的突然到访令原本骄纵的约兰达有些不知所措，她竟像个小妹似的跟在叶馥仙的身后。叶馥仙好奇地看了看松树下的两朵白色幽灵兰，之后她的目光停留到一棵日本红枫上。她细细地看过一片片亮橙色的枫叶，万千的思绪涌入脑海。她最喜欢的花是家乡漫山盛开的虞美人，最喜欢的树便是这日本红枫树。约兰达说："花园里的花草大都是林鼎种的，现在只能我来打理了。"

"我小时候家里的院子也有一棵日本红枫，林鼎经常和我在院子里玩。院子里有一口井，上面搭了个木架子，盘了些葡萄藤。每到夏天我们会把西瓜装进水桶里，吊进井水里浸凉后再拎上来。我们最喜欢坐在葡萄架的荫凉下，吃着冰凉的西瓜。林鼎很坏，总是吐籽到我身上……"叶馥仙出神地对约兰达述说着过往。

约兰达说："也许马克是为了纪念而种下的枫树吧。"

叶馥仙抚摸着其中一片有些残破的枫叶："不过塞维利亚的太阳有点太毒了，这棵枫树没有我家乡的长得好。"

约兰达摘下那片残叶，扬到空中："是啊，对它来说，这里也远离故土。来这里的路太远，而回忆是一条没有归途的路。"

"纪念是为了不忘记。"叶馥仙看着飘落的残叶说。

"我们别待在花园里了，进去喝杯茶吧。"

"不必客气，我已经很打扰了。等会儿还要赶飞机回国。"

"祖儿不回去吧？"

"她还会在这继续念大学。"

"好的，让她常来和萨拉玩。"

"谢谢，那么再见了。"

"Adiós."

林鼎他们的故事结束了。势力遍及欧洲的"黑荧"恐怖组织被瓦解。经过彻底地调查，加里奥魔爪渗透的各个部门都被挖出其同党，政府高层、警务部门、新闻媒体、教授富商、黑帮流氓，等等，他们都得到了应有的制裁。但这世上邪恶永远存在，只要拥抱正义事业的人远多于寄生邪恶的人，人类的希望之火就不会熄灭。

每一年冷津楠律师都会给他的学生们讲起这个传奇般的故事。林鼎被抓后，冷律师抛下所有手头的工作，主动前去担任他的辩护律师。在彻底了解了这一系列案情的来龙去脉后，冷律师的内心久久不能平复，林鼎的每一次涉险，每一个不得已的选择，都深深刻在了他的脑海里。林鼎命途多舛的人生中那些所作所为，从法理上看，他是一个令人唾弃的罪犯；从最纯粹的道德情感来看，他又是一个英雄。他最初的罪也是源于对儿子冠玉至深的爱。他的一生都在挣扎、毁灭、自我救赎。在祖儿卷入恐怖袭击后，林鼎一开始，只是像全天下的父亲都会做的一样，保护自己的女儿。但当他见识到黑暗的力量后，他毅然制订计划，把他最心爱的女儿当作诱饵，并且和警方合作，不惜暴露自己的真实身份。在那个时刻，他要保护的人已然变成了整个欧洲的华人，甚至是整个欧洲所有无辜的人，他的目标变成了铲除整个"黑荧"组织。

冷律师非常尊敬他，他把林鼎的一系列案子看作整个律师生涯最重要的案子，全力为他辩护，哪怕只能帮他减刑一年半载，也让他觉得无上光荣。日后这些案子也变成了他给学生授课的经典案例。

后　记

感谢耐心读完《黄金塔》的朋友们，希望你们能够喜欢。这是我的长篇小说处女作，除了创作热情比较足以外，满满都是不足之处。感谢出版社编辑们的辛勤审阅，提出的宝贵建议。感谢夜璎文化的言主编帮助我出版小说。

2011—2013 年，我分别在萨拉曼卡、塞维利亚和巴塞罗那居住生活。感谢在西班牙留学期间帮助过我的众多朋友们。我总是时常想念那段美好的时光，那里是《黄金塔》故事灵感的源泉。构思多年之后，我脑海中的情节和人物日渐丰满成形，他们在我眼前起舞，2018 年 5 月我终于开始动笔写下这部小说⋯⋯

在此我还要感谢我的家人，特别感谢我的妻子，我可爱的孩子。

永远爱你们！

2019.07.24 初稿完成，2020.08.18 终稿完成

檀涧 写于上海

新浪微博 @檀涧君